青岛出版社
QINGDAO PUBLISHING HOUSE

第七章　动的是心，晓的是情

“萧六郎，阴魂不散啊你？”墨九感叹一声“同患难”的缘分，又望向四周，准备找地方上岸。可她惊恐地发现，水潭居然位于一个四面陡峭的岩壁之间。

月光下的岩壁光滑如削，萧乾拖着她游了个遍，也没有找到可以攀附的地方。两个人浮在水面上，沉默了好一会，墨九叹气：“看吧，说你爱上我你不信，死也要与我一起。”

萧乾不冷不热地瞟她一眼，一声也不吭，带着她四处寻找出口。

水潭虽不大，水却很深，浮沉之间，出口没找到，两个人的体力却明显不支了。

墨九不晓得这水潭下方是不是巽墓的石洞，却猜测得到，这里的水一定与巽墓的池塘相通。她甩了甩湿漉漉的头发，喘气地看着萧乾：“萧六郎，若不然你沉入潭底看看？”

萧乾眉头微蹙：“没有。”

墨九抹了抹脸上的水：“怎能确定？”

萧乾道：“浮上来时，出口已闭合，除非你再启机关。”

然而，就算还有可以再启的机关，墨九也没有力气寻找它了。她点点头，抓紧萧六郎腰间的衣裳，四处观望。

光滑陡峭的崖壁没有可以站立的地方，只有一条长达十余丈的瀑布下，有一块平整的石板支出了水面。水流打在石板上，哗哗不绝地流入潭中，于是那石板就成了一个得天独厚的休憩之所。

在水里泡得太久，墨九身上酸软，没有半分力气，她勒紧萧乾的肩膀，安慰他道：“六郎别怕，天无绝人之路，有我在，必会护你周全……不过，你可不可以先把我拖到那块石板上坐一会儿？”

这人都动不得了，口气还很大。

萧乾一听，面色就沉了。

先前受水压太久，墨九耳窝嗡嗡响，喉咙也干涩，身子都麻木了。她心知再泡下去，说不定真的就死在这潭水里了，于是紧吊着萧乾不放：“六郎，快点快点！一会儿红颜美人该被泡成鹤发鸡皮了。”

萧乾抿嘴不语，托住她的腰往瀑布游去。

可越接近瀑布，水流越大，冲击力也就越强，墨九身子轻，水浪劈头盖脸地涌过来，她觉得自己快要被水冲走了……

“抱紧我！”萧乾沉喝一声，抓紧石块的边沿。

墨九不需要他说，就主动抱紧了他的脖子。毕竟节约力气就是节约生命，男女之防在生命面前，实在太不值一提，有人愿意带着她，她又何苦自找罪受？

萧乾一手撑着石板，一手将她托上去。墨九也很争气，大概只用了五六七八次，就爬上了石板，又伸手去拉他。

从石室出来，萧乾体力消耗过大，等他也爬上来坐下时，微微有些喘气。墨九慢悠悠地躺下，想了想，怕水流把她冲走，就将一只脚死死勾住萧乾的腿弯，这才放心地看天上的星星。

萧乾没挪脚，低头瞅她：“你倒也心安理得？”

墨九闲闲地道：“我是女子，你是男子，你保护我是天经地义的。莫说咱们这些懂得诗书礼仪的人，即便在大自然中，只有一雄一雌时，雄性也会本能地保护雌性，我为什么不心安理得？”

萧六郎哼笑着，容色艳绝：“不，雄性只保护想要交配的雌性。”

墨九激灵灵地爬起来，瞪视着他：“莫非你想……”

想什么？想了一阵，她也不知哪根筋抽了，怪异地点点头，揉着下巴道：“也是有些道理。那不如咱们就简单粗暴一点好了。九爷也不是无趣之人，想你这样的绝色美人，若就这般死在这儿也是可惜，我何不享用了你，也不至暴殄天物，是吧？”

孤男寡女共处一地，月光迷离，美人如画，还说着暧昧敏感的话题，对男人而言，兴奋、激动、伴着某种冲动将潜藏心头的兽性唤起，都是正常反应。然而萧乾含笑望着她，仙姿庄重，一头墨似的长发散在肩膀，漆黑柔软，与瀑布的水流相映，安静得像一个没有七情六欲的仙人，更无正常男人应有的情绪，似乎墨九只是讲了一个笑话。

墨九不服气，也定定地回望。

二人对视，都很安静，安静得让墨九突然也觉得很可笑。

她嘴角抽搐一下，摇了摇头，又躺了下去，懒洋洋地道："有些人哪，就是不肯承认。你也不想想，都救我多少回了？按你的理论……"原本她想缓和一下气氛，与他开句玩笑，可一句话又莫名地戳中他低劣的情商，"你敢说不是想和我交配？"

萧乾抿紧嘴巴，像在看一头怪物。

"不干就不干，你绷着个脸干什么？好像我多稀罕你。"墨九瞪过去，"萧六郎，其实我一点都不喜欢你的性子。不如东寂温柔，不如墨妄阳光，甚至都不如薛昉单纯，还不如旺财忠厚。"

墨九数落着萧乾的"不如"，把旺财都搬出来和他比较了，也真能哭死个人。

可萧乾没有反驳，也没有嘲笑，在倾泻而下的月华光晕中，他含笑看着她："说完了？"

墨九哼哼："完了。"

"墨九。"萧乾突然喊她的名字，"你可考虑过蛊虫之事？"

"考虑什么？"墨九抬头看天，意态懒懒。

"若蛊毒解不了，又当如何？"他问。

"解不了就解不了呗，反正我又不需要喂它吃饭。"墨九说罢，见他默然，又想起蛊虫为他们带来的困扰，不由揉了揉鼻子，放缓声音："若这蛊虫真的与男女情事有关，有一天不可控了，我要么就与你将错就错，要么……"

说到此，她停住话头，望着他阴恻恻地冷笑。

"嗯？"他目光带笑。

"要么我就把你杀了。"墨九严肃着脸，"只要你那条蛊虫死了，自然不会再对我造成什么困扰。我就不信了，我家的蛊虫会为了你家的闹自杀！"

闻言，萧乾顿时丧失了言语能力。

墨九唇一弯，又柔声道："萧六郎你也别固执，说来我俩，一个倾国倾城，一个倾城倾国，就算为了蛊虫不得已在一起，谁也亏不着谁。"

萧乾颇为无语。

看他沉默，墨九突然觉得自己像在做传销，拼命把自己包装成一种天上有地下无的产品，在他面前自荐，还不得人搭理。于是，她索性威胁："反正这蛊虫到底怎么回事，我们现在也不得而知，一切仅凭猜测。但愿没有我们以为的那样糟糕。不过，如果真解不了，我又受你影响，你还不肯从了我，那我就把你宰了。”

“可以解的。”他声音淡淡，容色清冷。

“唔，好吧。”墨九低头，揉了揉空掉的肚子，“若能把它拎出来，我一定先笞臀五十，然后再油炸……吃掉。”

萧乾默然。

四周一片安静，只有瀑布的声音。

一阵短暂的沉默后，墨九也不晓得说什么了。一个男人与一个女人在一起，很莫名地讨论一种与情有关的事情，却不是由心而生，而是由蛊虫控制的，这种感觉真的不那么美妙。

墨九抹掉脸上被瀑布溅到的水，看萧乾不动如山，突然觉得，与一个活死人坐在一起，度过漫长的一夜，简直生不如死。

闲得无聊，她仔细回忆了穿越后的经历，简直就是一出狗血的“墨九历险记”。至今她还没有找到对这个时代的归属感，但凶多吉少的事却发生了好几回。这老天就算要降大任于她，也不是这样收拾的吧?

胡思乱想间，她又没话找话：“萧六郎，说说你的事吧？”

“何事？”他嘴角依旧带笑，可眸底一闪而过的冷漠，却落入了墨九的眼底。

她瞥他一眼，侧身躺着，手撑脑袋，眉眼弯弯地冲他一笑：“比如你过去的情事?你都二十多岁了，不要告诉我，从来没有过喜欢的姑娘。”

她一脸八卦的神情，看着他，一张俏脸在月下山间的水波间荡漾，白皙得似美玉雕刻，明艳的眸子，比梨觞酒还要晶莹剔透。

“没有。”萧乾的视线避开了她的脸。

“你这人太没趣了。”墨九不高兴了，“那个温静姝哩?你不要告诉我，你与她之间，也只是叔嫂那么简单。”

萧乾沉吟着，久久不语。

墨九心里不爽，偏头瞪他：“说啊！”

萧乾语气淡淡地道：“不是叔嫂那么简单，也从无男女之情。”

墨九回他一声呵呵，他也不辩。

又一次陷入沉默，墨九很抓狂。这种不知未来如何，也不知明日的天还会不会亮的时间，过得特别漫长，可连个说话的人都这样无趣，就更漫长了。

冷风一阵阵地吹来，墨九有些冷，她瑟缩着抱紧双臂，看萧乾静坐如松，又不服气地拉开话匣子。

“萧六郎，你就不怕死吗？”

“嗯。”他答了，又似没答。

“我也不怕死。”墨九看天翻白眼，“可我怕饿死。”

“嗯？”像是刚想起她对食物的执念，萧乾唇一勾，清淡的笑意配上优雅端坐的身姿，竟像从九天降临人世的谪仙，在与她坐而论道，“不必害怕，我不会让你饿死。”

墨九感激涕零地翻身而起，拍他的肩膀：“有你这句话就够了。义气！”

萧乾面色不变：“我会先把你杀死。”

墨九整个人都不好了。瞪着他，她由衷地骂了一句“王八蛋”，又凄苦地叹道：“不过这样也好，被杀死总比饿死强。那萧六郎，在你杀死我之前，可否帮我一个小忙？”

萧乾道：“你说。”

墨九一本正经地道：“让我把你的脑袋掰开，看看里头到底装了些什么渣渣。”她说着就去掐萧乾的脖子，作势要掰他的脑袋。

萧乾很少与女子这般亲近，眉头紧蹙着不太适应地往后一侧，想要避开她，但墨九的脚原就勾在他的脚弯上，一下子被他拖住，身子便顺势倒了下去，重重压在他的胸膛上。

“呀！”墨九一惊，为了稳住身形，掌心结结实实地搭在他身侧的石块上，用一个极为有美感的角度，完成了她人生中的第一个“石咚”。

“这……”墨九很无辜，“我不是故意的。”

“嗯。”他伸手扶她。

或许二人身上的云雨蛊再次有了感应，左右了彼此的情绪，加上暧昧的石板上，月华倾泻，墨发白衣，倾城之色，她的脸美得不若凡尘女子，妖娆、俏媚，萧乾的目光流连在她的脸上，那只落在她肩膀上的手掌，久久未能挪开。

墨九盯着他，喉咙有些干涩：“萧六郎？”

他目光微闪，似是回神，将她扶坐起来：“嫂嫂坐好了。”

一声嫂嫂，他在刻意提醒什么，墨九懂得。

可她虽然莫名其妙地成了萧六郎的嫂嫂，认知里却一直觉得是自由之身。身子是墨九儿的，灵魂是她自己的，只能由她来掌控。

但这一刻，在萧乾回避的目光里，她突地有点心虚，就像做了错事生怕被人揭穿一样，她甚至在想：他会怎样想她这个轻浮的“嫂嫂”？

她悻悻地捋了捋发："石板好滑。"

萧乾瞥她："没看出来。"

墨九牙根一痒，觉得这人特别欠揍。为免彼此尴尬，他不是应该顺着她把黑锅背在石板的身上才对吗？可他偏偏要把事情揭穿，到底是太老实，还是太不老实？

"萧六郎。"墨九凑近盯着他，"你到底会不会说话？"

"我不说谎话。"萧乾眸色清冷，干净得不含一丝杂质，"从不。"

"你莫要以为我对你有什么企图。还是那句话，在我眼里，你比起旁人来，真不算优秀。"

墨九不相信他听不来弦外之音，可他没有表态，她又一次无趣了。看着湿透的衣裳，想到苦逼的遭遇，她瞪着天，懒洋洋地道："亲，死前给我来一桌好菜，来一壶梨觞，可好？"

萧乾好笑地看着她："梨觞就这般吸引你？"

墨九认真点头："梨觞是好酒。"

萧乾面色微暗："梨觞是好酒，又并非好酒。"

这话有点意思了，墨九兴致勃勃地看着他："说重点。"

他说："萧氏家酿传承数百年，可梨觞却只得一窖，你可知为何？"

这事墨九曾听东寂提过，却不知原委。

在这样一个月朗风清的"渡劫"之夜，说故事再好不过了。她眼睛眨巴眨巴着："说来听听！"

萧乾瞥她一眼："我在问你。"

这下，墨九无语了。

他微微低头，情绪不明地道："闭上眼，睡一会吧。"

这是要结束谈话的意思了，墨九听得出来。也就是说，虽然她与萧六郎有很多的契机在一起，又必须在这里单独相处一个晚上或者相处到死亡，但她与他之间却永远跨不过那道鸿沟。

当然，墨九穿越异世，也从来没想过要碰上一个如意郎君，宠她如珠如宝，从此过上夫唱妇随的生活。在穿越之前，她对感情之事，并没有什么概念，除了吃吃睡睡，玩古董捣机关，对旁事也没有多大兴趣。只这会儿受蛊毒影响，开了些情窦，但又因为心知是受蛊毒影响，并不太确定这样的情愫。于是，她对萧乾的感情，就变得奇怪和微妙起来。

他与旁人不一样。

可这个“不一样”，又并非真的不一样。

她连自己的感情，都不知是否由心而发，这种感觉令她很窝火。

萧乾对她，似乎也是如此。

哪怕他身居高位，哪怕他一呼百应，哪怕他容色倾天下，却从来都是孤独一个人。除了旺财，墨九觉得他只有自己。但如今因为蛊虫，他不得不与她有交集，想必他比她还要郁闷吧？

墨九不是文艺的人，找不出文艺的词，思考了一会混乱的关系，诅咒了几百次尚雅和蛊虫，她打着呵欠，慢慢就有了困意。

秋夜本凉，衣裳又湿透，她无法睡得安稳，瞥了萧乾好几次，内心挣扎了一会，终于把骨气放在了性命之后：“萧六郎，你把衣服脱给我好不？”

萧乾迟疑一瞬，慢慢地解开披风。

不知什么时候起，他的披风似乎成了专门为她准备的。

然而，他的披风也是湿的，并不能为她增加温度。墨九将披风裹在身上，越是犯困，越是觉得冷，不由咂咂嘴道：“要是有一锅火锅给我涮涮，该有多好。”

萧乾默默地看她一眼，伸出一只胳膊，绕过她的脖颈，掌心裹住她瘦削的肩膀，手臂微微一收，就将她抱过来压在怀里：“睡吧。”

墨九一愣，身子僵硬着，抬头看他月光下模糊的五官，静默一瞬后就想通了。先前都抱过了，再矫情没有意义。更何况，他正经给她取暖，她又何必心生龌龊？于是，她终被这瀑布下月华光影中唯一的暖色诱惑了。

天是黑的，夜是冷的，只有他，是暖的。

她没有说话，闭上眼睛，很自然地将身子偎入他怀里。

她的衣衫本来就薄，湿透了更是紧紧贴在身上，曲线玲珑，与他刚硬的身子相贴，那温暖，让她忍不住舒服地叹了一口气。

而萧乾目无情绪，风将他长长的发丝撩起，他身影挺直，一动也不动，哪怕抱了一个柔软的女子，也依旧寂寞如斯。

墨九久久睡不着，为免尴尬，她在他怀里轻声问：“萧六郎，你吃过桂花肉吗？临安的桂花肉好吃得很。”

萧乾嗯一声。

她其实不需要他太多的回答，只在用吃食来转移注意力：“还有火腿，你喜欢腌的，还是熏的？我自己以前也做过，用盐渍了，再腌制……不过论起火腿来，还得金华的好吃。”

他还是只有嗯声，并不会像东寂那般，告诉她说，会带她一起吃尽临安的美食，会与她一同畅饮个不醉不归，沉默得像一个石雕。

墨九想到东寂，不由叹息：“听说临安有很多好吃的，也不晓得我有没有机会去了。”

“嗯。”

她又道：“我想吃百味羹。”

“嗯。”

她还道：“还有东坡肉。”

“嗯。”

她舔舔嘴角：“再来些虾蕈、葱泼兔、酒蟹，烫一盏美酒，涮一夜火锅。”

“嗯。”

她脑子搜罗着想吃的东西，慢慢就有了睡意，声音也含糊起来：“萧六郎，是人都有欲，你不喜妇人，不好吃，那人生还有什么乐趣？”

这一回，他连嗯都没嗯。

墨九闭着眼睛喃喃：“六郎有过喜欢的东西吗？”

她以为他不会回答，可他沉默一会，却答了：“有的。”

墨九嗯一声：“什么？”

萧乾道：“旺财。”

这下，墨九无话可说了。

那一夜，她就这般靠在他身上睡去。

半夜里她醒了一次，看见他并没有合眼，但手臂将她裹在怀里，那件潮湿的披风半干了，依旧套在她身上。外面风很凉，他的体温却很暖，这让她觉得这厮其实也没有那么可恶。

再一次合上眼，她睡得很安详。

瀑布哗哗的流水声，浸入了她的梦。

石板上，水波荡荡，发丝轻扬，二人相拥，如一幅美妙的山水画。

当清晨的微光闯入眼帘，墨九眯了眯眼再睁开时，看见萧乾俊美的脸，有一种做梦般的错觉。她到底是一个未经人事的女子，再淡定也不免心跳加快。于是，她翻身坐起，捏了捏身上的披风："都一个晚上了，还没有干。"

"有瀑布，如何干得了？"他答。

"也是。"墨九只是找些话来说罢了，她看萧六郎一夜未眠，也不显疲惫，又少了些内疚感，"天都亮了，也不晓得我师兄他们怎样了。"

"你怎不想想旺财？"萧乾的话很让人莫名其妙。

"想啊。"墨九情商走失中，没觉得他问的有什么不对，"不仅想旺财，还有灵儿、击西、走南、闯北、薛家小郎，还有申长老，还有你那些侍卫，希望他们死得干净利索点，别受罪。"

萧乾："……"

墨九又皱眉："不晓得破除巽墓机关的人是谁，拆了墓室，却偏偏留下一个机关。从刘贯财的举动看，他事先是知晓的，也就是说，这个人很可能是谢忱的人。"

这个分析是合理的，萧乾问："那人比你如何？"

墨九晓得他指的是什么，冷笑一声，望着天道："九爷文成武德，泽被苍生，千秋万载，一统江湖！岂会有人盖得过我？"

萧乾默默地盯她一眼，还没说话，她却突地瞪圆双眼，指着他身后，惊喜地大喊："萧六郎，快看，那儿有一个岩洞。"

昨夜天黑又没有灯火，瀑布的水流盖住了洞口，他们没有看见。如今天亮了，洞口就显露了出来。

萧乾没有惊讶，只稍稍点头："先前我已看见。"顿了顿他又道，"依你之见，这可是巽墓的出口？"

墨九观察片刻："可以一试。"

萧乾扶着她起身："那走吧。"

墨九一笑，露出白生生的牙："您老先请。"

这货永远不肯吃亏，便是与萧乾在一处，也会考虑自己的安危。这没有什么错，人性本能而已。可萧乾目光深了深，却端详她良久，方才默默地转身。

他那一眼，墨九觉得很像她自己。每个人生存在世，其实都小心翼翼，或试探别人，或保护自己，不肯轻易靠近别人，更不肯对人付出全然的信任。

萧乾并未进入瀑布后面，而是长剑挽起水花往里一掷。

当的一声，剑身入洞，落在石头上，并无水响。

他放下心来，身影一蹿而入。

墨九紧紧地盯着洞口，一眨不眨。

很快，他再次出现在洞口，朝她伸出一只手。

看着他干净修长的指节，墨九抿唇一笑，将手搭了上去。

洞内很狭窄，只能容得二人通过，但甬道却深不见底。

两个人身上都没有火，只能手牵着手，摸索着在黑暗里前行。

人是需要同伴的动物，尤其在危险的环境里。

墨九由他拽着，走在黑暗的甬道上，希望快一点出去。可甬道弯弯曲曲，仿佛没有尽头。

她看不清，也不知走了多久，腿脚酸软，脚底都磨出了水泡，肚子也一次次咕咕地叫唤着抗议，但后退无路，他们只能前进。

久久地跋涉着，等再一次看见星光与月影时，墨九惊愕不已。

天居然又黑了，他们走了整整一天？

洞口处离地很高，下面不是陆地，而是水，一望无际的水，望不到尽头，不是大江大河就是湖泊海洋。她四处望了望，低咒道："这到底是什么鬼地方？"看萧乾不吭声，墨九低头瞄一眼脚下的水浪，问："怎么办？萧六郎，难道我们要游过去？"

嗯一声，他突然带着她的手，扑通一声跳入水中。墨九没有准备，大吼一声，为免沉下去，急忙抓紧他的胳膊，双脚在水底将他的腰身牢牢圈住。可即便如此，她还是呛了一口水。不过，却在毫无准备的情况下克服了从高空跳水的紧张。

"萧六郎，说一声你会死啊？"

萧乾被墨九紧紧圈住腰，往上浮就有些吃力。为免被她一起带沉入水，他掐了一把她盘在腰上的腿："放松。"

"大爷的！掐我……"墨九痛得松开腿，骂人又让她喝了一口脏水，满肚子都是怨气。

"抓紧我。"萧乾不与她争吵，托住她的腰，浮上水面。

一圈一荡，一荡一圈，水波慢慢地平静下来。墨九咳嗽了几下，虽然想剥了他的皮，但她想要离开这个鬼地方，还得靠着他，也不好反抗，只得由他拖着往前游。

这个季节的水，凉丝丝的，浸入骨头般冷得让人受不住。可有萧乾托住她，墨九本就识得水性，也就不那么恐惧了。

呸了几声，她将嘴里的水吐出来，观察着暗夜下的水面，算着走过的路和离开巽墓的距离，左看，右看，身子扭来扭去："萧六郎，这里该不会是洪泽湖吧？"

"不要乱动。"他勒紧她的腰。

"哦。"墨九晓得他托着她很吃力，动弹会增加他的负担，也就配合地闭了嘴。

难得见她乖巧，萧乾扫一眼她水漉漉的脸，不再说话。

游到中途的时候，他在江中抓到一根不知从哪里飘过来的木头，终于轻松了一些，将她的身子搭上去，推着木头往前游："你可以说话了。"

"嘿嘿。"

这样被人推着漂流的感觉，有一点泰坦尼克号的意思。墨九从未体验过，觉得很新奇，不时看看萧六郎俊美的面孔。

直到被他推到了岸边，再被他抛在草丛里，她仍然有一种很梦幻的满足感。

"萧六郎，体力不错啊。"

她轻松地打趣，他却只有微微的喘气。

"唉，饿死我了！我们得找个地方先打个尖儿，填饱肚子。"墨九抖着水，四处观望。

天际已有一抹破云而出的霞光，又一夜过去了，天蒙蒙亮，远近的景致就可以看得很清楚，但她却发现这鬼地方是一片荒地，连棵庄稼都没有，显然不是人居之处。

满怀的希望，又变成了失望，她不由恨恨地道："这到底是哪个混蛋设计的陵墓？不知把出口弄在集市上吗？出来还可以吃一口热茶，叼一个包子！"

一天一夜没吃东西，她饿得前胸贴后背，说话的声音都是颤的。想她生在新中国，长在红旗下，家底也还可以，根本就没有饿肚子的机会，穿越过来遇到萧六郎，被带入萧家，也算得上锦衣玉食，从来没有想过会饿成这副德行。

听她肚子咕咕叫，萧乾默不作声地从怀里掏出一块用巾子包着的烙饼递给她。

"有吃的不早说？"墨九看一眼他湿漉漉的身子，伸出去的手，又收了回来，"你有几个？"

"一个。"他目光清淡，"我不饿。"

墨九向来饿不得，只要一饿，手脚就会发软，唾液也会分泌旺盛。虽然这烙饼泡了水，软绵绵的没了嚼劲，口味更是提都不必提，但能填肚子的东西，就是救命的东西。她把饼子掰成两半，递给萧乾一半，自己狼吞虎咽地吃掉了另一半，并没有注意萧乾把剩下的半只饼又仔细地包在巾子里，揣入了怀中。

"萧六郎！"墨九舔了舔手，"这荒山野岭的，我们又累又饿，恐怕走不出去。你与你的属下有没有什么特殊的联络方式？比如信号弹？"

"信号弹？"他不理解。

“响箭？”她想了个词儿。

萧乾摇了摇头：“你在这儿等我，我往前看看。”

他们虽然是顺着水飘过来的，可方向却未必是直线，完全有可能在水流的冲击下，游到了下游的岸边，说不定离赵集镇已经很远了。墨九看他的背影消失在眼前，心底突地有些恐慌，那是一种人类在逆境时失去同伴的紧张。

神思不属地等了一会，她跟了上去：“萧……”

一个字还在唇边，她便惊愕地闭上了嘴巴。

在稀薄的晨雾里，萧乾用剑割下一条野生的榆树枝，剥去粗硬的青皮，把树骨丢掉，动作熟练地将嫩嫩的部分塞入嘴里，优雅地嚼动。这样的举动，若旁人做来，一定邋遢落魄，可他却清雅高贵，吃着树皮与吃山珍海味并无不同。

墨九怔了一瞬，默默地转身回到原处，没有喊他，更没有感激地大吼大叫。

男人的尊严，不容冒犯。

从那天入巽墓，他便滴水未进，口粮未沾。她吃得比他多已经饿成这样子，他自然也饿。更何况，他还带着她逃生，带着她游水，体力消耗比她更甚。若她没有猜错，那一张饼是在墓穴里薛昉递给他的，他当时没有吃，在这长达一天两夜的奔波中，他不可能没有想起吃它。饥饿就要吃是人类的本能，可他却把仅剩的一张饼给了她，自己偷偷吃榆树皮充饥。

她不愿意戳破这件事，大丈夫保护妇孺时的姿态很伟岸，可对萧六郎这样骄傲的人来说，这种伟岸不见得喜欢被女人知道。

萧六郎回来时，脸上还是不冷不热的态度，墨九也没有太多感激的情绪，就像根本不知道似的睨着他：“走了这么久，我还以为你丢下我跑了哩？”

萧乾皱眉，朝她伸手：“走。”

墨九眺望一下远方天际的朝霞，歪着头道：“你要不要休息一会？”

萧乾冷声道：“不用。”

这货很固执，墨九也懒得与他唱反调。她撑地起身，可大抵坐得太久，走了几步，一不小心踢在石头上，身子便踉跄了出去。虽然没有摔倒，但脚尖那酸爽，痛得她龇牙咧嘴，不由捂住脚呻吟：“我去，我这是犯太岁了啊！”

“我看看。”萧乾蹲身拽住她的脚。

他是个医者，比寻常男子少些忌惮，可也不知为什么，墨九为了稳住姿势，刚把手搭在他的肩膀上，他原本想脱掉她鞋袜的动作就停下了。他扶她坐好，从怀里掏出一瓶药递给她，背转过身去："自己擦一擦。"

墨九眼泪都疼出来了，可看他这样又有些想笑。

古人有时候真是迂腐得可爱，看一下脚有什么关系？暗自腹诽着，她没有为难他，自个儿撩起湿透的裤腿，脱掉袜子看了看，有一团瘀青，却没有出血。于是，她把那药膏随意抹了抹，又递还他："谢谢。"

因为不在意光着脚，所以她先还药瓶，没有先穿上鞋袜。

萧乾回头就看见她踩在草地上那一双白嫩嫩的小脚。白皙似玉，光滑柔美，圆圆粉粉的指甲壳像涂有一层胭脂，每一个脚趾都像珍珠似的小巧晶莹，伴着她毫无心机的笑，看得他眉头一皱，心尖像被毒蛇爬过，麻酥酥地啃噬了一口。

他转过头去："穿好鞋袜。"

墨九呵呵地干笑，照办了。可她没有想到，这个连脚都不敢看的家伙，却在她的面前蹲下来，将背朝向她，沉声道："上来。"

墨九张大嘴巴，见鬼似的："你要背我？"

他有些不耐烦："你那破脚，何时走得出去？"

墨九考虑一下，脚尖在地上转了转，觉得用不着。但她是个懒人，脚受了伤，又有人自愿背她，她也不能扫了人家的脸面嘛。于是，她笑眯眯地趴在他背上："自愿的啊，我可不欠你。"

她身子轻，他背着她并不吃力，连喘息几乎都没有，走在杂草丛生的荒野上，姿态俊雅，很美很温暖。他不吭声，墨九也不吭声，只觉男子的肩膀与女子不一样，宽大，温暖，有一种令人安心的感觉。

一个人在背上无聊，她侧头看他，一滴水从他的额头滴下，入鬓的眉形更显坚毅挺拔。她看得有趣，低头凑近他的耳侧。

"萧六郎，你这个人好奇葩。"

他不回答，墨九自说自话："说你坏吧，有时候对人又好得很，说你好吧……"顿了顿，她不忍打击他，"也真的好。行了，看在我们同甘共苦过，我与你讲和了，不再做你的敌人。"

萧乾一怔："你不是敌人。"

她嘻嘻笑，湿透的长发就散乱地掉入他的脖子："那是，我们是一条船上的蚂蚱。"

他侧头瞥她："你是我嫂子。"

墨九不轻不重地笑："若你大哥长得像你这么好看，对我也不错的话，这句话我就认了。否则，你萧家是萧家，我墨家是墨家，别扯这门亲戚。”

萧乾：“……”

两个人许久没有说话，也不知走了多久，终于看见一个村庄。

看屋舍上方袅袅的炊烟，看溪水绕村而行，看小娘洗衣，看农夫锄田，看那一幅狗吠鸡鸣的景象，墨九有一种从地狱重生的欢快。

“萧六郎，我们是不是得救了？”

他定住脚步，眺向远方：“是。”

哈哈一笑，墨九道：“那你把我背进去，先吃饱饭，再丢下我自行离开就好了。”

这个临水的小村庄因两个衣着华贵的外乡人在王三麻子家做客，很快就热闹了起来。村子太小，村头尿个尿，村尾都能见着水，不管发生什么事，都避不了村人的耳目。

王三麻子的媳妇是个勤快人，家里来的客人给了她一锭白花花的银子，她把米缸里省着吃的白米都舀了出来，还把鸡仔宰了一只。

南荣富饶，但与任何一个古代社会雷同，因交通原因，富在城镇，乡下人都很贫穷。尤其这个村子太偏远，几乎完全自给自足，落后、贫困，田地上稀疏的作物，因土壤与水患，萎靡地打着蔫，收成也不好。村人日子不好过，却质朴敦厚，热情得让墨九嗅着开水烫鸡毛的味，都觉得纯正不少。

“大嫂子！”墨九穿着王三媳妇的衣裳，空荡荡的有些透风，便找了一根草绳系在腰上，坐在灶房门口看王三媳妇打理鸡仔，想着鲜美肥嫩的鸡肉，与她闲叨叨，“大嫂子，你们村子叫什么名字？”

王三媳妇抬头笑道：“上头叫上流村，咱村就叫下流村。”

墨九哦一声：“这名也太省事了吧？”

习惯了这个名字，王三媳妇倒不觉得有什么，乐呵呵地笑着：“小娘子去堂屋坐吧？这外头风大，眼看又要下雨，你这单薄的身子骨，泡了水，容易受寒生病。”

“无事无事。”墨九笑而不动。

饥饿的状况下先闻闻肉味也是好的。一只鸡，祸害得她胃都快要翻天了，她哪舍得走？再说，她就乐意看人做吃食的过程，那也是一种享受。

于是，王三媳妇把打理好的鸡拎到灶房，她也跟了上去：“嫂子，我帮你烧柴火。”

王家媳妇看她白白净净俏得天仙似的，哪舍得她上手？可墨九受了冻，换了衣服，骨子里的冷意却未退，愣是坐在灶膛前，捡了柴火往里塞。

烧火这事看似简单，可做起来却很讲究技巧。农人大都懂得怎样用最少的柴，烧出最旺的火，可墨九一股脑地把灶膛塞得满满当当，柴火没办法充分燃烧，浓黑的烟雾便蹿了出来，呛得她咳嗽不止："咳咳，嫂子，这柴火怎么回事？"

"小娘子一看就是贵人。呵呵，你放着，我来。"

王三媳妇把灶膛掏空，又重新生火。

墨九悻悻地在边上看，叹道："果然天才也不是万能的啊。"表扬自己的话刚落下，她眼风就扫到了刚刚推开篱笆门进来的萧六郎。

他不像墨九那么随意，还有着近乎变态的洁癖，拒绝了王三麻子去找高个头的村人借来的衣服，依旧穿着那一身泡过水的半湿衣裳。

墨九诧异这货去哪里逛了一圈，出去把他拉进灶房，抱歉地对王三媳妇说："嫂子，我来烧火吧，顺便给这货烤烤衣服。"

王三媳妇乐呵呵地笑着去案板上宰鸡去了："小两口感情真好。"

他们没有问过墨九与萧乾什么关系，但墨九是萧乾背入他家门口的，他们自然而然地把他两个当成了夫妻。不管是萧乾还是墨九，谁也没有特意辩解。

当然，墨九是不知该如何辩解。难不成她特地强调，她其实是他嫂子？反正是过了这村就没有交集的人，罢了。

墨九把灶膛前的矮凳搬过来，拍了拍："坐好。"

这命令的语气……与小娘子瞪夫婿一模一样。王三媳妇好奇城里夫妇的相处，又回头瞥了一眼，抿着嘴发笑。

墨九也不觉得有什么，霸道地让他坐在灶膛前，自个儿弓着身子拼命掏灶膛，想把火烧得旺一点。可王三媳妇烧得好好的柴火，被她折腾一回，柴火塌了，火苗小了，黑烟又蹿了出来。

墨九被呛得直皱鼻子："我就不信，还收拾不了你？"

然而，黑烟滚滚，却不给九爷面子。

眼看又要把火折腾灭，墨九无奈得都想哭了，火钳却被萧乾接了过去："我来！"

然后，他便熟练地拨弄着柴火，呈"十"字架好，留出通风的地方，很快火苗便蹿高了，灶膛里红艳艳、亮堂堂，极是喜人。

墨九吃惊："萧六郎，你居然会烧火？！"

萧乾不回答，也未抬头，专注地看着灶火。

几乎突然地，墨九有点心疼这个男人。她听说萧乾是外室子出身，以前萧家并不肯接纳他，想来小时候的日子并不好过，也一定有过艰苦的经历，才会造成他这样拒人于千里之外的性子吧？可谁能想到尊贵清华的枢密院萧使君会吃树皮会烧火？

鸡仔还没有下锅，王三就急匆匆地从外面回来了。

他收了一锭银子不踏实，愣要去河对岸的镇子买二斤肉回来款待贵客，可这刚出门，怎就空着手回来了？王三媳妇擦了擦手，赶紧迎上去："他爹，怎么了？"

王三搔了搔头发："该死的老王头不肯过河，说马上要下大雨了，我给二十文他也不去……"

下流村一面靠山，三面临水，靠山的位置悬崖峭壁，山道很难攀登，平常还好一些，连日的大雨让山道湿滑难行，且翻过山，离城更远。他们唯一相近的镇子在水的那一头，平常村人靠村里的渡船过去，卖鸡鸭粮食换一些日用品，可这天气太糟，水患未平，前几日又出了不少事，时不时有浮尸，船夫害怕，给钱也不肯过河。

"唉，那只能慢待贵客了。"

王三两口子很歉疚，一锭银子太沉，压得他们的善良喘不过气。于是，他们又去邻家借了些白面，把舍不得给孩子吃的鸡蛋摸出几个，这才好受了些。

可善良的人，未必都有好运。这"朝霞不出门，晚霞行千里"，一抹霞光收去，乌云一卷，天儿就阴沉下来，先是淅沥的小雨，不一会工夫，就变成了倾盆大雨。

王三倚着门槛哀叹："这才好了两天，又要涨水了？"

王三媳妇在灶上忙活："咱们地里的庄稼，又该没收成了。"

王三道："天公不作美，老天欺负咱穷人啊！"

王三媳妇叹口气，没有再接着这个话头，转头看他道："他爹，去挖点芋儿回来，掺在鸡仔里一起烧，香着哩。"

王三点头："哎，这便去得。"

他要冲入雨里，王三媳妇却放下菜刀，噔噔地跑过去，拿了蓑衣披在他身上，一口一个"仔细点"。

两口子眼神的互换，亲人般的信任，还有"贵客"带来了银子的喜悦，让墨九很有感触：人在只求衣食温饱的时候，其实最容易满足与幸福吧？

芋儿烧鸡这道菜，光是想想墨九就流口水，但她良心建议鸡蛋不要放到一个篮子里，让王三媳妇把煮好的鸡分成了两半，一半烧了芋儿鸡，另一半用来凉拌。然后，她和王三家的大小子去村口摘了新鲜的桂花，亲自动手做成了桂花凉拌鸡肉，加点鲜笋一起拌，精细香脆，简直酥死她了。

“萧六郎，味道怎么样？”

她有些得意，一般来说极品吃货都特别会做吃的，墨九也不例外，这盘菜比王三媳妇的烧鸡，味道好了确实不是一点半点。

萧六郎很配合：“不错。”

“那你赶紧吃啊，我也不会笑话你吃相不雅……”说到这里，墨九突然看见王三家的两个小子躲在门后面，眼珠子巴巴地盯着她，不停咽唾沫。墨九一怔，招手唤他们过来：“你们还没吃？”

俩小子的眼珠子都快落在桌子上了，大的小子摇了摇头，抿紧嘴巴不说话。小的还不懂事，脏兮兮的小手指向桌子：“山娃子要吃肉肉，要吃肉肉……”

墨九这才晓得，王三两口子把鸡肉都盛到了他们的桌子上，连自家孩子也只喝了一点漂煮过鸡的汤水，加了些小米煨成的稀粥。

她过意不去，把两个小子抱上桌子，给一人夹了一块煨软的鸡肉。看两个小子开心得小脸通红，她也咧着嘴巴笑：“好不好吃？”

“好吃，谢谢婶婶！”

墨九对这个称呼不满：“叫姐姐。”

大的小子懂事：“姐姐。”

小的小子看着她的妇人髻：“……婶婶？”

墨九继续纠正：“姐姐！”

小的小子还叫：“婶婶婶婶……”

萧乾轻咳一声，墨九突然想到他在看自己笑话，偏头瞪过去，可他脸上云淡风轻，一点表情都没有。见她看过来，他回视她一眼，似乎不太适应与小孩子一起吃东西，慢慢放下了筷子。

墨九瞟他一眼：“你那点小洁癖省省吧，不是你萧家，也不是临安枢密使府，将就吃点。”

萧乾微微垂眸：“我饱了。”

墨九其实从未正式与萧六郎一同吃过饭，对他的饭量并不了解。但看他这么大个男人，吃那点确实太少，于是，拿过他面前的粗碗，夹了肉和菜，又盛了半碗米饭，咚地放在他面前：“吃！”

小妇人的衣裳，桃花般美艳的小脸，弯得月牙儿似的一双眼睛，墨九发狠时的样子，有一种娇憨，有一种俏艳。萧乾低眸，慢慢拿起了筷子。

墨九见状满意了，专心伺候两个崽子，随口道："你那里还有银子吗？"

萧六郎嗯一声。

墨九瞥他："回头你多给人留一点。"

萧六郎顿了顿，拒绝了："不必。"

墨九看一眼俩小子，压低了嗓子："你怎么这么抠门？看这家人生活多不容易？受人一饭之恩，当涌泉相报懂不懂？对你来说，一锭银子什么都不是，可人家得少遭多少罪？"

萧乾目光深了深："墨九，你可知一锭银子能买多少东西？这样的家庭，财多只会招祸。没有银子，他们未必不幸，得了飞来横财，才是祸端根源。"

墨九生在现代社会，在衣食上并未吃过苦，并不太了解这句话，只觉得萧乾是一只铁公鸡。但她转念想想，一锭银子确实很多了，时下的农人，平常流通的钱币是铜钱，一个家庭一年的开销也不过一二两银子，大多数的人压根儿就没有见过银子。

人的追求来源于欲，痛苦也来源于欲，也许他是对的。

吃过饭，天色渐渐昏暗，雨势渐大，雨声如雷，河风猛兽似的蹿过树林，发出一阵呜呜的咆哮，很是骇人。这么大的雨，他们过不了河，也出不得村。墨九心知萧乾着急防汛之事，也着急巽墓里那些人，可大风大雨又拖着一个她……他不得不留了下来。

留在农家，雨虽未停，墨九却有一种偷得浮生半日闲的愉快。她跟着王三媳妇去赶鸡仔入圈，看她侍弄院子里的蒜苗，看她拌食喂猪，觉得一切都很新鲜。尤其王家的两个小崽子欢天喜地地跟前跟后，她像个孩子王似的，把萧乾忘到了脚后跟。

玩得兴起，她没有发现那货哪去了，只乐到晚上，问题就来了。

这王三家就一间堂屋，两间卧房，除此之外只有灶房与猪圈，根本没法安排她和萧乾各睡一间房。而且，王三家把他们当成了夫妇，仁厚地把两个小子的卧房空了出来，换上干净的被褥，自己一家人挤一间屋，将小房间让给了他们"小两口"，还特地嘱咐不要客气，就当在自个儿家里。

"萧六郎，这可怎么睡？"

墨九很为难，屋里就一张床，她睡了就没有萧六郎的，若让给萧六郎睡，就没有她的。

可萧乾似乎不操心这事，看她一眼，将被子和褥子掀开，扯出下面垫着的草席，往门口的地上一铺，自己盘腿坐上去，把佩剑放在身边，端端正正地合上了眼。

"你就这样睡？"墨九瞪大眼睛看他。

“不然你来？”他睁开眼，目光淡然。

“要不然……”墨九迟疑一下，想这萧六郎是个薄性寡欲之人，从来没有不规矩的时候，也不惧他，“这床也还宽敞，我睡里面，你睡外面，咱们井水不犯河水。左右都住在一个屋了，就算你我说没睡一起，也没人相信。咱江湖儿女，何必计较小节？”

“我不习惯。”萧乾淡淡地道。

“不习惯啊，那这样好了。”墨九换了个说法，“那你睡里面，我睡外面，我来保护你，总成了吧？”

萧乾看她一眼：“快睡吧。”

再次被拒绝了，墨九不好再多嘴，无奈地摊摊手，躺在褥子上，睁着眼睛四处看。

王三家确实很穷，用家徒四壁来形容也不为过，整个卧房没什么家什，一个乌黑的衣柜已不知用了几代人，棱角磨得皮都破了。便是她身下这被褥大概也是舍不得拿出来用的陪嫁，大红的颜色，薄薄的棉絮，簇新的粗布。

墨九叹口气：“我还是觉得应当多给他们一点银子。”

这一回萧乾没有反对，闭着眼轻声道：“好。”

“咦，你怎么又肯了？”墨九双手挽在脖子后，看他沉静如水的面孔，完全没有意识到两个人的商量语气，像极了熟稔的亲人或说夫妻。

“因为你执意如此。”萧乾从不爱说好听的话，更不会说冠冕堂皇的好话。他愿意多给王三家一些钱的理由也确实只有一个，她执意如此。

墨九意识到他的纵容，神色稍稍有点不自然，对着帐顶发了一会愣，也不知想到了什么，语气淡淡：“萧六郎，这雨若明儿还不停，我们可怎么办？”

萧六郎抬眼看她：“九爷不是上知天文，下知地理？”

墨九并无半分不好意思：“人有失足，马有失蹄，老天爷当然也有调皮的时候。”

这一夜的雨，敲在农家屋顶的瓦上，叮叮作响，但比起前两夜的处境，已是舒服了许多。萧乾一直盘腿而坐，不曾睁眼。墨九在陌生的地方，一时很难入睡，不由睨着他俊美的面孔发愣。

昏暗的油灯光线里，他安静得像一幅静止的画，画上的颜色，是一种似乎不容于世的沧桑。他年纪本不大，可墨九却觉得与他相比，她的心理年龄……简直还是个孩子啊。

“你再看我，是要让我睡？”萧六郎冷不丁冒出一句。

墨九一怔。他的意思当然是把床让他睡，可墨九看他端正的面孔，忍不住就想逗他："你想睡我？我才不让你睡。"

意识到这句话的"双关"，萧乾突地睁眼，望入她闪着黠意的眼底。

二人对视，墨九笑着把被子拉过来盖住自己，用一种她自己都没有意识到的低柔嗓音道："好了，玩笑的。我先睡了，你若是困得紧，就上来睡我边上。我睡相好，不会踢你。"

大概心宽好入睡，不知不觉，她就睡了过去。但这个说睡相还好的人，一晚上噩梦不断，一条被子被她踢得七零八落。噩梦中，她像一根灶膛里烧过的柴火，被架在熊熊的火焰上，很渴，很渴，很想找水喝，可走了一程又一程，却怎么也找不到……

"水！我要喝水！"

半醒半睡中，好像有人揽住她的脖子，递了水给她。她不知对方是谁，只觉得那人的衣袖似乎有一种天然的淡香，清凉的、薄透的，让她很习惯，很舒服。可那水入口，却是苦丝丝的味道。

"好苦！"

叹一声，她依旧睁不开眼，头很重，像嵌了两千斤的大石头，倒下去就又睡了，继续做噩梦。

在水里受了寒气，来势汹汹的高烧几乎席卷了她全部的意识，整个晚上，她忽冷忽热，忽睡忽醒，头脑胀痛，却完全没有意识到自己发烧了，更不知道在一个感冒也会要人命的时代，在这样的小山村，若没有医生到底有多凶险。

半夜里，有人探她的头，有人给她擦脸，擦手，那水很凉，冷得她激灵灵直哆嗦。但这个过程，她都是在噩梦中经历的。

一直到早上醒来，看见搭在身上的除了被子还有萧乾的披风，她才知道自己病了，而且活活折腾了他一个晚上。

"萧六郎。"她润了润干涩的嘴，"我终于发现，有医生在身边，真是一件幸福的事。"

萧乾站在窗边："醒了就起来吧。"

木窗是支开的，外面雨势已收，墨九瞥一眼，揉着太阳穴，乖巧得像一只可怜巴巴的猫儿："几时了？我头好痛。"

他往床边挪了挪，可不过几步，又站住，并不近前，只淡淡问道："头还烫吗？"

墨九看他戒备的样子，好笑地眨眼："你平常给人治病，都是离病床这么远的？你们医者不是讲究望、闻、问、切吗？你过来摸一摸，不就知道了？"

他看她语气轻松，唇一掀：“看来是好了。”

“好什么？我犯困。”

墨九说困就困，倒头下去又睡了一觉。

浑浑噩噩中，她又做了一场怪梦。梦中，她好像听见萧乾在叫她，依稀又听见了王三媳妇的声音，还听见旺财在狗吠，可她头太沉了，睁不开眼。发烧也给了她让自己娇气的理由，等意识再次回笼，已是雨过天晴，阳光都照到床头了。

她猛敲额头：“我怎么又睡过去了？”

萧乾还站在那个位置：“雨停了。”

墨九撑着身子起床，突地一愣：“我没打呼噜吧？”

萧乾淡淡地瞥她一眼，轻声道：“没有。”

墨九正想松口气，却听他又道：“你打的是雷。”

“打击我。”墨九太困的时候，鼻息很重，但绝对不到打呼噜的地步。于是，想了想，她伸个懒腰，鄙视地瞪他，“不就是嫉妒我有床睡吗？可怜的，你为什么非得做正人君子哩？睡一晚上硬地板，不舒服了吧？”

他不说话，把洗净的手绢递过来：“擦脸。”

墨九没有他讲究，但她发现萧乾从不用旁人的东西，也不会把自己的东西给人用。他既然愿意与她分享手绢，她也不客气，擦了擦噩梦与高烧带来的冷汗，有气无力地把手绢递还给他，问道：“我们这就离开？”

萧乾回头：“还有事？”

墨九迟疑：“不得吃了早饭吗？”

两个人达成了共识，墨九心情又愉快起来，她走到窗口，看外面的炊烟，看雨后的小村，看阳光下那层层缭绕的雾气，由衷地道：“我还真有点舍不得哩。”

她低声喃喃，萧六郎却不搭话。墨九听见背后窸窸窣窣的声音，晓得他在整理衣服，也没有回头，只看着外面的山坡上，王家两个小崽子和村里几个孩子在你追我赶，她的目光渐渐柔和了。

“走吧，去吃饭。”

说着，她兴高采烈地推门出去。

王三两口子束手束脚地立在堂中，看她出来，颇不自在地道：“夫人醒了？”

一夜之间，怎么从小娘子变成夫人了？

未待墨九回应，一只大黄狗就冲了过来，两只爪子直往她身上扑，欢快的嗷嗷声，很亲切，也让墨九错愕不已。

她拍拍旺财的头，转头看向院外。

两排整整齐齐的禁军，一动不动地立在门外，没有发出半点声音，军容整齐，极有威仪，比皇帝出巡还要严肃几分。这样的阵仗入得小山村，必然会掀起轩然大波。在那铁甲禁军的两边，村民们小心翼翼地观看，却连指点与议论都不敢。

墨九久久未动。

原来所有人都在等她。

“使君。”薛昉牵着马过来，“官船已备好，府台大人请您登船。”

那府台大人恭恭敬敬地上来示好：“请使君大人上马去渡口，下官已在官船上备好酒菜。”

地方官吏平常很难见到京官，尤其只手遮天的枢密使。他与萧乾说话时，墨九察觉到他掌心捏了又捏。

府台都敬畏至此，村人更是紧张。他们羡慕地看着做梦一般恍惚的王三两口子，一边忖度着这一家人往后怕是要发达了，一边学着禁军与府台大人的样子，纷纷恭送使君。

萧乾回头看墨九，小声道：“怕是吃不成早饭了。”

“是，毕竟已过晌午。”墨九笑着打趣，心里却明白，这时再留下来吃饭，恐怕王三两口子真的会手脚都没地方放。

萧乾上了马，旺财紧随其后，墨九却久久未动，倚在门口看他。他大概感受到她的迟疑，回头看来，披风在他转身时，扬出一抹飘逸的弧度，有一种不太真实的虚幻之美。墨九眯了眯眼，心没由来地沉了沉。

离开这里，他们又回到了自己的世界。这两天两夜的经历，除了他们自己，谁也不会知道，也不会被人提及，就像一个梦，悄悄地来，悄悄地走，真假未知，都将被抹去。他是萧乾，南荣的枢密使，她是他的嫂嫂，一个寡了两次嫁给了他大哥的小妇人……

王三媳妇看她不动，小声提醒道：“夫人，使君大人在等你。”

墨九看一眼萧乾未动声色的脸，笑着回头：“王三婶子，我走了啊，到楚州来走动时，你记得来找我……我是萧使君的大嫂。”

王三媳妇啊一声，脸色变了又变。

一群人都僵在那里，连呼吸声都弱了。

萧乾抿紧嘴巴，脸一沉，策马去了。

墨九笑容满脸地跟上去：“薛小郎，扶我上马。”

下流村离赵集镇好几十里，回去的官船逆风而行，走得极慢，到达时天已擦黑。萧乾暂居的那个宅子门口，候满了人。墨九在船上已换上男装，丢了那身农妇的行头，虽还病着，脸色略显苍白，可美人风姿，一举一动难减分毫，仍是英俊帅气的九爷。

她含笑下马，晃眼一看，该在的人都在了。墨妄、申时茂、墨灵儿、击西、走南、闯北……还有一群与他们共同经历过巽墓生死的侍卫。所幸，他们都没有出事。

墨灵儿第一个冲出来："九爷！"

墨九拍了拍她的肩膀安抚："你们都没事吧？"

墨灵儿摇头："我们只是担心你和萧使君。"

墨九哦一声，随口问："你们怎样出来的？"

灵儿似是有些不明白："我们从盗洞里走出来的呀。"

墨九眉头一扬："当时不是触发了机关？"

灵儿重重地点头，想起那一日的凶险，解释道："那日石室凶猛地摇动，我们都以为它要塌了，可不一会儿，就安静下来了。除了几个禁军哥哥被石块砸到，还有几个被自己人踩得受了轻伤，我们都没事……可清点人数发现少了你与萧使君，把我们都吓坏了。姐姐，你们怎会误入机关了？"

墨九："……"

这件事成了墨九机关人生中为数不多的污点之一。

在很久很久以后，当她成为了墨家巨子，还时常被人拿出来笑话。甚至在她为人妻为人母后与某个男人围炉夜话，把酒叙旧，还一次次被他数落与嘲笑。

也就是说，当时如果她不下池塘逃命，就什么事都没有。那个机关的厉害之处就在于，对于不懂的人没有伤害，要伤害的人，就是懂机关且天性聪慧的人，只有这样的人才会第一时间寻生门入池塘，从而误入机关。

这个心理战，玩得墨九服气。

晚上她钻入房里，除了旺财谁也不见。人都道九爷出师未捷身先亡，丢了里子丢面子，丢了面子还生重病，怕是不好意思出来见人了。其实墨九并不是，她在屋里闷着，一来生病没力气，二来始终在思虑，拆巽墓机关那个人到底是谁？

她想的与别人不一样。他们都以为那是机关制造者收拾后辈机关人的，可她偏偏认为，那个池塘的误区并非巽墓原本设计如此，而是有人拆除后改装过。那个人很厉害，她很有兴趣。可那个人到底是谁？

也许谢忱知道，但他不可能告诉她。

在他们回来的头一天晚上，谢忱就回去了。

当然，他是被抬回去的。

她没有想到萧乾真会依了她的谏言，让人在赵集镇找了两个年轻貌美的船娘过去陪谢丞相。船娘不仅陪了谢丞相，还真有本事把他陪到了床榻之上。据当时伺候的人说，谢丞相宝刀未老，与两个船娘共度春宵，直到第二天起来发现身体有恙，这才请了镇上的大夫过来。大夫诊治后说丞相之病，是为“过劳”，要多多休养，且莫再沾女色。

谢忱老脸挂不住，恨恨地离去了。

墨九当然不会相信谢忱会被两个船娘迷惑，干出这样不顾颜面的事，但她相信萧六郎如果想让谢忱看上两个船娘，也并非难事……而且，谢忱好像并没有就此事上书朝廷，更没有追究萧乾的过错，他在宅子里养着病，安静得反常。不过，萧乾却因池塘发现的尸骨以及转运兵令牌一事，派人前往临安，要求刑狱司再查当年转运兵失踪一事。

前几年，谢丙生刚任转运使时，边境常有战火，大批的战备物资和军队饷银经他之手辗转边陲要地。可好几次转运兵出事，不仅人没了，那些物资与饷银也失踪了。钱粮乃一个国家的血液，尤其战时，为重中之重，物资的平白消失曾经让朝廷惴惴不安，却始终没有线索，没想到这时却浮出了水面，自然要彻查到底。

接下来的三日，墨九都在养病，没出去乱晃。

萧乾在为治水之事忙活，但他也没有耽误为她瞧病，每日都有差人过来看她的病情，并送来药物与食物。不过使君太忙，一直没有回宅子里，所以连续三日，墨九都没有见着他的人影。

好在墨九也不太想见他。

她也忙得很，要了文房四宝，一个人在屋子里画图。

凭着记忆，她把坎墓和巽墓的地形草图画出来，又还原了机关图，准备深入研究，找到另外六个八卦墓的位置。可忙活一场，她发现墨家祖上造八卦墓，虽然取了八卦之名，却没有把墓放在八卦位上，墓与墓之间，并无位置的联系。

天下这么大，要找另外六个，岂非大海捞针？

她寻思找一个南荣地图，这样可以系统排位，可地图是个稀罕物，平常人根本不可能有。

左思右想，她终于想到了萧乾。

行军打仗，沙盘推演，他没有地图打个毛线？她想找他要地图，可三天没有见着他的人，突然就感觉生疏了。好像两个人共同度过的两天两夜被从记忆里划去了一般……她怎好意思厚着脸皮去找他？而且就算她厚着脸皮，他也未必给呀！

墨九后悔了——早知道当初多提几个条件。

想想她又捶桌——到底要地图还是要骨气？

思考再三，墨九最终选择了骨气。

第二天早上，她身子大好，拒绝了萧乾差人送来的药，高高兴兴地叫上墨灵儿上了街。可从街头走到巷尾，听说她要买南荣的堪舆图，人人都把她当疯子。墨九很奇怪，这民间就没有懂地理的人？

看她无头苍蝇似的乱窜，墨灵儿开始不明白，等晓得她在找什么，不由惊叹："九爷为何不找左执事？"

"墨妄？"墨九兴奋了，"他有地图啊？"

墨灵儿骄傲地道："左执事走遍河山大川，游历过数个国家，懂旁人之不懂，这天下就没有他不晓得的地方，没有他不晓得的事。"

"牛吹高了！当他百晓生啊？"墨九瞪她一眼。

不过她还是决定找墨妄。

关于八卦墓，她也就信得着墨妄。

研究墨家机关与八卦墓是一件神圣的事，她去找墨妄之前，特地沐浴更衣，换上一件干净的素色男袍，打扮得玉面生香，洗过的头发也不绞，只束上一根淡青的丝绦，就倜傥风流地领着墨灵儿从庭前穿过，去了墨妄的屋子。

天生的美人尤物，在哪里都是风景。薛昉看见窗前人影一晃，随口道："咦，九爷去了墨先生屋里。"

这无心的一句说完，他回头就看见萧乾的冷脸。

薛昉头皮麻了麻，继续说正事："我们夜审了刘贯财，可这厮是个有骨气的，拒不交代。不过，迟重已按使君的吩咐，派出数十拨人马，在招信、盱眙和楚州地界寻找囤积物资，故布疑阵，引得谢忱跟着走……"

先前他们就怀疑谢丙生与珒人勾结，用转送瘦马的途径将监守自盗而来的物资秘密送往珒国，卖给珒人，从中获利。但那时没有证据，如今有巽墓的尸体，此事基本坐实。不过，那几次朝廷失窃的物资，数目巨大，谢丙生盗了没多久就出事了，不可能有机会送出南荣。

因此，萧乾认定物资还囤在赵集渡，也许就在巽墓。因为巨额物资重量惊人，谢丙生需要人力运输，而运输的人，都被他灭了口，那么这些人的死亡之地，最有可能就是藏匿物资之处。这也就是谢忱千方百计阻挠他们入巽墓的原因。

从出事到现在，他们在监视谢忱，谢忱也在监视他们。但萧乾并没有继续搜巽墓，而是故布疑阵。

这真真假假之间，薛昉也混乱了："谢忱老奸巨猾，未必上当。再说这件事就算查实，也只能再定死鬼谢丙生的罪，很难动得了谢忱。"

萧乾不动声色，久久，只一个嗯字。

薛昉："……"

薛昉跟在萧乾身边有些时日了，萧乾的为人与性子他太了解不过，行事向来以公为先，很少因个人私务影响正事。可自打从下流村回来，他便时常走神。

轻咳一声，薛昉提醒："使君，接下来怎么做？"

萧乾半阖眼睛，沉吟道："什么也不要做，只尽力治水便是。"

薛昉惊道："谢忱那老贼，就这样放过？属下以为，就算治不了他私通珒人之罪，他指使刘贯财行刺使君却是证据确凿，就算弄不死他，也可刮他一层皮。"

萧乾侧头看他："你也说了，刘贯财不肯招。"

薛昉有些生气："今日不招，明儿总会招。我就不信他骨头真那么硬。"

萧乾沉默一阵，才道："薛昉，这场仗，我们看似赢了，打击了谢忱，抓获了刘贯财，还查到了失踪的转运兵，若还能上交朝廷一批失踪物资，更是大功一件。可实际上，却输了。"

"啊？"薛昉不解，"为何？"

萧乾慢吞吞地抬手，拿过一份斥候刚送来的信函，丢在薛昉的面前。

信函上的火漆封缄已被拆开，薛昉也不避讳，抽出信纸看了一下，惊声道："官家昨日已下旨，敕封皇长子为皇太子？这事怎会发生在这个节骨眼上？"

太子宋熹是谢忱的外甥，谢家最有力的后盾。

对于萧家来说，这一回合，明面上赢了谢忱，却输掉了在皇帝心中的信任。

这些年，萧运长一直极力为宋骜争夺储位，皇帝心中明朗。可宋骜为人洒脱，本人又无争储之心，在宫里整天就干些鸡飞狗跳的事，这样的性子，皇帝虽不肯轻易把江山托付到他的手上，但确实也疼爱他，从不苛责。身为帝王，他一定会想，宋骜若为储君，将来岂非受萧家，受萧乾控制？

谢、萧两家互相攻讦，如果谁也盖不过谁，皇帝会比较放心。如今萧氏光芒大盛，谢丙生一死，谢忱已是无后之人，在朝堂上也越来越难以和萧乾抗衡。皇帝会选中宋熹为储君，最大的一个原因，恐怕正是看中了谢氏的疲弱。因为，谢氏疲弱，外戚势力就弱，没有力量干涉宋熹。

薛昉藏不住情绪，偷瞟一眼萧乾，不高兴地咕哝道："使君，属下常听人说，官家最喜小王爷，怎会突然间就立了旁人做太子？属下想不通……这回咱们收拾了谢忱，太子上位，恐怕事情不好办了。"

萧乾面色淡然，似乎没有受什么影响，只吩咐道："你备些礼，回临安送去东宫。"

墨妄的房间，是萧乾差人为他准备的，只他一人住。对此，墨九其实一直有疑问，按理萧乾对墨妄没什么好感才对，可他却"热情"地留下了墨妄与申时茂一行人，着实令人费解。

"大师兄，你那日去萧府找萧六郎，都说了些什么？他怎么会对你这般好了？"墨九挑着油灯，慢悠悠地转头，"可是为了……千字引？"

墨妄含笑摇头："千字引之事，我知道的不比江湖传言多，也不比他多。"

墨九眉梢扬起："也就是说，他都知道？"

墨妄点了点头，突地定定地望住她："九姑娘，若有一天需要你挑起墨家的重任，你可愿意？"

墨九一愣："墨家有几斤？"

墨妄："……"

八卦墓才寻得两墓，墨家内部也复杂，墨妄其实不晓得该不该与墨九说明巨子之事。一来她在墨家威望不够，不足以服众；二来尚雅是墨家右执事，与墨九有旧怨，只怕她会横加阻挠。墨家又将是腥风血雨。历任的巨子，每一个上台，几乎都经历了一番流血攻讦，而这不是他想看见的。而且，他也不知道把墨九拖入漩涡，是为她好，还是害了她。

"来来来，不谈那些，我对墨家没兴趣，只对八卦墓有兴趣。"墨九把卷好的纸摊开，指给墨妄看，"这是我画的坎墓与巽墓的机关草图，等下次再有新的八卦墓，我们可以用于参考，毕竟出于同一个设计者的脑子，不管他怎么变，也会有迹可寻，只是嘛……"

墨妄看她沉吟，问："只是什么？"

墨九嘿嘿一笑："我们不得先找到另外的六个八卦墓吗？"

这玩笑并不怎么好笑，但墨妄还是配合地笑了。

墨九和他研究了一会儿机关，往门外望了一眼，严肃着脸道："不过师兄，我觉得若有一张南荣地图，对寻墓会有帮助。要不然，我们瞎子摸黑，总不能让墨家弟子一人扛一把洛阳铲，满世界挖坟吧？”

墨妄点点头，审视着她画的草图，又摇了摇头道：“八卦墓地，与八卦方位无关。在过去的几十年，墨家已有无数人印证过。我们要寻得八卦墓，唯一的法子就是……”

墨九半眯着眼看他。

好一会儿，墨妄才道：“神农山祭天台。”

墨九道：“祭天台不是只有拿到八卦墓中的八个玉雕才能打开吗？”

墨妄道：“确实如此，可祭天台共有九层，后面八层需要玉雕钥匙。第一层却有一个严格的禁忌——墨家巨子方可入。墨家没有巨子，无人入得祭天台第一层。我猜，墨家祖上会在祭天台为新巨子留下千字引的线索。”

“原则上来讲，确实是如此。可你们寻了那么久，那个巨子到底……”墨九说到这里，突然意识到什么，愕然地盯住墨妄，“难道那个巨子就是……我？”

墨妄静静地看着她，点了点头。

赵集渡的风雨停了，洪涝也得到了缓解。萧乾的治水之功，百姓虽然称颂，可不及天女石再次立于岸头，老百姓对“九爷”的爱戴。整天都有人送东西过来，顺带问一些家长里短，前程姻缘，把墨九逼得门都不肯出。

这几天，她与墨妄在计划寻找八卦墓。有时候聊得兴起，她会在墨妄的小屋与他秉烛夜谈，到夜深人静，还不肯回去。

墨九做事有责任心，虽然莫名其妙成了墨家巨子的“候选人”，但她与墨妄想的一样，不宜公开身份。看过武侠小说就知道，她如果真的可以启开祭天台的第一层，那么她与玉雕一样，也就成为一把“钥匙”，必将引来有心者的觊觎，那往后她都不要再想睡安稳觉了。

“如今这八卦墓，就是我的追求了。”墨九伸了伸懒腰，有点犯困。

“嗯。”墨妄看她疲惫的样子，笑道，“夜深了，你先回去，时日还长，我们不急。”

墨九翻着桌上的计划，懒洋洋地道：“你不急，我可急得很。等回了萧家，我就做不成九爷了，那大门不出二门不迈的日子，能愁死个人。”说到此，不待墨妄回答，她已半眯眼，自顾自道：“不行，我得想个法子。萧家要搬到临安了，到时候，我得有自由身，才能寻八卦墓……”

墨妄也为她忧虑：“可你已为萧家妇…”

“谁说我是萧家妇？”墨九瞪他，“我是九爷，我就是我，哪管什么萧家妇王家妇的？只要我不愿意，谁也管不住我。”

墨妄叹口气，只觉她的坚定与锐气，与以前的墨九有很大的差别。而且，他也不相信萧乾就没有丝毫感觉。于是，他问：“你与萧使君没什么事吧？”

其实他是想问墨九与萧乾有没有发生矛盾，可应了那句做贼心虚，墨九就像被锉子刺了屁股，激动地斥他一声：“我和他能有什么事？无非就是合约关系。”

墨妄不吭声。

墨九不高兴地抿紧嘴巴，又逮住墨妄追问：“你不问我，我还没想到审你。那日去我婚礼上闹事的小子，叫什么方姬辰的，他与你又有什么关系？那家伙见到我就叫姐，当时我也没反应过来，今儿才晓得萧乾把他带出府，交给你了。莫非，他姐姐就是灵儿的那个然姐姐？”

这货很懒，脑子并不常常转动。可她不笨，这逻辑关系一想就通。

墨妄没有否认：“是，姬辰是姬然的弟弟。”

他刚说到此处，门缝吱呀一声就被挤开了，可除了风，却没有人。好半晌，才探出一条狗头。旺财从门缝里挤入，摇头摆尾地看着墨九，要与她亲热。

“财哥来了？”墨九笑着摸它的毛，“怎么还不睡？”

旺财当然不会回答她，只把脑袋往她腿上蹭，嘴里全是撒娇的嗷声，长长的嘴筒子不时叼住她的裤腿往外扯。

墨九很喜欢旺财，见状不由抱紧它，泪奔不已：“我财哥是饿得有多厉害？连我的腿也想啃了。”

有旺财磨人，墨九与墨妄的对话没法再继续，不过趁那短暂的空当，墨妄也向墨九透露了一些事情。方姬然曾经喜欢过一个男子，当时她不知他是萧府长孙，后来他们的恋情被萧家发现，萧家嫌弃方家的门第，前去闹了一回，方姬然的父母自觉颜面全无，打了女儿，方姬然尔后才出了事……

很老套的一个封建社会爱情故事。虽然男主角是墨九的“夫婿”，但墨九还是唏嘘一回，抽空又问墨妄：“那师兄你与方姬然又是什么关系？”

像被人戳到软处，墨妄爽朗的面孔，微微一沉。

隔了好一会儿，他才回答：“姬然是我的师妹。”

听得这话，墨九一惊：“方姬然也是墨家弟子？”

墨妄点头：“我师父就收了我与姬然两个，她是师父的关门弟子。”

大抵牵扯到师门秘辛，墨妄不想说得太多。墨九如今也只算半个墨家人，不好意思继续打听人家的隐私，她不再多问，敲着旺财的头，就把这家伙拖了出去。

“你这毛病，得治了。”

骂着旺财，走过庭院，她一眼就看见了萧六郎。

他似乎为寻找旺财来的，只着简单的家常打扮，一袭白衣立于门楣之下，身上无半点饰物，可人长得好，便是不穿衣服也掩不住气质。可他不温不火的目光，对她视而不见，只在看着旺财时，方才带一抹淡笑。

这让墨九恼恨不已，情不自禁就瞪他一眼：“三更半夜扮鬼吓人，多大仇怨？”

萧乾不理会，向狗招手：“过来！”

旺财这东西养不熟，转眼就吐着舌头摇着尾巴往它主子的身边跑去。

墨九半眯着眼，又恨又眼热：“狗东西，白眼狼！”

听见她的骂声，萧乾并不生气，只冲她点点头，转头入屋，关上房门。

墨九冷呵一声，半眼都不再瞟他，便昂着头走了过去。

支开的木窗里面，薛昉看着她的背影：“使君，九爷回屋了。”

萧乾摸了摸旺财的头，并不多说：“嗯，明日回楚州。”

薛昉一愣：“那物资之事？”

萧乾道：“叫迟重来见。”

薛昉答应着出去了，不多一会儿，人高马大的迟重就身着盔甲走了进来。穿了一身笨重的戎装，他却很利索，走到萧乾跟前，抱拳行礼：“使君，你找属下？”

萧乾道：“谢忱那边如何了？”

迟重考虑一瞬，回答：“这些日子，谢忱与我们在楚州与招信地界四处捉迷藏，想来是以为已经把我们麻痹住了。今夜他调集了大批人马潜入赵集渡，想来与物资有关。只不晓得，他是要把物资献给朝廷，抢个首功，还是转运给珒人……”

“谢忱敢给珒人，这胆子也太大了！”薛昉接过来就是一阵痛骂。

萧乾摇了摇头，却道：“谢丙生的事，与谢忱无关。想他坐到丞相之位，又是太子外戚，位高权重，未必舍得一身剐……谢忱此番，只为给死鬼儿子擦屁股。”

薛昉重重一哼，还是火大：“真是为难他了！”

萧乾修长的指节在书案上敲了敲，交代迟重道：“随时注意谢忱动向。另外，你即刻点好人马，轻骑绕行至巽墓周围，一旦看见他们的人转运物资就擒拿。”

迟重抱拳称是，转而又问：“若遇阻挡如何？”

萧乾淡淡地瞟他一眼："杀！"

迟重单膝跪于地上："得令！"

又要回楚州了，墨九就像自在惯了的鸟儿要被关回笼子，打心眼里不乐意。早上起床，从洗漱到吃饭，她一言不发，早膳时遇到萧乾，也懒得多看他，始终黑着个脸。

行程是薛昉安排的，怜墨九大病初愈，薛昉特地为她准备了马车，可她偏生要骑马，还非得走在萧乾的身侧。他越怕什么，她就越做什么，她寻思，他不就怕人家晓得他们两个曾经走得很近吗？她就偏生要与他走得近。

不过，她却不与他说话，一路只与墨妄和薛昉等人谈笑风生，偶尔逗一逗旺财，笑得花枝招展。旺财成了替罪羊，舔着舌头，无处申冤。

快入楚州城时，已是晌午。墨九看路边有个饭馆子，就不爱走了。她是私逃出府，不可以与萧乾同路回府，要在这打尖儿，等他先走，晚点再回去。借口是合理的，墨九知道萧乾会答应，可她没有想到，他会留下来与她一块吃饭。

饭馆虽小，菜式却很不错。墨九早上与萧乾置气，没怎么吃东西，又在马背上颠簸了半天，这会儿吃什么都香。薛昉伺候在萧乾的身侧，看他把白绢子递过来，什么也没说，接过就顺手递给了墨九。

"九爷擦擦嘴。"

墨九头也没抬，拿着绢子就擦。

可闻到绢子的味儿后，她愣了愣，又把它丢开。

薛昉赶紧捡起，小心地看萧乾的脸色："使君……"

萧乾不多话，抿紧了嘴："丢了。"

看他二人这么别扭，这行亲卫包括墨妄，都没有食欲。墨妄张了几次嘴，原本想说点什么，可看墨九吃得很开心，便将心头的话又咽了下去。

吃了几口，墨九突地吸了吸鼻子："什么酒？好香！"

"客官好灵的鼻子！"小二高兴地接过话，看一眼她脚下的旺财，觉得这话好像有什么不对，又清了清嗓子，讨好地笑道："这是小店自酿的苞谷酒，除了小店，绝无二家。"

苞谷酒？时下自酿的粮食酒，酿得好的，就像饮料一样，酒精味不浓，却特别爽口。墨九想都没想："来一壶。"

"不许喝！"萧乾冷着脸，"你病刚好，不宜喝酒。"

"来一壶！"墨九不看他，只瞪小二。

小二尴尬地看看她，又看看萧乾，左右都不是人。

墨九看这般是要喝不成苞谷酒了，不由恼怒："我说来一壶！"

萧乾皱了皱眉，终是叹息："来一壶。"

小二松口气："哎，就来。"

这苞谷酒的口感，其实并没有小二吹嘘的那么好，不过墨九与萧乾较着劲，加上口渴，索性咕咚咚地往嘴里灌，一滴也没剩，把一壶酒喝了个干干净净，末了还舔舔嘴："再来一壶！"

小二看萧乾黑着的脸，都不想卖了。可墨九喝了酒，脸红了，眼红了，脾气却罕见地好了，她不管小二，只拿一双水汪汪的大眼睛看着萧乾："六郎，我还要喝一壶。"

这杀招一出，连薛昉都叹气了。他用膝盖猜也知道他家使君扛不住这样的请求，更瞧不得墨九可怜巴巴的样子。

偏生这货酒入了喉，胆子大，模样俏，心性却好。看萧乾不吭声，她又竖起一个白生生的指头："就一壶。"

萧乾沉了脸："打包。"

墨九不依："不，就在这儿喝。"

萧乾有些着恼："打包！"说罢他站起身就走，样子严肃冷漠。

可"打包"两个字，又哪会没有纵容？亲卫们都没看过他们家主子这般惯着谁……何况还是一个妇人。

墨九跺跺脚跟上去，萧乾已经上了马。

"萧六郎，你为何要与我作对？"

她在马下瞪他，萧乾却在马上看她："上马。"

墨九不高兴："晚上我会回去，不劳你操心了。走吧走吧，我还要喝……"

"墨九。"萧六郎突地低喊。

"嗯？"墨九狐疑地瞪他，"怎么？"

"你告诉我，苞谷酒是什么味？"

他问得突兀也奇怪，可墨九却怎么也想不起来苞谷酒到底是什么味了。眼前天旋地转，似是有些酒精上头。她咂咂嘴，赖皮地一笑："就因为没尝出味，我才想再要一壶。"

萧乾盯着她，哭笑不得，可声音放轻了："打包回去再喝。"

墨九撑了撑额头："好啊，回去可以，我要骑你的马。"

这货得寸进尺，萧乾忍无可忍："把她丢上马车，醒醒酒。"

于是，墨九被丢在了马车上，然后睡着了。

她醒来的时候，天色已昏暗，只有墨灵儿守在她的身边。灵儿说萧乾已经回去了，墨九也没着急，打个呵欠，先去一趟食古斋，吃了晚饭又领着墨灵儿在楚州城晃荡，准备等夜深了再从辜二家翻回去。

逛了一会儿，她想去买些吃的慰劳蓝姑姑和玫儿，可就在她与灵儿路过萧府门外的长街时，却看了一出好戏。一群乡里人模样的家伙，围在萧家的大门口，喧闹不停。墨九凑在人群里听了几句，这些人好像都是温静姝的族人，他们听说温静姝在府里被捅了一刀，前来讨要说法。

萧府是体面人家，不想闹事，可温家人明显来找晦气的，任凭管家仲伯费尽口舌，仍是不肯“进去再说”，趁着围观的人多，就大喊大闹：“各位街坊邻居，我们家那闺女，是个好闺女啊，又孝顺，又懂事，可孩子苦命，自从嫁到萧家，没过一天安生日子，人熬瘦了一圈，如今又平白挨了一刀，不知是死是活……萧家官大，朝廷里有人，我等草民讨个说法难哪。”

温家人的勇气值得欣赏，可墨九不认为蚍蜉可以撼树。萧家这是顾着脸面与他们好好说话，但真把萧家惹急眼了，这群人又能把萧家怎么样？单从萧家只派一个管家接待，就知道萧家对温家人什么态度了。

管家仲伯是个会处事的，他点头哈腰，从袖子里掏银钱袋，塞到为首的汉子手上：“他二伯，二少夫人的事，并不是这样的。那一日府中闹刺客，二少夫人是为了护着大少夫人，这才……”

“放你的狗屁！”温二伯一把将银钱袋甩在地上，还踩了两脚，“这点钱就想堵嘴？分明是你们家娶了长孙媳妇，欺我温家小门小户，骑到头上拉屎……旁的不必多说，赶紧把你们家大少夫人喊出来，给一个说法。”

墨九奇了！

难道她不在府里，故事版本已经变成了她捅伤温静姝？也不晓得哪个好心人故意诬陷她，把故事编得这么圆。而且，妯娌矛盾本就是普天下正常家庭的惯有矛盾。她有动机，有时机，据说还有人证……

墨灵儿捅捅她的胳膊：“姐姐，他们一定要见你，怎么办？”

经了她的提醒，墨九反应过来。好像这个时候，她站在这里看热闹似乎不太好？

就这会工夫，温家人已经往里冲了，管家喊来家丁护院，可毕竟不好与亲家打架。时人看重名声，这传出去萧家虐待媳妇，棒打亲家，对门风可不太好。

“灵儿，看来我得回府去了。”

“姐姐不要回去了，与灵儿和左执事回神农山去吧。”

“哦？”

“神农山可好了，我们墨家人多，才不怕他们。姐姐贵为巨子，走遍天下都不怕，何必在这里受他们的气？”

“好像有点道理。”墨九点头，“可大师兄说，我去神农山，也有可能会被人碾成肉饼呢。旁人不说，尚雅就不会放过我，她那情郎乔占平死了，她媚蛊也未解……咦，万一她看上我怎么办？”

对她不同于常人的思维，墨灵儿无语。

墨九看着萧府门口的形势，重重一叹，掉头就走：“只有对不住蓝姑姑和玫儿了。”

灵儿跟上去：“与姑姑和玫儿何干？”

墨九边走边道：“这些人闹入府，老夫人说不准就会拎我去见上一见。到时候我若不在，岂不是把戏都拆穿了吗？所以，那筒儿糕和鸭脖子就买不成了，她们也吃不成了。”

灵儿哭笑不得：“姐姐难道不是自己想吃？”

墨九虽然走得很快，也不忘回头瞪她一眼：“你这丫头好不晓事。看穿了人家，也不要揭穿嘛！”

灵儿抿着小嘴轻笑：“姐姐放心，灵儿等下就去买了给姐姐送到府上来。左执事说，姐姐不会拳脚功夫，难免会吃亏，身边也不能没有保护的人，所以左执事让我往后近身护着姐姐。”

“啊。”墨九竖眉，“你缠上我了？”

灵儿嘟嘴不高兴：“是保护。灵儿可厉害了。”

墨九眼一亮，又严肃地点头：“也好。可就算我容得了你在身边，萧府也不能无端多个丫头。而且老夫人不给你发月例钱，你还得让墨妄管饭，多亏啊？”

灵儿笑道：“左执事都与萧使君说好了，萧使君也是同意的。老夫人那里，姐姐就不必操心了。”

萧六郎同意的？

凡是他同意的，墨九就不同意。她指着灵儿：“不行！你，不许跟着我。”

她说着转身就走，灵儿在背后喊她：“姐姐，筒儿糕、鸭脖子也不行吗？”

墨九顿住脚步，回头看她：“限你一个时辰。”

萧府门口的热闹，吸引了不少人的目光。墨九悄悄地来去，没有任何人看见。只是，当她绕到辜家后院的时候，那辜二照常站在院子里，一眼就盯上了她。

二人对视，他道："这围墙是不是要加高了？"

墨九瞪他一眼，从围墙跳下来："加高做什么？你难道不晓得，围墙与锁一样，只防得住君子，防不住小人？像我这样的梁上君子，不管来去多少次，你家都很安全。若是小人，你把围墙砌到南天门，也能给你凿一个窟窿。"

一边说，墨九一边往萧家的围墙爬。

那嗖嗖的小动作，看得辜二神色怪异，却没有动作。只在墨九中途手滑的时候，他好心地上前问了一句："需要我托你一下吗？"

墨九叹息："世上还是好心人多啊。"

一直爬到"冥界"的围墙，墨九才松口气，回头看辜二安静的身影，突地道："辜二你若不是谢忱的走狗，一定会可爱更多。幸好在赵集渡你没有助纣为虐，若不然，我们之间的友情就完蛋了。"

辜二不高兴："我不是走狗，我只听差办事。"

墨九翻个白眼："就算是吧，可你还是谢忱的人。"

辜二又道："我是朝廷的人，不是丞相的人。再有，我们……何时有什么友情？"

墨九瞟他，语气很严肃："就在我吃了你家的鸡鸭，而你没有报官开始。这就是友情，由吃升华的友情……不过，辜二，我有个与友情无关的事想问你。"

辜二道："问。"

墨九先是笑："你叫什么名字？"

辜二目光眯了眯："你骑在墙上问好吗？"

墨九又笑："不好吗？"

辜二点点头："辜仇。"

这个名字墨九琢磨了好久，第一反应是以文字的形式出现在脑海里的。于是，两个大写的"辜仇"无端端就变成了形似的两个字：一个"睾"，一个"丸"。她沉吟片刻："你父亲真会取名，和你有多大仇恨哪！"

辜二根本不知她眼珠子一转一愣间，思维已经倒了几个弯，只道："九姑娘还不回去？"

墨九双手扒在墙上，把半个身子吊下墙来，注视着辜二，认真地道："其实我还有一个更加不友情的问题，你会不会回答我？"

辜二不置可否地挑了挑眉，那左眉下的疤痕便露出一抹狰狞的无辜来。墨九眸子一缩，突然觉得他单名一个仇，也并非没有道理。换她美美的脸上被人砍一道疤，活生生毁了容，她也会改名叫墨仇的。

清了清嗓子，她收回神思，小声问："辜二，你跟谢丙生那么久，晓不晓得转运兵失踪的案子？当然，案子我不关心，我只想问你，那墓里的机关是谁拆除的？谢家有一个很厉害的家伙，对机关术很在行，你知道是谁吗？"

辜二平静地听着，脸色没有半分变化。

等她问完，他才道："我要是知道，就不会在这里看你翻墙了。"

墨九疑惑："什么意思？"

辜二叹道："如今转运兵一案，乃是朝廷大案，莫说萧使君亲自督理这案子，便是官家也很重视，刑狱司上上下下都在忙活。我若知道个中内情，这会儿该在临安吃牢饭了。"

墨九干笑两声，又盯住他。

辜二被她看得眼皮猛跳，又道："那会儿，我被谢丙生调离招信，办别的差事去了。他是防着我的。"

这么一说，墨九就明白了，他不在场。

"你还真是可怜的，人人都防着你。这次谢忱在赵集渡做事，不也防着你？好吧，你没白姓一回辜，果然无辜。"墨九猜度着跳下围墙自去了。

温家人在外面闹腾，萧府里都沸腾了，可因为萧大郎要养病，南山院却清净得很，所以墨九从溜出去到溜回来，都神不知鬼不觉。

蓝姑姑与玫儿见到她，惊喜不已。玫儿冲上来给她一个狠狠的拥抱，开心不已。蓝姑姑却一边拭眼泪一边骂她："总算晓得回来了，你这一走，害我和玫儿担心死了。"

"担心被人发现吧？"墨九笑眯眯的。

"你也晓得啊！"蓝姑姑破涕为笑，张罗着给她备水沐浴换衣服。

墨九没有抗拒，笑道："走了这样久，我都好想念姑姑了。姑姑去给我做一碗你拿手的小刀面吧？等我沐浴完出来刚好吃上。"

这叫想念姑姑了？蓝姑姑哭笑不得，把沐浴的事交给玫儿，自个儿去南山院的小灶房和面。

墨九坐在浴桶里，想那老夫人何时会让人带她出去见温家族人，再与他们宅斗一番。可等来等去，小刀面都吃下肚子半碗了，也没有动静。

这就奇怪了。温家人来闹，分明欺负她娘家没人，怎么突然收了手？

墨九擦了擦嘴巴，吩咐蓝姑姑："去打听打听，到底怎么回事？"

蓝姑姑皱眉："不关咱的事，就不要问了。"

墨九瞪她："怎会不关咱的事？你都没听那些人说的话，又推人下水，又捅人卧床，又害人性命的，我这杀人夺命的恶毒头衔，能由着人戴头上吗？"

这姑娘向来没心没肺，可不代表她肯吃亏。蓝姑姑不想理会这件事，是因为他们在萧家没有根基，也没有地位。这种事本身就不在乎谁对谁不对，只在于谁的势大谁的势小。既然人家不找上门，自然多一事不如少一事。可墨九坚持，她也是无法。

前院很热闹，温家人都被请入了萧府客堂吃饭，大鱼大肉地款待。客堂里没有半分吵闹，推杯换盏间，酒肉正酣，哪里还像有过节的样子？

蓝姑姑奇怪，把一个相熟的灶房婆子拉到角落里，小声问："二少夫人家怎么又不闹了？"

那婆子斜眼一瞥，哼一声："闹什么闹，和萧家闹得起来吗？老夫人多厉害，只一句就能噎死他们了——'温氏入府三年无所出，论起真来，把她休离萧府都够格了。'被老夫人一唬，六郎又给他家使一点银子，就什么事都没了。"

蓝姑姑一惊，问："萧使君给的银子？"

那婆子是府里的老人，点点头，满脸不屑："那温家人时不时会找个由头来闹，不都是为了银子？也就六郎好心性，一次一次惯着他们。"

蓝姑姑哦一声，笑眯眯地道："他们的事我不关心，就只关心大少夫人。大娘可晓得，他们怎会说是大少夫人捅伤的二少夫人？"

那婆子撇撇嘴，笑道："那我可就不晓得了。反正这回温家是赚足了。"说到此，看蓝姑姑不解，她指了指客堂背光处一个瘦瘦的小姑娘，对蓝姑姑咬耳朵，"温家人会打如意算盘，晓得萧家要迁临安了，愣说二少夫人受伤养病，也没个可心人伺候。这不，把自家小女儿塞入府，明着伺候姐姐，依我看……"

蓝姑姑目光一闪，那婆子又笑道："谁不晓得二郎是什么性子的人，这样俏生生的姑娘入了二少夫人房里，哪个能干干净净出来？姐夫与小姨，倒是天生一对。到时候再生个儿子，温氏的地位也就稳固了，来拿钱自然更好伸手。"

听了一肚子八卦，蓝姑姑回去南山院，不由长吁短叹："这温家人，还真不是东西。毁了大女儿，还要毁了小女儿。"

"管他们是不是东西，你可有打听到正经事？"墨九白她。

"这不正经？"蓝姑姑问。

"我想知道，萧家人有没有和温家说明白，我并没有捅伤温静姝？"

蓝姑姑垂下头："忘了问。"

墨九摇头："我还是太信任你的智商了。"

这事过去，墨九又开始了锦衣玉食的生活，南山院衣食不短，也没人管她死活，她吃了睡，睡了吃，很自在。尤其看蓝姑姑与玫儿兴冲冲地打点行装，她心里也有点小激动。

老夫人已经发了话，让大家收拾行李。等中秋一过，就要举家迁往临安了。

玫儿欢天喜地，对临安充满了向往。蓝姑姑也高兴，她的大儿子沈加载和小女儿沈心悦都在临安谋事，平常路途遥远很难见着一次，这次过去，她就盼着一家团聚。墨九也盼，除了盼着去临安好吃好喝，还盼着墨灵儿的筒儿糕与鸭脖子。

可当天晚上，墨灵儿并没有来。

这一晃两日过去，第二日就是中秋了。

这样的节日，萧家这样的望族世家自然热闹。加上就要举家搬迁了，府里上下更是闹成一锅粥，远近的亲戚都趁着时机过来团聚，盼着有朝一日去了临安，也好有个投靠的地儿。

南山院里一如既往的冷清，玫儿一大早过去领府里发放的饼子和喜钱，回来时兴冲冲，满脸都是笑。她说："明日中秋节，老夫人发了话，允许大少夫人一同就餐。"

看玫儿的兴奋劲，墨九鄙视："就这点儿出息？"

玫儿小声道："萧使君也会在哩。"

墨九斜眼一瞥："小丫头才不过十二岁，就思春啦。"

这货说话直接，玫儿当即羞红了脸，末了又委屈地吸鼻子："姑娘难道不想见萧使君吗？玫儿是替姑娘高兴的，若不是姑娘巴巴地盼着，玫儿才不管哩。"

墨九冷着脸："我什么时候盼着见他？"

玫儿扁着嘴巴，无辜地道："姑娘这两日常去竹楼，不就为了见使君吗？"

墨九差点被这丫头噎死，恨恨地捶桌："我有吗？我哪里有？我根本就没有。"

从回到萧府，她就没有见过萧六郎。她的生活与以前一样，一成不变，每天都会打扮得像花朵似的在南山院转悠，也像以前一般，时不时去竹楼骚扰萧大郎。只不过，这两日萧六郎在南山院为萧大郎看病，她去得……好像是勤快了一些？

她不知道潜意识里是不是因为萧六郎才去的，可这种事要她承认，比杀了她还难。她严肃着脸告诉玫儿，不要再提这个杀千刀的名字。

那一副恨不得揍死萧六郎的样子，让玫儿辨识不出真假，也就信了。

“玫儿再也不敢了，姑娘不要生气。”

“哼，饶了你这次。”

墨九凶狠的样子，唬得住玫儿，却唬不住蓝姑姑。不过，蓝姑姑没有当着玫儿问她。

待玫儿睡下，蓝姑姑伺候墨九沐浴好，换上了轻便的寝衣，躺上床了，这才坐在她床边不走。

墨九看她欲言又止，那纠结的模样，就像她妈似的，要审她又怕伤害她，不由摇头失笑：“有事启奏，无事退朝，我要睡了。”

“姑娘，你与萧使君是不是有什么事？”

果然姜还是老的辣。墨九看蓝姑姑笃定的样子，不知道怎么反驳了。

这两日她其实很少想到萧六郎，也许是刻意回避去想，但那个温暖的怀抱，那个在水里托着她逃命的身影，那个把唯一的烙饼留给她吃的男人，还是会出现在脑海。

在那个凶险的天地间，他们是彼此的唯一，是逃生的伙伴。但离开了那里，他们便像陌生人，见一面都难。这样的角色转变让她很不适应，可她不认为自己真的爱上了萧六郎。

人在特定的环境，对一个男人产生的依赖，再加上蛊虫作祟，这根本就与她本人的意志无关。她之所以对萧六郎一肚子怨气，与其说是因为他对她的冷漠，不如说是她被横空出世的蛊虫控制了情绪所产生的怨念。

“我说你怎么突然变得像个小怨妇……原来真有事？”蓝姑姑自言自语，目光亮得惊人，“不过，你告诉姑姑，萧使君对你到底什么意思？他可有向你许诺什么？”

“你以为有什么？”墨九对她无语。

“萧使君是个可以托付终身的男子，虽说你是他大嫂……”蓝姑姑压着嗓子，一副维护自己人的心态，“可大郎这般，肯定得误姑娘一辈子。萧使君若有意，他是个有法子的人，一定可以把姑娘要过去。”

“要你个头啊。”墨九拿枕头砸她，“你当我是谁的货物不成？还有，你少拿你那些迂腐的观念套在我头上，也莫问他要不要我，你该问，我瞧不瞧得上他？”

“你真不在意他？”蓝姑姑目光带笑。

“不在意。”墨九很严肃地说。

“真的不想他？”蓝姑姑还在观察她。

“想……”墨九软着嗓子，“揍他。”

看她目光不变，蓝姑姑满腔幻想化为了叹息，轻轻为她掖了掖被子。

蓝姑姑正要起身，外间的院门口，就传来一阵叩门声："姑姑，大少夫人睡下没有？"

蓝姑姑听见是薛昉的声音，赶紧擦了擦手，抚平鬓角的乱发，急匆匆地出去开门。

"薛小郎有事？"

薛昉奇怪她过度热情的反应，摸了摸头，轻声道："使君差我请大少夫人去一趟乾元小筑……"

"不去！"墨九披着衣服出来，肩膀斜斜地倚在门口，目光清凉一片。

南山院的夜一片静谧，中秋将至，皓月当空，她慵懒又严肃的样子，艳媚、端丽。薛昉眼一热，垂下头，不敢看她的眼："大少夫人，莫要与我为难。"

她似笑非笑："大晚上的，小叔子请大嫂去屋里，传出去多不好听。蓝姑姑，关门。"

"大少夫人……"

薛昉看着这样的墨九，觉得陌生。在赵集渡时，意气风发的九爷，与他们打成一片，多么熟悉多么接近。这不过短短两天，怎就这样了？

想想他家一样阴阳怪气的主子，他又拱手弯腰道："大少夫人说笑了，使君确有正事，还有旁人在哩，不会有人闲话的。"

墨九拉了拉肩膀上的衣服，笑着款款地走过去，盯了薛昉一眼，突地拉开蓝姑姑，把薛昉往门外一推，一句话也没有说，砰的一声，重重地关上了院门："睡觉。"

薛昉悻悻地走出南山院，都不敢去想萧乾那张脸了。这几天他小心翼翼，就怕触了主子的逆鳞，可大少夫人请不回去，便是不挨骂，一个冷眼也够他瞧的。还有，若使君问起，大少夫人怎样说的，他可要原话复述？不复述是错，复述了那冷眼不是更多？

薛昉悔得肠子都青了，早晓得这样就装个头痛肚痛的，叫击西或者旁人来请多好，干吗领这吃力不讨好的差事？

到了乾元小筑，薛昉慢吞吞地踱进去："使君，大少夫人……睡、睡了。"

这小子平常挺机灵，说话也顺溜，就这几日被萧乾的冷眼给电得胆子也变小了。

可萧乾并没有动气，等他将事情原委说清楚，只微微眯眼，吩咐道："去窖里取一坛梨觞，告诉大少夫人，本座请了湘西厨子，做了一桌子好菜……还有湘西瓜果，定是她没有吃过的。"

薛昉想了片刻，抱着肚子苦哈哈地道："使君，属下的肚子……突然好痛，想上茅厕，若不然让击西去请？"

萧乾盯着他："头痛吗？"

薛昉摸了摸额头："好似有点热。"

萧乾淡淡地瞥向击西与走南几个，不冷不热地道："来啊，把他丢到小筑外面的湖水里凉快凉快……"

"噫，好像不痛了？"飞快地说完，薛昉嗖地跑了。

今日的乾元小筑确实有客人。

客堂上，除了击西、走南、闯北三个人规规矩矩地站在萧乾的下首位置，还有一个身着浅色儒袍、面容儒雅的年轻男子，和一个身着异族服饰的女子。

那年轻男子二十岁上下，肤色白皙，笑容干净，乍一看像个文弱的书生，可仔细观之，眉目中隐隐有着肃杀之色……

这人似是不了解此间情形，他看着薛昉的背影，不解地笑问萧乾："主上这是做甚？请个人，何时需要这般麻烦了？"

击西瞟一眼萧乾清冷的面色，马上朝那人递了个眼色，顺便把话接过来："声东哥，你不晓得，这大少夫人可不是普通人，她上晓天文，下通地理……哦，还有，千秋万载，一统江湖。"

这个年轻男子便是萧乾四大暗卫中的第一人赵声东了。如此，四大暗卫也全部集齐。一个书生、一个和尚、一个莽夫、一个"人妖"，四人相处和谐。

击西解释完，赵声东仍有疑惑，可看一眼萧乾凉恻恻的脸，终是不再细问，只道："可哪来的湘西厨子，便是请得大少夫人过来，没有湘西菜，不也哄不住哪？"

萧乾淡淡地盯着他。

另外几个人也同时盯着他。

赵声东恍悟，哦的一声，脸色瘆得发白："你们是想……"

走南哈哈大笑："声东不是说此番在湘西认识了不少湘西的漂亮小娘，吃了不少湘西小娘做的美食……做几道菜而已，这有何难？"

兄弟几个私底下的话，难免没有掺杂水分，赵声东尴尬地侧头看向客座上的异族女子："彭姑娘，你看……"

这女子头戴银冠、脖系项圈，髻簪、耳环、手镯、戒指，无一不是银饰，面上未施粉黛，二十来岁的年纪，肤色不若寻常闺阁女子的白皙，却有着健康的浅铜色，一双单眼皮的狭长眼睛，有神，也冷漠。她安静地坐着，怀里抱了一只胖猫，猫在懒洋洋地打盹，她也似要睡过去，听得声东问起，方才睁开眼："休想。"

赵声东无措地回头："使君，你看，彭姑娘不肯做。"

萧乾淡淡地剜他，一言不发。

他只得再看那女子："彭姑娘……"

那女子面色冷冷，突地道："萧使君的五宝灵芝丹，一瓶。"

灵芝有仙草之说，本就为滋补圣药，极是珍贵，经萧乾精心淬炼过的五宝灵芝丹，更是融合了数种名贵药材之精华。而且，炼药不仅要药材，还要医者的技艺，这是众所周知的事，除了萧乾，旁人也制不出五宝灵芝丹来。

一瓶五宝灵芝丹换一桌吃的，简直就是暴殄天物。

可萧乾想也没想，便淡淡地道："可以。"

赵声东以为自己听岔了："主上，使不得……"

萧乾摆手："照办。"

众人面面相觑，都觉得他们家主上病得不轻了——居然为一个妇人的口腹之欲，把五宝灵芝丹给人？

墨九并没有睡着。自从薛昉又过来一趟，她虽然拒绝，却一直辗转反侧。

"姑娘，去看看吧？"蓝姑姑苦口婆心，恨不得把她拎过去。

蓝姑姑的心思倒也简单，就想让她家姑娘得一个好姻缘，不让她守活寡。而且萧乾会医术，若有一天姑娘病发，他也会比其他人有法子。

墨九盯着帐顶，与她想的不一样："几时了？"

"还早着哪。"蓝姑姑把帐子挂高一些，笑道，"薛小郎说，抱了满满一坛梨觞过去哩。还有那个湘西厨子，会做很多菜……"蓝姑姑故意咽了咽口水，"姑姑还没吃过湘西菜呢，也不晓得是个什么滋味。"

"讨厌！"墨九猛地床上坐起，瞪她，"吃货也是有尊严的，懂不懂？"

说罢她又倒下去，拉被子盖住头。

蓝姑姑看她这般，似是铁了心，无奈地一叹，正欲为她下帐子，她却又骨碌碌地坐起，下地趿鞋："不过萧六郎这种拿食物诱惑人的万恶行径，实在欺人太甚，天理不容。我不去批判一下，说不过去。嗯，我这就去批判他。"

月夜下的萧府青瓦灰墙，飞檐斗拱，那一汪湖水碧波荡荡，美轮美奂。墨九在乾元小筑外那一座临水的石桥外面逗留片刻，并没有进去，而是将灯笼交给玫儿，吩咐道："进去告诉萧六郎，本姑娘睡了，懒得起来，特地让你过来捎点吃的回去，问他肯不肯。"

玫儿不解她的用意，但没有追问，只点点头径直过桥。

墨九偷偷地跟在后面，绕过庭外蜿蜒的小径，翻入院子里，爬上一棵树荫茂密的大树，孙猴子似的撩脖子观看。

客堂一排窗子都开着，很亮堂。屋内的桌子上坐了两个人。一男一女，男的是萧乾，女的是个陌生人。其余的几名侍卫们都侍候在侧。桌子上果然摆满了美食，隐隐约约间，有梨觞酒的香味传来。

好香！墨九咽了咽唾沫，看玫儿进去了，听不太清她怎么说的，但萧乾面无表情地摆手，然后玫儿又说了几句，萧乾依旧不理会，玫儿苦着脸福了福身，只得悻悻地出来了。

这情形，一看就是没要到吃的。

墨九摸着下巴盯着萧乾，恨恨地想：这有事相求的时候，就把她当祖宗；没事了，吃香的喝辣的，就带了旁的女人，把祖宗忘了？不是不近女色吗？不是清心寡欲吗？不是洁癖成瘾吗？怎会与女子同桌而食？

不知出于什么心态，墨九的目光始终没有离开那个陌生女子。墨九不晓得她什么身份，可萧乾待她若座上宾，她长得嘛……虽比自己差了一点点，皮肤也稍稍黑了一点点，其他地方其实挑不出什么毛病，尤其她着装衬出来的身段，该大的大，该小的小……

"伤风败俗！"

墨九看不下去了，正准备爬下树，对他们面对面地批判，屋门再一次打开了。然后，萧乾望了望天空，姿态优雅地朝她藏身的大树走过来。

墨九屏气凝神，猫儿似的静静地贴着树干，不想让他看见她为了吃挂在树上的狼狈样子。

可萧乾却在树下站定，久久不走。

墨九手都快吊酸了，他才沉声道："下来吧。"

墨九一怔。这棵树枝叶茂盛，大白天也未必能发现上面的人，更何况黑灯瞎火的？而且，他在光线充足的屋内看夜下的树丛，绝对是看不见她的。她怀疑他在对别人说话……依旧厚着脸皮装死。

萧乾突地笑了："还藏？衣角都掉下来了。"

墨九低头一看，有点崩溃——果然古人的衣服麻烦，广袖云裳，听上去极美，可怎么收拾都不利索。她磨蹭之时，可不是有一角裙摆落出了树干之外吗？

这个样子被他瞧到，墨九不太服气。她轻轻抚了抚鬓发，也不从树干往下滑，而是直接往下跳。衣衫袂袂，姿态很美，像月下嫦娥落九天……整个身子朝萧乾砸去。

这个举动很突然，她没有深思，萧乾自然也不会料到。

树冠离地很高，她如果摔落在地，不说摔断脚腿，甚至殒命都极有可能。

萧乾一愣，伸手接她。

这样的速度，这样的重量，他如果想要稳稳地接住墨九，或者像电视剧那样演一出飞花漫天，男主纵身一跃，将女主抱在怀里，再唯美地转上几圈……那根本是不可能完成的动作——所以，墨九重重地砸在他身上，他抱住她，稳了稳身子，还是与她一同摔在了地上。

墨九落在他身上，不觉得痛，只觉得奇怪："咦，你不是武艺高强吗？"

萧乾被她砸了个结结实实，脊背痛得快断掉了，还得受她质问，不由哭笑不得："以前旁人说你是疯子，我偏不信。现在旁人都说你不疯了，我却以为，你铁定是疯的。除了疯子，哪有人那样摔下来的？你不要命？"

"你不是会接住我吗？大侠！"

萧乾没话说了。

墨九看他的脸色不太好，抚了抚他的肩膀："怎么？摔痛了？"

萧乾皱眉："你在下面试试？"

一句话提醒了墨九，他还在她下面。她错愕一下，与他相贴的身体迅速着了火。

但墨九就是墨九，她没有惊慌失措，也没有面红耳赤，撑着地，慢吞吞地爬起来，轻咳一声道："不好意思，我高估你了。"

这货的意识被电视剧带歪了，满脑子都是武林高手飞来飞去的画面，并没有想过虽然萧六郎武艺高强，但也非电视剧渲染的效果。又损了他一句，她抬头看向头顶高高的树冠，突然有一种从阎王殿里捡回一条命的侥幸。

如果萧六郎没有接住她，那后果又当如何？她脊背凉了凉，伸手去拉他："你说你也蠢，不晓得闪开吗？若被我砸死了，多冤哪。"

墨九其实也不知道，在危险的时候，她是希望萧乾顾着她，还是不顾她。

萧乾似乎也很难回答，他没有搭她的手，起身慢条斯理地整理衣裳，动作一如既往的优雅高贵。

墨九收回手，瞟他一眼："看来没有受伤嘛，那我就放心了，免得你找我索赔。"顿了顿，她又问："听说你找我有事？"

萧乾淡淡地道："吃货不是有尊严？"

原来玫儿把这句话也复述了。

墨九唇角一翘，很正经地点点头："对，为了吃货的尊严，我是不会在这儿吃的。我打包。"

萧乾瞥她一眼，走在前面，她走在后面，两个人都一本正经。

客堂里鸦雀无声，几个人的目光都落在他俩身上，他们都看见了方才院子里的情形，却谁也没有吭声。

“大少夫人。”薛昉满脸是笑，先为墨九拉椅子，“您请这里坐。”

墨九看了一下，这个位置是挨着萧乾的，而且还在萧乾与那个妖女之间。她原本不想坐在这里，可如果她不坐的话，势必那个妖女就会坐在萧六郎的身边。她想了想，觉得像萧六郎这种冰清玉洁的男人，万一被妖女诱惑了，实在可惜。于是，她坐下来，看一眼萧乾面前斟满的梨觞，想也没想，拿过来就吃。

众人愣了。萧乾的酒杯，她也敢喝?

他们都晓得萧乾的洁癖，不仅他从不使用旁人的物品，便是他自己用过的，也绝对不许旁人碰一下，更别说当着他的面，拿他的酒喝了。

可看萧乾的样子，并没有生气。他皱眉问墨九：“不说只打包？”

墨九转头看他：“我不得先验货啊？”

说罢她慢吞吞地把酒杯放回去，猫儿似的舔了舔嘴角，又笑眯眯地道：“六郎，再给嫂子来一杯！”

萧乾看着她手中的杯子，嗯一声，慢慢地给她倒满。

“态度不错，说吧，叫我来有什么事？”墨九这才发现气氛有些不对——除了她，没人在吃。每个人都盯着她发傻。

“都看我做什么？”墨九古怪地摸摸额，转头看一眼那沉默的异族女子，“你们叫我来，不是为了让我吃饭喝酒看美人的吧？”

彭欣似是对她很感兴趣，不待萧乾说话，便道：“你就是云雨蛊的另一位宿主？”

云雨蛊三个字一入耳，墨九心脏便是一紧。她放下筷子，看着美人儿，又看看萧乾，恍悟道：“这就是你从湘西请来的解蛊人？”

萧乾点头称“是”，看了一眼赵声东。赵声东便解释道：“大少夫人，这位是湘西的苗疆圣女，彭欣姑娘。她与尚雅有些师门渊源，对你和主上的蛊毒也甚为了解。”

墨九一听，态度缓和了不少，看彭欣也不像会勾引萧乾的“妖女”了，怎么看都是气质型冷美人。于是，她脸上添了笑：“这位美女，恕我冒昧，你与尚雅看上去，不太一样……她那么妖，你这么正，她那么媚，你这么美，你们不像一个师门出来的呢。”

再冷的美人，也喜欢听好话。彭欣打量着她，目有暖意：“我与尚雅，确实算不得一个师门……只是有些渊源罢了。”

墨九很感兴趣："哦？"

彭欣抚了抚怀里胖猫背上松软的毛，似是回忆好久，淡淡地道："她的师父与我的师父，原是同宗同祖。后来她师父偷了祖上封禁的云雨蛊离开苗疆，就算不得师门之人了。"

墨九笑道："这尚雅师父还真奇怪，不偷金银，不偷汉子，偷云雨蛊做什么？"

彭欣目光黯然："师门秘辛，恕我不能回答。"

"哦，抱歉。"墨九笑眯眯地看着她，话又绕了回来，"那美女，你再说一遍，我们中的这个蛊叫什么名字？"

"云雨蛊。"彭欣面容冷漠。

"怎样可解？"

"不可解。"

墨九一怔，眯眼看她片刻，又转头在萧乾面上巡视："不可解，你们叫我来做什么？"

彭欣的视线在她与萧乾的脸上徘徊片刻，轻吐几个字："却可一试。"

"原来拿我当小白鼠？"

墨九见过太多装神弄鬼的人，对"圣女"这种东西，一概当成神棍看待。且不说云雨蛊真假，就算是真的，目前除了有一点左右她，让她对萧六郎无端生了些情分之外，并没有祸害她。她可不想因为解蛊把命丢了，得不偿失。

她认真地对萧乾道："若没有十足的把握，我不干神神鬼鬼的事。要解你解，最好让圣女把你弄死，我就安生了，千万莫要拿我来做试验……"

彭欣先笑出来："大少夫人误会了，我说的一试，并非你想的那般，但请放心好了。"

墨九道："那怎么试？"

彭欣望向萧乾："麻烦使君屏退左右。"

这件事看来比较私密了。不过从"云雨"二字，便可以推测之一二。墨九看声东、击西、走南、闯北、薛昉几个人都陆续出去了，心里突地有些慌乱。

这情绪说不清。云雨蛊若真的解去，她与萧六郎之间好像就没什么联系了。可若不解，他们之间又能有什么？这个世界不属于她，说不定只是一个供她短暂停留的空间，萧乾对她的好，让她产生了一些旖旎想法，不过是因为有蛊毒的存在。蛊毒解去，他们就谁也不会欠谁了。

如此，也好。她便道："那圣女快说来听听。"

彭欣望着她的目光深了深，冷声冷气道："云雨蛊，顾名思义，一名云蛊，是公蛊，另一名雨蛊，是母蛊。两只蛊一阴一阳，只寻极阳和极阴的宿主之体，栖息生长。

从你二人情况看，蛊还未长成，对情欲引诱不多。待蛊长大，方会催生情欲之惑。携蛊之人，必行阴阳相合之事，方能压制蛊毒，但那也只是缓解……若云雨蛊的宿主无肌肤相亲，宿主或会爆体而亡。”

这样耸人听闻的话，墨九以前听了，一定不信。但经了坎墓与巽墓中她与萧六郎都有一些反常之后，她就都信了。而且彭欣很冷静，说话条理清楚，不像一般忽悠人的神棍。

她与萧乾互视一眼，看他脸色并未因“云雨”与“情欲”之说有半分波动，不由严肃了脸：“萧六郎，若蛊毒发作，你……不会乱来吧？”

萧乾眼神凉凉地剜她：“我怕你乱来。”

墨九瞪他一眼，又望向神神叨叨的彭欣，言辞多了敬畏：“那请问圣女，这蛊虫什么时候长大？”

彭欣高深莫测地道：“蛊虫习性不同，这个嘛，不一定。”

“这不是废话吗？”墨九撇嘴。

“云雨蛊乃祖上封禁之物，我师父也所知不多，遑论我。”彭欣回答。

“那它吃什么，喝什么？我若不喂它吃，能不能把它饿死？”

看她问得认真，彭欣无语片刻，叹口气：“蛊虫依附你的血肉而生，靠你的血肉而活，除非你死，它都不会亡。”

墨九恍然大悟般转了转眼珠子，突然阴恻恻地瞥一眼萧乾，不耻下问地盯着彭欣：“那我可不可以把萧六郎弄死，等他的云蛊死了，雨蛊对我不就无害了？”

这货问得太正经。彭欣审视她片刻，也不知她是真还是玩笑，但思虑一下，她还是实话实说：“你且保佑他长命百岁吧。”

墨九啊一声，问：“为何？”

彭欣语气冷肃：“云雨蛊双生双宿，同生同死，云蛊若亡，雨蛊必死。也就是说云蛊死，雨蛊会爆体而亡。”

还真有自杀的蛊虫？墨九想了想，哈哈一笑，自顾自拿了萧乾面前的酒杯，又一饮而尽，样子好不快活：“萧六郎，往后你得好好护着我。我这命啊，还真比你祖宗都金贵哪。”

萧乾不理会她，只望向彭欣：“圣女，你只说解蛊之法，如何试？”

彭欣似有顾虑，沉默好一会儿，方才幽幽地一叹：“还得从云雨蛊的由来说起——”

第八章　暗夜生香

桂子月中落，天香云外飘，八月桂花香满夜，随着风从并未闭合的木窗吹入客堂，带一丝香，带一丝凉，也带入了彭欣几乎不带感情的叙述。

“云雨蛊是我家祖师饲喂的。我师父说，祖师爷当年是苗疆有名的巫蛊师，他性好游历，常年四处走动。一次机缘巧合之下，他在江南结识了同样外出游历的一位墨家友人，那人与师祖极为投缘，相谈甚欢，二人结伴游遍江南，又依依不舍，共游漠北，历时一年之久。临别时，墨家友人告诉师祖，她是下任的墨家巨子，且是女儿之身。祖师爷由敬生恋，对她生出了爱慕之心。”

“可惜之一事，便是这般不凑巧。祖师爷爱而成痴，那位心中却另有所爱。此后数年，祖师爷多次求娶，皆被她拒绝……最后一次，师祖从苗疆辗转千里，前往神农山探望，恰逢墨家巨子大婚，师祖求而不得，生了怨恨，回到苗疆，便用自己的精血饲喂出一双云雨蛊，并让蛊繁殖生养，经三代繁衍后，从中挑出一对品性至纯之蛊。”

“师祖这般所为，是为得到墨家巨子，可他炼制云雨蛊却耗尽一生心血。等云雨蛊成时，他也垂垂老矣。而且，当他再携蛊入神农山时，那位已于年前过世，并留下遗言，墨家后辈子弟，终身不得沾染苗疆巫蛊。师祖痛定思痛，再回苗疆，一怒之下毁去所有养成的云雨蛊，独留下那一对耗尽他一生心血之物，舍不得毁弃。临终前，师祖将它们封禁于暗室金蜂之身，令后生晚辈不得动之。”

彭欣说到这里，望着灯火下的两人，唏嘘一声：“世间因情而生之孽，最是难解！”

墨九无法念及当年的墨家老巨子与苗疆俊气的巫蛊师游历江南时，在那一场杏花烟雨中滋生的爱恨情仇。她还是比较关心云雨蛊："圣女，那我与六郎身上的蛊虫，就是你祖师爷当年封存，后来又被尚雅的师父偷走的那一对？"

彭欣点头道："是的。"

思量一下，墨九眉头皱起："我记得尚雅设计萧六郎坠入密室，是为与他……咳，春宵一度，从而解去她的媚蛊。可圣女先前说，云蛊属阳，雨蛊属阴，两只蛊虫只寻极阴极阳的宿主之体，栖息生长。那么，萧六郎是四柱纯阳，云蛊入体可以理解，那尚雅非极阴之体，她又哪来的把握，雨蛊会附于她身？"

彭欣想了想："尚雅对云雨蛊的认知，未必多于我……我也是在云雨蛊被盗之后，方从师父的嘴里听得一些。就我想来，尚雅是知晓云雨蛊需阴阳之体为宿主的。但是，当云雨蛊从金蜂破体之后，必须附体方可存活，云蛊找到了宿主，那雨蛊若不寻尚雅，就只得死亡。若当时暗室内只有她一个女子，女体为阴，雨蛊为求生存，应当会择她而栖。"

这样说来也有道理，那蛊与人一样，第一选择是至阴至阳之体，可若没的选择，为了活命，也会退而求其次。墨九点点头，又把话题拉了回去："那么请问圣女，你说可以一试的解蛊之法，是什么？"

彭欣冷冰冰的脸上，有一些黯淡。

"据师父说，云雨蛊这个名字，原是那位墨家巨子取的。"

"啊，这又有什么渊源？"墨九问。

"当年她与我祖爷师游历江南时，虽未道出女儿身，却告诉祖师爷，出来游玩是因为情所困。祖师爷当时曾玩笑说可以助她，取一双蛊附于她与喜欢的人身上，从此二人便可同生同死，生死不离了。"

"然后呢？"墨九又问。

"尔后二人把酒言欢，巨子戏言此蛊为云雨蛊。得之，可得情得心，终身不为情发愁。"

"可这与解蛊有什么关系？"

"当时，巨子曾问我祖师爷，若蛊附身，想除之，当如何？"

终于说到问题的关键了，墨九竖起了耳朵，彭欣却只有一叹："祖师爷当年肯定告之了墨家巨子云雨蛊的解法。若不然，他也不会在养出第一代云雨蛊之后，还一耗数十年，对蛊进行繁殖选优。"

墨九满怀的希望，被冷水浇了。

"说来说去，还是猜测，根本不知解法嘛。"

"不。"彭欣摇了摇头，"祖师爷在养云雨蛊那数十年里，虽然未与那位见面，但二人却互通书信。我师父曾在祖师爷生前养蛊的密室发现了几封信。由信上得知，墨家巨子亦知祖师爷为了当年江南的戏言，在饲喂云雨蛊。她还在信中提及：'君当年之解法，可还有用？'"

墨九捏着眉头，都快哭了："可解法到底是什么？你不知，你师父不知，只你家祖师爷与墨家老巨子知……又有什么用？"

彭欣沉默了一瞬，望向墨九的目光有些深："墨家巨子信中说：为免子孙受云雨蛊祸害，已将祖师爷当年告知的解法写入千字引……"

看墨九的眉梢一动，彭欣的神色又严肃了几分："墨家那位巨子，是个任性的主儿，她将墨家祖上数辈研制的武器制作图谱毁去，独留一份千字引封存于神农山祭天台之事，天下皆知。我师父以为，她为免祸及子孙，也许会把解蛊之法，也一并藏于其中。"

客堂里久久无声。

桂花若有似无的清香，掠过鼻端。墨九沉默着，脑子里徘徊着"千字引"与"神农山"，理不出头绪。难道真的必须要找齐八卦墓，得到八个玉雕，打开神农山的祭天台，方有机会？

考虑一瞬，她看定彭欣："除此，别无他法？"

彭欣一叹："这是目前唯一的法子。"

墨九轻笑一声，眼睛微眯："你们这么多代人，就没有一个青出于蓝而胜于蓝的？没有一个可以解得你们家祖师爷的蛊毒？"

彭欣被她一呛，却不动气，解释道："制蛊之人，方有解蛊之法。便是有人青出于蓝，也只能养出更厉害的蛊毒，未必可解先人的蛊毒。"

希望一点一点地冷却，墨九托住腮帮，转头看向一言不发的萧乾，没精打采地道："六郎也表个态啊。你不声不响的，到底什么意思？"

萧乾面色清和，眼波也沉静如水："圣女之言极是。为今之计，只能等千字引了。"

呵一声笑，墨九瞪住他："谁晓得千字引何时得见？等到那个时候，我头发都白了……而且在这个过程中，若我们蛊毒发作，可怎么办？"

这是问题的实质。可萧乾却没有太多情绪变化，冷艳的眼尾轻轻一挑，慢条斯理地托起广袖，执了酒壶为墨九斟满一杯梨觞，清淡地道："那说不得只好委屈嫂嫂了。"

墨九头皮一麻，惊叹："什么意思？"

萧乾目光深深地望她一眼，慢慢地向彭欣点点头，便道："本座先歇了。明日中秋，府中有宴，嫂嫂吃喝好了，早些回吧。”说罢他径直唤了薛昉，消失在客堂之上。

墨九盯住他斟满的梨觞，发狠地灌入嘴里。

清冽的酒液入喉，她突然意识到他话里的意思，脸颊火辣辣地发烫。也不知是酒精的作用，还是被他那句话撩的，她总觉得身体里有一把火在烧。就连彭欣冷冷的眸子，都像燃着两簇熊熊的火苗。

她狠狠地甩了甩头，看彭欣又在抚胖猫的背，也伸手摸了一把，斜着眼睛问：“圣女有没有喜欢的男人？”

彭欣一愣：“为何有此一问？”

“我在想，你们这些巫蛊师真是可怕，若哪个男人也被你喜欢上，偏生不喜欢你，那他不就惨了？”一句玩笑，墨九说得随性，可彭欣脸上的血色，却一点点褪了下去。墨九喝了点小酒，头微晕，脸发烧，可也意识到了她的不对，“圣女，我……说错话了？”

“没有。”彭欣道，“你说得很对。”

墨九与她对视一会，不知为何，这个圣女看上去冷冷淡淡的，言辞不多，却让她很有说话的欲望。那些在旁人面前不好说的话，她也可以毫无顾虑地在圣女面前发泄。

“那不是对，简直对极了。这些蛊师，害人害己。就说你祖师爷吧，可不把我害苦了？你说说，我怎么就这么倒霉？天生的寡妇不说，未经我同意，莫名其妙就嫁两回了，这第三回吧，夫婿的人影子都没有见到，说不定等不了多久又得做寡妇了……可就这般，还让我中了云雨蛊，对方还是我小叔子。这天杀的……可不都因你祖师爷而起？”

她哼哼着，又将一杯梨觞灌入喉。

彭欣抱着胖猫，静静地听着，却一言不发。

墨九觉得这个女人有些怪异，半阖着眼望着她，不免好奇：“做圣女的女人，是不是终身不能嫁人，也不能与男子有情爱之举？”

这些事，她是从电视剧里看来的，也不知真假。可接触到她探询的目光，彭欣却别开了脸。

“我又说错了？”墨九抿了抿唇。

彭欣沉默好久，突地道：“我曾有个孩儿。”

墨九愣住，不敢置信地看着她：“孩子？既有孩子，为何是曾经？”

彭欣望着油灯，脸上有一种痛苦的黯色：“没有了。”

墨九猜测道：“被他爹带走了？”

彭欣扬一下眉梢，回过头来望着她，一抹隐隐的哀伤藏在眉宇，却只讪讪一笑：

“时辰不早了，大少夫人早些回去歇了吧。有蛊在身，得多将养身子些。”

墨九搓着额头，嗤一声：“我将养得越好，蛊是不是长得越快？”

“未必。”

说罢彭欣站起身，墨九半趴在桌上，那抬头仰望的样子，像个不谙世事的孩子，偏那眉眼间的风情，却未因年纪减去分毫。彭欣是个女子，可女子也会欣赏美丽的同类，甚至也会为女子的容貌而倾倒。

她盯着墨九，轻轻抚着胖猫的背，若有所思地道：“据我所知，这云雨蛊长成极慢……至少，不会有你们这么快。”

这句话说完，她就唤声东进来，领她下去休息了。

墨九静静地坐在原地，晃动着手上的梨觞，思考她说的是什么意思。可喝了酒昏乎乎的脑子，根本就不听她支配。她无奈地揉了揉额头：“唉，装什么高深莫测，烦躁！”

她不高兴地站起身，末了，又指向桌上没有喝完的半坛梨觞：“薛小郎，给我打包。等灵儿拿了鸭脖子来，正好下酒。”

墨灵儿是次日清早来南山院的。这天是八月十五，中秋佳节。大红灯笼的映衬下，穿了一件水色丫鬟装的墨灵儿就显得不太真实。

尤其墨九宿醉醒来，看着灵儿不由揉着额头暗自奇怪：“你给我带鸭脖子，怎么带到梦里了？”

灵儿抿嘴一笑，从玫儿手里接过墨九的衣裳，捧到床边，学着府里丫头的样子，福了福身：“奴婢给大少夫人请安。大少夫人，该起床穿衣了。”

“咦，真的是你。”墨九撑坐而起，“怎的这会儿才来？老夫人同意你来我屋了？”

灵儿不屑地哼一声：“萧使君同意了，那老虔婆有什么不同意的？又不用她花钱养我，她真是讨厌得很，灵儿来伺候你，又不是伺候她。入了萧府，她不许灵儿见你，让一个尖嘴猴腮的姑姑教我规矩，教了整整两天，气死我了！”

墨九哭笑不得，手指点着灵儿的额头，学着蓝姑姑的样子斥道：“小丫头没大没小，什么老虔婆？这老虔婆……”

灵儿委屈道：“就是老虔婆嘛，害我把鸭脖子都放馊了。”

一听鸭脖子馊了，墨九的脸就黑了：“这老虔婆叫得太好了！”

“姑娘就晓得吃。”

玫儿先笑起来，灵儿也跟着笑。于是，屋里几个姑娘便乐得上气不接下气。

墨灵儿来了，玫儿有了同龄的伙伴，自是欢天喜地。

墨九十五，墨灵儿十四，玫儿十三，三个小姑娘在一处，自有姑娘家的话题与乐子。墨九冒充了一回小姑娘，也觉得年轻不少。

中秋家宴上，老夫人宣布了乔迁吉日是这月的十八。

只剩两天时间准备，各院都忙活开来，南山院也不例外。好在有了几个丫头帮衬，墨九也没什么贵重的东西需要携带的，吃吃喝喝，笑笑闹闹，一眨眼便到了八月十八。

这一日，秋高气爽。果然如黄历所言，是一个搬迁的吉日，天不见亮，阳光便洒在了萧府的廊前，晶亮晶亮的，煞是喜人。

墨九打着哈欠，由灵儿扶着，领着背了贴身细软的蓝姑姑与玫儿，慢悠悠地出了大门。

萧府门前的长街上，一排排马车静静地等着，家丁仆役正在搬运行李，近旁有不少民众在围观，指指点点。萧府人多，东西也杂。这一箱一箱，一袋一袋，搬运起来得费很多工夫。萧家的老少女眷们，都站在府门口的台阶上小声说话，脸上满带笑容。

墨九拉灵儿挤入角落，低头问她："灵儿，大师兄可在楚州？"

灵儿摇头："灵儿入府那日，左执事与长老就回神农山去了。左执事还说，受姐姐的托付，要去做一个什么东西……等回头做好了，会去临安寻姐姐。"

墨九点头微笑。在赵集渡那几日，她除了与墨妄商量寻找八卦墓的计划，还画了洛阳铲与防毒面具等图形交给墨妄，希望他能做出差不多的东西，方便将来寻找八卦墓之用。

"吁——"这时，薛昉驾了一辆宽敞的黑漆马车过来，停在车队前方。

那马车从外观上看，就比旁边的奢华不少，顿时引起了女眷们的注意。

可薛昉却跳下马，径直走过人群，大步地走到墨九面前，抱拳行礼道："大少夫人，萧使君交代，请您乘坐这辆。"顿了顿，他看众女眷面有异色，又赶紧补充："萧使君还交代，大爷的马车等下过来。你跟在车后，也好有个照应。"

这么一提，墨九方才想起萧大郎。都要搬家去临安了，她也没见过自己的夫婿，说来也真是诡异。那么今日，他是真的会出现？还是萧乾借了这个由头，让她坐这一辆舒适马车？

思考一瞬，连她自己都没有发现，唇角露出了一丝柔和的笑容："好。替我谢过六郎。"

薛昉垂目摊手："大少夫人……请！"

坐在宽敞的马车里，墨九的心情变得很好。在大家族里，一个人的地位如何决定了她在家宅里的威信与受人敬畏的程度，墨九坐上了连老夫人都没得享受的马车，几乎成了萧家女眷的公敌。可这样的公敌，没人敢惹。

人类欺弱怕强，古今皆同。一个人若手握权势，就算有万千人恨，也不会被伤分毫。大到国家，小到家庭，归根到底就一样，谁的权势大，谁说了算。萧乾做的决定，萧运长与老夫人都不好吭声，加上他拿萧大郎做幌子，大家也觉得应该。

然而，说是伺候萧大郎，直到车队动身，墨九也没有见着萧大郎的人。萧乾说，大郎的病受不得风，所以他乘坐的马车，是从府中直接驶出的。一张暗青色的车帷子，遮了个严严实实，车外的守卫，也尽职尽责，谁也瞧不见他。

不过，墨九听见了他的声音。

与她雨夜潜入南山院听见的一样，带了一些沙哑，有着病态的疲乏与慵懒。

他道："劳大家久等，可以启程了。"

说几个字，他就咳嗽不止。但只简单的话，却引来了众人瞩目。因为萧家这些人，除了董氏与老夫人每每去瞧他，能在他帐外坐坐，偶尔可以絮叨几句，其他人已经很久没有听过他的声音了……

这次萧家举家乔迁，除了留下二老爷萧运序处理楚州杂事，阖家老小都一同离开。长街上，车队密密麻麻地从街头蜿蜒到街尾，如一尾长蛇。两侧的人，挤得像海浪一般，一波又一波，有人在数萧家带了多少家当，有人在数带了多少侍卫与随从。

墨九却心不在焉，更无"搬家"的概念。

因为对她来说，楚州的萧府不是家，未来的临安萧府，也不是家。

不过这些聒噪的声音，却让她想起了高中时的一篇作文——《我的愿望》。当时她写道："我的愿望很简单。有一套房产证上写着我名字的房子。有一个结婚证上写着我名字的男人。有一个出生证上写着我名字的孩子。房子的屋后有一片花园，种满花朵，全种红的。男人的怀抱是我一人的天地，他疼爱我，只有我。孩子聪明可爱，等她长大了，我就把这个简单的愿望告诉她，让她也许下这三个简单的愿望……如此，子子孙孙，无穷尽也。"

当时这篇作文被老师打了"优"，可被同桌看见，差点笑掉了大牙。然后，为了笑掉别人的大牙，同桌拿出来宣扬，引得全班哄堂大笑，墨九一下子就出名了。

十六岁的年纪，女孩子多半都幻想过未来会有什么样的生活，会和一个什么样的男人生活。墨九也有想过，只未入心，作文也是随便写写，可那件事却成了她整个高中时期的"污点"。如今再忆往事，她的目光不由飘远。

三个看似简单的愿望，却几乎贯穿了女人的一生。

如果必须有这样一个男人，她希望是谁?

萧大郎的马车吱吱作响。他是她名义上的夫婿，她却与他面都未见过。

萧六郎的马儿见不着影。这个人与她拜了天地，过程却荒诞不经。

她正寻思，萧二郎却骑着马儿优哉游哉地走过来。也不知这厮有意还是无意，斜着眼睛扫了墨九一眼："哼，小骚蹄！"

后面三个字，萧二郎说得极轻，可墨九却听见了。她眉梢一挑，拔高声音朝前方喊："大郎，二郎找你！"

这货要脸，可从来不要在明面上。萧二郎不要脸，可明面上却似乎很要脸。被墨九这么一喊，他顿时不太自在了，拔高声音道："大哥，没事没事，我随便说说话。"

墨九以为萧大郎不会吭声，却没想到，前方马车里，却传来轻轻的咳嗽："二郎……"

萧二郎一怔，瞪墨九一眼，打马上前，走在他的马车外，笑道："祖母差我过来问问你，可有什么需要？此去临安，路途遥远，我们身子骨健壮，没什么要紧，就是你……"

"我无事。"萧大郎一字一字像从喉咙里挤出来的，可语句里的意味，却有的琢磨，"二郎自去照顾你妻妾，你嫂子就不劳烦你照顾了。"

萧二郎狠狠一怔，面颊烧红，有些下不来台。

前方几个小丫头听见，低头偷笑，却都不敢笑出声，只是肩膀微微耸动，让画面极是滑稽。

等萧二郎气呼呼地离开，墨九看着萧大郎的马车，突然，她想趁这机会，与他说点什么。

她左思右想，唇角勾出一个笑容："大郎，我前些日子去竹楼找你好多次，你为什么都避而不见？"

那边萧大郎沉默片刻，哑着嗓子道："身子不适，劳夫人费心了。"

这答了等于没答。墨九拍拍车棂子，又道："我说你那个病，到底怎么回事，怎么会见不得人？能不能给个说法？"

萧大郎无言以对。

墨九叨叨："还有你惹的那些桃花债，能不能自个儿处理一下？人家都打到府里来了，让我很是为难啊！"

萧大郎仍旧不发一言。

墨九一个人说得没劲了："行，你不吭声也没有关系，反正我没把你当夫君。咱俩说好了啊，一个萝卜一个坑，各待各的坑……你甭理我，我也不管你。还有，你如今不管我的事，回头别想赖着我，我可不会认你。"

这回萧大郎说了话："有六郎在，你且安心。"

墨九莫名地觉得他有些喜感。哪有自己娶了老婆，觉得有兄弟在，就可以安心的？这到底是萧大郎痴愚，还是他对萧六郎太有信心了？难道他不晓得墙脚根都快被挖断了吗？

她这头话还未出，正主儿就过来了。萧乾高踞马上，身着戎装银甲，外面系一件银红色的披风，迤逦在马背上，高大俊逸，尊容优雅，却无半分武夫的粗野。便是披上战袍，他也像一朵远在天边的白云，清冷、疏离又带了几分仙气。

“没事吧？”

他问的人是墨九。

和萧大郎的话一样，墨九依旧觉得萧六郎很有喜感——哪有正常人在大哥面前，上前就先问候大嫂的？

她笑眯眯地望着萧乾，促狭道：“有大郎在，二郎还能吃了我？六郎这是闲着哩，专程过来找大郎叙话的？”

她把对付萧二郎的手段用到了萧六郎的身上。然而，却不那么好使。萧六郎坦然自若：“嫂嫂不知，大哥的病非同一般，你切莫离他太近，若过了病气，就未必那么好运，能由我治好了。”

过病气？会传染的病？

墨九狐疑地看着他，半信半疑。

可萧乾一本正经，车内的萧大郎又咳嗽不已，这样的情况，容不得她不信。毕竟这种事不是闹着玩的，万一她真沾上什么传染病，难道真的给萧大郎去殉葬呀？

墨九不好再坚持，她恨恨地瞪了萧乾一眼，压低嗓子：“最好把病气过给你。”

萧六郎声音也很轻：“我若死了……你又怎活？”

想到云雨蛊，墨九身子一僵。

再次回头，她磨了磨牙，猛地放下帘子。

此去临安，数百里路，非一朝一夕可到。时下没有货运，萧家紧要的东西，都随车队带着，萧乾为了安全起见，调派了禁军随行，巡逻护卫。但车队载重，走得不快。晌午过去，才进入楚州一个漕口换乘船只南下。

举家搬迁，妇孺又多，为安全起见，船只行走很慢，水路一日行来，也就几十里路，走走停停。待入临安境内，已是九月中旬。算算，用了二十多天。

九月的临安，江水如带，山川秀色，湖光水影，将江南风光的温婉多情演绎得淋漓尽致。从船头看去，两岸连绵的小山近水，披翠挂绿，岸边绵延的小溪，细流缓缓，依山傍水的小村炊烟袅袅，河边洗衣的小娘，舞动着手臂……船队蜿蜒盘旋于江上，贯入江南鱼米之乡，恰似一幅安静唯美的古代水墨画。

“美！”墨九看着这一片风景，想着临安城是什么样子，小摊小贩都摆了什么吃食，脑子里不由自主地浮现起一幅“清明上河图”。

“咦，船怎么停了？”

灵儿惊奇的声音刚落，墨九伸出舱外的脖子就在木窗棂子上硌了一下，疼得她摸着脖子龇牙：“堵了？船也会堵？”

船确实停下来了。有人大声吆喝：“大水口排水拥堵，船只都停下。”

墨九再探头看，只见船队前方的水面上，密密麻麻堵了不少船只，显然都是被挡在这里的。

好端端的，水口放什么水？墨九本想去了临安找东寂好吃好喝，却落在这前不着村后不着店的地方，好生郁闷。江上什么都没有，吃了几天素食，她嘴里都快要淡出鸟了，若非萧乾为她准备了一些零嘴，她肯定早就疯了。

船上不比陆地，不能驶入码头，只能静静地等待。

夫人小姐们，也是无趣得紧，拿了骰子在玩博戏，不时传出一声娇呼。墨九听着，闲得快生霉，唤玫儿拿棉花堵住耳朵，还不见消停，索性出了船舱，想去找萧六郎借书。船停江心，首尾相连，可以互通有无，但萧六郎那艘船上全是萧家男丁，她在这头嚷嚷着要过去找萧六郎，引来不少人侧目。

萧六郎没出船舱，但他很快差人放下连接船只的木板。

走了大半个月，从楚州入临安，从马车到桨轮船，萧家人已经习惯了萧乾对大嫂的“纵容”，而且墨九素来行事荒诞，不拘礼数，他们见怪不怪，探头看一眼，玩骰子的继续玩骰子，守卫的继续守卫。

于是，墨九躲在萧乾的舱中看了好久的书，却没有见着萧六郎的人影。

天边霞光收住时，船还未前行，舱外却人声鼎沸起来。墨九懒洋洋地抬头，却见灵儿与玫儿过来接她，说让她过去吃饭。

墨九伸伸懒腰，悻悻然地过去。

这两日，吃饭已勾不起她的兴趣。吃来吃去就那些东西，她嘴巴腻味了。可入舱一看，桌上不仅有满满当当的美食，还有几盆水果，都是新鲜的，用一种极为妖娆的姿态在呼唤着她。

“今儿过年了？”

她不客气地坐下来就开吃，大夫人董氏看她这般，又环视桌上的众女眷，笑道："还是我们家六郎有脸面，官家听说萧家的船被堵在江上，专程差人快马过来送食安抚……我们这些人，都是享着六郎的福哩。"

皇帝送来的？

墨九筷子又收了回来："该不会下毒了吧？"电视上都是这么演的。

众人皆如被雷击中，惊得说不出话来。

董氏率先从惊诧中反应过来，对这个儿媳又是痛恨又是无奈，小声斥道："快闭上你的嘴。这种话哪里说得？小心被人传出去，可就祸害全家了。"

"哦。"墨九很老实，点头继续吃，"我就问问，毕竟……无事献殷勤，非奸即盗嘛。"

众人又是一阵无语。

这就是墨九。萧家女眷越来越觉得惹不起这个有萧六郎撑腰的疯子了。

她们懒得理会她，各自吃喝。可董氏的情绪却有些亢奋，沾沾自喜般笑道："大郎媳妇有所不知，今日来的差使给你父亲露了口风，官家为贺萧家乔迁之喜，为表六郎治水之功，要把玉嘉公主许给六郎为妻。"

墨九拿筷子的手停了停。

可只停了一瞬，她又继续吃。

董氏的嘴停不下来。她似乎不懂男人们的博弈，满脸都是喜色："这玉嘉公主，是当今太子殿下唯一的亲妹妹，一个娘肚子里爬出来的……"那句话的意思是，萧六郎不仅可以荣耀这一朝，等当今太子继了皇帝位，也会盛宠不断。六郎的喜事就是她的喜事，是他们大房的喜事。不是亲娘，她也觉得脸上有光。

"我听人说，谢妃本就生得花容月貌，生了一子一女，年近四十，还能宠幸不断，非其他嫔妃可比……那太子殿下才比子建貌比潘安，玉嘉公主也是美若天仙，又自小得宠，三岁被官家赐封号，是举朝公主第一人哪。"

董氏一句一句地道来，根本不给人插话的机会。她道，那个玉嘉公主集三千宠爱于一身，被皇帝当成宝贝似的，从十三岁起，皇帝就开始为她挑驸马了。可当朝年轻有为的儿郎，都被她回拒了。这一晃，公主就十九了。皇帝与谢妃又愁又急，可舍不得勉强公主，直到这一次皇帝与她提起赐婚萧六郎，这位公主却二话不说就应了……

看董氏这般絮叨，墨九突然有些可怜她——自己的孩子病了，不得不接受夫婿与别的女人生的孩子，还是一个自己曾经不待见的、一直恨着自己的孩子，并以他为荣，以他为尊。不仅如此，她连萧家最该倚仗的人是谁都不晓得……看来与萧运长之间的感情，也不怎样了。

如果萧乾真的娶了谢妃生的玉嘉公主，董氏究竟能得到些什么？就像这样，在妯娌和府邸丫头间得几抹羡慕的目光？无知啊！哪怕墨九初入萧府不久，也知道萧家想捧上储位的人是萧家女儿生的宋骜，而非刚立的皇太子宋熹。

这女人真是又可气、又可恨，还可怜！

想到这里，墨九不经意就想到了风流倜傥的小王爷，心生唏嘘。果然皇权面前无父子。皇帝宠他如珠如宝，但为了江山社稷，老皇帝显而易见地准备牺牲小儿子的利益了。

董氏一直喋喋不休，说来说去，全是萧乾要娶玉嘉公主的事。连到时候大婚要摆多少桌酒席，要不要请楚州的亲戚，她都在预算了。

墨九听在耳里，感觉很是微妙。萧乾娶亲，她的云雨蛊未解，该怎么办？若他娶了旁的女人，睡了旁的女人，那她云雨蛊发作，莫非还得去做小三？

“不行！”她低低地呢喃。

“什么不行？”董氏笑问。

“哦。”墨九淡定地指向盘子，“谁知盘中餐，粒粒皆辛苦，我说剩下一粒都不行。”

闻言，众人又齐齐丧失了语言能力。

以萧六郎的品阶，他娶个公主其实不算什么事。但娶太子的妹妹，谢妃的女儿，那就意味深长了。萧府女眷或许不懂，但萧运长与老夫人自然懂得个中复杂。晚膳后，萧运长叫了萧乾入舱，好久都没有出来。

女眷们吃完继续玩博戏，墨九却打个饱嗝出了船舱。

甲板上的江风，拢起衣袍，她突地有些冷。

从中秋走到深秋，居然一个月了。

这古代的时间果然不经用，她实在不想陷入这般剪不断理还乱的儿女情长之中，浪费光阴。她还有好多事情要去做……可做什么都得先解蛊吧？

想到云雨蛊，她不由头痛：“天杀的尚雅！等我做了巨子，第一个拿你开刀——”

灵儿跟在她身侧，扯她的衣袖：“姐姐，有人过来了。”

墨九回头，只见一个人从相连的木板上过来了。他身着南荣公差的服饰，体态娇小，眉清目秀，人还未走上甲板，她便闻到一股子暖香……她叹：什么女扮男装骗得人团团转，都是电视剧哄人的。她一眼就看出来，那个人是女的。

“你两个是萧家的丫头？”那“公差”突地原地转身，朝墨九与灵儿看过来。

墨九不喜欢复杂的裙裾，穿得与灵儿差不多，加上她年纪小，乍看衣着确实不像萧府的夫人。可“公差”走近，看清她比灵儿精致不少的五官，不由微微一怔：萧府的丫头都这种颜色，那还了得？

她眯了眯眼，盯住墨九：“我在问你话。”

人一开口，就知深浅。这“公差”语气不算蛮横，可言辞间对下人的漠视和高高在上却展现无遗。没由来的，墨九就有了一个猜测——玉嘉公主。

她借了公差的名头，想偷偷来看萧六郎？

墨九不动声色：“我说我是萧家祖宗你信不信？”

微微一愣，那个人已有不悦：“小丫头牙尖嘴利，就不怕我告诉你们老夫人？”

墨九向来都觉得自己不是小丫头，可她还是吐了个舌头，乖巧地笑：“这世上狗眼看人低的可多了，姑娘认不出萧家祖宗，也不是什么大事……你喜欢问，就去问老夫人好了，看她会怎样回答你。”

那人又是一怔：“你怎知我是女子？”

墨九瘪瘪嘴，往她胸前一扫：“我会说你快要露点了吗？这脸这身段，若你是男子，多对不住苍天？”

那人冷冷一笑：“既知我是女子，还是朝廷差使，你为何出言侮辱？”

墨九一脸懵懂地看她：“侮辱？你没缺胳膊没少腿，嘴巴鼻子长得也很周正，想来脑子应该没坏才对？我这般友好地与你说话，你怎会觉得受了侮辱？”

这般激她，墨九以为她会着恼，然后亮出身份，狠狠地斥责自己一番。然而，那人不仅未恼，反倒轻松地抱臂，笑了笑：“小丫头很有意思。我喜欢你的个性，叫什么名字？回头我问老夫人把你收了。”

“唔？”墨九含含糊糊地应了，福身道：“我姓余，单名一个弄字。府里头，大家伙儿都叫我小弄。”

“小弄？”那人点点头，“我记住你了。”

她不便亮明身份，转头往船舱而去。

墨九想了想与她叙话的过程，虽然不太确定她的身份，可突然觉得有些好笑。她侧头，看墨灵儿闷闷的样子，乐不可支地揽住她的肩膀：“走嘞，等在这里吃排头啊？”

“姐姐何时叫余弄了？”灵儿不解。

“……就刚才，叫余弄。”墨九回答。

余弄者，愚弄也。那姑娘又不傻，等一下回过神来，肯定晓得墨九在戏弄她。

万一她真是京里那个了不得的玉嘉公主，岂不是要自己好看？

墨九急着要撤，可玉嘉公主真的转回来了。

“站住！”

墨九心知不妙，转头笑道：“姑娘还有事？”

那人冷冷地看着她：“你的名字，是什么意思？”

墨九搔了搔头：“我的名字……有很大的意思吗？”

那人挑了挑眉：“你不知道？”

墨九老实地回答：“我乡下来的啊，不识字，哪晓得什么意思？”说罢她审视着那姑娘似信非信的脸，无辜地道：“我想起来了。我爹和我爷爷都姓余，所以，我也姓余。我爹还说，我娘把我生得这样机灵聪慧，是他弄得好。所以，我就叫余弄了。”

那人眉头皱着，也不知道信了没有。

正在这时，旺财不晓得从哪个旮旯里挤出来，一身狗毛乱糟糟的，冲上甲板就不管不顾地叼住墨九的裙子往后拖。

“财哥，你又要做什么？”墨九哭笑不得，对旺财这狗彻底服气了。她按住裙摆，拍拍它的狗头，无辜地回头对那姑娘道：“不好意思啊，回头我再向你解释，这狗东西它饿不得，一饿就要吃人。”

末了，她朝墨灵儿使个眼色，便风一般地跟着旺财跑了。

冲入船内，她就看见了大步过来的萧乾。他像是在找狗，脚步匆匆，墨九走得也有些急，一下子撞在他的身上。熟悉的气息扑鼻而来，墨九抬头看着，板着脸瞪他：“好狗不挡道！”

旺财嗷的一声错开身子，扑向萧乾亲热。

墨九低头看它：“财哥，我不是说你。”

萧乾退开两步：“那你说的谁？”

他声音不高，没有生气，可墨九莫名觉得他语气很冲。而且，他的姿态、动作、神色间，也有一种上位者的习惯姿态，与刚才那个姑娘有着异曲同工的感觉……似乎，他们才是同一种人。

这么一想，墨九很不高兴。她负着手，昂着下巴看萧乾：“你！”

萧乾紧紧抿唇，看了她片刻，没有说话。然后，他与她擦肩而过，却在走过她的时候，停了下来，清冷的脸上，有着惯常的凉薄，也有着不常有的不安：“你听说了？”

两个人的关系一直很微妙。云雨蛊的存在，让他们的关系与旁人不同。这项认知，于他、于她，都一样，或许并不确定什么，却都知道彼此的不一样。

墨九没有回头，与他背向而立："听说什么？"

萧乾沉默，慢慢地，他往前挪动，似乎不想再说。

"听说你要做驸马吗？"墨九轻松地问。

看似简单的一句话，若在旁人问来，也不过只是寒暄。可这两个人，用这样的姿态，这样的语气，说一件这样的事情，氛围自是不同。墨灵儿懵懵地立在边上，一动也不敢动。萧乾也没有再走，他眉头皱了皱，似是想说什么，可终究只嗯了一声。

墨九笑道："听说了，忘了恭喜你，可以少奋斗二十年。"

女人往往都有这样的劣根性，越是不想说的话，越是急巴巴地说出来，哪怕这话听起来不那么痛快，有时候也会控制不住自己。墨九其实也不明白，自己为什么要这样损他。

皇帝赐婚，臣子反抗的余地不大，更何况公主有意……这桩姻缘不论从哪个方面看，都很美满。所以，她尖酸个什么劲？

墨九突地有些想笑。

特别，特别地想笑。

于是，她就笑了，一边笑，一边转头看向萧乾挺拔的背影，眉眼弯弯地调侃道："可你清心寡欲习惯了，又不喜女色。娶了公主回来，若冷落了，皇帝会不会让你奉旨圆房？"

"奉旨圆房"那个画面，想想太喜感。

墨九笑得不行，萧乾慢慢地回头，眉头蹙得很紧："很好笑吗？"

"不好笑吗？"墨九笑着反问。

萧乾是一个习惯了掌控的男人，可墨九却是一个不按常理出牌的女人，她的喜怒哀乐，似乎都与旁人不同。两个人互视着，气氛就有些微妙。

旺财东看一眼，西看一眼，突然吐着舌头，嗷的一声，又冲向墨九，张开嘴筒子，又要叼她……

"财哥，我服你了，放开。"看它两只爪子扑在腿上，又要拖她，墨九赶紧推开了自家的舱门。她真不愿意像一块狗粮似的，被旺财叼来叼去。

墨九居的地方，零食摆了一地，蓝姑姑还没有来得及收拾，而萧乾向来爱整洁，站在舱外看了一眼，皱了皱眉头，似是看不顺眼，径直唤旺财走了。

"德行！驸马了不起啊？"说罢，墨九砰的一声关上舱门。

背靠在门上，她拍拍胸口，坐在矮凳上出神。

"姐姐，开门，灵儿还没进来。"墨灵儿在外面拍门。

"自个儿玩去！"墨九大着嗓子喊。

她不开门放墨灵儿进来，自顾自搜罗了一堆吃的放在桌上，然后懒洋洋地躺着，一边吃，一边胡思乱想。

船舱的木窗没有关上，江风从外面拂入，把她的头发吹得凌乱不已。她没有管，只吃，一直吃。

也就是今日，在这艘船上，墨九却突然有了一种脚踏上了地的错觉。

以前她并没有半分归属感。这个时代以及这个时代的人，似乎从来都与她无关，她把自己置身于一种旅游的状态中，嬉笑怒骂，相信随时可以抽身离去，或者醒过来就是南柯一梦。然而现在她知道，不是做梦。她回不去那个属于自己的时代了，她只能是这个墨九儿。

一个人最清晰的感觉，是疼痛与不舒服。

只有不舒服了，难受了，才会有真实感。

不过，胃舒服了，整个人都舒服了。

吃了一肚子东西，墨九躺到床上，拿一本书看着，不知不觉入了夜。

夜幕降临，江水像一只巨兽，将一艘艘船只牢牢地束缚在怀里，紧紧不放。临近码头的地方，船只本来就密集，水口禁止通行的结果是，船只越聚越多。入夜了，船上都点了灯。江面上，渔火点点，适逢月华初升，星疏云浅，画面美得不似人间。

墨九的船上，也是灯火通明。偶尔有巡逻的兵士走过，步伐一致，三人一行，身着软甲，手持刀戟，严肃且尽职。

"谁？"突地外面一声低喝。

"不好，有人闯入。"另一个人跟着大喝。

"有刺客——"第三个人也吼了起来。

很快，船上侍卫惊起，脚步声踏在船板上，发出咣咣的声音。

入睡的萧家人，有的披衣起床，有的开舱询问，然而刺客有几个人，到底有没有刺客，侍卫们也没法子说清。

"我好像看见有人影过去……"巡逻的兵士，你看我，我看你，谁也没看清。

"四处找找，确保安全。"

"喏！"

"你这边，我那边！"

外面的嘈杂墨九都听见了，但她懒得很，打着呵欠，动都不爱动一下。直到窗口嘎吱一声，一个人影从窗外蹿入舱中，她才懒洋洋地看过去。

月白色的男子皂靴，干净整洁，月白色的软绸袍角……再往上看，被江风卷起的发绦高高扬起，他白色的衣襟上，沾染了点点血迹，还有一条与白色形成鲜明对比的黑巾蒙住了他半张脸，却依旧掩不住他的俊朗，也掩不住他苍白的面上，依稀可见的一丝病色。

墨九放下书本，静静地看他。

那人手提剑柄，慢慢地走向她的床。

仔细观之，他面上似乎带了微笑。

墨九看向他的胸前……血未止，嫣红的颜色，笑未停，温暖的颜色。

这人的模样与表情，竟和那晚在萧府里与她月下对饮的东寂有些像。

她其实不太记得东寂的长相，只是一种直觉，一种不太确定的错觉。

来人眸中笑意浅浅，比入舱时柔和了许多，可尊贵的气势，依旧给她一种压迫感："你不识得我？"

外面侍卫还在喧哗找人，船舱内的紧张并未退去，可"刺客"却很从容，问了墨九一句，慢慢地取下蒙脸的黑巾，收剑入鞘，静静地看向她。

"你是……"墨九审视着他的脸，"东寂？"

"还好想起来了。"

东寂似乎并不怕外面的侍卫，他笑容浅浅，不慌不乱地回身，细心地关上窗子，又走近墨九的床侧，低低地道："夜里风凉，把被子盖好。"

墨九哦一声，拉好被角，继续先前的话："怪不得面熟，原来真的是你。"

东寂笑看她一眼，坐在床头的凳子上。他的脸背着光，隐在氤氲的光晕里，带了一点疲倦，添了一点慵懒，可能因为受伤的原因，脸上的病色若有似无。但即便如此，那一身上位者的气势，仍是让墨九敏感地捕捉到了。

"你不是萧家的远亲？"她问。

"嗯。"东寂点头，闲适而坐，"是。"

"那为什么做此打扮，混到船上来？"

墨九的脸上，依旧很镇定。即便到了此时，她依然不知那夜在月下湖畔，孤舟而饮，今日扮着"刺客"，破船而入的东寂到底是怎样的身份。

"我是……"东寂沉吟一瞬，"奉今上之命，来办公差的。"

又是公差？似他这样的气度，这样的细皮嫩肉，根本就不是寻常人家养得出来的男子，又怎会是普通公差？

今日第二次遇到“公差”，墨九笑了：“公差该去找萧使君，到我这里来做什么？”

东寂笑道：“探访旧友。”

墨九似笑非笑地看他：“哪个探访旧友，是从窗户爬进来的？”

东寂被她说得有些尴尬，别开脸，若有所思地观看她的居住条件，然后目光落在她的书卷上：“夜里看书，伤眼，以后不要这样。”

墨九晓得他在转移话题，却不好抓住别人的隐私追问。尤其这个事，不用问，她大概也晓得为什么……一个男人去一个女人的房间，实在不是什么正大光明的事，不翻窗怎么来？

她道：“好吧，为了探访旧友，你不惜扮成刺客，也很拼了。既然你够意思，我就不为难你了……只要给我带了吃的，一切都不是问题。”

灯火下，她细心慢声说话的样子，妖娆绵软，像个不谙世事的孩子，又像个柔若无骨的小妇人，原就已是一幅撩人的画面，偏生她还斜躺着，衣襟不经意地从肩膀滑下，一段调皮的雪白香肩就映在灯火中，如雪似玉，泛着淡淡的粉，媚骨艳色，诱人采摘。

东寂静默一瞬：“今日来得匆忙，没有准备。等明日你入了临安城，我必践行约定，带你吃遍临安。”

墨九的目光亮了火光，可很快，又熄灭了，她无奈地摇头：“吃遍临安是好，只是不晓得萧家宅子的围墙高不高，好不好翻出去？”

东寂的眸中满是笑意：“世上无难事，只怕有心人。”

他看着她说话的时候，眼神是温暖的，柔和的。墨九觉得这样的东寂，像一个纵容她的大哥，不论她说什么，他都会由着她占上风。不像萧六郎，那厮绝不肯让她分毫。这才是朋友嘛。

“有道理！”她呵呵一笑，一双大眼睛像会说话，水汪汪的，带了几分灵气，语态慵懒，俏皮……

东寂轻轻地应着，目光微微一荡：“原以为你是萧府的丫头。”

墨九看看自己身上盖的被子，笑着眨了眨眼睛：“我现在的样子，不像丫头？”

“唔……”东寂眉头微微蹙起，“若丫头生活都这么舒适，萧府门槛都得被人踩烂。”说罢看一眼窗户，他不待墨九说话，慢吞吞地起身，握住放在边上的佩剑，轻声道：“夜深了，探访过旧友，我得走了。”

墨九侧耳听着外头的动静，努了努嘴：“他们还在找你。”

东寂笑道："无妨，便是抓住，我也是萧家远亲，来为陛下办差，不算大事。在你舱里被找到，才是不便。"他慢慢地弯腰，很自然地替墨九掖一下被角，目光似有星光闪烁，"我走了，在临安等你。"

看他转身而行，墨九突然问："你不问我是谁？"

东寂回头，唇角温暖的笑意，像一簇阳光与火苗："以食会友。你是谁，并不重要。"

"不重要吗？"墨九问。

"是，不重要。"他肯定地一笑。

墨九望入他的眸底，心底瞬间涌入一股暖流。人情世故的社会里，身份太重要了。你是什么人，你有什么身份，决定了你在这个社会中扮演的角色，受人尊重的程度……正如她，因了大少夫人的身份，才能得到这样锦衣玉食。

从来没有人说过"你是谁并不重要"。

她是墨九，好的墨九，坏的墨九，都只是她而已。

莫名的，她喜欢东寂这句话。

拥着被子坐起，她轻松地笑着，从脖子里拉出那个用绳子串着的扳指来，在他眼前晃了晃："你这个朋友我交定了，去临安吃你的也吃定了。滚吧，出去时小心一些，莫掉到江里淹死了。"

东寂看着扳指，微微一愣。

墨九挑眉："怎的？后悔了？"

东寂笑着摇头："不。从来没人叫过我滚，很有意思。"

墨九哦一声："习惯了就好。朋友间相处，就不必那么多客套礼节了，我说叫你滚，因为你和我熟，我说什么你都不会介意，以这样轻松的相处方式，可以得个长久。"

"得个长久。"东寂深深地看墨九一眼，笑了笑，扯一扯身上染血的衣衫，"若有人问起，你就说没有见过我。"

墨九懒洋洋地躺下去："放心吧，大半夜收留男人，这罪名，我比你更担不起。"想想，她又叹："为了吃，我也是蛮拼的了。"

外面又响起一阵脚步声。

有侍卫轻轻地敲门："大少夫人睡下了吗？"

墨九激灵一下，朝东寂努了努嘴，示意他快走。

"睡下了，有事？"

东寂走到窗边，推开窗，任江风灌入，慢慢地回头望一眼墨九，身形矫健地蹿入了夜色之中。

另一艘船的甲板上，萧乾衣襟飘飘，临风而立。他的脚下，旺财正玩得起劲，扑一下他的脚，又叼一下他的袍角，撒着欢地逗他。一人一狗，一静一动，在这样的月下江面上，凝成了一幅精致的画卷。

萧乾看着那一艘驶往岸边的小舟，还有舟上白衣飘飘的男子，一张俊美的面孔上，清冷而安静，只一袭银红的披风鼓起，一抹仙色似已看透所有，一抹艳色又似容倾天下。

好一会儿，等小舟消失在夜下的江面，萧乾才慢慢地蹲身，摸了摸旺财的头。

“风凉，你冷吗？”

旺财撒着娇，温暖的舌头舔舐着他的手心。

他没有动，一眨不眨地看着它。

狗的一生，只需要主人的怜爱，一碗饱饭就够了。要求越简单的，越幸福。

他轻笑：“回吧。”

月亮落下，云层散开，璀璨的阳光便从江面上透了过来。天亮了，水口放行，拥堵的码头终于松缓。吆喝声、迎来送往声，一派繁忙景象。萧家的船队排成一行，穿过霞光往码头行去，一艘一艘井然有序。

鼓噪声中，船靠岸，激得江水叠起，轻柔地拍打堤岸，一浪又一浪。前来迎接萧家的马车已在码头等待多时，一群披甲执锐的禁军隔离了人群，站在两侧，不停让人退后……

南荣至化二十七年秋，萧家举家入临安，盛况空前。多年以后，临安城的人还记得那一日的阳光，还有阳光里装载货物的大车小车，忙着卸货装货的兵士，令整个码头像赶集似的热闹。

枢密院的萧使君不仅声名遍及楚州，在临安府也是一个传奇式的人物。

他在临安府曾经制造过最为轰动的“临危救驾”，救了皇帝的性命，也避免了一场国难。可他的为人，在百姓心中，却始终神秘莫测。

曾经他被无数王侯公卿视为佳婿，人人都恨不得把待字闺中的女儿嫁他为妻。他有过一日收到十张请柬的历史，却又有着一个都不见、一个都不理的惊人壮举。如此，他便落下一个从不结党营私，铁面无情的美名。

这就是萧乾，无数人想与他扯上点裙带关系，他却不肯卖任何人的脸面。就连与他本家有着姻亲关系的小王爷宋骜，也都是厚着脸皮与他结交，时常对他鞍前马后，却只得他一个冷脸。还有贤王府的小郡主宋妍，是他的亲表妹，时常纡尊降贵倒贴过去，也不见得受他待见。

关于萧乾的传闻很多，而玉嘉公主的婚事与他的冷漠不近人情一样，也时常被人津津乐道。

这些年，玉嘉公主看遍无数儿郎也没选到一个中意的驸马，而萧乾也是拒绝了无数的姻亲。如今这两个惊才绝艳的人被皇帝凑成了一对，于是，倒成了一件喜闻乐见的大事。甚至有人道：萧使君这样的绝世美男子，除了玉嘉公主，南荣上下，无人可堪匹配。

这话有些夸张。

可萧乾的俊美，确实早以传闻的方式，广泛地深入了民间。

有一个传闻说，当年萧乾第一次领兵上阵杀敌，是南荣退守临安以来，与珒国的第一场大仗。当时两军对垒，珒国人马数倍于南荣，眼看南荣要吃败仗，血流成河，尸横遍野，萧乾一马当先，持剑冲入阵前，只一眼，珒国兵士便刀枪落地，弓弩不发，全被他的美色所惑。

当然，这只是传闻。但这样俊美无比的男子偏又医术冠绝天下，除了金枝玉叶的玉嘉公主，似乎谁家的闺女许配给他，都是高攀。

故而，萧家的船刚到地方，码头上就涌来不少人围观。放眼一望，全是黑压压的人头，一会擦着肩了，一会踩着脚了，你推我搡，好不热闹。若非禁军站在前头，恐怕不知多少人被挤下河去。

“让让，烦请让让——”

喧闹的人群中，一个年轻后生利索地挤过来，他的背后，跟了一个小丫头。兄妹两个挤得双颊通红，热汗直流，好不容易挤到前头，可刚刚看见萧家装载货物的箱子，就被一个禁军小头目拦住：“退后！”

年轻后生抱拳道：“差大哥，我兄妹二人来接我娘，麻烦……”

那禁军小头目不耐烦听他的话：“退后，退后，听不见啊。”

这年轻后生脾气好，无奈地一叹，拉住妹妹就要退后。可小姑娘却急眼了，她双手往腰上一叉，胸一挺，上前就撞在禁军头目的刀鞘上：“做什么？官差了不起啊，码头是你家的吗？你能来，我们不能来？你们可以接人，我们不可以接人？凭什么啊？”

这小丫头年岁不大，却很泼辣，尤其她高挺的胸口，一直撞在他的刀鞘上。这禁军头目年岁也不大，几次三番有理说不清，他不由涨红了脸：“不许过去。”

“哼，让你欺负人，我就要过！”

小丫头叉腰站在他面前，眼看就要闹起来，背后传来一道惊喜的呼喊：“加载、心悦……”

两兄妹齐齐回头：“娘……”

“九姑娘！小九九，哈哈哈。”沈心悦像一头小母猫似的，灵活地从禁军腋下钻过，一把抱住墨九，欢快地道：“好久不见哪，九姑娘又长身子了，好看，好看，没有对不住我当年的拳头。”

这丫头小时候与墨九儿一块长大，墨九儿性子那么野，很大一部分是由于沈心悦的问题。毕竟墨九儿脑子不好，便是想做坏事，一个人也做不出来。不过，墨九儿生得美，本就是一个惹是生非的美人脸，出门总能祸害得那些年轻小子跃跃欲试。那些年，沈心悦没少拿拳头替她挡灾。

如此一来二回，墨九儿依旧柔弱娇俏，这沈心悦却锻炼成了这样一个虎气生生的儿郎性子，三句话不对，她就要与人动武。可那毕竟是曾经的墨九儿，对沈心悦，现在的墨九是完全陌生的，不过她虽然不认识沈心悦兄妹，但看蓝姑姑喜极而泣的样子，也大概清楚了。

她刚下船，被嘈杂的人群吵得头晕目眩，胸口也闷，比晕船还难受。这粗暴的丫头又把她摇来摇去，像摇拨浪鼓似的，她差点儿就吐了。

“停！”墨九瞪向沈心悦，“你在磨豆腐哩？可晃死我了。”

沈心悦一惊，住了手。

两个人打小的情分，这墨九一出口，从语气到神态，沈心悦当即便感觉不对了。

还是那张脸，可却不像同一个人。

她愣神片刻，望向蓝姑姑：“娘，九姑娘……真的忘了一些事吗？”

蓝姑姑咳一声，左右看看人多，拽着女儿的袖子：“回头再与你细说，不要咋咋呼呼的，让人听见。”说罢她瞄一眼文弱的儿子，红着眼圈问：“加载，你们兄妹俩住在哪里？等娘安顿好了，就来看你们。”

原本这兄妹两个多年未见亲娘，有许多的话想说，可萧家刚搬来，墨九也正是需要用人的时候，蓝姑姑怎么也得先让墨九在府上安顿好，才能顾及他们的私事。

沈加载报了个地址，小声安慰蓝姑姑：“娘只管自去，照顾好九姑娘便是。我与小悦安好，娘勿念。”

沈心悦也重重地点头：“娘放心，我会保护哥哥的，有我在，谁也别想占他便宜。就说上个月隔壁院子那小娘吧，在风筝上写些乱七八糟的字，放飞到我们院子来勾引我哥，被我揪出来一顿好揍……”

“咳！”沈加载涨红了脸，“小悦。”

“怕什么啊？”沈心悦上下打量他一眼，眉梢扬得老高，“你也不想想，就你这瘦成鸡仔儿的样子，若没有我，早被人祸害了……”

“小悦，娘要走了，说这些做什么？”沈加载再次提醒。

沈心悦这才反应过来，哦一声，抱了抱蓝姑姑，然后憋屈地望墨九：“……你还是小九吗？”

墨九点头：“是。”

沈心悦想想又问：“那你晓得我是谁吗？”

墨九再点头：“晓得，二丫头嘛。”

二丫头是沈心悦的小名，在盱眙时，墨九儿就那般叫她，墨九是听蓝姑姑说的。

可沈心悦一听，又兴奋起来：“九姑娘真的知道我，是，我是二丫头，我就是二丫头啊。”

“看上去是很二。”墨九嗯一声，“姑姑常常念叨你，想着你，还托我给你画过像哩……等等，包袱里就带有一张。”

沈心悦更加惊喜：“是吗？”

“废话，我从不骗人。”墨九看薛昉过来了，像是要催促她上马车，来不及与沈心悦多说什么，只匆匆将包袱打开，抽出一张卷着的画纸塞给她，“拿去看吧，看像不像你，这可是我亲笔画的。”

“好啊，小九九真好。”沈心悦愉快地捏着画卷，与沈加载两个，一路跟随围观的人群，把萧府家眷送上马车，直到没了影子，才叹口气，“好不容易见着咱娘，又走了。”

说罢，她慢慢地打开画卷。

画画并非墨九在行的事，她的画作也一向不怎么传神，这个沈心悦早有预见。可这个画像差距也实在太大了吧？沈心悦看着画像，惊呆不已。画上是一只她叫不出品种的东西，像狗又不太像狗，大黄的颜色，两只大耳朵垂着，吐着舌头，蓬松的尾巴高高耸起……

“这真的与我长得像吗？”

马车行入临安城门，两侧全是黑压压的人群，老女老少摩肩接踵，而道路两侧，有威风凛凛的禁军维持秩序，看上去萧府这一行，便更添气势。墨九撩着车帘子，东张西望，看繁华的商铺酒楼，看人群的衣装打扮，不停寻思：东寂说等她，到底在哪里等她？

她竟然忘记问了。仅凭一个玉扳指，找得到人吗？

正在这时，前方传来一阵喧哗。紧接着，围满的人群从中分开，一名宦官模样的家伙，上前唱道："玉嘉公主驾到。"

皇室有皇室的威仪，公主便是公主，即便萧家权势滔天，也必须停下来迎驾。马车停了下来，墨九探头往前瞅着，不晓得玉嘉公主是刚巧路过，还是特地过来给萧家一个下马威的。

长街上，顿时肃静了。一群身着薄纱宫装的宫女执了华盖，走在前方，中间是两驾并驱的玉辇，辇上纱幔遮掩，流苏垂垂，华丽非常。玉嘉公主端坐辇中，金钗玉簪，眉梢眼底都带笑。

"都起吧。"

墨九怔怔地看着玉嘉公主。这眉眼，这五官，果然是昨日在船上见过的"公差"。只不过，昨日她素颜男装，让人只觉得高挑清秀，如今微施薄妆，华裳在身，又有公主仪仗，更显容光焕发，美艳妖娆。

"大少夫人！"夏青突然急匆匆地从前方挤过来，在马车外面低声喊她，"老夫人让您下车过去，一道向玉嘉公主请安。"

这样去请安还了得？万一被她认出来，多麻烦啊。

墨九来不及多想，双目一瞪，舌头一伸，身子一抽，脑袋一偏，猛地栽倒在马车里，然后又激灵灵地坐起，看着一愣一愣的夏青，吐了几下小泡泡，艰难地捂着胸口："……我……好像羊癫风发作了……"说罢她滚倒在马车里，抱头朝夏青吐舌头、挤眼睛，样子极是难受。

夏青只知她疯，却不知道，原来她还有羊癫风。无奈地叹一声，她匆匆地回到前方。

可这时长街寂静，老夫人和另外几名夫人都整理好衣裳，准备上去迎驾了。夏青看这阵势，低下头，什么也不敢说。

玉嘉公主看一眼拜在地上的百姓，目光往萧家车队一扫，唇角露出一个莫名的微笑，就由宫女扶着下了辇，慢慢地走向领头的老夫人，轻轻福了福身："老夫人安好。"

她侧身，又对大夫人福身："大夫人好。"

"二夫人好。"

"三夫人好。"

堂堂玉嘉公主，集三千宠爱于一身，浩浩荡荡地过来展示了皇家公主的威仪，却偏偏又要在闹市街口，在众目睽睽之下给萧家的长辈行礼，这举止不免耐人寻味。

三位夫人妇道人家，不晓那些事，一副受宠若惊的样子赶紧回礼。只老夫人年纪大，骨头重，心里发着凉，笑容还算平和："公主折杀老身了，这般礼数，老身担不起。"

玉嘉公主微微一笑："老夫人与几位夫人都是长辈，自然担得起。再有，玉嘉今日出城去庙里还愿，正好碰见，有一事，想求着老夫人哩。"

一个"求"字，再次让老夫人脊背绷紧："公主有事，但听吩咐。"

玉嘉笑道："只是小事，老夫人切莫怪罪玉嘉任性才好。昨日我贪玩，偷偷随了差使上船，碰巧见着贵府一个小丫头，叙了几句话，甚是投缘，玉嘉想向老夫人讨要过来。"

老夫人松了一口气。玉嘉公主是谢忱的外甥女，谢丙生的表妹，与萧家其实不友好才合理。她既然昨日就上了船，又怎会不知萧家要入临安，打这里经过？如此，她这般兴师动众地拦过来施威，老夫人还以为她会有什么举动，不承想只要一个小丫头。

她往丫头仆役的人群看一眼，慈祥地笑道："公主看中哪个，只管指去便是。"

玉嘉唇角一扬："并未见她。"

老夫人疑惑了："敢问公主，那丫头叫什么名字？"

玉嘉公主一字一顿地道："余弄。"

老夫人脸上的笑容顿时僵住了。萧府的丫头婆子她未必都清楚，但这样陌生古怪的名字，她一听就知道不可能是萧府的丫头。不过，玉嘉公主问起，为确保无误，她还是问了一句："府中丫头可有一个叫余弄的？"

"回老夫人，并无。"

老夫人再次望向玉嘉公主："公主殿下，萧府并没有叫余弄的丫头。"

萧府女眷纷纷点头，表示没有听过。

大夫人董氏向来愚钝，突地接了一句："莫非公主听岔了？"

"放肆！"老夫人低喝她，"公主耳聪目明，岂会听岔？"

"是妾身失言。"说罢，董氏默默退一步，不再吭声。

玉嘉公主唇角掀出一丝不易察觉的笑意："听错是不曾。那丫头还专程为本宫解惑了她的名字。愚弄嘛，很有意思。"她视线又一次扫向萧家女眷，笑问："敢问老夫人，萧家女眷都在这里？"

老夫人正想称"是"，突然想到了墨九。

她回扫一眼，果然没有看到墨九，不由低斥："大少夫人怎么没来？"

夏青胆儿小，从来没有见过公主，先前一直不敢插话，这时听老夫人问起，方才绞着手指，低头垂目道："回老夫人话，大少夫人她……犯羊癫风了……来不了。"

羊癫风发作不定时，犯病的时候模样很狰狞，不犯病的时候就是个正常人，谁也瞧不出来端倪，故而墨九到底有没有羊癫风谁也不知道。

当然，就老夫人而言，这个时候，她希望那墨氏真的有羊癫风，免得上来给萧家惹事。于是，她佯装恼怒地低斥："混账，早不犯病，晚不犯病！"

骂一句，她又笑向玉嘉公主告歉："公主殿下，老身那长孙媳妇身子一向不好……"

"却是个难得一见的美人。"玉嘉笑着打断，"早就听说墨氏寡女，个个美艳，异于常人。不仅天下男子趋之若鹜，便是神仙见了，也忍不住思恋凡尘。今日碰巧，本宫真想见上一见，与我这陋颜相较，能胜几何？"

墨氏女子虽貌美倾城，却不逾三十而衰，这事在盱眙人人知晓，有人曾叹之，这是墨氏女的美貌招了天妒，方才受此恶疾……这些传说，在萧家长孙娶墨氏寡女之事后，闹得楚州地界人尽皆知。可玉嘉公主身在临安，居然也会知晓？！

以她公主之尊，断然不会特地关心一个寡女的事。那么她关心的原因，恐怕与萧家和谢家有关了。

老夫人笑道："公主过誉。老身那孙媳妇，是有几分姿色，可乡野村妇，不过蒲柳之姿，焉比得金枝玉叶？黄雀与凤凰，一个在地，一个在天，公主莫要听信误传。"

玉嘉公主白皙的手指轻捻着丝绢子，拭了拭嘴角，眼风有意无意地掠过萧乾，视线又带了几分笑意："找不到余弄，本宫先见见墨氏好了，羊癫风也无妨……"

"公主殿下。"萧乾终于出了声。

他慢慢地上前，短短几步，那高远若仙的淡然神色，却让周遭的一切都似乎褪去了颜色。

玉嘉公主抿紧嘴唇，看他从容的神态，俊美的面孔，凉薄的眸子，似被一束慑人的冷光惑了心，不由屏紧呼吸。

这是玉嘉第一次近距离看萧乾。她先前只知萧使君俊美，却不知这般貌美。

玉嘉捻着丝绢的手指，微微捏拢："萧使君有话直言。"

萧乾拱手施礼，语气淡淡："公主金身玉体，在这陋市之中逗留太久，恐不利于民安。"说罢他示意玉嘉公主看向长街中挤满的脑袋，又道："公主既是还愿，还是早些去好。这般堵在路中，市面没法营生，若让陛下知晓，少不得怪罪。"

玉嘉公主笑道："听闻萧使君少言寡语，惜字如金，原来并非如此。"

萧乾道："殿下面前，不敢惜言。"

玉嘉公主唇一扬："是玉嘉任性，让诸位耽搁了行程。可玉嘉自小便爱美人美物……听闻贵嫂天仙一般的姿容，就挪不动脚步了呢。"

萧乾眉头几不可察地一皱，淡淡地道："家嫂粗鄙不识礼，且如今病发，恐会冲撞公主贵体。不如公主先行，等家嫂来日病愈，再让祖母携她前去向公主赔罪？”

人之所思所想，就算不曾刻意，也总会有蛛丝马迹流露。萧乾字里行间全是褒赞玉嘉公主，可每一个字都有拒人于千里之外的冷漠。反倒是对他嘴里“粗鄙不识礼”的嫂嫂，他莫不维护。

玉嘉公主眸子一凉。

看来传闻是真的，萧乾护她嫂嫂视若性命。

可一个正常男子又怎会用性命护嫂嫂？

除非他俩之间，确实有见不得人的苟且。

墨氏女，有令神仙思凡的美貌。玉嘉想到这句话，不由冷了脸：“能得萧使君这般祖护，贵嫂好福气。”言罢，她对身侧的宫女道：“前头带路。大少夫人病体违和，本宫岂能视而不见？一定要探视一番才合情理。”

到了这会儿，萧家的人大体明白了。从楚州到临安，萧乾明里暗里维护墨九的事，萧家上下无不知情，这事肯定会有外传，玉嘉听入耳里，哪里能容得了她？这分明是妇人争宠哩。他们甚至以为，叫“余弄”的丫头，不过是玉嘉公主编出来拦路的理由，目的是“愚弄”墨九。

不管怎么说，墨九是萧家大少夫人。打她的脸，就是打萧家的脸。众目睽睽之下，萧家若不护她，不等于被活活羞辱？

老夫人眉头皱着，正要阻止，蓝姑姑就惊慌失措地冲了上来。

“不好了！出事了！不好了！出大事了！”

她急吼吼地喊着，手上捏着一张被染得通红的帕子，帕上红梅点点，像是被人咬破了。她颤着双手递上来，声音都在抖：“老夫人，大少夫人发羊癫风……把、把舌头都咬破了……得、得快些回去，找大夫瞧瞧啊。”

老夫人看了那帕子，面色一变。

众人窃窃私语，也惊乱起来。

可老夫人还未回答，萧乾却已抢先了一步：“祖母，孙儿去看看。”

他话音未落，人已离得远了。老夫人看着他的背影，尴尬地咳嗽一声，对玉嘉公主镇定地解释道：“六郎医术尚可，府里大小的诊事，都是他在张罗。公主殿下，您先请！等墨氏病愈，老身亲自领她来向公主赔罪。”

玉嘉公主敛去唇边的冷笑，回眸望向老夫人：“无妨，本宫的事不急。大少夫人病着，本宫不巧碰见了，怎么也得知晓安危，方能放心。毕竟将来是妯娌，我若冷漠抽身，往后可怎样相处？”

一般妇人未出嫁前，都不好意思这么说。玉嘉与萧乾的婚事，只停在嘴上，赐婚的圣旨未下，两家也未走六礼，她已把自己当成萧家人，确实让人唏嘘——这公主果然如传闻一般，女儿身，男儿行。

老夫人正尴尬，玉嘉公主已由宫女扶着坐回玉辇，一手托着香腮，半眯着眸子，似在静静等待这一场戏唱完。

公主坐在辇上，萧家人却不敢坐，只得僵硬地立在路中，带着一堆行李和家小，尴尬地等待。因此，萧府上下，除了几个不晓事的妇人，大多已对玉嘉公主生了恼意。她的做法，看上去只是妇人的争风吃醋，可仔细一想，又何尝不是以公主之尊压人一头，给初入临安的萧家一个下马威？

乔迁乃是一个家族的头等大事，讲究吉利。

这样未入家门就被人堵了，自然大不吉。

如此一来，不仅谢忱，整个临安城都在笑话他们。萧家数代功勋又如何？萧运长是国公爷又如何？一个并不曾为国付出的公主，只因身上流着皇室血脉，就可以凌驾在为南荣建功立业、祖上数代惨死于沙场的萧家头上。

此处是热闹的街市，遇到这样的事，自然有人议论不止，人也越拥越多。

萧乾挤到墨九位于车队后方的马车边时，清冷的脸上，已是阴气沉沉，像暗夜来临前天空的颜色。他不看任何人，只问玫儿：“嫂嫂如何了？”

玫儿低头不敢看他的脸：“不太好。玫儿也不懂。萧使君为大少夫人瞅瞅吧。”

萧乾听夏青说墨九犯了羊癫风时，是半点都不信的。后来看蓝姑姑拿着带血的帕子过来哭号，他也只是半信半疑，可看玫儿吓得身子都打颤，他却有些相信了。他不管马车周围有多少人观看，挑了帘子就上车。

噗的一声，车帘再次落下。马车外围观的人群被隔绝在外，满怀期待地等待。

马车里，萧乾冷清的神色，很快就变成了抓狂。

“你还吃得下？”

“嘘！”墨九做个噤声的动作，舔了舔手指，放下正在剥的一个白灼虾，朝萧乾伸手，“帕子拿来，我擦擦嘴巴。我的那张给蓝姑姑了。”

她说得理所当然，萧乾却很想掐死她：“墨、九。”

看着他目光里的恼怒，墨九很淡定：“帕、子。”

萧乾望一眼马车顶，慢慢地掏出手帕，递到她面前。

墨九随意地抹了抹嘴巴，又递还给他："乖。一会拿去洗洗。"

萧乾看着白帕子上红彤彤的颜色，又看一眼她吃得七零八落的白灼虾和满地的虾皮，还有放在虾盘里的红酱瓶子，转头就要走，却被墨九喊住："哎，你就这样走了？"

萧乾没有回头，只道："不然呢？还得把你伺候饱了？"

墨九笑道："可以呀！"

她似乎不知前方情况，也根本不懂萧家这样被玉嘉公主拦在搬家的路上，有多么耻辱，一张脸笑靥犹在，灿烂非常。白里透红的肌肤，也因为吃得快活，水灵灵的泛着光泽，显得那双眼睛更大更明亮。那坦然自若的样子，像一个不谙世事的孩子。

莫名地，萧乾对她发不出脾气，他慢慢地蹲在她面前，冷漠的嗓音里，又有着几丝诡异的纵容："该拿你怎么办？"

"凉拌！"墨九认真地道，"凉拌人肉好吃。"

萧乾唇角一抽："你吃过？"

墨九舔舔嘴巴，摇头："没有。若不然吃你试试？"

萧乾嫌弃地把那一瓶红酱往外挪了挪，又重新掏出一张帕子垫在她的手腕上，然后指头搭在她的脉搏处："你到底懂不懂害怕？敢愚弄公主，就不怕死无藏身之地？"

"矫情！"墨九看他隔着帕子为她把脉，嗤了一声，又正经地问："我为何要怕？"

萧乾像看疯子似的看她，她却粲然一笑："不是有你吗？"

她坦然的目光里，有信任与依赖，还有一种小女儿似的娇憨，就像一个总是犯错的孩子，对家长的全然相信，就像她真的相信不论风吹雨打，他都会护她周全一样。

萧乾静静观之，无奈地一叹，却听那货又小声嘀咕："有云雨蛊，我就是你的活祖宗……你才不会让我出事哩。所以，我安心得很，该吃吃，该睡睡。这人生惬意呀，若有一壶梨觞，供我挥霍，那就再好不过了。"

"墨、九！"萧乾低喝。

"嘘，小声点。"墨九瞪他，"莫要让人听了去。"

看他气不好气，怒不好怒，墨九抽回手，慵懒地换个姿势坐下，又睨他一眼："先前总听人说萧使君武冠南荣，学识通天，医术无双，掌百万大军，一人之下，万人之上，是整个南荣最有权势的男子。可今日不过一个公主，便可以这般对你们。六郎，你不觉得……很憋屈吗？"

原来她不蠢。这个妇人，对今日之事看得一清二楚。

萧乾嘴角微微一掀："这是皇权。"

墨九道："是啊，权势是迷人的。尤其对男人而言。"说到这里，她话音一转，突地正色问："一心一意维护皇室的尊严，却被皇室践踏，值得吗？"

萧乾眼睛危险地一眯："不可胡说。"

墨九轻笑，突然掌住他的肩膀，把他往身前拉了拉，压着嗓子道："你的身份，并不仅仅是南荣的枢密使，对不对？你也并没有心甘情愿地替南荣皇室卖命，对不对？你并不是一个喜欢被人掌控命运的男人，尤其当你完全有能力不让人随便玩弄的时候，更不可能让任何人威胁到你，对不对？"

马车外面喧嚣声很大，墨九满带机锋的话，只落入萧乾一人耳中……

可她带给他的震撼却非一点。

他是个刚硬的男人，不论发生多少事，不论受到怎样的威胁，他都不曾在别人面前露一点底。即使与他关系亲近的小王爷宋骜，也不曾对他有过这样的质疑……因为敬畏君权与皇权，这是自古以来，人人都认为是理应遵守的一种天道。但墨九却直言不讳，而且她了解他，了解得他一点都不愿意在她面前说谎。

他的掌心慢慢地搭在她的手背上，一双清凉的眸中，闪着火焰似的亮堂。在这个狭窄的马车里，在这一个被众人围观的地方，他严肃地对她道："今日之辱，必有后报。"

墨九扁了扁嘴巴，对这些事不太感兴趣，也不想问太多。

她只道："如今怎么办？你怎样解这个围？"

玉嘉公主守在外面，若不给她一个交代，事情恐怕无法善了。这一点墨九知道，萧乾也知道。可他望着墨九，轻笑着，并无多少担忧："那嫂嫂只得委屈一下了。"

墨九一愣，皱眉："怎样委屈？"

萧乾淡淡地道："你不是病了？"

哦一声，墨九了解地点点头。

然后，这货突地捂住胸口，便斜倒在马车上，呻吟起来："啊……啊！"

萧乾被她娇软的啊声吓了一跳，捂住她的嘴："你叫唤什么？"

墨九大眼睛瞪着他，慢慢地挪开他捂嘴的手，小声做口型道："我不是羊癫风吗？生病嘛，太安静了令人生疑……而且你一直在马车上，我不出声，不是让人怀疑我们有什么吗？"

不待萧乾反应过来，这货拔高声音，又痛苦地叫唤起来："啊……好痛……啊……啊……"

不敢置信地盯着她，萧乾的表情，似乎想一头撞死。

羊癫风是这样的叫唤声？咬破了舌头，还能利索地叫唤？

她这样叫，才会让人怀疑他们在做什么好吧？

看萧乾脸色怪异，墨九也没想那么多，更不管叫得像不像，只病歪歪地在马车里挣扎起来，嘴里“啊哦”不止。于是，随着她泥鳅似的挣扎，马车一晃一晃地颠簸起来。

大街上，这突然的动静，让外面的人睁大眼睛，一个个都傻眼了。

“这萧家大少夫人病成什么样了？叫得这样厉害？”

“我听着这叫声……怎么有些不对？”

“哪里不对？”

“嘻嘻，晚上回去按你媳妇儿，好好听听。”

“按你娘！”

“你这个人，找打是吧！”

外头说什么的都有，墨九似是叫唤得累了，懒洋洋地打个呵欠，翻转过身，又继续叫，继续挣扎，那辆马车被她颠得更狠，晃悠得也越发厉害，外头的人又惊又疑又笑。

萧乾狠狠地闭了闭眼，终于不再忍耐，突地出手。

墨九再次啊了一声，便安静下来。

在众人迟疑的目光中，萧乾撩了帘子出来，神色淡淡地漠视所有人往前方走去，风华绝代的容颜上，寻不到半点秽气，很有些道貌岸然的意思。于是，他谪仙般凉薄清冷的样子，让众人突然觉得，污秽的猜想，是对萧六郎的亵渎。

“六郎，嫂子怎样了？”

过来询问的是老夫人差来的温静姝。

萧乾看她一眼：“恐是舟车劳顿，引发了羊癫风。”

温静姝审视着他的脸，莫名地苦笑：“现在可有好转？”

“发作得厉害，嫂嫂晕了过去。”

说罢他不再多话，只吩咐睁大眼睛发傻的玫儿：“好生伺候你家主子。”

玫儿点点头，哦一声，飞快地钻进马车。

里头比她离开时还要凌乱，墨九软软地躺在车里，身上盖了一张薄被，手脚紧紧地蜷缩着，双颊通红，滴血似的，那样子像一只大虾，那神色一看就是病容。玫儿吓了一跳，往她额上一摸——滚烫。

“姑娘？”

好好的人，怎么真的就病了？

玉嘉公主没走，她与萧家人一起，都在静待萧乾的诊断结果。

萧乾不慌不忙地上前，向萧运长和老夫人点点头，又向玉嘉公主道："家嫂犯病，实在无法见公主，臣代为致歉。"说罢他执了个揖礼。

玉嘉一笑，美眸扫一眼车队："宣太医！"

众人一愣，齐齐看向萧乾。

临安城人人都知萧乾医术无双，他诊治过的病，旁人又怎会质疑？玉嘉公主明显信不过他，这样一来，这热闹已不仅仅是妇人的争风吃醋了。不管墨九真病假病，这都是对萧乾的不屑。

萧乾轻笑，似乎并不介意她宣太医。

"那有劳公主，臣拜谢。"

玉嘉看着他淡然的脸，突地犹豫了。

一时冲动的结果，会不会真的令他讨厌？虽然她是公主，可也只是妇人，也希望得夫君疼爱，这般公然给未来的夫婿难堪，似乎并不是高明的做法？下意识地，玉嘉公主又后悔了。妒意上头，争这长短，太不应该。

她正想找个台阶，前方就过来一行人。

领头的宦官人还未到，便高声唱喏："太子殿下驾到。"

公主来了，太子也来了，萧家这个家搬得也太兴师动众了。百姓们纷纷跪地高呼"太子千岁"，萧家人愣了愣，也赶紧率众行礼。

这是宋熹做太子以来，第一次高调现于人前。

"都起吧。"宋熹端坐里面，似乎没有要出来的意思，一丝浅浅的声音带了笑意，温和、平稳，可细品之下，仍有着皇室贵胄应有的气势，"萧家乔迁之喜，理当恭贺，玉嘉在胡闹什么？"他说罢又吩咐道："李顺，派人肃清道路，任何人不得占道。"

宦官李顺望一眼玉嘉公主，应道："喏。"

玉嘉原本坐在辇上，看宋熹来了，并不以为意，如今听了宋熹的话，虽然反应过来她这个哥哥在拆她的台，却也正好顺着台阶下来。她下辇走到宋熹的辇轿外，委屈地轻声道:"哥哥,萧府大少夫人染恙,我想为他们宣太医……没有想那么多,是玉嘉不晓事了。"

"知道就好。"宋熹声音里带了一抹叹息，"玉嘉，父皇宠你，哥哥惯你，你越发无法无天了。去，给萧国公、萧使君和老太君致歉。"

"哥哥！"玉嘉公主面色一变。

“去。”宋熹淡淡的一个字，不容置疑。

玉嘉僵硬着脸，定定地看了一眼太子的辇轿，什么也没有说。她自然也不可能当众道歉，转身匆匆向萧家众人欠了欠身，就大步走向玉辇，黑着脸道：“我们走。”

一行人便浩浩荡荡地离开了闹市。

宋熹叹一声：“舍妹无状，萧爱卿海涵。”

萧乾道：“殿下多礼了。”

宋熹一笑，未再多言，只吩咐道：“回宫。”

人群左拥右挤，恭送太子殿下。和来时一样，宋熹安静地离开了。

但他前脚一走，后脚就有大批禁军过来，清肃道路，为萧府的车队引路，比之先前的阵仗更大。任何人都看得出来，太子殿下给了萧家极大的尊荣与地位……

可萧家人心里却知道，这是宋熹要告诉萧家，太子就是太子，只他一言，就可改变局势。

墨九醒来的时候，人躺在床上。

听着外面搬东西的砰砰声，她脑子恍惚着，觉得脸有些烫。

“我怎么了？”

“姑娘。”蓝姑姑欲言又止。

“拿铜镜来。”墨九摸了摸脸，瞪她一眼。

蓝姑姑拗不过她，很快就把铜镜塞到她手里，默默转了身。接着，她就听见墨九杀猪一样的惊叫声。

在马车上，她着了萧乾的道，被他弄晕过去不说，都这么久了，脸上的红潮还未褪去，一张脸像熟透的大虾，变得怪状莫名……估计连她娘见了，都认不出她。

咬着牙，她恨透了萧乾：“姑姑，去给我把萧六郎找来。”

蓝姑姑与玫儿互视一眼，看着她的脸，有些想笑，可毕竟这个时候笑不得。于是，她捂着脸，抽泣了：“可怜的姑娘，怎就变成这样了？这萧使君也是狠心，恢复不了，姑娘的脸岂不是毁了吗？”话锋一转，她低下头，“所以，姑娘，咱得罪不起他。”

墨九举着铜镜，左右看着脸，恨恨地道：“为何得罪不起？”

蓝姑姑道：“若得罪了他，使君不给姑娘恢复容貌，可怎生是好？”

墨九拿铜镜的手僵硬一瞬，又放下来捂在胸口，仔细一想，觉得蓝姑姑说得有些道理。萧六郎那人心肠黑，万一真不给她解，那她找谁哭都没用。这么一想，她严肃地转头，看向蓝姑姑：“萧六郎欺人太甚！可本姑娘还有一招。”

蓝姑姑一愣："什么招？"

墨九阴恻恻地眯眼："美人计！"

蓝姑姑与她四目交接，视线慢慢地落在她红如滴血的脸上。

"美人计是好。可美人……在哪儿？"

墨九心下一紧，拿枕头砸她："啊！我要见萧六郎。"

她这会儿心心念念着萧乾，萧乾却没有工夫见她。到了临安，本就乱成了一锅粥，又出了这档子事，他更是忙。车队一到萧府，他大门都没入，就回他的枢密使府去了。

枢密使府，书房里，一个青衣短打的年轻人走来走去，在等着萧乾。

看见萧乾入内，青衣男子上前抱拳行礼："主上！"

萧乾面色很难看，稳了稳情绪，方才问他："什么事？"

青衣男子从怀里掏出一封信递上："漠北传来的。"

信上的字体不是汉字，弯弯曲曲的，像一种特殊的符号。

萧乾看完将信函点燃，丢在香炉里："知道了。"

青衣男子点点头，还未说话，薛昉就敲门进来了。

看见他，薛昉年轻的脸上满是惊喜："白羽回来了？"

白羽微微露出一笑："回来了。小昉这些日子可好？"

薛昉点头："好哇。"说罢他匆忙上前，笑道："晚上去你房里叙话，我这会儿找使君有事。"说罢他搔了搔头，瞥向萧乾黑沉沉的脸色，似是不好开口："大少夫人那里有消息传来。"

萧乾眉头皱起："怎么说？"

薛昉清了清嗓子，一字一句地复述道："话是击西传来的，他说，大少夫人让他告诉你，若今晚见不到你，她就会……就会对老夫人说，她怀了你的孩子。"

白羽一惊，想笑又没敢笑，呛得咳嗽不已。薛昉也觉得囧，只有萧乾似乎习惯了，他沉吟片刻，低低吩咐道："拿药笺来，我写好药方，你让击西送过去。"

萧府里墨九正在哭——一边吃，一边流泪。

那一盘辣子鸡，不晓得放了多少辣子，辣得她眼泪哗哗往下流。

蓝姑姑、灵儿和玫儿三个在边上伺候，看她边吸鼻子边吃东西，又是心疼又是无奈："姑娘，不要哭了，这脸又不是不能恢复，你何必作践自己？"

墨九摇了摇头，拿帕子拭着眼睛："好吃。"

这回，换蓝姑姑欲哭无泪了："脸这样红，还吃辣，你何苦来？"

墨九又擦一把眼泪："以毒攻毒，听过没有？"

她吸了吸手指，正吃得津津有味，击西就偷偷摸摸地进来了。看墨九梨花带雨的样子，他惊了一下，又翘着兰花指笑："作孽，作孽，好端端的一张脸，怎就糟蹋成了这样？果然天不亡击西！这世上，无人可比击西更美！"

墨九翻个白眼，瞪他："药哩？"

击西臭美完，哦哦着，把药方子递上去："主上说，你吃这个就好了。"

墨九看着他，半信半疑："真的？"

击西点点头，想了想，又重重点头："真的。"

说罢，他就一溜烟地出去了。

墨九看着药方上瞧不明白的药材名，想来萧六郎也不至于那般狠心，真要毁她的容。毕竟当时他也不知道宋熹会来，为救一时之急罢了。于是，她选择了相信，把药方丢给蓝姑姑，继续吃辣子鸡，一边吃，一边哭。

都说"良药苦口"，可墨九长这么大从来没有吃过这样苦的药。那药也不晓得什么做的，吃在嘴里，从舌头苦到心，比黄连霸道不知多少倍。但为了恢复容貌，她愣是一碗一碗地往肚子里灌，灌得死去活来，天天诅咒萧乾不得好死，可每次诅咒完，想到云雨蛊，她又不得不收回那句话，再祝他长命百岁……也是累得很。

这样矛盾的日子，一过就是十天。

然而，十天过去了，墨九喝苦药快喝疯了，脸上的红色也半分未退。她不由心急起来，让蓝姑姑一遍一遍地找薛昉，找萧乾。

可回了临安，萧乾那厮就像突然人间蒸发了，一次也没有回萧府，就连击西也没有出现。

蓝姑姑一个妇道人家，想找他也不易。墨九无奈，只得放蓝姑姑回去，找沈家兄妹叙旧，自个儿继续埋头喝苦药。

这样又过了一天，她熬不住了，便让灵儿去找墨妄。

她相信，墨妄有法子代她找到萧乾。

灵儿这一去，就是两天。两天后，墨九正照着镜子恨不得戳瞎双眼，灵儿就回来了。不仅她回来了，还带着苦着脸的击西。

看击西扭扭怩怩的女人样，墨九对这个缺心眼的家伙已经服气了："你主子到底存的什么心？我这脸为什么没有好？"

击西对她的“关公脸”不忍直视，一直垂着脑袋：“主上说，他给九爷下的药物叫作‘醉红颜’，这个药的药效，会持续两个月……”

两个月？墨九掐着手指算了算：“也就是说，我还要喝一个半月的苦药？”

击西摇了摇头，又重申：“不。主上是说，醉红颜的药效会持续两个月。”

墨九总算悟出了什么：“也就是说，不管我吃不吃药……都会持续两个月？”

击西拍手笑道：“九爷果然聪明，一点就通。”

“通你个大头鬼！”墨九气得肚子痛，摸着可怜的胃，恨不得掐死他，“那药方怎么回事？是你的主意，还是你主子的主意？”

击西瘪了瘪嘴，无辜地道：“就当是击西的主意吧，主上是无辜的。”

无辜的人会让她吃十几天的苦药？墨九深深地吸一口气，却没有怒。她对灵儿说一句“辛苦了”，然后慢吞吞地盯着击西，缓了缓暴涨的怒气，一字一顿地道：“回去告诉你主子，今夜三更来叙。若不然，我就杀了……自己。”

击西怔怔地道：“九爷，叔嫂偷情是不对的。”

墨九一口愠气在心中，却不辩解，不生气，只笑道：“就这样告诉他。你敢说漏一个字，我就告诉闯北……你心悦他，想推倒他。”

“啊，九爷饶命！”击西跑得比兔子还快。

这一天墨九什么杂事都没做，连晌午的美容觉都省了。她领着玫儿和灵儿两个丫头，在自家房门外挖坑。

玫儿以前在楚州时也陪她刨过坑，疯过闹过，完全不以为意，二话不说，毫无疑问，只管一锄一锄地往深了刨。灵儿却一头雾水：“姐姐，这个坑，到底要做什么用？”

“这是刨坑吗？”墨九白她一眼，“这分明是在挖坟。”

灵儿啊的一声：“挖谁的坟？”

“灵儿我问你，有一个人把你得罪狠了，可你打不过他，骂不过他，怎么办才好？”墨九睨着墨灵儿，指了指脚下不过半米的坑，一字一顿，“只有挖个坑埋了他。”

说罢她掉头入屋，喝水去了，留下墨灵儿与玫儿两个面面相觑。

“姑娘要埋了萧使君？”

“姐姐……说真的？”

“怎么办？”

“挖！”

两个小丫头脸都吓白了，一边挖坑，一边止不住地手抖。

墨九回去敷了个自制面膜，躺了一会，待用清水洗净，看红脸还是红脸，泄气之余，她挖坑的热情再度高涨——蹲在坑边，她像个指挥打仗的将军，抑扬顿挫地喊“加油”。玫儿与灵儿在她的指挥下，挖得香汗淋淋，两张娇嫩的小脸也涨得通红。

墨九看了，欣慰不已：“这才像好姐妹嘛。”

蓝姑姑回来的时候，三个姑娘正干得热火朝天，灵儿与玫儿已经快累得趴下了。墨九看见蓝姑姑回来，像见到了救星：“姑姑回来了！我想死你了，姜还是老的辣。这活儿，非得你出手不可。”说罢，她就递了一把锄头给蓝姑姑，挤眉弄眼。

蓝姑姑不接锄头，只定定地看着墨九：“姑娘，我老了。”

看着她颓废无力的样子，墨九吓了一跳：“怎的？那两兄妹欺负你了？”

蓝姑姑怪异地一笑，慢慢地把夹在袖子里的画纸抽出，递给墨九：“若非老了，我又怎会老眼昏花？”

墨九接过画：“这是什么？”

蓝姑姑道：“不是上次你帮我给我家二丫头画的像吗？”

墨九展开画卷，上下瞅了瞅，点头道：“果然画得太专业了！此作画技高超，惊世骇俗，挥毫走笔之间，不落俗套，只见风骨！如此任性，如此精致，如此大才，如此浑然天成……实乃万年难得一见之佳品。唯一美中不足之处……”转过头，她看着蓝姑姑，“确实不太像二丫头。”

蓝姑姑呼吸一窒，说不出话来。

玫儿与灵儿两个都偏头来看，也当场惊呆。

墨九偷瞄一下蓝姑姑的脸色，捶了捶脑袋，咳嗽着，一本正经道：“人的思维有时会不受控制，影响手指和大脑的协调性。我当时听姑姑的描述，也想不出二丫头的样子，旺财那货又死乞白赖地在我面前晃，这就把二丫头画得有一点点像旺财罢了。”

蓝姑姑紧紧地盯着她：“这是人和狗的差距，只是有一点点像吗？”

墨九疑惑地反问：“是呀，不是只有一点像吗？”她拿着画又观察片刻，认真地道：“旺财是只公狗，这个……是只母的呀。”

蓝姑姑崩溃了！她一把将画纸夺过来，指着墨九道：“你若画得像旺财也就罢了，这人不像人，狗不像狗的东西，莫说我想哭，怕是旺财它爹见到，都得痛哭一场。”

旺财它爹不是萧六郎吗？墨九哼了哼，把画又抢过来，端端正正地摊开，摆在墙角边上，笑道：“这个提议好，等旺财它爹过来，我让他好好瞅瞅，到底画得像不像旺财……他若敢说不像，这个坑，就是他的藏身之地了。”

蓝姑姑吓一跳，来不及替她家二丫头哭诉，探头去看那个坑："姑娘，你这是准备对萧使君做什么？谋财害命？"

"不！"墨九瞪她一眼，"只害命，不谋财。"

玫儿突地抬头，似有遗憾："色哩？难不成姑娘忘了，萧使君还有色？"

墨九像是刚意识到这一点，赞许地摸了摸玫儿的脑袋："年轻就是好，孺子可教也。这确实是个大问题。这样好了，我把他先那什么，再那什么……"

"先哪什么？再哪什么？"

两个小丫头双眼亮晶晶地瞅着她。

墨九狰狞地奸笑，拍着蓝姑姑的胳膊："赶紧为我准备些辣子、盐、生姜、酒等作料，尤其多准备些盐，在我的坑里放好水，把盐先放进去码着……我要把他先腌后杀！"

闻言，蓝姑姑、玫儿与灵儿齐齐石化无语。

一个人脑补着萧六郎落入深坑，被她各种蹂躏，撒上辣子、花椒、生姜、葱，再泼点酒，把他焖成一锅"六郎汤"的样子，墨九躺在美人榻上，自个儿乐坏了。一直做着美梦，天很快就黑了下来。

深秋风大，院里的树木沙沙作响，墨九计算着时间，觉得萧乾差不多该来了，把蓝姑姑几个都使唤去睡了，不许她们起来——就怕她们心软。她自个儿却躲在门缝后头，要亲眼见证萧六郎落入深坑那光芒四射的一瞬。

天际泼墨一般，不见半丝星光。这样的夜晚，最适合干坏事。墨九静静地蹲伏一会，觉得有些冷，又回去拿了件袍子披在身上。等她再回来，还没有走到门口，就听见外面嗵的一声，有重物落入深坑。

"哈哈，老鼠掉坑里了！"她大喜，拎着油灯，扯着衣服就跑出来，把准备好的作料包抖开，将辣子、花椒、生姜、葱一股脑地往那个人身上撒去……

"咳咳咳！"坑里的人呛得咳嗽不已，可他话也说不出，爬又爬不上，样子要多狼狈就有多狼狈。

墨九一边撒作料，一边教育道："不要挣扎了，坑底我淋了桐油，滑得很。这样的高度，除非你会飞，是爬不起来了。放心，只要你乖，我不会要你的命，只给你撒点料……噫，等等！"说罢她又起身，"只有作料，不点火，也烤不熟啊。桐油燃起来，应该可以有三分熟……"

坑底那人一听，声音都颤了："九姑娘——是我！"

墨九觉得声音有点熟悉：“你哪个？”

那人哭丧着脸：“九姑娘，我是辜二啊。”

墨九一惊：“是你？！你不好好地待在楚州，怎会跑我的坑里来了？”

辜二又重重地咳嗽了几声：“我原本就在临安办差啊。前些日子回楚州，只是随谢丞相治水。这次前来萧府，是受……受人之托来请姑娘的。”

墨九狐疑地举着油灯看他花花绿绿的脸，不由好笑：“受谁之托啊？”

辜二不停地拍着头上乱七八糟的东西，流泪不止，也咳嗽不止：“是……东寂。”

东寂两个字，他似乎很难开口。可墨九一听，被惊得目瞪口呆，油灯差一点滑落地上。辜二是谢忱的人，怎么会和东寂扯上关系？这个东寂，又是谁的人？

似乎察觉到她的疑惑，辜二道：“九姑娘无须紧张，我与东寂有故交，他说约了你，可半月未见，怕你有事，这才让我前来相请。”

墨九捂了捂双颊。这个样子，怎么去见东寂？

她冷声道：“辜二，你要找的人不在。”

辜二惊了惊，借着油灯看她大红虾似的脸庞，略有疑惑：“你不是九姑娘？”

墨九连连点头，拾一把铁锹，把辜二从坑里拉起来：“九姑娘发羊癫风，这些日子不太好，不好见客，你回去告诉东寂，过两个月再找她。”

辜二把她从头看到脚：“骗得了旁人，又怎骗得了我？”

脸虽然红了，可在熟悉的人面前，确实也是藏不住的。墨九叹口气，抚了抚脸，想到东寂温和深邃的眸子，再想想自己的大红脸，心里像有一只毒蛇在吐信子，容不得她做旁的选择：“辜二，你哪里来的，回哪里去……看在我们相识一场，我就不计较你毁我的坑了。赶紧走！一会萧六郎来了，你就走不了。”

辜二沉默了一瞬，便开始扳着手指头数：“蟹黄馒头、洗手蟹、乌米饭、梅花酒、荔枝膏水……”一道道美食，他如数家珍。

墨九心里那条毒蛇再次吐信子了。她慢悠悠地回头，认真地道：“我与东寂许久不见，其实我……也怪想念他的。”

辜二没想到这一招真有效，呆呆地看着她：“不过半月未见……”

墨九瞪他：“你懂什么是感情吗？前头带路！”

皱眉看她一眼，辜二道：“你就这样走？”

墨九想了想：“是哦，我一个良家妇女，三更半夜主动跟男人走了，传出去不太好。不过如果我是被人劫持的，又另当别论了。”说罢，她不待辜二反应，放开嗓子就大喊一声，“救命啊，有刺客！”

辜二差一点吐血：“九姑娘，我只是想叫你加件衣服而已啊。”

墨九听着外面的动静，眉梢一挑：“年轻人，下回直接说。”

辜二觉得遇上这货，简直倒了八辈子血霉。可萧府护卫的速度也是很快的，他连斥责的时间都没有，拽着墨九的手便往外跑。噔噔的脚步声，响在静夜的萧府，他的速度快得惊人。墨九跑不过他，只能死死地拖着他。辜二有些不耐烦，索性托着她的腰，往萧府外掠去。

墨九笑了：“你功夫这么好？没事！别怕嘛。”

辜二气喘吁吁：“不要和我说话。”

如此这般，他跑得肠子都快断了，后头的火把才终于不见了。甩掉了萧家的追兵，辜二放慢脚步，把墨九扯入一块假山石后，丢在地上，就叉着腰喘气：“累死我了。”

墨九往外探头看着：“我终于晓得大宅子有什么好处了。可以防贼啊，你看我们跑了这样久，居然还在萧府里。”

辜二扫她一眼，气喘得说不出话。

这个地方很清净，确实还没有出萧府，可不巧，正是萧二郎居住的院子。在辜二休息的工夫，墨九靠在假山石上，突然就听见风中传来弱弱的女子哭泣声，很小，很压抑，很委屈……墨九看辜二一眼，把他的袖子拉住，往外再次探头，就看到萧二郎把那个温静娴小小的身子托住，放在亭子里的石桌上，淫笑着剥她的衣裳，要行那不轨之事。

温静娴入府之前，就晓得温家是要把她送给萧二郎做小的。与姐姐共事一夫，她不情愿，又不能反抗。如今大半夜被醉酒的萧二郎拖出来，她紧张，害怕，身子落叶似的发颤，可挣扎的力度却很小，低低的饮泣声里，是令人心碎的无奈，一种弱女子无法掌控命运的无奈。

墨九心头火起：“辜二！”

辜二就晓得这货要管闲事，赶紧扯住她：“九姑娘，我们赶紧走。”

墨九严肃着脸：“你帮我办件事。”

辜二几乎晕倒：“什么？”

墨九道：“你去把萧二郎打晕，扛去我的院子，丢入先前那个坑里……记得，把剩下的辣子、花椒、生姜、葱……都撒上。这货脸皮厚，记得多放盐。”

辜二吐血：“对我有什么好处？”

墨九瞄他一眼：“温静娴这个小妹子长得还行，回头我说给你做媳妇儿？”

辜二自然不干，为一个八竿子打不着的“媳妇”，他这样做太冒险了。墨九先前那一喊，已经惊动了萧家人，若萧六郎过来，他肯定走不了。想他也是朝廷命官，在萧家宅子被人抓出来，那往后还活不活了？

可墨九又使了个绝招，见他犹豫，她就巴巴地冲了出去：“静娴……”

于是，辜二先把她打晕了。以至于后来墨九后悔不已——她忘了叮嘱辜二最关键的一事，让他记得把萧二郎的“作案工具”一起没收了。

这边的声音，惊住了萧二郎和温静娴。萧二郎今日喝了点小酒，想着温静娴那身子，就有些把持不住，这才把她拖入了院子里来野合，哪料正要行事，就听见墨九的声音。他起初以为是酒后幻觉，正想回头看看，突见人影一闪，他脑袋吃痛一下，就倒了下去。

“啊！”温静娴瞪大双眼，双手死死抓住领口，看着从天而降的辜二，挂着泪水的脸颊尖瘦又可怜，“你……你是谁？”

辜二皱眉看着她：“别怕！我不会伤害你。”

然后，他把她也打晕了。

回头看一眼假山石，他思虑半晌，扛着晕过去的萧二郎就往回跑。

花了半盏茶的工夫，辜二终于办妥了墨九交代的事，又把她扛出了萧府。

这一番折腾，累得他几近虚脱。可想想这天晚上干的事和受的罪，他一边觉得荒诞不经，一边又有些好笑。有时候，人在肆意妄为之后，看恶人抓狂确实有点兴奋。这么一想，辜二突然又有点理解墨九了——就在他把盐、油、辣子等物撒在萧二郎身上时，想想这厮平常的张狂，他承认，那种痛快，是办正经差事时，绝对体会不到的。

墨九醒过来，打个呵欠，摸摸后脑勺，无辜地看着他：“做了？”

辜二点头：“做了。”

嘴里啧一声，墨九严厉地谴责：“辜二，你太损了！”

辜二看她翻脸不认账，无奈地喘着粗气瞪她。尔后一想，他又疑惑地问：“你让我做那些事，就不怕被人诟病？”

墨九摇头，“反正也没人瞧见我，我怕什么？反倒是你……”她笑眯眯地道，“你家与萧家在楚州本是邻居，如今萧家刚搬到临安，你就入室劫持了萧家的大少夫人，意欲何为？”

闷闷地哼一声，辜二哭笑不得：“九姑娘，你就放一百个心吧。”

墨九昂头：“嗯？”

辜二苦着脸：“我便是光棍一辈子，也不敢打您的主意。”

墨九摸着自己红彤彤的双颊，恼了：“你敢看不上我？”

辜二摇头：“不是看上不，我是怕有一天醒来，发现自己被煮成了一锅食物，正摆在桌子上……这简直就是在用生命开玩笑啊。”

萧府炸锅了，闹得那叫一个鸡飞狗跳。搬到临安不过半个月，大少夫人又不见了。而且与以往不一样，这次她不是主动失踪的，而是被贼人劫去了。

这些日子，墨氏的艳名，因了玉嘉公主当街拦阻的段子，已传遍临安城。再被人添油加醋一渲染，她更是天上有地下无的美色了，公主生妒，太子助阵，萧使君倾身相护……这样的一个红颜祸水，自是百姓茶余饭后的大谈资。

可贼人劫持了大少夫人，众人遍寻不见，却在大少夫人房前的坑里刨出一个带着葱蒜香味的萧二郎来。

这货又哭又闹，痛哭流涕，非说是墨九蓄意害他。老夫人气得直跺脚，一边派人去找墨九，一边也觉得奇怪，哪有先挖个坑把人坑了，又自己喊“救命”，被贼人劫去的？这小贼也强悍，不仅打走墨九，还活腌萧二郎。

萧乾得到消息时，正准备来萧家赴墨九的“约会”，乍一听这个消息，也是惊讶。墨九与他有三更之约，自然不会跑路。不过，那个坑了萧二郎的坑，他却感觉得到是墨九的恶趣味……这种事一般人不会做。而且，最大可能，那坑是墨九为他准备的。所以她被带走，只是意外。

枢密使府离萧家的新国公府仅仅两三条街的路程，故而，萧乾从枢密使府出来，从长街上打马经过时，墨九正被辜二带着，躺在街头的一个角落，看他铁青着脸的马上英姿。

“幸好，早一步出来。”辜二庆幸不已。

墨九撩唇笑着，觉得这样很有趣，比“坑腌”萧六郎更有意思：“让你整我，急一急你也是好的。”她盯着萧六郎远去的背影，说得理所当然。

辜二侧目瞥她一眼，好心地提醒：“你以为萧使君一定会急？”

墨九自信满满，回给他一个剪刀眼：“你们年轻人不懂，这叫感情……”

辜二目光一深：“感情？你与萧使君？”

墨九哼一声，严肃着脸：“谁让我是他家祖宗？”看他被唬得一愣一愣的，墨九不以为然地瞪他一眼，“愣着做什么？还不快走，一会东寂的菜都凉了。”

辜二无奈地一叹，起身就走，可他走了几步，却见墨九还在原地：“走啊？”

墨九打个呵欠：“我老人家骨头都被颠松了，又饿又困，累得慌，辜二，不如……

你给我一顶轿子吧。”

一听这话，辜二脚都迈不动了，一张被盐水和酒水等作料“腌”过的脸，又红又黑，看上诡异非常：“我怎么觉得，你不是萧使君的祖宗，却有点像我祖宗？”

墨九一愣：“这样不太好吧？会乱了辈分的。”

晚秋的落叶在风中飞舞，一片又一片，悠扬地落在地上。

临安城郊，幽静的宅院里，一条青石铺成的小径尽头，有一个用平整的大青石垒成的高台。一级一级台阶延伸而上，高台的缓坡上，是一个两层的小楼，外面的篱笆门轻掩着，篱笆上的秋菊在通明的灯火下，将园子点缀得像一个金黄色的花园。翠竹之影，溪水之波，石台石椅，石砌的炉子上，滚水咕咕地响着。

热气袅袅间，有酒香、茶香……

一个男子盘膝而坐，墨发披肩，慵懒闲适，半阖着双眼，正在饮茶。

他的身侧，两个漂亮的丫头跪坐着，一个在煮茶，一个在温酒，细白的小手柔若无骨，杯樽轻轻移动，却没有发出半分响动，一看便知是训练有素的侍女。

安静了一会，高台下方有侍卫上来，小声禀报：“贵客到了。”

男子轻轻睁开眼，笑容浅浅：“请。”

从临安城出来，没走一会儿，可墨九确实有些累了。她半眯着眼，跟在辜二的身后，头上戴了一顶轻纱帷帽，连头带脸遮了大半。

这是路上，她逼着辜二去买的。一路行来，没有人注意她的脸，这样她的心才安定下来，挺直了脊背沿着蜿蜒的台阶往上走。

大理石的阶前，东寂含笑而立：“你来了？”

四面八方全是旖旎的灯火，高台下面有许多侍卫，可高台上面除了两名侍女，却无外人，显得安静舒适。在墨九的正对面还有一个琴台，上面放了一张古色古香的古琴，颇有一点把酒赏琴会老友的意境。

东寂是个有钱人家的公子，这是墨九早就猜到的。毕竟他的举止仪态，就非常人能有。可这样的阵势，她觉得又并非有钱可以办到的。

今天晚上她来赴约，若说完全为了吃……其实有些误会她。至少除了吃，她还有好奇心。这样华丽丽的招待，这样高调去萧家“请”人，又哪是一般人做的事？

墨九扯了扯帷帽，轻咳一声，跨上台阶的最后几步，朝东寂走过去：“不好意思，生病了，不敢见人。”

一张脸红成了关公，墨九觉得自己敢出来见东寂，已经是视死如归了，再当面把红脸给他看，不如打死她好了。

东寂看着她，眸中倒映着火光，温和，柔软，却什么也没有多问："里面请。"

墨九左右看了看，这才发现青石垒成的高台上可以望出去很远。从这里看临安府，有一种"一览众山小"的感觉。尤其这样的夜，临安城的万家灯火，观入眼底，却是一幅盛世繁华的画卷。

可惜她红着脸，哪儿都不好逛。

叹口气，她眯眼看看四周的灯火："布置得不错，可光线好像太亮了？"

东寂朝她的脸看来，墨九赶紧低头："咳，非礼勿视。"

帷帽的纱很薄，那样深的红色，骗不了人，一下落入东寂的眼中。可比起那不正常的红色，难得别扭的墨九，那一低头时，帷幔垂纱半遮脸的样子，更有一种令人惊艳的娇羞。

东寂嘴角一掀，挂着暖洋洋的微笑，带着她缓步往里走："喝的是酒，吃的是菜，长成什么样子，不打紧。"

墨九有些尴尬。不过东寂这人相当照顾她的情绪，没有点穿她的窘迫，又不着痕迹地安慰了她，便是闺蜜好友，也只能做到这一步了。这么一想，她悬着的心松缓不少，跟着他走到石桌边，看了看两个侍候的漂亮姑娘，更觉得东寂是对的。

他并不缺美人。就连两个侍女，都是万里挑一的容貌了，如果东寂只想找一个美人吃酒，实在用不着她。他寻了她来，看重的不就是友情吗?

她这样在意长相，不仅是瞧不上自己，也是瞧不上东寂——最主要的是，她戴着帷帽，就没法吃东西了。

她把帷帽一揭，放在石桌上："这东西拦视线，确实不便。"

她一摘帽子，自己无所谓，却把两个侍女吓得花容失色。尤其一个侍女正好抬头看她，始料未及之下，她被惊得啊一声，失手将杯子打碎在地。

墨九被她一吓，摸了摸脸："有这么恐怖吗？"

那俩侍女发现失态，同时跪下。

"主子饶命。"

"主子饶命，我们不是故意的。"

东寂分明没有半分责怪，可两个侍女额头低到地上，恐惧得额头上都是冷汗。

墨九不由一怔，为什么她们会吓成这样？除了平常的积威，恐怕还来自于权势的震撼力吧？她笑道："我这样子是容易吓到花花草草，东寂算了。"

两个侍女肩膀抖动着，不敢抬头，听她居然直呼“东寂”，更是后悔不已……这天下，有几个人敢直接称呼这两个字？

“好。”东寂微微含笑，重新拿一个杯子，慢慢地给墨九斟满酒，并未发怒，“下去。”

两名侍女死灰般的脸，终于恢复了血色，仿佛得到了生命的救赎，她们紧张地从高台上一级一级往下走，双腿一直打着战。

墨九静静地观察她们的举动，又看一眼只做普通公子打扮的东寂，越来越多的疑惑萦绕于心。

“没人了，我们可以自在地吃喝。”东寂轻笑，往她的碟子夹了一只蟹。

墨九低头看着那瓷碟，玉一般的质感……蒸得红红的蟹放在上面，令人垂涎，可她却没有吃下去的冲动。她懒洋洋地抬头看他：“东寂，我有一事问你。”

东寂的脸，在灯火下尤为白皙，笑容也温润：“你问。”

墨九道：“你看你这锦衣玉食，有美人侍候，有随从无数，还能让辜二替你做事，说是萧家的远亲，可行事又极为怪异。你老实告诉我，你……到底是谁？”

东寂沉吟片刻，正色道：“友人相聚，本是风雅之事，我不问你是谁，你也不必问我是谁。你与我，以食会友，若掺杂了世俗杂事，就污了美食，俗了！”

墨九定定地看着他：“其实我是俗人。”

东寂浅浅含笑：“可今晚的菜，都是我亲自做成，并非俗物。”

墨九看一眼满桌子令人惊艳的美食，略微一惊，顿时就怀疑先前的猜测了。一个出身世家的男子，或许说出身稍微好一点的男子，在这个时代都绝对不可能会下厨做菜，还做得这样好。

她似是悟了什么：“其实你的身份，不用说，我大概也猜得出来了。不过，你不方便提，我就先不问了，我们相识于吃，再遇也吃，何不只顾着吃？嗯，等吃饱再来细说这些俗事。”

东寂摇头失笑：“我怕你了。你且说说，我是什么身份？”

墨九筷子一顿，一本正经地抬头，望入他的眼底：“你不就是某个造反组织的头头吗？没什么大不了。皇帝人人想做，我理解你……来，喝！”

东寂一怔，嘴角怪异地一抽：“喝！”

第九章　温柔交锋

南山院，萧二郎还在打滚撒泼。他不肯让人抬回去，就在墨九的屋檐下赖着。众人怎么劝都没有用，实在无法，只得从里屋拖出一张草席，让人把浑身湿透、满是辣椒与姜葱的他抬放在上头。

“老祖母，老大媳妇不给我个说法，我是不会走的。”萧二郎还在哭哭啼啼，由于被盐和酒腌得久了，满身满脸，但凡露在外面的肌肤都红彤彤的，看上去狼狈至极。

温静姝蹲到他身边，拿绢子为他拭脸，试图安抚：“夫君，我们先回去沐浴吧。静姝为你备上热水，洗洗就好。大嫂被贼人劫去，你在这里也说不出个究竟……”

“呸！你是什么东西，敢管老子的事？”萧二郎本就不待见温静姝，加上又在气头上，指着她就破口大骂，“你这婆娘不要以为我不晓得，你就没存什么好心。老大媳妇哪是被人劫去的？我分明听见她的声音，然后才被人打晕在地的……依我说，那娼妇从来就不安分，恐是与人有了私情，这才背着大哥搞这些不三不四的事，恰好被我撞见……”

“二哥也撞见得真巧。”不轻不重的声音从院门传来，冷飕飕的直入人心。

众人望去，只见萧乾从院门大步过来。他似是走得有些急，手上紧紧捏着马鞭，面孔冷漠得似从阎王殿里转了一圈回来，阴气沉沉。

尤其看萧二郎时，萧乾眼睛里似有钢刀，恨不得将他凌迟：“二哥这出戏，精彩！又掳了人，又洗了冤屈。”

此言一出，院里一片寂静。

萧二郎觊觎墨九，萧府无人不知情。如今被萧六郎一点破，几乎大部分人都相信，事情确实如此。

可萧二郎真是冤枉透了，他确实只想搞温静娴而已。墨九这块肥美的鲜肉，他虽垂涎许久，可晓得那娘们厉害，又有萧六郎撑腰，老夫人与他娘警告过他好几次，他想下手也没那个胆。

这一急，他原就通红的脸，更是涨红几分，指着不远处的大坑："六郎真会颠倒黑白，莫非我萧老二会蠢成这样，先自己挖坑，把自己埋了，再把大嫂掳走？"

吼到这里，他又指着蓝姑姑和玫儿、灵儿："你们说，这坑是不是你们挖的？看哪，墙角的锄头上还有泥，你们还狡辩得了？"

玫儿和灵儿都不吭声。

墨九说得对，姜还是老的辣，莫看蓝姑姑平常爱哭胆小，可遇到事了，她还是比玫儿这样的小丫头拿得准。

她拭泪跪在地上，埋头辩道："这个坑是奴婢们挖的没错，可并非为了害人。大少夫人说，眼看要入冬了，得腌一些好吃的腌肉。而且，腌肉要美味，得在地里捂上些日子……奴婢们挖了坑，原本在上面盖了厚盖子，常人踩过去，也不会掉入坑里的。"

她说到这里，又去捡起一些瓶瓶罐罐的作料残渣："萧使君、各位夫人小姐，你们看。这是盐、这是生姜、这是酒……若为害人，奴婢们巴巴找来作料干什么？作料的用处，不就为了腌肉吗？"

这个解释合情合理。想到平常墨九没事就捣鼓吃的，虽有过"蚂蚁上树"这样荒唐的东西，却也做出如"松花蛋"一样的美食，尤其大夫人受她"孝敬"最多，几乎不用脑子想，就信了蓝姑姑的措辞。而且事关大房，她不能让二房给坑了。

清了清嗓子，她道："老夫人，老大媳妇在楚州就说有一个腌肉的法子……与这般无二，那会儿她还说，做好了，要孝敬老夫人哩，没想到如今出了这事……依媳妇的意思，事情如何暂且不论，先派人找到老大媳妇才是。等人回来了，不就都清楚了吗？"

"嗯。"老夫人难得赞许地看一眼大夫人，又不悦地看向温静姝："还不把你男人哄回去沐浴更衣？一窝蜂地杵在这儿，是让下人看我萧家的笑话吗？"

温静姝福了福身，那边的萧二郎就自个儿从草席上跳了起来，像被针蜇了似的，喊着"好痒好痒"，冷不丁地上蹿下跳，甚至顾不得众人围观，一双手在红得滴血的身上抓挠起来，连那张被腌得"熟透"的脸，也被他自己的指甲挠出了几条长长的红痕，深可见肉。

对于突如其来的变化，众人皆愣，只有萧二郎失控地惨叫。

“快！快摁住二爷，不要让他挠了！”老夫人率先反应。

“快啊，都愣着干什么？抓住二爷！”看儿子如此，二夫人几乎哭了出来。

“是，夫人。”两个家丁回神，速度极快地蹿上去，想摁住萧二郎。

可别看萧二郎平常一副被酒色掏空的虚样，被人拉住双臂，他力气却颇大，一边挠痒挣扎，一边赤红着双眸打人。两个家丁非但没能摁住他，反倒被他甩翻在地。这样一来，他身上脸上又添了不少新的伤痕。原本那一身皮肤，就被盐、酒等物泡过，这样一挠，伤口狰狞，血肉模糊，一条条深沟，不住地往下淌血，画面惊悚骇人。

“六郎！”老夫人看萧乾袖手旁观，直杵拐杖，“还不快看看你二哥。”

自己的身体自己最清楚，萧二郎似乎也意识到什么，一双赤红的眼惊恐地盯住萧乾，双膝朝他跪行过去，一把眼泪一把鼻涕地哀求：“六郎，快救救二哥，我好痒，好痛……我肯定被人下毒了……六郎，以前都是二哥不对，我们是亲兄弟，快……救救二哥……”

看着他暴涨的双眼，一滴滴流出的鲜血，萧六郎侧头喊薛昉：“去！把二爷制住。”

薛昉二话不说，上前就把萧二郎按翻在地，然后在他吃痛的惊呼声里，把他双臂往后一拧，膝盖顶向他的腰。这下，萧二郎便动弹不得了，只剩一双腿，受不住痒地来回搓动，动作极是不雅，几个小丫头纷纷别开头。

萧乾蹲身看他，不动声色。

老夫人与袁氏紧张不已：“六郎，你二哥怎样了？”

萧乾翻了翻萧二郎身上的伤口，又拿帕子仔细擦干净手，慢慢地起身，不轻不重地道：“不妨事，回去用艾叶把房间多熏几次，身子用艾叶水洗净，派人去我药堂拿些药膏擦擦，休息几日就好了。”

老夫人刚松了一口气，却听他又道：“可二哥这脸……”

看着萧二郎血肉模糊的脸，老夫人与袁氏又紧张起来：“脸怎么了？”

萧乾道：“恐会留疤。”

留疤，不就毁容了吗？

萧家没有丑儿郎，不仅六郎艳名冠天下，便是大郎、二郎、三郎、四郎、五郎也都个个样貌出众。二夫人袁氏也常常为此自傲，觉得自家儿子英俊倜傥……

听了这话，她不由愣住了：“六郎，你二哥是被人下毒了吗？”

萧乾道：“无毒，可抓挠的伤口太深，神仙也无法。”说罢他似乎不愿多说，端详一下墨九嘈杂的小院，又往深坑看了一眼，淡淡地道：“在找到大少夫人之前，不许任何人进入院子，也不许任何人乱嚼舌根。”

在萧府，谁都害怕萧六郎。他的吩咐，也无人敢反驳。

萧二郎呻吟着被人抬回去了，一路上惊恐地叫唤。其余众人听了声音有点发慌，也不敢多言，自行散了。墨九的失踪，从老夫人到丫头婆子，似乎都忘了，没有人提起大少夫人。

蓝姑姑、玫儿和灵儿三人看着在院子里走来走去察看的萧乾，不敢抬头。那些腌肉的瞎话骗得了旁人，不一定骗得了萧乾。

她们生怕他深究，可萧乾在院子里走了一圈，只静静地看她们一眼："把院子收拾好，也睡去吧。”

蓝姑姑一愣，抬头："萧使君，可我们家大少夫人不、不见了。”

萧乾冷冷地看着她："她是怎样不见的，姑姑不比我更清楚？”

蓝姑姑被他目光一慷，差点咬到舌头："奴婢不、不知情。”

萧乾收回眸子，望向那个坑，淡淡地道："不知情好。”

秋风萧瑟，秋叶片片飞落。萧乾出了墨九的院子，路上一声未吭，也没提如何寻找墨九之事。便是贴身跟随的薛昉也不大明白，为什么他急匆匆入府来，入了院子却又不慌不忙了？现在，连找墨九的心思好像也没有。

薛昉不太了解萧乾，不由问道："使君，我们不去找大少夫人吗？”

萧乾目光微沉："不找。”

"啊！”薛昉心都悬了起来，"为何不找？”

萧乾抬头望向夜空，似对薛昉说，又似自言自语："若想赢，先学会输。”

他的声音很小，薛昉并未听清，迟疑一瞬，接着又问："这大晚上的，若大少夫人出点什么事，可怎生是好？”

萧乾眸光凉凉地扫他："你出了事，她都不会出事。”

虽然与墨九相处不久，但就薛昉本人而言，不论是招信会做"机关鸟"的墨九，还是赵集渡会破机关会看命理风水的九爷，抑或萧府那个整天只知道吃喝的大少夫人，都让他敬重。可萧乾不说找，他做属下的，也不好提。

一路悬着心穿过庭院回廊，薛昉远远就看到了回廊尽头安静的花圃里，静静立着的温静姝。

深秋的夜，寂静无声。她一个人站在那里，身侧有落叶在随风舞动，她婀娜单薄的身姿，却一动不动，半隐在黑暗里，寂寥、可怜。

薛昉愣一下："使君，是二少夫人。"

萧乾顿步看一眼花圃边的温静姝，没有回头，吩咐道："你们在这儿等我。"

薛昉看他朝温静姝走过去，什么都没敢问，只和另外几名侍卫递了个眼色，退下去，好好为他家使君把风。毕竟小叔和二嫂深夜在庭院里相会，不管什么原因，被有心人瞧去，都会添些风言风语。

看到萧乾，温静姝慢慢挪步上前："今夜风大，六郎怎穿这样少就出门了？"

萧乾负手而立："没有旁人了，你不必再装。"

温静姝苦笑地看着他，双手绞着指上的手绢："我就知道瞒不过你。可我也是没有法子……这么多年，我是怎样过来的，旁人不知，难道你也不知吗？"顿了顿，看萧乾脸上仍然没有变化，她慢慢地蹲坐在花圃边的石上，声音委屈，也有不甘："萧二郎欺我也就罢了，可眼看静娴也要遭他毒手，我不能袖手旁观……"

萧乾依旧静默无语。

温静姝慢慢地抬起头，看他在秋风中冷肃的眸子："我给他下'失心散'，只想他安分一点，痒得没法打静娴的主意。可谁想到失心散还未发作，他竟然先祸害了静娴，又跑去找大嫂，落得这样下场。"她撑着弱不禁风的腰肢，站起来，"也怪他坏事做尽，霉运当头。若非他先喝了酒，再在大嫂的院子被酒催化失心散的药效，也不会有这样强烈的反应。"

看萧乾依旧盯着她审视，她突地讽刺地一笑："不过六郎，你为何要救他？萧二郎这样龌龊不堪的人，又如何值得六郎相救？"

萧乾不轻不重地道："二郎虽坏，但不至死。"

温静姝别有深意地一笑："若今日他掳去亭中欲行淫事的人是墨九，你也会觉得他罪不至死，还会认为他是亲兄弟吗？"

萧乾冷冷地看着她："他很识趣。"

"呵！"温静姝讥诮地笑着，慢慢地上前，"可你一意维护的人，如今在哪里？六郎，你何必欺骗自己？她非你之人，与我更无不同，嫁给大郎一日，一辈子都是你的嫂嫂。她这一生，都不可能与你有牵连。"她的语气更重几分："再有，六郎是大丈夫，要的从来都非儿女情长，有更为广袤的天地可任你驰骋，何苦折戟于妇人之手？"

一双眸子紧盯着萧乾，温静姝像在看他。可仔细观之，她又似透过他的面孔，望向一些更为久远的过去。

"我这一生已经毁了。六郎，我不想你也毁了自己。"

萧乾静静地看着她，四目相对，他没有说话。

温静姝抚了抚脸，睫毛别扭地抖动一下："我变丑了是不是？所以，女人再好的容色，都会苍白老去。我是，墨九也是。今日这些话，六郎不想听，我也非说不可，非得阻止你不可。六郎羽翼未丰，不要轻举妄动。一个女人，哪怕她美绝天下，也不值得六郎为她与人正面宣战。"

"你知晓的事，还真不少。"萧乾眉头轻蹙一下。

"因为我关心你。"温静姝无奈又幽怨的声音，借了秋风传来，"六郎，若不然，你放弃吧，带我离开这里，找一个无人可找到我们的地方，过我们自己的日子……"

萧乾像听了一个笑话，几乎突然地，轻笑一声："我的事，不劳你费心。好好做你的二少夫人吧，那些小伎俩，不要在我面前使。"他分明在笑，可声音却很冷，"还有，我要提醒你。身为医者，有所为，有所不为。萧二郎虽不是好人，可在你入萧府之前，他并未做过什么伤天害理的事，便是青楼狎妓，也是一手钱一手货。你已毁他至此……够了。"

说完，萧乾没再停留，转身自去了。

温静姝看着他灯火勾勒下的颀长影子，只觉脊背一阵阵泛凉。这个男人有着谪仙一般美艳的容颜，却凉薄寡情，从不为女色所动，有着高山远水的淡薄情怀，却又有着金戈铁马争霸天下的志向。他矛盾、内敛、叫人心悦，叫人欢喜，又叫人怅惘。

花圃里的花，一朵朵艳丽多娇。温静姝摸上一朵，将它掐碎在掌心，哑然失笑。

"可我毁去的一生，又怎么算？又找谁算？"

城郊宅院，酒过三巡，墨九的脸更红了。

她倾身拈起石桌边上的一株秋菊，将它金黄色的花朵托在掌心，想想扯下几瓣，泡在自个儿的酒杯里，晃荡一下，看花瓣缠绕着透明的酒液，无端觉得这画风太美好："东寂……"

东寂长发轻荡，转头看她，只一声轻"嗯"，似缠绕了无数的情绪。

墨九摸摸滚荡的脸，放开花儿："你这地方真漂亮，得值多少银子？"

东寂轻笑道："你若喜欢，送你好了。"

换了平常姑娘怎么也得忸怩着拒绝一下，可墨九却当即就来了兴趣，一拍桌子就把事情定下了："好哇好哇。一言为定？"

东寂果然一愣。

且不论这个院子的价值，就单凭这座可远眺临安城的高台，就费工费钱又费时。可他说出口的话，又如何收得回来？他笑道："一言为定。"

见他这般爽快，墨九对他的好感又添了几分，笑眯眯地捏着下巴，从帐幔飘飘的高台窗户，望向临安还未熄灭的灯火："不晓这个宅子，叫什么名字？"

东寂温和地道："既然送你，自是由你取名。"

墨九也不客气："这个好。"

沉吟一瞬，她盯着酒杯里的菊瓣，一锤定音："就叫'菊花台'好了。"

"菊花台？"东寂静默一下，脸上荡漾着暖暖的笑容，"好名字。"

墨九哈哈大笑，心里藏了见不得人的猥琐小心思，端酒喝时却把眼泪都呛了出来。大抵是酒后壮胆，加上心情愉快，她拿起一只筷子，在瓷碗边上有节奏地敲击着，便唱起了前世那首人人耳熟能详的《菊花台》来。

你的泪光，柔弱中带伤

惨白的月弯弯，勾住过往

夜太漫长，凝结成了霜

是谁在阁楼上，冰冷的绝望

雨轻轻弹，朱红色的窗

我一生在纸上被风吹乱

梦在远方，化成一缕香

随风飘散你的模样

菊花残，满地伤

你的笑容已泛黄

花落人断肠

我心事静静淌

北风乱，夜未央

你的影子剪不断

徒留我孤单在湖面成双……

这货唱歌不算特别好听，可是嗓子生得好，加上《菊花台》那首歌，她上辈子实在听过无数遍，想走调都难，虽然情绪高了一点，听上去却也悠然婉约。渐渐地，她胡乱唱着，突然听见耳边有伴奏的音乐，琴声悠悠如同银河中星辰流泻，带一丝忧伤，一丝诉不出的情怀。

她转头，看东寂把琴放在石桌上，修长白皙的手指在琴弦间有节奏地跳动着，一曲古琴版的《菊花台》伴奏便充斥在这秋风乍起的高台之上——只凭她这样轻轻吟唱，东寂就能和弦伴奏，看来此人不仅上得厅堂有颜值，下得厨房做好菜，诗词歌赋，琴棋书画应当也是无一不通了。

墨九逗趣的心思顿时没了，喉咙像被什么东西卡住。

这样优秀的男子，为什么有兴致陪她胡闹？

果然颜值有这么重要吗？这样想着，她又摸了摸脸。

东寂拨弄琴弦，长长的发丝落在弦上，听她没了声音，轻轻抬头。

“你唱得很好，不必害羞。”

墨九捏了捏发烫的耳垂：“我不是害羞，只是……”

见她眸底有犹豫之色，东寂又笑：“以食会友，琴音相伴，如伯牙之遇子期，人生美事，你何必拘束？”

话虽如此，墨九却唱不出来了。也不晓得是酒水太醇美，还是这样的东寂太迷人，听他抚着琴，若她再扯着嗓子唱歌，实在尴尬。

所以，她将筷子丢在桌上，似笑非笑地道：“伯牙子期，这个比喻不错。但愿经年之后，你我情分亦不负这一桌酒食，不负这一曲琴音。”

东寂沉静如水的脸，有一刹的恍惚——认识这么久，墨九从没这一刻的认真。

她又道：“有句话，我想告诉你。东寂，不论你是谁，如今的我，都把你当成朋友，并且以有你这样的朋友为荣。但愿这份纯粹，不会改变。”

灯火之下，东寂神情微凝，如玉一般的手指依旧拨弄着琴弦：“你唱的这曲子，我从未听过，很是喜欢。你若再唱一回，我便应你所愿。”

墨九醉眼惺忪，可脑子却很清醒，与他相对而坐，看他眸底光华流转，她脸上也荡漾出一种平常并不多见的情绪。

考虑一瞬，她再出口的《菊花台》，就没了先前的吊儿郎当，一字一句，唱得认真婉转，细听，似乎也有几分幽怨。

花已向晚，飘落了灿烂

凋谢的世道上，命运不堪

愁莫渡江，秋心拆两半

怕你上不了岸，一辈子摇晃

谁的江山，马蹄声狂乱

我一身的戎装，呼啸沧桑

天微微亮，你轻声地叹

一夜惆怅，如此委婉……

琴声与歌声，传出去老远，醉的不仅是人，似乎也是夜空。

一曲终了，歌声戛然而止。墨九打个呵欠："天快亮了。"

东寂仔细收了琴，又自然地探探她的手："秋夜太寒，没冷着你吧？"

墨九摇头，指了指自己大红的脸："正好降降温。"

东寂含笑看她，白衣长发，温柔多情，目光许久没有挪开，她不由怔住。一男一女这样相看，在带了花香与酒香的空间里，帷幔飘飘，香风缭绕，实在太容易催动暧昧。

"看我做什么？"墨九脸上有点烫。

东寂慢慢地起身，走到她的身侧。

墨九心跳突地加快，不敢看他的脸："我得回去了。"

东寂没有回答，只拿过石凳上一件绣工精致的月白色风氅，慢慢地披在她的肩膀上。墨九正想去接风氅的带子，东寂却错开她的手，双臂从她背后轻轻绕过她的脖子，伸向她的领口，一点一点，不紧不慢地将风氅为她系好。

这样温柔的举动，这样俊美的男子……一般人真抗拒不了。

墨九收了收心，吁一口气，想说句什么来缓和气氛，东寂却又温柔地替她拂了拂凌乱的头发，然后问："我还没问过你的名字。"

低柔清浅的嗓音，搅得墨九心乱如麻。

她并非没有与男子有过肢体接触，便是萧乾也曾抱过她。可这一刻，也不知是酒精的作用，还是画面太暧昧，她心慌得厉害。东寂这种成熟男子的眼神，温柔、有力，分分钟就可以挑出她一腔的悸动。这人不像萧六郎那样凉薄，对任何女子都拒之千里之外，即便他有着令人惊艳的美，也让人不敢靠近。东寂像握着一把可以让女子束手就擒的刀，很容易让女人在他渲染的甜蜜与柔情之中，难以自拔。

她轻呼口气，没有回头："你不是早晓得我是谁，还问就矫情了。"

东寂似乎笑了一声："我想听你说。"

墨九不太自在地扯了扯肩膀上的风氅，不经意地接触到他温暖的手指，被烫了一下，又本能地挪开身子，从正面仰视他俊美的脸，一字一顿："墨、九。江湖人称，九爷。"

东寂愣一下，扬起唇角："很好听的名字。"

对这样的恭维，墨九很无奈："我家取名，比较节省，你别笑话我。"

“那么墨九……”东寂未接她的话，暖洋洋地笑问，“不回萧府了，可好？”

墨九的身子被雷劈了一般，突地僵住。

若是在之前，有个俊美温柔的男子跟她说，让她不必再回那个鬼地方了，从此可得自由，而且他还有足够的能力护着她，不让她再遭受那些风吹雨打，那么她肯定毫不犹豫地做鸵鸟，先逃脱牢笼再管以后。

可如今，她身上的云雨蛊未解，蓝姑姑在萧府，玫儿在萧府，灵儿也在萧府，她娘还需要入京找萧六郎看病，她还有着“天寡之命”，有着不到二十五岁就会容颜老去的预言……她还要找到八卦墓，还要做墨家巨子，还想看千字引上的武器图谱。她好像还有很多事，必须与萧六郎一起做……

找了很多很多借口，她终于缓过来。

“笨蛋，我都嫁人了，怎么可能不回去？”

东寂沉默一瞬，眸中沉浮，尔后温和地笑开：“那以后，我要找你吃喝，怎么办？”

这个问题墨九也有些恼火，扫一眼桌上狼藉的酒菜，她突地点点头：“人类为了吃，总会有许多的办法。放心好了，对于吃，我向来没有抗拒之心。再有，这个宅子，我还得寻了机会来收哩……总会见上的。”

东寂笑了：“好。”

两个人一前一后下了被深秋夜露打湿的台阶，沿着铺满了秋菊的小径走出宅子。门口有一辆马车在静静地等候。车辕上，辜二像是等得疲倦了，正在打盹。可等墨九与东寂出来的时候，他打着呵欠睁开的眸子里，却清明一片。

“辜二，路上小心些。”

东寂吩咐完，又理理墨九的衣裳：“回萧家不会有麻烦吧？可要我为你善后？”

“别了。”墨九红着堪比大虾的脸，“你给我留好吃的就行。其他事，不必操心。”

“好。”东寂看一眼天际浓重的黑幕，抬手在她脑袋上揉了揉，用一个极为宠溺温暖的手势把她拉近，又低头在她耳侧道：“九儿，这个夜晚与你重聚，我很快活。如今再分离，我便不说再见了。这所宅子，你来，我就在。”

这个动作太亲昵，可东寂速度很快，墨九没法子避开。

等他把话说完，如果她再刻意回避，反倒显得矫情与生硬。她笑了笑，未动声色地退后一步：“你若不搞突然袭击，我也会很快活。”

东寂低头，揉下鼻子，也轻轻地发笑：“往后我会让你更快活的。”

这句话又有一丝暧昧了，不过墨九本来就脸红，再红脸也让人察觉不出来。她不以为意地笑笑，再看一眼夜色下的“菊花台”，突然有点儿舍不得这样轻松惬意的生活。

“期待下次再聚。”

她上了马车，东寂朝她挥手告别，也道：“期待下次再聚。”

墨九把脑袋伸出来：“下次再聚，能多做点我打包带走吗？”

“好。”东寂温和的笑声，被揉碎在车辘轳的转动声里。

黎明前的黑夜，天色很暗，墨九打着呵欠，放下了帘子。

可马车走了很久，东寂还站在门口，目送她。车轮压过石板，咯吱有声。

就在菊花台大门平整的石路外不足百步路，有一蓬青翠的竹林。竹叶被秋风吹得沙沙作响，灯火照不见的阴暗角落，安静地停放着另一辆马车。

黑暗之下，秋风之中，马车凄清寂寥。

“主上。”击西委屈道，“他们走了，咱们也回吧。”

萧乾静静地打量远去的车尾，懒洋洋地揉额：“醉红颜也挡不住这吃货。”

击西看他为难的样子，若有所悟：“女子的心，又岂是醉红颜可挡？”

萧乾抬头：“哦？你似乎有些办法？”

“嘿嘿，这个嘛，主上算问对人了。击西对女子最有办法。”说了若干吹嘘自己的话，击西脸上的兴奋，终于被萧乾不带感情的凉眸刺得七零八落，他尴尬地咳了咳，“像九爷这种胆小怕事又好吃的女子，其实一招就行了。”

萧乾思绪悠悠：“说重点。”

击西不敢再啰唆：“一句话：把她睡服！”

深深地看着他，萧乾隔了好久才道：“笞臀五十。”

击西摸着臀，吓得肩膀都抽了：“击西实话实说，为何又要挨打？”

萧乾淡淡地扫他：“你道我为何打你？”

击西瘪瘪嘴巴：“击西说让主上把九爷睡服，可主上不想睡九爷。”

萧乾冷着脸：“因为你识人不清，竟说她胆小怕事。”

“噫！”击西觉得这话回得古怪，他家主上否认，不就表示他其实也想睡服九爷？

击西歪着脑袋打量萧乾在光影中忽明忽暗的面色，有一肚子疑惑，却不敢再问，赶紧把马车驶离了这个歌声与琴声乱飘的“伤心地”。

可不多一会，击西却听见萧乾又吩咐：“回去告诉她，中了醉红颜之毒，不得与男子亲近，否则经久难愈。”

辜二把墨九又神不知鬼不觉地送了回去，于是第二日，萧家人人都晓得大少夫人又突然自个儿回府了，除她脸上长了一片见不得人的红痕之外，与往常无异。

从天而降的墨九一改前些天的闭门不出，主动与下人们唠嗑。她说，她昨夜在院中做的腌肉，香味飘入天庭，引得天上仙女垂涎，非得把她弄上天做腌肉，陪她们吃酒……这就罢了，仙女见她居然敢比她们长得美，还把她的容色封住两月，这才变成如今这般。

下人们看她古怪的红脸，听多了她的“传说”，不由就半信半疑。

墨九在灶上吃着早餐，摇头指着她们道：“你们说说，这小肚鸡肠的神仙，真是服气了哟。见不得人家比他美。不过君子报仇，三十年不晚，等我历劫归去，再列仙班，非要他好看。”

于是，大少夫人又去天庭游览了一番，再次把她的《天庭游记》故事往后编了几章，谈到可亲可爱的如来佛祖与观音大士的宝相，又讲那只孙猴子终于犯了事，被压到了五行山下……听得下人们津津有味，对这个红脸关公似的大少夫人，更加佩服，然后帮着她一起骂“小肚鸡肠”地嫉妒她容颜的那位神仙。

这样的故事实在荒诞，可墨九本就是荒诞不经的人，只要她回来了，萧府上下都懒得理会她，只视而不见。毕竟萧六郎说过狠话，不论她说什么，旁人信与不信都不紧要，紧要的是萧六郎对她的态度。

权势之下，谁也翻不了天。

老夫人眼下忧心的人，只有萧二郎。昨日他被抬回去，急匆匆地熏了艾叶，又去萧六郎的药庐里拿了药，身上的痒止住了，可瞧那身血肉模糊，容貌怕是毁了。

萧二郎把温静娴拉入园子里，虽然没有成事，温静姝也不许夏青与冬梅禀报老夫人，但这种偷鸡摸狗的事，传得最快……不过一夜，这风就吹入了老夫人耳朵里。

于是，萧二郎落入墨九深坑的事，居然与墨九被“天上神仙”请去喝酒合并成了一个故事，原来是“神仙”来请墨九的时候，看不惯萧二郎欺凌弱小，这才将他丢入坑里的。

如此言论，在后世会被人嘲笑，在当下却让人心生恐慌。对神神鬼鬼之说，古人都有敬畏，再不敢胡言乱语。便是萧二郎自己，也觉得那事古怪，害怕真有神灵，如此他倒老实了，整日待在屋子里，除偶尔拿温静姝出气骂几句，不见他再祸害温静娴。

但有了这一出，温静娴虽然没被萧二郎抬为姨娘，身份却敏感地被人定了性，总归她已经是萧二郎的妇人了。

墨九听了这个不幸的消息，捶桌不已：“迂！迂腐至极。早晓得让神仙收了他。”

天渐渐转凉，南山院大门紧闭，一日比一日更冷。随着季节变化的，是萧府的大小日常，虽与墨九无关，却偏生会传来搅乱她的神经……尤其玉嘉公主与萧六郎的婚事。她不想听，却总能知晓，以至于她很想把蓝姑姑、玫儿与灵儿三个人的嘴巴缝上。

“萧六郎成婚，与你们何干？整天叨叨，烦不烦人？”

“与我们无关，却与姑娘有关啊！”

“与我又有何干？”

“若萧使君成婚，哪得空管你？”

“不管我不是更好？我可自由了。”

“可是……”蓝姑姑盯着她桌上从来没有断过的时令水果，还有摆得满满当当的吃食，声音弱了三分，“姑娘如今过得这样好，不都亏得有萧使君照料吗？要不然，你一个不得老夫人和几位夫人宠爱，又不得夫君怜惜的小妇人，连娘家都没人帮你撑腰，凭什么过这样的神仙日子？”

墨九激灵一下，反应过来：“是哦！这事很重要。”

说罢，她冷不丁地从床上跳下来，顾不得脸上红彤彤一片，穿上衣服便要去找萧六郎。

那急切的样子，让蓝姑姑与玫儿、灵儿三人吃惊不小：“姑娘，天都黑了，你上哪里找萧使君？”

“不天黑，我找他做什么？”墨九道，“我这张脸……不，我与他这瓜田李下的关系，就得大晚上去找，才免得被人说闲话。”

她多少还是顾及着脸上的颜色，会不会让萧六郎嘲笑的。

可走到房门口，她又似想起什么，回头看那怔怔发呆的三人，问：“对哦，萧六郎在哪里？”

蓝姑姑苦着脸：“我不是在问你吗？你上哪里找萧使君？就我所知，萧使君这些日子都没回萧府。”

墨九皱眉：“一直没回？”

蓝姑姑点头：“一直未回。”

这样问题就大了。临安城这么大，她连萧府都未必出得去，怎么去找萧六郎？

墨九负手在屋子里走来走去，自言自语：“看来我太忽略这厮的存在了，这么久没来找我汇报工作，我都没想起来……噫，莫非这厮在筹备婚礼，这才不回来看看他家祖宗？”

看这货分明缺了一半心眼的样子，蓝姑姑满脸泪水，只觉以前那个疯疯癫癫的痴傻墨九儿又回来了，不仅痴傻病回来了，还捡了一身的缺点——好吃懒做。

蓝姑姑怒其不争："姑娘哪……你醒醒吧……你这脑子，到底怎么生的呀？"

墨九白她一眼："我娘生的。"

蓝姑姑望天痛哭："娘子啊！老奴对不住你。"

墨九做的事，向来出乎人的意料之外。而且，她总能一本正经地干出一些气死人不偿命的事。

从屋子里晃荡出来，她去灶房的火膛里取了一根燃烧着的，原本压着备热水的干柴，把火吹旺，在院子里走来走去，把蓝姑姑与玫儿、灵儿三个人吓得够呛。

"姑娘又要做什么？"

墨九严肃地反问："你说我把南山院点了，萧六郎会来吗？"

蓝姑姑捂着脸，泪腺越来越发达了："使不得啊，我的小祖宗，可使不得。"

墨九瞪她："你叫我祖宗没用，得萧六郎叫才好使。"转瞬，她又嘿嘿一笑，歪着头问蓝姑姑："姑姑可有听过烽火戏诸侯的故事？"

烽火戏诸侯？蓝姑姑倒是听过话本里的段子，可与她有什么关系？哭笑不得地搓着额头，蓝姑姑一边气得直叹气："我快死了。我快被气死了。"

"姑姑死不得。"墨九把柴火塞到她的手上，"你还得负责帮我生火哩。"

一个疯疯癫癫的主子，带着三个无可奈何的奴婢，在那个准备"生腌"萧六郎的坑里又塞了不少干柴，吹了吹，火便熊熊燃烧起来。

可墨九嫌弃柴火太干，烧得太红，没有烽烟起来为她吸引"诸侯"，又从水缸里舀来一瓢冷水泼上去。这样一烧起来，浓烟滚滚……

不出片刻，萧府又热闹起来。有人大喊"走水了"，拎着水桶往这边跑。有人奔走相告，四处拍门让人逃命。

夫人小姐们从温暖的被窝里起来，衣衫不整地出门察看究竟，便连国公爷萧运长也惊动了。

当然，更紧要的是，不多一会，萧乾果然出现在了墨九的小院里。

墨九在那个塞满了柴火的火炕上，架了几圈铁丝圈成的烧烤架，上面串着一片片上了作料的兔肉、鸡肉、鸭肉，还有时令素菜，一入院子，烧烤的香味就扑入鼻端，浓香阵阵，瞅得萧府众人哭笑不得。

"这都作的什么孽哦？"

墨九不管他们，只把一串兔肉递给萧乾：“尝尝，我的新式烧烤。”

萧乾的凉眸中跳跃着火焰的颜色：“墨九，你在做什么？”

“烧烤啊！”

墨九见他不接，又把烤串收回来，自己美滋滋地啃一口。大抵觉得味道不错，她香喷喷地呵一口气，笑看萧乾，又纠正他：“对了，你这破孩子，得叫大嫂。”

她大半夜闹出这样大的动静，搞得人仰马翻，结果只在烤肉吃……

萧乾回头看一眼拎水桶的下人，还有气得身子直抖的老夫人和黑着脸的萧运长，无奈地回头替她善后：“只是大嫂肚子饿了，都回去睡吧。”

天冷了，老夫人年岁大，身子本就不好。被这样一闹，更是脸色青白。可刚入临安，诸事未决，萧二郎已成那样，她没多余的精力来收拾墨九——尤其有萧六郎护着的墨九。

一杵拐杖，她领着一帮子女眷离去了。

萧运长给了萧乾一个不轻不重的眼神，一言不发，也负着手离去了。

本来墨九闹事也不是一次两次，萧府上下都认为正常人犯不着与一个半疯癫且被“神仙毁了容”的可怜女子计较，于是都散去了。

墨九抬头看一眼负手而立的萧乾，完全没有犯了事的自觉性，还兴致勃勃地问他：“六郎，你那里还有梨觞吗？我都喝完了。”

说罢，她只觉天上乌云密布。

那颜色，就像萧六郎那张脸。

她也不管，又把一块烤肉塞入肚子。

萧六郎盯着她，低沉的声音带了一些抓狂的冷意：“为何你做事从不肯动脑子？”

墨九低低地嗞一声，像被烫到舌头，揉了揉嘴巴，又抬头看他。

夜下的萧六郎很生气，也很安静，一身素净的袍子，清凉、俊美，也冷漠疏离，一如与她初见时的萧六郎……他似乎不再是瓢泼大雨里手扶着她逃生，把她抱在木板上推着她前行的那个萧六郎了。

她静默了片刻，声音很低：“可我找不到你。”

萧乾一怔，慢慢地闭上眼睛，像生气，更像无奈。

墨九又道：“我找不到你，只能让你来找我啊！”

并未意识到这句话有什么别扭，她说罢，又严肃地给烤兔子身上刷作料，然后拎了一串黄酥酥冒着热气的肉串，递到萧乾的面前：“六郎其实适合穿黑色的袍子，会少一些仙气，可以让人有接近的欲望，而不会像现在这样冷漠……连我这个从天上回来的人都不敢靠近你，等来日你娶了玉嘉公主，人家怎么敢上你的床？”

黑色不是会让人显得更冷漠吗？她确定不是为了让玉嘉公主更难接近萧六郎？

蓝姑姑与玫儿、灵儿三人面面相觑，都不太敢细想这姑娘的脑子有没有出问题，只垂目不语。

萧乾问她：“你叫我来，就为了告诉我这个？”

墨九露出一笑：“当然不是。我想问你，你做了驸马，还会管我吃喝吗？”

原来为了吃喝？萧乾突然觉得牙齿有点痛，有种想揍人的崩溃。

墨九瞥他一眼，也不觉得自己问的有什么不对，继续道：“你看我这个人，好吃懒做惯了，你不养我，我怕我会在萧家饿死。我是受不得饿的，一旦饿狠了，恐怕我会带着雨蛊跑路，到时候你就寻不着我了。”

她说来说去还是吃，也只剩下吃了。萧乾听着，袍角微微一动：“时辰不早了，嫂嫂吃饱早些歇了吧。”说罢他便转身。

可墨九却不愿这么算了。她有点生气。

想她为了吃饱肚子，容易吗？这个萧六郎害她的脸毁了，还说中了“醉红颜”不许与男子亲近，害得她连去找东寂的勇气都没了。他倒好，成日关心他自己的婚事，也不晓得关心一下她的肚皮，见了面，还对她不理不睬的。

“萧六郎！我忍不了你了。”墨九在他背后低喊，“你回来！”

萧乾脚步略缓，却没有回头。

墨九恼了：“信不信我跳火坑里去？”

她说得很严肃，可“狼来了”的故事太多，萧乾根本就不信。

“我数三声，你若不回头，我真跳了！”

萧乾额头青筋微微一跳，当真不怎么信她。于是他脚步不停，越走越远。

眼看他的背影就要消失在院子里，墨九狠狠地用嘴撕下一块兔子肉，嚼着嚼着，含糊地喊了一声“三”！

砰的一声，门被带上了。

“二！”

“一！”

一字出口，只听见扑通一声，院子里的火堆被重物砸下，火焰往天空一冲，接着院里便响起蓝姑姑与玫儿、灵儿三人异口同声的惊恐吼声：“姑娘，不要啊！”

院子被烧过的烟尘搅得黑影翻飞，如同一座人间地狱，弥漫着一股子烧焦的味道，火焰阵阵，黑雾层层，院内外一片狼藉。

已经走出院子的萧乾再不能冷静，他飞身扑入院中，冲刺一般的速度跑到火坑旁边："墨九！"

黑尘散去，他的脚停在坑边，而墨九就坐在檐前的凳子上啃兔肉："小样的，治不了你？"

火堆里浓烟滚滚，火苗高高蹿起。萧乾见她无碍，铁青着脸，半声都无。

墨九却认真地问他："还肯不肯养我，给句话。"

只为吃一口而已，仅仅只为吃——

萧乾的脸阴云密布，几乎是用吼的："墨九，除了吃，你还晓得什么？"

"除了吃，我晓得的事可多了。"

墨九是在第二天早上从梦中醒来，才想起用这句话来回击萧六郎的。

而昨儿晚上的萧六郎太可怕，她当时被吓得兔肉落地，忘了还嘴。

他生气地走了，她却莫名地开心。总算报了"醉红颜"的一箭之仇。

而且，天不亮就有人来南山院收拾整理，把火坑填了，地面也用青砖石砌得平整。来人不仅带了许多瓜果吃食，还说萧使君交代，天气渐凉，大少夫人这边要准备热食，生凉的东西，不要给她。

不管他多愤怒，多生气，也不会不管她。

这让墨九越发爱上了"云雨蛊"。

萧六郎对她的好，都是因为云雨蛊，她知道。起床看着帐顶，她摸着脖子，来回地搓揉，不由暗笑一声——能把萧六郎那个雷打不动的家伙逼得发狂，也是她有本事。

昨夜的荒唐事，过去了。萧府上下见怪不怪，不以为意。

温静姝却拎了一些自己做的小煎饼过来慰问墨九。墨九也很感动，让蓝姑姑把昨夜从火坑灰里抢救出来的"焦黑烧烤"让玫儿包一些，给温静姝带回去吃。

两人是妯娌，平常往来不多。可这般亲切和睦的相处，也挑不出半分毛病，只私下里有人叹，二郎媳妇莫非也得疯病了？什么人不结交，偏生爱与南山院那个疯子说话。

温静姝临走之前告诉墨九，昨晚的事，把老夫人吓得不轻，今日早膳都没吃，是让婆子端回屋的，也只进了半碗稀粥而已。

墨九是个善心人，她感觉很遗憾。于是，她让玫儿拎上剩下的"焦黑烧烤"，也去慰问了老夫人——可当她红彤彤的脸出现在老夫人的屋子，食盒里装的又是一堆黑不溜秋的东西，老夫人的病情，当即就加重了。

她还下了狠话，若非召见，不想见到墨九。

“这些人啊，就是不懂享受人生。”

墨九本来不喜问安，如此更是兴高采烈地回来了。

这样无聊的日子，墨九闲得生霉。她除了照镜子诅咒萧六郎，什么也干不了，偶尔想想东寂的“菊花台”，想念他温柔多情的脸……

但也只能想想。毕竟击西的警告还在耳边，为了这张脸，她不敢冒险。

这样一晃，已是九月下旬。墨九的吃食，每日翻着花样，她晓得是萧六郎的交代，可他始终不曾亲自来见她，也不说起她脸上的“醉红颜”到底要多久才消退，墨九慢慢地有些浮躁了。想来想去，她热情洋溢地给萧六郎写了一封信，让墨灵儿塞入了枢密使府。

“六郎，近日天气渐冷，你祖宗不幸患上抑郁症，想等六郎一聚，却久候未至，简直欲仙欲死……可否劳烦六郎烧些纸钱、吃食，还有醉红颜的解药来？”

信去了，没有回音。

墨九损了他，原也不抱希望，可第二日，却有人来叩门。蓝姑姑开门看去，不见人影，只有一张短短的信笺夹在门缝里，上面有萧乾的亲笔回复。

“好好待着，养膘。”

墨九无奈地养着膘，没有等来萧六郎，却等来了宋妍。

楚州别后，这是她第一次见到宋妍。

这个曾经张牙舞爪的小郡主，那活生生的一刀捅的不仅是温静姝的身子，似乎也把这货给捅怕了。养尊处优的女孩子，十五六岁的年纪，毕竟没有干过真正太坏的事，这些日子，因了那事，宋妍知晓萧家搬到临安了，也没好意思过来，就是因为捅了人，抹不开面子。

“来得好，我正闲着哩。”墨九满心欢喜地唤她入内，那傻劲让蓝姑姑很为她发愁。怎会短短时日，她就忘了宋妍是怎样对她的？那一把捅向温静姝胸口的匕首，原本是捅她的呀！

宋妍也意外她的热情，见鬼似的盯住墨九：“你撞邪了？”

墨九掐了掐太阳穴，斜睨她一眼：“我这种神仙体质的人，是不屑记恨你们这些凡人的。你这个小姑娘哪，就是想得太多。来来来，坐下再说。”

又一次被她热情地请入屋里，上了茶水，还有好吃的梅子汤，宋妍有些拿捏不准墨九的心思了：“小寡妇，你疯了？”

墨九一怔："咦，你才晓得我是疯的？"

宋妍："……"

墨九上下打量她："别这么矫情了，来了就是客。其实我嘛，挺喜欢你的……就是不晓得，你跑来找我，有没有带点礼物？"

宋妍脸色变青："你想要什么？"

漫不经心地一叹，墨九提醒她："宫中美食什么的，你都不带，怎么好意思来看我？不是我说你，你为人的礼节上很有问题。如此不坦诚，没诚意，让人怎么和你交朋友嘛。下次别忘了啊。"

劈头盖脸受她一顿教训，宋妍丈二和尚摸不着头脑，不由怒而捶桌："小寡妇，你到底晓不晓得，我是来找你麻烦的！不是来叙旧的。"

"晓得啊！"墨九喝一口温热的梅子汤，舒服地叹口气，笑眯眯地道："其实不用你找麻烦，我只要看见你，就觉得很麻烦了。"

宋妍暗吐一口恶气，觉得这疯子不可理喻，又重申一遍："小寡妇，我很讨厌你，你到底知不知道？"

墨九点头："当然，不讨厌我，你怎会来？"

宋妍快气疯了："我讨厌你，你却不怕我？"

墨九一眨不眨地看着她，红彤彤的脸上有几分坦然，有几分担忧："你脑子没问题吗？你讨厌我，该你怕我才对呀。"

宋妍整个人已经崩溃了，半声都没有。

墨九却笑道："别这个样子，多大点事啊。不就是为了男人吗？你从小喜欢萧六郎，想要嫁他，对我心里有气，我是可以理解的。可小郡主啊，你如今的对手不是我，而是你那个玉嘉皇姐才对，我说，你会不会找错发火的对象了？"

宋妍的父亲贤王与玉嘉公主的父亲（当今皇帝）是亲兄弟。贤王是老小，娶的王妃是萧家的女儿。贤王是个赋闲亲王，每天醉心诗酒，在朝中不结党，也无仇敌，皇帝对这个弟弟多有照顾，连带对他的女儿宋妍，也视若亲生。可从萧六郎的婚事上看，"亲生"二字，还得打引号。宋妍心悦萧乾，举朝上下无人不知，她打小就盼着皇帝伯伯为她指婚，曾经一度也以为萧乾早晚是她的……没有想到，如今便宜了皇姐。

宋妍有苦难言，不料被墨九一言说穿。

看着墨九，宋妍突然有一点同病相怜的错觉。

"小寡妇，你也在难过，对不对？"

她问墨九，墨九却有些迷茫："我有什么难过的？"

宋妍想她智商低，又耐心地解释："我大表哥娶了你，可他生病，照顾不了你，也与你做不成真正的夫妻。我不信你会对他死心塌地……反而我六表哥，一表人才，南荣女儿莫不为他倾心，他对你又那样好，你难道不曾动心？那他要娶我皇姐了，你不难过吗？"

墨九考虑一下，认真地点头："难过。"

宋妍眸中刚露惊喜，就听她又道："就怕这孩子娶了媳妇忘了祖宗，往后不孝顺我。"

宋妍无语了。

把个小郡主气得胸口起伏不定，墨九却很淡然，她把梅子汤往宋妍面前递了递："趁着热的，赶紧吃。这东西，就得吃个爽口。"

宋妍眼睛睁大，一副要昏迷过去的样子。

墨九扫一眼她，又摇头："放心吧，我平生阅男无数，对萧六郎也不可能看走眼。他不会喜欢你那个强势霸道的皇姐，至于你嘛……若是肯好好孝顺我，隔三岔五地带点宫廷玉酿来，我或可教你几招，让他喜欢上你也有可能？"

为了吃，她毫不犹豫地把萧六郎卖了。

宋妍先是一喜，而后又是一惊："所言当真？"

墨九点头："当真。对付萧六郎，我有的是法子……只要你带东西的心够坦诚，就不要发愁了。"

宋妍小心翼翼地回头看了看紧闭的门，方才凑近脑袋，压低嗓子问："我是说你阅男无数，果然是真？"

问起这个，宋妍自己倒先红了脸。

墨九一愣，笑了："那是自然。"没吃过猪肉，难道还没见过猪走路？上辈子她活到二十几岁，能没有见过光屁屁的男子吗？资讯发达的时代，想看什么都不难。

可宋妍对她，却多了同情："墨九，你好可怜。"

墨九横眼瞪她："我何来可怜？"

宋妍唏嘘道："原本就是寡妇，嫁了几个男人，受了恁多委屈，结果……这一嫁，看上去风光，可我大表哥卧床不起，你生得这么……"想说她好看，但宋妍看见她红色的脸，又不忍打击她，把话咽了回去，"你这么好，却落得这样命运，唉！"

身为皇族中人，会生出这般感叹，这小郡主也不容易。墨九想想，对这个小丫头，确实没有了往日的仇怨。

可她没想到，宋妍却突地又吐出一句重话："小寡妇，不如我们义结金兰吧？"

墨九噗的一声，吐了一桌的梅子汤："……我怕高攀不起。"

"我准你高攀。"宋妍认真起来，特别认真，"我认为，你够资格做我的金兰姐妹……我早就听说过，你会做大鸟在天上飞，还会做好吃的，又生得那样美，六表哥也心悦你，所以我才嫉妒你，才不待见你。如今反正你的脸毁了……我那些烦恼，也就都不在了。"

墨九摸摸自己的脸："那我是不是得感谢脸毁了？"

宋妍一愣："真毁了啊？"

墨九摇头："说不定哪天又好了。"

宋妍沉默了一瞬："那等真毁了我们再结拜吧。要不然哪天你的脸好了，我怕我会忍不住嫉妒，在上面划上几刀。"

这回换墨九无语了："……这也太直白了。"

宋妍挑了挑眉梢，不以为意："你那张脸若真的毁了，确实有点可惜。不说别的，就凭那容色，如果你生成皇室公主，什么好处也轮不到玉嘉了。"

墨九再次摇头："傻孩子！我若生在皇室，那玉嘉根本就不能从她娘肚皮里爬出来。"

宋妍重重地捶桌，哈哈大笑："小寡妇，就凭这话，我一定要与你义结金兰。"

墨九道："那你先回去求神拜佛，让我真的毁容吧。"

说罢，她唤了蓝姑姑进来，把宋妍撵了出去。

宋妍那货喊了几句，就无奈地离开，去找宋骜了。

今儿她是随了宋骜来萧府的，可宋骜与萧乾在一处叙话，嫌她在边上碍事，也把她撵了出来。本来她是闲极无聊，想找小寡妇的不痛快，没有想到，义结金兰不成，又被墨九撵走。

墨九原以为宋妍的到来只是个小插曲，没想到不过三日，这事就有了后续，而且还闹得很大。

宋妍原本与玉嘉公主关系尚可。墨九觉得，她除了脑子缺了点，一切都好。当时她提醒宋妍那一句，也是人人都看得明白的，根本不想，宋妍这货回去，就与玉嘉公主闹上了。

宋妍有功夫底子，半夜里，她偷偷地潜入玉嘉宫中放了一把火。火燃得很大，她干得也非常痛快，可听说玉嘉公主的裙子都被烧掉了半裾，吓得魂飞魄散。从此，两人的姐妹之情，也算玩完了。

不过，皇室姐妹为抢萧六郎放火烧宫的事，一度成为了临安城的热点，自然也惊动了皇帝与贤王。

这两人是君臣，也是一母同胞的兄弟，换到平常人家，为抢一个男人干仗，做父亲的也头痛。但毕竟宋妍放火在先，她是郡主，玉嘉是公主……论起君臣，论起亲疏，论起对错，贤王总是输一头。于是，第二天一大早，他便跪伏殿前，痛陈自己教女不严，抢着要替宋妍受过，其间又提及过世的父母双亲。皇帝叹了又叹，只勒令宋妍在府中反省作罢。

原本这事与墨九没什么干系，可也不晓得为什么，宋妍是从她这里回去才发疯的，而且她的身世，还有她与谢丙生、萧乾、尚雅、墨妄等人的恩怨情仇……甚至还常被“神仙”请去喝茶的事，都传入了皇帝的耳朵。

“这个墨氏不简单哪。”

皇帝在宫里这样评论了一句，消息不胫而走，墨氏的传奇就被人传扬开了。

好在墨九心宽，除了吃吃睡睡，她还抽空见了墨妄，也看了墨妄受她之托做好的洛阳铲和防毒面具。两个人有共同话题，谈了一些不足之处，又谈了改进方向。然后，墨九不知哪根筋抽了，想起武侠小说里的“暴雨梨花针”。

小说里吹得很玄，但墨九以为并非不可行。借助机械运转之力，完成小范围的攻击是可以办到的。

于是，为了研究暴雨梨花针，她顾不得“红脸病”，常让墨妄三更半夜偷偷来南山院“私会”，谈八卦墓，谈暴雨梨花针，根本就没时间想那些繁杂俗事。

这样一晃，九月过去了。十月风凉，萧府也清净不少。

墨九这些日子没见萧六郎，也没去找东寂，她在静静等待“醉红颜”散去，再美美地出现在东寂的面前，与他以食会友，再想法子让沈加载把她娘接到临安来。可这些事还没有来得及办，十月的第一天，俗事就找上她了。

楚州水患得治，天下太平，皇帝于宫中设宴，犒劳臣子，还大宴内外命妇。南荣朝廷有银子，宫宴规格向来很高，但这回请的萧家人却出奇地多。有人猜测，在这次宫宴，陛下有可能为玉嘉公主指婚。

墨九不关心这个，可皇帝不仅邀请了老夫人与国公夫人，还特地请了她这个徒有虚名的“大少夫人”赴宴。

蓝姑姑看着她红得醉人的脸，不由长吁短叹：“你这般容色，去宫宴不是被人笑话吗？我们找萧使君想想法子……”

墨九瞪她一眼，拿来铜镜。镜子里的女子，精致的五官因那过度泛红的肤色，无半分质感，除了一双眸子还算灵动美丽，几乎找不出优点。她满意地笑了：“白吃白喝的事，我怎能不去？”

蓝姑姑怒其不争：“你这性子，若惊了圣驾，就算神仙来了，都救不了你。”

“出息！”墨九瞄她一眼，“惊了圣驾又如何？那也是皇帝主动让我去惊的。你再这样胆小，出去莫说认识我。”

蓝姑姑突然有些怀念以前那个墨九儿了：“姑娘还是以前的姑娘吗？”

“不是。”

“那你是……”

“你不晓得这天上有神仙吗？”

“……”

“我其实是王母娘娘的女儿，下凡受劫的。”

“……”

“不过偷吃一个蟠桃而已。”

“是不是等你一统江湖之日，就升天了？”

“不。我若天天有梨觞喝，天天都能升天。”

墨九与蓝姑姑严肃的对话，一字不落地传出了院落。院外的冷风之中，一个身着黑衣锦缎袍子，身披银红披风的男子双脚停在落叶之上，眼眸微阖，唇角隐隐有一丝笑意。

薛昉察言观色，请示道：“使君，我去叫门？”

“不必。”

说罢，萧乾慢慢挪动，从他原本的方向挪向了另外一个院门——那里是萧大郎的居处。

次日早上，墨九是被蓝姑姑从床上拽起来的。没有睡醒，她有些不舒坦，可蓝姑姑素来唠叨，且满嘴都是道理。她道便是寻常走亲戚，也得梳洗打扮一番，何况入宫赴宴?

“姑娘就不能争点气吗？旁的女眷，三更不到，就起来沐浴熏香，描眉画脸，姑娘睡到这时，还不满意。”

墨九不耐烦，指着自己的大红脸，认真问蓝姑姑：“就我这张脸，你若能捯饬出一个美人来，我改姓蓝，如何？”

蓝姑姑愣了片刻，捂脸呜咽而去。

墨九的耳朵根终于清净了。

在蓝姑姑心里，墨九的容貌向来是她的骄傲。不管他们家有多穷、身份有多低下，但墨九打小就是一个艳冠群芳的存在，哪怕她不施脂粉，不要任何点缀，走到任何一个场所，也不会被哪个女子给比下去。

如今骄傲被粉碎，蓝姑姑承受不住。她不敢想墨九顶着这样一张大红脸，在宫中那种群芳斗艳的地方，会受多少嘲笑与白眼。

可墨九却很庆幸。自古女人的容颜，便是祸端。生得美艳固然是好，可太容易被人觊觎，在没有自保能力的时候，就会像砧板上的肉，人人想来切一块。

昨儿下了一夜雨，这会儿还没有停。墨九与灵儿两个正坐在檐下，头碰着头地琢磨“暴雨梨花针”，温静姝就过来邀她一道入宫了。

墨九望望天色，有些纳闷：“吃饭不是晚上吗？这会儿入宫，太早吧？”

身边带了温静娴，温静姝闻言抿嘴轻笑道：“嫂嫂不知，夜宴是官家请的，自是在晚上。可贵妃娘娘却赐下了御花园同游。”

贵妃娘娘是太子宋熹的亲娘，以前的谢妃娘娘。至化帝的元配皇后，早些年就过世了。此后再没有册立皇后。宋熹做太子之前，谢妃与萧妃（宋骜之母）二人并立后宫，各占半壁江山，互不相让，如今却已大不相同。也就是说，因宋熹为储君，谢妃也水涨船高，成了南荣唯一的皇贵妃。

萧府的马车行至内城门时，雨便停了。马车辘辘入城，车轮轧在水洼上，吱吱作响。墨九从帘里望向巍峨的城楼与宫殿，无端产生了一种不太真实的感觉……缥缈的，古怪的，不知真假的，做梦一般。

“嫂嫂，到了。”

温静姝的声音，把她拉回了现实。

马车停在一个古色古香的园子外面。除萧府马车外，两侧还停了各式各样颜色不一的马车，耳边也不时有女子细细柔柔的轻笑声。她们一个个穿红披翠，莺莺燕燕的感觉，像入了春天的百花园，那叫一个姹紫嫣红。不论小姐夫人，还是宫女侍婢，都有几分姿色。

蓝姑姑见状，扶着她，哭丧着脸叹道：“唉！”

这叹息声，太打击人。于是，墨九赏了她一个白眼。

蓝姑姑却好心地为她戴上一顶白纱帷帽。

墨九看着隔了一层纱的世界，哭笑不得地撩了撩帷帽："这样打扮，会不会对娘娘不敬？"就她所知，宫里的娘娘们，那是一个比一个傲娇。

而蓝姑姑只怕她丢人，哪里晓得规矩，被问了也有些紧张。

温静姝却笑着过来携了她的手往里走："嫂嫂不必害怕，娘娘自有娘娘的威仪，却也是通情达理的人。"

墨九侧目看她："想来也是。"

一层薄纱的帷帽，其实遮不了什么。反倒让墨九在这一群争奇斗艳的女子中间，成了一个古怪的存在——今日萧家女眷很出风头，可墨九的存在，还有墨九怪异的脸，却令人避之唯恐不及。

"不是说萧家大少夫人倾国倾城？"

"她那张脸，是被猴儿坐过吧？这样的姿色，能嫁入萧府，便是做个守活寡的妇人，也算是便宜她了。"

"听说是个没有家世的人？"

"穷得都快吃不上饭了，这才嫁的。听我姑子说，她在许给萧家大郎之前，已嫁过两任丈夫，可两个都被她克死了。"

"呀！得离她远点——"

一张张清秀的脸，低头窃窃私语，墨九却只当没有听见，半低着头，与老夫人、大夫人等萧家女眷一道，先向坐在上首的几位娘娘请安问好，然后步入为她们备好的案几后坐好。

上首是贵妃娘娘和几位嫔妃，左侧坐了公主和郡主，右侧和下首才是内外命妇。在一个以夫为天的时代，夫家什么身份，女子便是什么地位，这是人人遵守的等级准则。

人陆续地来，很快便坐满了。

一个园子的漂亮女人，确是赏心悦目。墨九觉得男人做皇帝，恐怕最为享受的就是这种"众美环绕，都归我有"的快感。

"各位，静一下。"这时，一位体态丰腴的嬷嬷从贵妃娘娘身后出来，笑着对众人道，"今日贵妃娘娘召了各位公主、夫人、小姐前来，除了吃茶叙话，还有额外恩典……娘娘去年得了一件紫貂风氅，还没舍得上身，今日想要赐予在座的一位。"

不是吃的，墨九不感兴趣。所以，任凭那嬷嬷把紫貂风氅吹得"天上有，地下无"，她也只盯着桌案上的瓜果，目光灼灼——果子又大又圆，饱满多汁，想来味道不错。

“园子里有一个荆棘林，在荆棘林中有一座碧水亭，那件紫貂风氅，就放在碧水亭里。哪一位公主、夫人、小姐最先到达碧水亭，娘娘便把紫貂风氅赏给谁。”

说到底，紫貂风氅就是一个彩头。

可贵妃娘娘要达到什么目的？考验哪个妇人跑得快？

那嬷嬷说得兴高采烈，墨九看满园子的女人都跃跃欲试，心里却有疑惑。

那座荆棘林，不会那么简单吧？

可这些似乎都不关她的事。墨九打个呵欠，昏昏欲睡。

一个人却挤了过来，坐在她的身边，还撞了撞她的肩膀：“小寡妇……”

这样的称呼，除了宋妍还有谁？

墨九眯眼打量她：“做什么？”

宋妍挤眉弄眼：“等会儿，我们一道。”

墨九完全不知道宋妍为什么要和她一道，因为她压根儿就不想要紫貂风氅，也不想在这样的宴会中得到旁人的关注。瞥着宋妍，她翻了个白眼：“不去。”

宋妍掐她的手：“你不想赢？”说罢看墨九耷着眼皮，又睨她一眼，“不想胜过玉嘉？”

墨九坐到这时，还没有正眼看过玉嘉公主。也不晓得是她的心宽，还是除了云雨蛊之外，她对萧六郎并没有特殊的感情，反正她不太想掺和这件事。于是，她淡淡地道：“你们姐妹抢男人，不要把我算上。”

宋妍道：“人争一口气，佛争一炷香。小寡妇，你别让我小瞧了你。”

墨九瞪她：“一口气，也是你的气。”

宋妍咬牙：“你要怎样才肯帮我？”

一个帮字说到了重点，墨九终于晓得这小郡主为什么要与她同盟了，原来是有所求。

这会儿四周充斥着关于荆棘林的讨论，尤其年岁小的公主、小姐都兴奋得很，就像组队打怪一样，一个个斗志昂扬。墨九认真听了一耳朵，大概明白了。那座荆棘林，有着“九宫格”一类的迷宫布置，而这个也是宋妍找上她的原因——毕竟她有些本事。

她想了想，挑眉问宋妍：“以前宫里也这样玩？”

宋妍摇头：“才没有，不过娘娘一说，众姐妹都有兴趣。”说到这里，大概被墨九的白眼刺激到了，宋妍哼一声，又瞄一眼玉嘉公主，嘟嘴道：“我才不是为了紫貂风氅，我只是不想被玉嘉比下去。”

墨九扶额一叹：“可我只是来吃东西的。”

宋妍戳她的腰：“你以为你不争，她就会放过你吗？”

墨九抿着嘴巴，懒得理会她。

宋妍瞧她这"怂"样，就有点恨其不争："小寡妇你傻不傻？你与我六表哥的事，我能知道，她会不知道？"

墨九转过头来："我与萧六郎何事？"

宋妍委屈地瞪她："事可多了。"

这幽怨的眼神，可怜巴巴的，墨九突然觉得，这个小郡主吃醋，吃得还蛮可爱。不过，细数一下，她与萧六郎之间还真没有什么见不得人的事——除了云雨蛊。

她摇了摇头，正想嘲笑宋妍，就听见有人在问："哪位是萧府的大少夫人？"

这样明知故问的点名方式，让墨九心里不是那么舒服。

可人在屋檐下，她虽是"红脸关公"，也不得不抬头。

看着她的是一个华裳玉钗、云鬓高耸的妇人，长得珠圆玉润，可带笑的眸子里，却有一抹藏不住的厉色——她正是玉嘉的生母，那位母凭子贵的贵妃娘娘谢氏。

在老夫人的示意下，墨九上前福身："回贵妃娘娘，妾身便是。"

谢贵妃见她行礼，却不与她说话，只慈爱地侧目望向玉嘉公主，浅笑道："玉嘉，你不是一心想见大少夫人吗？如今人就在面前，随便你看，可遂了心？"

今儿的玉嘉公主自是精心打扮过，且不论她优雅尊贵的外表，就那张脸就能把墨九甩出十座临安城。她抿着嘴巴，高高在上地睥睨墨九，漫不经心地哼一声，一句话也没有说，却气场十足地把福着身子的墨九鄙视到了骨子里。

这一瞬，墨九的感觉很不好。

她又不是来比美的……她只是来吃东西的而已啊。

"贵妃娘娘！"宋妍听见众人都在低笑，虽然也觉得小寡妇的红脸有点碍眼，可她却莫名受不了——墨九是萧乾喜欢的妇人，凭什么让这些贱人作践？

哼一声，宋妍扬起脸，环视着众人："上次妍儿去招信，听了一句话：普天之下，论美貌，唯有墨氏女。当时妍儿还不信，可就在驿馆里，就被墨氏美貌惊住了，还与她打了一架……你们怕是不晓得，墨氏的脸，原先可不是这样的。肤白，腿长，胸大，水眸，小妖精似的……可迷人了。"

墨九突然想死。这货不是给她拉仇恨吗？

果然，玉嘉脸色一变，又是重重地一哼，却不好当场发作。

那谢贵妃瞥她一眼，脸色更难看了："紫妍郡主是说咱们这园子里，谁也不如墨氏长得好看？"

墨九心里直否认，可宋妍却昂起了头："妍儿以为，确实如此。"

这个世界的美人都自负又自傲，没有人会觉得自己长得不如旁人……一时间，墨九收获了无数复杂的冷眼，让她恨不得把宋妍掐死。

"郡主的眼光，果然与旁人不同。"谢贵妃似笑非笑地摆摆手，从头到尾一句话都不与墨九说，姿态做得足够高。

她身侧的嬷嬷却懂得察言观色，一副狗仗人势的姿态盯住墨九，上前道："墨氏退下吧。"

墨九大抵明白了。谢贵妃故意把她喊出去，用羞辱她的方式，把她的大红脸在众女眷面前展示一番，不过是为了给玉嘉公主找回脸，或者说在萧六郎的事情上，给她女儿底气罢了。

她默默地坐下，心绪纷飞。宋妍却眉开眼笑地挤过来："小寡妇，晓得我维护你了吗？"

瞥着她天真的脸，墨九欲哭无泪："你晓得我想掐死你吗？"

宋妍眉头紧皱："你别恩将仇报啊！"

墨九目光转了转，突地冷哼："你要貂皮，我要人。"

宋妍一呆："什么意思？"

墨九道："我要玉嘉。"

荆棘园里女眷成堆，热闹非常。皇帝的金瑞殿也坐了一群臣子。与那边的嬉闹与游乐不同，这边气氛更严肃。一众被赐宴的大臣，家眷在园子里，他们却都在这边陪皇帝说话。

在私下里，皇帝一般也愿意与大臣保持比较亲和的关系。非正式的场合，大臣说话也比较随意。但这个"随意"中，却不敢"随便"。尤其涉及国家大事，个个脸上挂着笑，却都心怀鬼胎。

至化帝五十岁上下，穿着便服，人不太显老，长得精神，说话也字字有力："我朝自南迁以来，北方珒人一直虎视眈眈，这些年，幸得诸位爱卿竭力抗珒，方能保这一方平安。如今珒人兵强马壮，有钱有粮，朝廷也应早做防备……"

南荣富饶，可兵备上却不如悍勇的珒人，这是人尽皆知的事情。皇帝开了头，大臣们都各抒己见。皇帝微笑点头，目光慢慢地转向了脑袋上写着"没人看见我"的宋骜——这货正拿着一只茶盏在研究，完全不晓得他皇帝老子在说什么。

"元驰，你说说看法。"

宋鹜被他皇帝老子点了名，淡定地偏头问他身侧的萧乾：“长渊，老头子问我什么？”

萧乾：“……”

至化帝皱皱眉：“天下纷乱，我朝腹背受敌，你身为皇子，却没有想法，要为民思量，为朕分忧？”

宋鹜把茶盏端端正正地放好，拱手道：“回父皇，儿臣是想为父皇分忧的……就怕父皇会吃不消。”

至化帝一愣：“此话怎讲？”

宋鹜抿抿嘴，又认真地道：“父皇后宫许久没有添新人了，儿臣以为，父皇整天为国忧思，也没个可心人伺候，实在不该，不如就再添些美人，这样父皇也就没时间忧虑了。”

至化帝与众大臣皆无语了。

这个小王爷是个混账，朝堂上下都晓得。若非他这么混账，萧家也不可能会败于谢家，让宋熹做了太子——众臣想笑，却不敢笑，个个都低头摆弄茶具。

至化帝那叫一个气啊，老脸上一阵青白不匀，愣是被混账儿子气得说不出话来。

可人人都当他是个混账，宋鹜心情却很好，他似乎也没有发现说得有什么不对，又看一眼萧乾，笑着环顾四周：“咦，今日我太子哥怎的没有来？有他在，父皇也不会把这种问题留给儿臣了。啧啧，这个太子哥，真是讨厌得紧哪。”

至化帝再次无言，众臣也默默装死。

静默片刻，至化帝终于无奈：“罢了罢了，你整天吃吃喝喝，也不容易。”

宋鹜俊气的脸笑得像朵花：“父皇总算晓得给儿子留点脸面了。”这货还竖起一个大拇指，“不过父皇这么好，儿臣也不能让你难堪，所以，儿臣怎么也得给你一个满意的回答。”

至化帝一怔：“你且说来听听。”

宋鹜清了清嗓子：“治大国如烹小鲜，这事其实简单得很。什么珒人，什么西越人，算哪根葱啊！若父皇肯让儿臣领兵，儿臣保证把他们撵得屁滚尿流，个个俯首称臣，再不敢挑衅我南荣天威。”

至化帝听他说得头头是道，有了兴趣：“你如何让他们臣服？”

宋鹜起身离桌，撩了下袍朝他一叩，然后笑眯眯地抬头，指了指自己：“就凭儿臣这张脸，用美貌与魅力征服他们。”

噗的一声，至化帝喷了一口茶。众臣想忍，却没有忍住，殿内顿时响起一阵老鼠似的吱吱声，为这里的严肃添了不止一点荒唐。

如此，至化帝已不想再听他这个儿子的治国理念了，硬生生喝退他，又对萧乾道：“长渊治军有方，无事时，多教导一下朕这个儿子。若他有你一分本事，朕也就安心了。”

皇权至上，皇子地位尊崇，至化帝这样一说，只是客气罢了。萧乾身为枢密使，自然点头称是——可他心里却清楚，宋骜能得至化帝的宠爱，不就因为他不爱权势，没有争权夺位之心吗？

人在位高时，便有忧思。一个皇帝想培养猛虎一样精悍的儿子，却又害怕这样的儿子。一山不容二虎，他还未年老体衰，又怎肯轻易放权？

尴尬过去，众臣又寒暄起来。这时，也不晓得哪个率先提及武力治国的概念，应当以武器兵备为先。谢忱顺着竿子往上爬，拔高了声音道：“陛下，臣有谏言。”

谢忱一脸为国为民的忧思，认真地道：“传闻墨家有锐器，攻城略地如入无人之境，可攻可守，实乃神器也。”

这样的锐器，没有一个帝王不想要。谢忱的话成功引起了至化帝的注意，也引起了满殿臣子的关注。

谢忱看众人都好奇地竖起了耳朵，似乎早有准备，不慌不忙地把千字引以及江湖上的一些传闻说与众人。末了，他又看了一眼萧乾，忧心忡忡地道：“坊间还有一个传言，臣不知当讲不当讲。”

至化帝道：“谢爱卿讲来。”

谢忱道：“得千字引，得天下。”

若千字引中真的有那样锐利的攻城神兵，不论哪一个国家得到，都可逐鹿天下，所以，这句话也并不夸张。一听这话，众人惊了惊，皆是议论纷纷。

宋骜却嗤之以鼻，不悦地瞪向谢忱：“这种空穴来风的事，丞相不仅敢相信，还拿出来说，也不嫌丢人？”

对宋骜的指责，谢忱不以为意：“老臣已是无子无孙之人，如今所愿，不过是我南荣江山稳固……淮河以南，皆是南荣之地。老臣只愿有生之年，得见故土收回，天下大统。”

至化帝深有感触，皱眉道：“依爱卿之言，要得武器图谱，必得千字引，要得千字引，必得墨家巨子……那么，这个墨家巨子究竟在何处？”

听皇帝问到重点，谢忱面有笑意，声音却严肃：“老臣想说的，便是此事。陛下有所不知，萧家大少夫人墨氏，不单单会做机关鸟……其实，还有另外一重身份。”

至华帝微怔：“这墨氏会一些奇技淫巧而已，还有何身份？”

谢忱道：“回陛下，这墨氏女乃阴年阴月阴日出生于紫薇垣位，是墨家命定巨子。”

说到这里，他看一眼萧乾，目光像一把杀人不见血的刀子，微妙地传递给了皇帝一个信息——萧乾早知墨九的身份。

谢忱身为南荣丞相，善于把握人心。他一步步地把至化帝的思维引入他需要的局里，从而把矛头指向了萧乾。

很明显，如果萧乾早就知道墨九的巨子身份，这盘棋就下大了。

往小了说，萧乾知情不报，有负皇恩。往大了说，“得千字引，得天下”，得墨家巨子，也可得天下，那么萧乾必然居心叵测，有颠覆江山与图谋造反的想法。

这一个软刀子，稳、准、狠。可萧乾与谢忱不和，在皇帝面前针锋相对也是常有的事，至化帝了解这两人之间的内斗，故而谢忱的话落入耳朵，力度难免减上几分。

考虑片刻，至化帝方才问：“萧爱卿，可有话说？”

萧乾缓缓地起身，拱手道：“微臣不知情。”末了，他淡淡地瞄了谢忱一眼，“当日在招信，谢丙生贪图家嫂美色，也为此丢了性命，谢丞相误听传言，恐怕生了误会。”

他又把软刀子捅了回去，意指谢忱公报私仇，拿儿子的死来做文章。

二人你来我往，殿内气压低沉，已是风起云涌。众臣心知肚明，谁也不好帮腔。

至化帝审视的目光在他二人脸上扫来扫去，思量再三，又问萧乾：“墨家千字引，萧爱卿可曾听过？”

萧乾面色淡然：“臣听过。”

至化帝点点头：“那爱卿有何见解？”

萧乾并非全盘否定，只严肃地道：“坊间传音常有浮夸之处，微臣不曾亲见，不敢妄下断言……但家嫂愚钝贪吃、痴傻懒散，无半分才能，若说她是巨子，微臣实难相信。”

至化帝笑道：“墨氏若无才能，那机关鸟，她又如何做来？”

萧乾唇角隐隐有一丝笑意：“机关鸟出自墨家左执事墨妄之手，与家嫂并无干系。当日，墨妄欲助家嫂脱离谢家公子魔爪，不得已为之。不承想，却成了谢丞相攻讦微臣的把柄。”无奈地笑了笑，他又道：“家嫂阴年阴月阴日阴时出生之说，也是无稽之谈。家兄合婚的庚帖上，家嫂八字，并非四柱纯阴。”

至化帝眸光沉浮几番，也不知信了没有。

萧乾顿了顿，又转过头来，把矛头指向谢忱：“女子八字乃闺中私隐，丞相身居临安，掌朝堂大事，却对家嫂八字这般在意，实在令人费解。丞相可否对此解释一二？”

这话打了谢忱一个重重的耳光。

一个老头子，没事去查人家姑娘的八字，实属猥亵得紧。

可谢忱就像早知他会否认似的，不以为耻地冷哼一声，对至化帝道：“陛下明鉴，老臣一心为社稷大业，断无私心，更不欲与萧使君结怨。这墨氏到底是不是墨家巨子，到底有无本事，一试便知。”

至化帝眉梢微动：“哦，如何试？”

谢忱唇角浮出一丝冷意，拱手对众人示意道：“还请官家与诸位移步荆棘园。”

谢贵妃邀了众女眷在荆棘园玩乐，众臣皆知，却不知谢忱为什么要让他们去荆棘园。皇帝年岁大了，也不喜欢女眷的热闹，听罢与众臣一样，将询问的目光落在谢忱身上。

见火候已到，谢忱嗵的一声重重跪地：“老臣擅自做主，请贵妃娘娘在荆棘园设了一个局，请陛下恕罪。”

“何局？”至化帝问。

“此局乃畏罪自杀的墨家长老乔占平所创，名叫九九九宫格。”

“九九九宫格？”众臣又问。

“九九九宫格，顾名思义，比九宫格复杂了九九八十一倍，是乔占平钻研多年所得。据乔占平的弟子说，这九九九宫格，至今无人能破。”

至化帝一喜，拍案大笑：“好。”

紧接着，众臣各怀心思地从金瑞殿前往荆棘园，路上三三两两地议论。

谢忱似是胸有成竹，昂首挺胸，一副志得意满的样子，走在至化帝的后面。萧乾袖袍飘飘，脸上云淡风轻，并没有受半分影响。

只有小王爷宋骜喜怒都在脸上，左看右看，特地落后几步凑近萧乾道：“姓谢那老匹夫，还不入土为安，真是国之不幸。”

萧乾嘴角扬了扬，不置可否。

宋骜见他这么淡定，又轻声一哼：“谢贵妃特地邀请小寡妇入宫，小爷就觉得没那么简单，果然与这老匹夫有图谋。幸得小爷英明睿智，早有安排。长渊，你就放心吧。”

原本很放心的萧乾，一听这话眉头微跳：“你做了什么？”

宋骜得意道：“我把小寡妇交给妍儿了，特地嘱咐她，一定要赢。两个臭皮匠，顶个诸葛亮，那什么狗屁的九宫格，哪里难得倒她们？长渊，你就等着看好了……”

他满头满脸都是“邀功”的表情，可萧乾脸上却越来越阴晴不定。

他不由奇了，问：“长渊，你这什么表情？”

萧乾转头看他，生硬地道：“感动的。”

宋骜哈哈一笑，拍拍他的肩膀：“不必不必，你只要记得我的好，吃肉时，别忘给我一口汤就行。唉，你看这些年，你对我不冷不热，我却对你不离不弃……”

萧乾也不知听入耳朵没有，他望向荆棘园的方向，喟叹一声。

自古帝王多疑心，有了谢忱那一番言论，至化帝不仅会怀疑墨九，对萧乾这个握有调兵之权的枢密使也会格外防备。

更紧要的是，谢忱勾起了至化帝对千字引的欲望。欲望之火，一旦燃起，就很难熄灭。这世上有什么东西是帝王想要，却不能要的？

“陛下驾到——”

宦官一声唱喏，荆棘园就忙活开了。众妃和内外命妇，都纷纷向至化帝请安。一番礼节寒暄后，小太监又重设桌案，排了位置，上了茶水果盘，让众臣与家眷坐了下来。

如此一来，这番热闹又升级了一倍。

谢贵妃欠身微笑道：“妾身拿了件紫貂风氅做彩头，原本只为玩乐，却不想惊动了陛下，是妾身的不是，望陛下恕罪。”

至化帝微笑道：“爱妃有心了，这样的玩乐，朕也是第一次听闻，甚觉有趣，特地邀了众位爱卿过来一观，爱妃只管继续。”

谢贵妃笑道：“是，谢陛下。”

从皇帝入了园子开始，墨九就没有动弹过。事到如今，若她还以为只是一件紫貂风氅的彩头与几个小女子为了男人的互不相让，那就太天真了……可他们到底想要做什么，她暂时也没有想明白。

慢条斯理地吃着东西，她在座中人身上偷瞄了几遍，见着了至化帝几个年轻的皇子，见着了面含浅笑的萧乾，甚至看见了宋骜偷偷递过来的“媚眼”，却不晓得究竟哪个是当今太子宋熹。

她正点兵点将，就听负责组织的嬷嬷禀报道：“陛下、娘娘，都准备妥了，可以让主子们入园了。”

谢贵妃微笑点头：“那就开始吧。”

“慢——”这时至化帝却突地出声阻止。

谢贵妃不知有什么变故，与园中众人一样，都紧张地看向皇帝。

可至化帝微微笑着，没有责难的意思："难得众位卿家兴致高，爱妃的彩头，朕以为太小。"

"哦？"谢贵妃娇声笑道，"那依陛下的意思？"

至化帝随和地笑道："拿到紫貂风氅者，朕另有重赏。"

一件紫貂风氅不算大彩头，可皇帝的重赏，那就不一样了。

众人都竖起了耳朵，就连墨九也上了心，想晓得这个皇帝究竟要赏什么。

至化帝看众人都有兴趣，也开怀大笑道："既是从未有过的乐子，朕也当许从未有过的彩头——帝王一诺。"

谢贵妃微笑道："妾身愚钝，还请陛下明示。"

做皇帝久了，很容易自信心膨胀，看谢贵妃的小意，至化帝脸上的皱纹都灿烂了几分："朕的赏赐，是朕的一个承诺。只要夺得紫貂风氅，便可以求朕替她完成一个心愿。"

这个赏赐不仅从未有过，也确实太过厚重。

皇帝金口玉言，当场答应的事，自然不会不允。园子里先前不太想参加的女眷，都跃跃欲试。一些大臣与家眷互相对视着，私欲心也再次升高。

皇帝这一注下得太大。不过，若拿到紫貂风氅的人提出不合理要求，皇帝允是不允？

人人心里都这么想，却没有人敢问——除了宋妍。

她上前福了福身，认真地问："陛下，若妍儿赢了，要你把妍儿指婚给谁，你就指给谁，是也不是？"

这姑娘胆真大。人人都知她喜欢萧乾，为了萧乾刚刚与玉嘉公主撕破脸，也晓得皇帝有意把玉嘉公主许给萧乾，她却不管不顾地当众这样问，分明是让皇帝为难。

谢贵妃和玉嘉公主的脸色不太好看，就连诚王也觉得脸上无光，低斥一声："这个不省事的东西，胡言乱语什么？还不退下？"

可诚王骂声未落，皇帝却笑了："紫妍郡主说得对，凡是要求，朕无不应允。"

众人一听，顿时哗然。

如此一来，帝王一诺就举足轻重了。

可得荣华富贵不说，甚至可换性命。原本的一个游戏，顿时变了质。好些王公大臣，都带了期许看向自家女眷，希望家里走运得了彩头……有了帝王一诺，那是何等尊荣？

宋妍兴高采烈地回来，朝墨九挤了挤眼睛，墨九心里却揪得生紧。

皇帝许下重诺，到底图个什么？

通关一个九宫格而已，又能代表什么？

没人能够回答她的问题。她下意识地把疑惑的目光望向座上的萧乾，想晓得他什么态度。

似乎感受到她的打量，萧乾也望了过来。

四目相对，他眸底熠熠有光，好看，却也平静。

只一瞬，他又滑开视线，修长的指尖捏了一颗葡萄放入嘴里，似不曾看墨九。

这样的场合，他们没有办法说话，一个小小的眼风交接，不关心的人根本察觉不到。可关注他们两个的人……比如玉嘉公主，眸中却浮上了一些凉意。

万众瞩目中，宫中嬷嬷大声宣布入场，宋妍兴奋得像屁股上扎了刺，半分都坐不住。她生怕墨九不肯陪她去，扯着墨九的袖子就拉人。

墨九觉得这货有些欠脑子，拍掉她的手，又飞快地从桌案上拿了几个果子塞入怀里，这才蜗牛似的慢吞吞地跟上去。

宋妍觉得丢脸死了："你怎么这样好吃？"

墨九一本正经地说："万一进去出不来，不得饿死？"

宋妍冷哼："怎会出不来？时辰一到，会有人把荆棘拆掉的。"

墨九似懂非懂地哦一声："可我饿了，咋办？"

宋妍受不了："饿死鬼投胎啊你？"

墨九瞥她："咦，你连这个也知道？"

宋妍恨不得踢她两脚，可最终还是紧紧地拉住她的手。

荆棘园里占地很大，说它是一个"园子"，其实又非真正的"园子"。

进去之后，墨九才从宋妍口中知晓它的来历。

这个荆棘园，竟然是建在一片浮泥之上的。原本它不叫荆棘园，只是御花园中的一片荷塘。先皇后爱莲成痴，在这里养了一大片一大片的荷花。可这个荷塘后来陆续淹死了几个人，先皇后又病了，有宫女晚上撞见池塘上方有白衣女鬼在飘，皇帝一怒之下，就让人把它填平了。可填了池塘也救不了先皇后的性命。没多久先皇后就过世了。

这个园子废弃之后，恐是下方浮泥太多，虽然填了土，也时不时会塌陷一角，露出一个满是淤泥的深坑。后来谢贵妃为了给宫中添"吉利"，这才让人在上方种上荆棘。

棘，也是取之"吉"的意思。

这次为了这个"夺貂"比试，他们把园子扎成了九宫格的布局，每一条小道的两侧，都有足足二人高的荆棘条做成的篱笆墙。荆棘的枝条有尖刺，隔离之后，人在道上，看不到旁人，也没有任何参照物，很难再辨别方向。

入园时，还有一些姑娘在嬉戏笑闹。慢慢地，那些笑声就没有了，剩下的，只有紧张。

互相看不见，零星有几声叹息，惹得性急的宋妍越来越急，不时催促墨九："走哪儿？这条路，又走哪儿？哎，到底怎么走啊？"

墨九入荆棘园时，带了第一次入宫的墨灵儿，小丫头对荆棘林好奇得紧，小麻雀似的。墨九与她东走西看，像是来观光的，并不怎么理会宋妍。气得这小郡主漂亮的脸蛋上满是怒气，却又无可奈何："小寡妇，你到底有没有在找出路？"

"找什么出路？"墨九一头雾水。

宋妍停在原地，恨不得用目光杀死她。

"不是找碧水亭嘛，找出路做什么？"墨九严肃地提醒她。

"对啊，你倒是找啊。"宋妍看她并没有蠢死，又松口气，上去拖着她走。

宋妍身边的吴嬷嬷，正是在三江驿站痛骂过墨九的那位。墨九并不怎么待见她，但可能现下同在一条船，吴嬷嬷对她却是恭顺不少。一路上，她不时拿肥胖的身子挡在两侧，生怕荆棘的尖刺刮到她家郡主娇嫩的肌肤。偶尔，她也会替墨九挡一下荆棘。

墨九翻着白眼瞄她："嬷嬷今儿精气神不错，这一路走来，也无聊得很，不如你再帮我讲一下上次没有说明白的那个词？"

吴嬷嬷嘴角一抽："大少夫人指的是什么？"

墨九道："就是那个膫子哪。"

这货是个记仇的，可吴嬷嬷脾气却反常地好，一张白胖胖的脸笑道："大少夫人好记性，老奴那会儿眼皮子浅，不识高人真面目，该打！"说着，她皮笑肉不笑地抽了自家一耳光，气得宋妍白她一眼。

墨九扫着她身上的赘肉，似笑非笑地道："嬷嬷切莫抬举我，我可不是什么高人，我只是不太懂……虚心请教而已。"

她揪住这件事就不放，吴嬷嬷有些尴尬："郡主小心点——"借着帮宋妍挡荆棘条的当儿，她把话题转开，笑道："这转来转去都一个模样，若非有大少夫人的聪明伶俐，就我和郡主两个，活活累死在里面，恐怕也走不到碧水亭。"

墨九认真地看她的脸："嬷嬷这话奇怪。我哪晓得怎么走？我不是跟着你们的吗？"

吴嬷嬷一愣，气得一口气提不上来，而宋妍，却当即搓了火："小寡妇，你到底行不行啊？"

墨九瞪她一眼："我不行。"

晓得这小寡妇脾气怪，宋妍不敢惹她，赶紧闭上嘴，不与她争吵。

可走不了几步，看墨九真没有上心的样子，这小郡主又不耐烦了："你说玉嘉会不会已经到了？小寡妇，我这脚都走酸了，你快拿个主意啊！"

墨九不理会她。

她继续说："我怎么觉得我们来来去去都在同一个地方绕圈子？"

墨九受不了她的聒噪："你才发现哪？"

宋妍叉着腰，终于忍无可忍："你为什么不带我们走对的地方？"

墨九很无辜："我又不想去碧水亭。"

宋妍眸中的光芒，一下就暗了，撇了撇嘴巴："你答应我的。"

她话音未落，墨九就接过来："是我答应过，你要风氅，我要人。"

"所以……"

"所以我在找玉嘉，不是找碧水亭。你想找碧水亭，你自己找去，与我何干？"

宋妍胸口气血翻腾，差点儿当场吐血。

对于墨九来说，找碧水亭不是难事，这儿宫格如果能难住她，她都不好意思再好吃懒做了……问题是玉嘉比碧水亭还不好找。

因为墨九懂得走九宫格，玉嘉未必会懂——墨九有想过，布局之初，谢贵妃或者会对她放水，可这局非常复杂，就算她晓得走法，不熟悉的情形下也容易迷路。

找一个迷路乱走的人，比破九宫格更难。这就是墨九如今的烦恼。

宋妍气得几乎犯病了："小寡妇，你恩将仇报，你不是人，你……"

"闭嘴！"墨九眉头一蹙，一眨不眨地抬头看向天空，心里的不安越来越强。人对于危险，有着天生的警觉心，尤其墨九是一个敏感的人。她问："郡主，你有发现天色不对吗？"

宋妍也抬头望一眼："雨停了，出太阳了。"

墨九看着游走在太阳边上的乌云，紧紧抿住嘴，一个字都不吭。她紧张的样子，瞧得宋妍屏住了呼吸，看了几次太阳，然后拽紧她的衣袖："小寡妇，怎么了？你可别吓我……"

墨九黑眸灼灼："我不吓你。"

宋妍吐口气，她却含糊道："我只想打你。"

她这句话莫名其妙，听得宋妍大眼珠子一瞪，就气急败坏地要发作。可墨九扫她一眼，终于抬步走在了前面："碧水亭，跟上。"

听了这话，宋妍的脸立马阴转晴。

大概下面真是浮泥，脚踩在地上，有些发软。宋妍胆大，倒也不怎么怕，喜滋滋地跟着墨九。

墨九也不知怎么就想通了，领着三个人在荆棘林绕来绕去，速度极快。宋妍一路恭维着，总觉得她有天生辨位的能力，根本都不看路，只半盏茶的工夫，碧水亭就在面前了。

"小寡妇，了不起！"

亭子中间是一个紫檀木的案台，上面用精美的盒子陈放着一件紫貂风氅。阳光从亭角射入，紫貂风氅便更添了一丝华贵的美。

宋妍目光眨也不眨地盯着风氅，揽住墨九的肩膀，哈哈大笑："我们第一个到达，紫貂风氅是我的啦。你说好的啊，不许和我抢。"

说罢，她愉快地奔过去，像一只欢乐的鸟儿。那一刻的喜悦，好像从玉嘉公主手上抢过来的不是紫貂风氅，而是萧乾。

吴嬷嬷讨好地笑着，也尾随上去："郡主，慢点！小心荆棘刺……"

宋妍看着紫貂风氅，想着至化帝把她赐婚给萧乾的场面，哪里会在意几根荆棘条？她笑眯眯地俯身下去，抱住紫貂风氅，舒服地叹口气："嬷嬷，快点帮我撑上旗幡。"

碧水亭里有一根长竹竿，按规则约定，谁先到达亭子拿到紫貂风氅，就用竹竿把旗幡撑高，外面的人见了，这个游戏就宣告结束了。

"哎，好。"吴嬷嬷应得很爽快。

可在宋妍的笑声里，一把寒光闪闪的匕首却从吴嬷嬷的手上刺了出去——她的目标，是宋妍的背心。

那一击，力度是致命的。隔得这样近，速度也很快，宋妍毫无察觉。

等她抱着紫貂风氅转头，看到已至身前的尖刀时，只剩满脸的不敢置信："嬷嬷？"

宋妍看着匕首，张着嘴巴，声音很弱。她一直知道，吴嬷嬷肉多肥硕，身手却很利落。如今她又是贴身杀人，直捅要害，分明要取她性命。宋妍避不过，那一瞬间，除了疑惑，脑子里铺天盖地的全是绝望，空白得什么都想不了。

她也没有注意到，就在匕首的寒芒映入眼帘时，一道轻微的嗖声也像毒蛇信子似的蹿了过来，直钉在吴嬷嬷的手臂上。

吴嬷嬷痛得叫唤一声，还没回过神，一股大力就扼住了她的胳膊："老虔婆，找死？"

铛一声，匕首落地。

咚一声，宋妍也倒在地上。

电光石火间，事情就发生了翻天覆地的变化。吴嬷嬷这会子被墨灵儿踩着嘴巴，身上赘肉抖动着，也是一肚子的疑惑。

杀宋妍时，她背对着墨九，墨九一定看不见。而且，就算看见了，她与墨灵儿都在碧水亭外，要救宋妍也来不及。所以，吴嬷嬷不明白那一瞬间，手臂为什么痛。她也不明白，弱不禁风的墨灵儿居然有这样的好身手。

墨九还站在碧水亭外。她看看天色，看看亭角，又看看身后的荆棘林，然后抬起手腕上的“暴雨梨花针”看一眼，把眉头皱得死紧，自言自语道：“射程还得加强。这么近的距离，痛却不伤……不行不行，失败。”

这时还有心情研究武器，墨灵儿哭笑不得。

一边踩豆腐似的踩压着吴嬷嬷的脸，她一边嗔怪：“姐姐，这老不死的怎么办？”

墨九抬头看一眼天色，把“暴雨梨花针”挪了挪位置，小手不住扇着风，只觉这地面上的灰尘被她几个人一阵扑腾，弄得迷眼得很：“这么肥，清蒸不行，红烧好了。”

这个回答，让墨灵儿欲哭无泪，吴嬷嬷却像见了鬼，看着墨九一步一步过来的脚，发狠地挣扎：“你……敢！”

墨九眼珠子一瞪：“我最恨人家挑衅我。”

说罢，她捡起匕首，就在吴嬷嬷脸上比画。

这货不管认真的时候，还是不认真的时候，从来都只有一副认真的表情。这时，她严肃得就像在完成一件雕刻作品，大红虾似的脸紧绷着，比一下角度，又拿刀尖轻戳一下，盯着吴嬷嬷恐惧的视线，一本正经地问：“这身赘肉太老，膘太厚，红烧也未必好，不如我写一首诗，敬献给谢贵妃？”

“……小寡妇。”摔在地上的宋妍，好不容易缓口气，不明白那小寡妇在叨叨什么，只觉她果然是个疯子，“你不是应当先救……我吗？”

墨九头也不回：“我们两个没那么好的交情。试针为主，救你是顺便。”

宋妍胸口一痛，差点儿气死过去。

墨九拿匕首在吴嬷嬷的脸上比画，想了想又瞥宋妍：“说遗言吧。”

宋妍重重地呛了一口，捂着疼痛的胸口，好不容易才找到声音：“把六表哥嫁给我……不，我要嫁给六表哥。”

墨九慢慢地转头，视线落在她的脸上：“遗言。”

宋妍的脸更白了，问：“这不是遗言？”

墨九瞪她：“你人都死了，怎么嫁？”

宋妍想到“死”，眼睛一酸，声音都呜咽了：“如果可以，你把六表哥烧给我好了。”

“好主意啊！”墨九咳嗽一声，放开吴嬷嬷的脸，扯开宋妍胸前的衣衫，查看她的伤势。一瞬之后，她丢开了这个矫情的小郡主，鄙夷道：“受点轻伤而已，看你这一副要死要活的样子。”

宋妍低头看了看胸口的鲜血，狐疑地皱眉：“轻伤？”

不给她半分喘气的机会，墨九猛地把匕首架在她的喉管上：“嫌弃轻伤是吗？我可以代劳，帮你重伤。说不定到时候，皇帝啊，你父王啊，萧六郎啊什么的人们，看你伤成这样，心疼得不行，立马就为你们主婚也不一定。”

宋妍眼睛一亮：“会吗？”

墨九严肃地点头：“必须会，我都被你的智商感动了。”

宋妍眼一闭，视死如归地把着墨九的手：“动手吧，小寡妇。”

说罢她见墨九手臂往前一送，还真是毫不客气地就要捅她，吓得她惊叫一声“不”，紧紧抱住身侧的紫貂风氅，对墨九怒目而视：“玩笑听不出来啊？有了这东西，我需要受什么重伤？你这小寡妇，没安好心，说吧，是不是想诓我的紫貂风氅？”

墨九唇一弯，瞥着华美的风氅：“相信我，这东西对你没好处。”

宋妍倒不是完全的蠢人，如今连吴嬷嬷都会出手杀她，这件事绝对没有那么简单了。匹夫无罪，怀璧其罪的道理，她是明白的。抿了抿没有血色的嘴巴，她看着墨九：“人总归是要死的。如果可得帝王一诺，嫁给六表哥……便是死，我也无憾了。”

墨九道：“……执念是病。”

宋妍粲然一笑，默默地转过头来，看了一眼墨灵儿脚下那个从小把她带大的吴嬷嬷，青白的脸似乎又白几分，舌头打了个结：“为、为什么？”

吴嬷嬷脑袋扭到一边，不回答，更不面对她。

或许是不屑，或许是难堪，或许也有愧疚。

在背叛之后，真正能心安理得的人，毕竟是少数。

墨九瞥着主仆俩，心里的疑惑也在加重。

不管吴嬷嬷本来就想杀死宋妍，还是想杀了宋妍，再嫁祸给她，或者说单纯为了她“真正的主子”夺得紫貂风氅……其实都不太符合逻辑。想那谢贵妃千辛万苦布了这么大的局，把皇帝和满朝文武都引到荆棘园，难道就为对付她墨九一个？那真是杀鸡用牛刀了！

墨九正在考虑，受伤的吴嬷嬷啊地叫唤一声，突然抖着一身肥肉，赤红着眼像一头嗜血的猛兽，从墨灵儿的脚下挣脱，扑向了宋妍。

值得一提的是，宋妍的拳脚功夫就是吴嬷嬷启蒙的。所以，吴嬷嬷胖归胖，功夫其实不俗。墨灵儿兴许比她厉害，可到底经验浅，原以为这老货放弃了挣扎，情不自禁就被墨九和宋妍吸引了注意力，不承想，这肥婆子竟有这般神力，重重地扑倒了宋妍。

“小心！”墨灵儿惊叫，后悔不已。

可已经来不及了。在吴嬷嬷重重的冲撞下，宋妍斜倒在案桌上，那个放置紫貂风氅的紫檀木盒砰的一声掉在地上，厚重的灰尘扑人脸面。紧接着，案桌中间便冒出一股浓烟，迅速笼罩了碧水亭，地上青砖也突地裂开，缝隙里面，似有浮泥挤入……

“姐姐，这是什么烟？好黑！灵儿看不清了。”浓烟之中，墨灵儿挥舞着手，抱怨地惊叫。

“……不是烟太黑，是日食了。”

“日食？”墨灵儿大惊，发现光线都被吃掉了，四周越来越黑。

“天狗吃日。”墨九后退，躲避脚底钻上来的浮泥。

这时，前方却传来宋妍虚弱又惊恐的喊声：“小寡妇！”

很显然，她还被吴嬷嬷拉扯着。墨九皱着眉，什么也看不清，只冷冷地道：“别怕，我会把你的遗言告诉萧六郎的！”

宋妍吸一口气，声音伴随着咳嗽：“小……寡……妇。”

这时，砰的一声，碧水亭的一根横梁落了下来，墨九险险地躲开脑袋，那横梁却擦着她的肩膀，重重地落在她的脚背上。

“咝！”墨九痛得龇牙。

烟未散，日食未结束，天地间一片喧哗与黑暗，远处有咆哮声，似乎也有人在喊着“救命”，但墨九的脚被横梁砸了，又麻又酸，一时走不动路，只觉得脚下的青砖越来越无法承受她的重量，越来越多的淤泥从缝隙中涌出，似乎要把她裹住……

不对，分明是她在往浮泥里陷落——就像落入沼泽。

墨九摸索着拽紧那一根砸了她的脚，却成为了她救命浮木的横梁，一只手把墨灵儿扯过来，循着宋妍声音的方向，慢慢地推动横梁，想去抓她。

“宋妍，我也有遗言——以后过年过节的，烧点儿山珍海味给我。”

那边没人回答，墨九又把横梁往前推。

可淤泥不比水，横梁虽然不重，也很难挪动。

脚不沾地，手抓不住东西，眼睛也什么都看不见。墨九眉头皱得更紧："宋妍，若有如花美男烧给我……我不介意一天换一个。"

黑暗之中，仍然没有宋妍的回答，只有一阵扑腾扑腾的挣扎声，好像是宋妍在与吴嬷嬷搏斗。

墨九阴着一张脸，再推横木，不停地靠近宋妍："吴嬷嬷，你有男人有儿子有女儿吗？你说今日若我与宋妍不死，你会有什么下场？哦，不对。就算我们死了，你也不会有好下场，你以为让你做事的人，会放过你？"

那边除了淤泥里的挣扎，依旧没有声音。

墨九又开始说服教育："宋妍是你带大的，没有恩情也有亲情。你放过她，诚王和诚王妃定会饶你一命……我还听说你以前是萧家人，是诚王妃带去嫁入诚王府的，这么深重的感情，你怎么舍得对小郡主刺下那一刀？"

呸一口泥，吴嬷嬷声音阴冷地道："你怎会怀疑我的？"

墨九一愣，这老货这时突然开了窍？思量一下，她双手胡乱地在黑暗里刨动，试图通过引吴嬷嬷说话，辨别她的位置。

"多简单哪！你叫我高人，我不习惯；你对我太好，我不习惯；你不告诉我膫子是什么，我也不习惯，当然就怀疑你了。我说嬷嬷，我一直好奇得很，不如你现在告诉我膫子是什么可好？"

也许是发现中计，吴嬷嬷不再回答，半点声音都无。

墨九突地烦躁了。

布置"九九九宫格"的那个，才是真真的高人。不仅会布局，还懂得利用天文知识……至少谢忱那个老匹夫肯定在钦天监有人，晓得有日食，这才故意算计……而且，布局的家伙是个心思缜密的人。说不定就是那个破坏巽墓机关的人。

对那个人，墨九的兴趣越来越浓，也越来越郁闷。她感觉冥冥中有一双手，把她引入这个局，可她却连对方是谁都不知道。把她见过的人，从头到尾在脑子里筛选一遍，她仍然没有什么头绪，不免沮丧。

"宋妍，我告诉你，人要想活下去，得靠自救。我这会儿脚都踩不到地，心慌得很。再说，我对你也没什么好感，你死不死的，与我无干……我想对你搭把手，是怕落下一个谋杀你的罪名。如果你都不想活，我也犯不着为你冒险，懒得救你了。"

四周黑沉沉一片，对面的挣扎突地厉害了。

嘴上说着放弃宋妍，但墨九这时却不能放弃。她硬着头皮把横梁往前推了一段，寻找着宋妍，哑着嗓音喊："宋妍，再不出声，我就走了啊。"

宋妍还是没出声，却有一只手伸过来，抓住了墨九的衣袖。

墨九一喜，反手拉住她，就往上带："抓好我！"

那手确实是宋妍的，虽满是污泥，但手感却很细软。她挣扎着想让墨九把她从污泥里拖出来，可这会儿她全身就剩一个头在外面，加上吴嬷嬷始终拖住她，不停地把她往浮泥里按。她受了伤，使不出力，满嘴污泥，也说不出话……只能紧紧地抓住墨九。

"抓紧，别放。很快日食完了，就有人来救我们了。"

墨九鼓励着她，可任凭她与墨灵儿把吃奶的力气都使出来，不仅没法把宋妍拉出浮泥，那根横梁也在吴嬷嬷肥硕的身躯拉拽下，越陷越深，眼看浮泥都入嘴了。

"呸！"墨九吐一口泥，大喊："抓紧！"

宋妍显然说不出话来，一点声音都没有。

四个人这样一番拉扯之后，人体天生的重量便占了优势。吴嬷嬷凭着肥硕的体重，终于把墨九与灵儿也扯入了污泥深处。

墨九心里一慌，正寻思法子，突然，宋妍在她的手里胡乱塞了一个什么东西，而后重重地推她一把，就脱离了她的掌心，在力的反作用下越沉越深。

"喂！"墨九手一捞，扯过来的只有紫貂风氅的衣角。

她不由大怒："我最讨厌欠人人情，宋妍，你……祖宗的！"

没人回应她的话，天上乌云慢慢散去，阳光再一次普照在荆棘园的上空……她与灵儿的身边，只有一片狼藉，荆棘枝条横七竖八地插在淤泥中，带着狰狞的尖刺。可淤泥中，宋妍与吴嬷嬷都不见了。

墨九喊了几声，不见回应。耳边只有姑娘小姐们见到阳光后的尖叫声。

"宋妍！"墨九拽着横梁，可捞不起它，不由恼恨地丢掉了。

这时，墨灵儿突然兴奋地抹一把脸，扯紧墨九满是泥泞的衣裳，指向碧水亭的位置："姐姐，你快看！"

碧水亭整个不见了，却有一个高于浮泥表面的桌案横在中间。

仔细一看，正是先前摆放紫貂风氅的那个案桌。

灵儿浑身乏力，声音都在哆嗦："姐姐，九九九宫格太复杂，旁人一时半会进不来，这浮泥也不晓得有多深，灵儿、灵儿没力气了……我们爬到那个上头去。"

"好。"

墨九的脚被横梁砸了，在浮泥里疼得想死，已经完全使不上劲了，而灵儿虽然有功夫在身，也只是一个小姑娘，负担两个人的重量，也很艰难。墨九来不及考虑，拖着墨灵儿就往案桌方向去。

然而，就在她接近案桌时，却依稀听见细微的水声。

那是滴水的声音，若有似无。

墨九的身子僵了僵，觉得冷风刮得脸颊生痛。

"姐姐，快啊！"墨灵儿似是支撑不住，看着近在咫尺的桌案，颤个不停，"灵儿怕等下拖不住姐姐了。灵儿掉下去没关系，可姐姐身系墨家，不能出事的。"

墨九没有动，她有些隐隐的不安。

在这涌动于血管的不安里，她莫名地想到了萧六郎。

她突兀地问："一个不爱在人前吃东西的人，冷不丁捏个葡萄吃得津津有味，代表什么？"

灵儿傻呆呆地看她："姐姐，我们应当先上桌案，再说这个。"

墨九的嘴角牵出一抹笑，盯着灵儿满是污泥的脸："桌案是中空的。"

啊的一声，墨灵儿看一眼并无异常的桌案："姐姐怎么发现的？"

墨九微微眯眼："来自好吃懒做者天生的直觉。"

墨灵儿是墨家人，多少懂一些机关，看着那个或许中空的桌案，她的血液顿时凝固一半："里头有机关，是有人故布生路，想害我们？"

墨九动也不动，牙根有些发冷："确实是一条生路。"

自始至终墨九都相信，那些人不想她死。

如果要她死，何不索性让吴嬷嬷捅死她？

人都贪图安逸，渴望救赎，在生路面前，没人舍得放弃。人家放一条生路在她面前，就是让她钻的。

墨九的双眼慢慢地眯起："往回刨——喊救命。"

"救命！"

"救命啊！"

在浮泥里刨动，如同陷入沼泽。墨灵儿使劲地抓住身侧的荆棘，顾不得上面的刺，借着那可怜的阻力，拼命拖着墨九往后面走。可毕竟荆棘太轻，两个人太沉，这样折腾着，她紧张得要死要活。

墨九嘴里吃了一口泥，看灵儿扑腾得越来越厉害，可怜了一下自己今儿好不容易享受到宫廷美食的胃，反手抓住灵儿的手："喊救命，也不要按我的肩膀啊，丫头！"

生死面前，灵儿有些慌乱。

听见墨九一叫，她惊觉自己差点就把她按入污泥，失声道："姐姐，你没事吧？"

时下的人不仅死心眼，还有忠诚的价值观，如灵儿对她，就算平常只叫一声姐姐，可自从知晓她巨子的身份，心下始终存有敬畏。见自己干错了事，灵儿一张布满污泥的小脸上，全是愧疚。

墨九反过来安慰她："没事，我没别的本事，就是命长，死不了的。"

灵儿一听，顿时灿烂地笑起来："姐姐是巨子，自然有本事。"

一声巨子，让墨九微微一惊。

也是这一声巨子，让她突然想开了。

她穿越一回，既然注定是墨家巨子的命格，自己又是墨家后人，为何不干脆听天由命，肩负起墨家？若千字引是真，墨家武器图谱也是真，她有这样的东西，本该为王者。莫说谢忱仅仅只是一个丞相，就算当今皇帝又如何？为了一个千字引，他们都得投鼠忌器。

对！应当是这些人哭着喊着跪下来对她唱《征服》，求她帮忙找到千字引，拿到兵器图谱才对。她为什么要示人以弱，由着人来步步算计？

在日食发生那一刹，碧水亭中黑烟涌起，园中也一片慌乱，宋妍几个人的叫喊声被一群女子的尖叫声掩盖了，外面知道出事，却没有听清到底发生了什么事。事发突然，皇帝的安危大于一切，短短一瞬，禁军大批进入园子，一边喊着"护驾"，一边就着手上火炬的光线，潮水似的涌过去，开始有秩序地拆除荆棘园中的"九九九宫格"。

这园子面积很大，等日食过去，禁军还没有拆到碧水亭。

至化帝见状，早就变了脸："到底怎么回事？传钦天监正。"

谢忱察觉到至化帝的目光扫了他几次，不敢再装聋作哑，起身对皇帝解释他事先并不知有日食发生。末了，他又捅萧乾一个软刀："老臣昏聩，好在萧使君早有准备，禁军来得这么迅速。"

萧乾脸绷得紧紧的："身为臣子，当无时无刻不以陛下的安危为重。荆棘园盛会，人多事杂，这是忧患之心。"说到此，他慢慢转头，盯着谢忱，"丞相布下这么一个大局，难道事先不预备安防？"

这是说他居心叵测？谢忱听懂了，冷笑道："萧使君明知墨家巨子干系武器图谱，却可以视若无睹，不替官家分忧。这心思，确实比老臣这老眼昏花的愚昧缜密许多。”

萧乾唇角浮出一抹笑：“若丞相已十拿九稳，又何必一试？”

他反戈一击，言浅，意却深。谢忱气得吹胡子瞪眼珠，却找不到理由攻讦他。毕竟九宫格的比试还没有结果。到底里头发生了什么，如今谁也不知情。

园子里四处都是尖叫声，好端端的一个游园活动搞砸了。在萧妃娘娘冷言冷语的讽刺下，谢贵妃脸上端不住，提着裙裾就跪在至化帝面前，当着众妃嫔的面请罪。

“都是妾身不是，没有顾虑周全，请陛下责罚。”

“你急什么？要责罚，也不是当下。”至化帝似有些心烦气躁，不耐烦听妃嫔争宠耍心机，只让众人都坐回原位等禁军拆园子……可这园子一拆不打紧，还没拆到碧水亭的位置，已有十余个禁军不慎落入了浮泥之中。

救人者，倒成了被救者。这样一来，不免多耽搁了时辰。

园中众人各怀心思，诡异地安静了下来。

等人都出来，负责活动的嬷嬷清点完人数，上前禀报道：“陛下、娘娘，除了紫妍郡主、吴嬷嬷，墨氏和她的丫头……还有玉嘉公主和两个侍女不见踪迹。”

谢贵妃低垂的脸变了色：“陛下，玉嘉她……”

至化帝绷着脸，瞪她一眼，她赶紧闭上嘴。虽然晓得只担心自己的女儿不大合贵妃身份，可身为母亲，她确实也只会担心自己的女儿。于是，谢贵妃的目光不由自主地就瞄向座上的谢忱。仔细观之，似有埋怨——

“陛下，娘娘，吴嬷嬷爬上来了……”

这时，有人惊喜地喊叫，园子里的气氛顿时紧张起来。

两个禁军一左一右，把裹了一身污泥的胖老婆子拎了过来。这个季节在水里泡得太久，吴嬷嬷一张肥脸早已冷成了紫茄子，可有污泥遮掩，她从头到脚就一个颜色——泥。

她不敢离帝驾太近，远远地跪下，哆嗦着身子道：“陛下，娘娘……紫妍郡主她……她……呜……郡主出事了。”

听说宋妍出事，诚王妃首先变了脸。她虽然向来温和，但此时也拍了案几：“郡主人呢？”

吴嬷嬷拼命磕着头：“王妃，墨氏一路指点我们走九宫格，小郡主很感激她……可到了碧水亭，眼看小郡主要拿紫貂风氅，墨氏却突然痛下杀手……奴婢没有防备，更不敢想墨氏会杀人，更没有想到，好好的碧水亭，说沉就沉，青砖裂了，横梁塌了……奴婢想拉住小郡主，可墨氏不死心，把奴婢和受伤的小郡主推入浮泥，奴婢九死一生，好不容易才爬出来……”

吴嬷嬷是宋妍的奶娘，从小把宋妍当亲生闺女一样养，她的说辞，可信度非常高。

一席话说罢，座中嗡嗡有声，各说不一。

萧家人的脸色，变了又变，可皇帝却没吭声。吴嬷嬷的说辞如果是真的，墨九会走九宫格，会玩机关，甚至还能……徒手拆了碧水亭，那简直就是了不得，肯定是墨家巨子了。

诚王担忧女儿，当机立断地奔向荆棘园，心急如焚地吼：“先找郡主，旁事再议。”

至化帝看着这皇弟，点了点头：“快些找人！公主也没出来！”

风徐徐刮来，禁军们忙活成了一团，园子里却特别安静。

为今之计，救人为先。不管是不是墨九杀了宋妍，都得先把人找到。

萧家女眷的桌席上，这会儿很紧张。墨九是董氏的媳妇，董氏吓得脸都白了。她绞着手祈祷了一遍又一遍“菩萨保佑”，又看向半阖着眸子的老夫人：“老夫人，可怎么办才好？墨氏这不省事的东西，若找到她，媳妇非得剥她一层皮不可。”

平常董氏最护着墨九，老夫人对墨九深恶痛绝。可这会儿老夫人却反常地没有动怒，还维护了墨九：“没有墨氏，也会有赵氏、张氏、王氏、李氏……旁人要对付萧家，就不管她是谁。”

董氏一愣：“这是何意？”

瞥着老大媳妇，老夫人眉头皱得更紧，一种萧府主母后续无人的挫败感，让她很怀疑萧家从她之后，再无当家主母可辅助丈夫，重振声望了。一时间，她也有些沮丧：“项庄舞剑，意在沛公。懂不懂？”

“项庄？沛公？不都早死了吗？”董氏急得嘴上都起泡了，哪里晓得什么沛公，只希望墨氏不要惹祸就好。她四处张望，看看自己的男人萧运长，又看看座上神色清冷的萧六郎，见两个男人都很镇定，再有老夫人坐镇，又稍稍稳住心，撇着嘴角一叹：“墨氏要淹死在里头，倒也好。反正是她自己做下的蠢事，她又没与大郎圆房，算不得萧家人，想来陛下也不会怪罪……怕就怕，她还活着，出来又胡言乱语一通，萧家可就跟着她倒大霉了。”

老夫人气得脸上皱纹都在跳。一荣俱荣，一损俱损的道理，她不能期待这个蠢货懂得了。

谢忱要对付的分明就是萧家，哪里仅仅是墨九？

她正怒其不争，这时，远处突然有人大喊：“找到了，找到人了——”

席上好些人，紧张得都站了起来，尤其是谢贵妃，甚至都顾不得礼仪，大声道：“可是找到公主了？”

可怜天下父母心，也算如了她的愿。一个禁军奔过来，顾不得抹去脸上的污泥，惊喜地叩首道：“回陛下，娘娘，是、是找到玉嘉公主了。”

谢贵妃脸上的焦急轻缓了一些：“人哩？”

不待那人回答，便有嬷嬷惊喜地喊：“在那里，娘娘快看，公主在那里！”

荆棘搭垒的道路上，几个禁军簇拥着三个裹成了泥人的姑娘，慢吞吞地走了过来。若非她们个头不一，几乎认不出来谁是谁。那个走在前头的姑娘，一直在笑，八颗牙齿白生生地露在外面，她的臂弯里，抱着沾满泥泞的紫貂风氅，与墨灵儿一左一右地“扶”着玉嘉公主，走得一瘸一拐。

玉嘉公主被墨灵儿死死地扣着，恼恨不已：“松手。”

墨九瞥着玉嘉污漆漆的脸，笑得很开心：“公主不要紧张嘛，吃了你家果子，我是不会见死不救的。一定会把你完整无缺地送到贵妃娘娘面前……再换一篮果子。”

第十章　阶下情，殿上案

皇家御园笼罩在一片静寂之中。王公大臣、后宫妃嫔、夫人小姐们看着比狼藉的荆棘园更为狼狈的三个“泥人”姑娘，谁也没有率先说话，连呼吸也紧张地压抑，免得做了出头鸟。

“到底怎么回事？”至化帝厉声开口。

墨九凌乱的长发披散着，夹着淤泥贴在脑袋上，衣衫也被荆棘划破几处，瞧不出原来的颜色，一张被“醉红颜”弄成大红虾似的脸蛋，被污泥一抹，反倒添了几分秀气。

看几个宫女、嬷嬷抢食似的冲过来，为玉嘉公主清理污垢，又是巾子又是披风，又是祖宗又是公主地唤着，却没人来理会她与灵儿，墨九黑眸往上一斜，把那件被泥裹过的紫貂风氅丢在地上，微昂着头问：“我救了公主，皇帝要赏我什么？”

杀了人不紧张，还张口就讨赏？众人盯住她，都疑惑不解。

吴嬷嬷看见墨九，顿时心慌了，跪行几步，在青砖石上咚咚地磕着响头：“陛下，娘娘，这墨氏巧言令色，惯会狡辩使诈，老奴亲眼见她杀了小郡主，请陛下和娘娘为小郡主做主啊。”

鲜血磕在地上，猩红、狰狞，很冲击人的眼球。这样的吴嬷嬷比忠仆还要“忠”上几分，说的话自然容易令人信服。

墨九瞪她片刻，冷不丁地笑了一声：“我就晓得这老虔婆要倒打一耙。可我与小郡主无冤无仇，杀她做什么？再说，我若杀了小郡主，还敢来领赏？你红口白牙的话如果可信，还要我们伟大英明睿智明理的皇帝陛下做什么？”

讲到此，她目不转睛地盯着至化帝，不卑不亢地道：“皇帝陛下，我与我的侍女都亲眼看见这老虔婆捅伤小郡主，还把她扯下浮泥，二对一的证词，你看着办吧。”

这货振振有词，昂首挺胸，无半分惧色。

说罢，见无人应声，她的目光不由就盯住了桌上的果子。一个个亮晶晶的，喜人得紧，她不由舔舔嘴角：“杀人之事另说，我救人之事，陛下得先赏吧？救一个公主，怎么着，也得有一口果子吃。”

众人皆被她这话雷到了。

至化帝审视她片刻，问玉嘉公主：“可是墨氏救了朕的公主？”

玉嘉嘴巴微微一动，似想否认，可看着墨九烁烁的眼，又皱了眉：“是。”

墨九搓了搓手上干掉的泥巴，笑了：“看吧，像我这样善良大义之人，怎会杀人？陛下明鉴。”

听她这般得意，玉嘉突然恼了：“若非你，我又如何会落入浮泥？你救我不是应当？”

墨九咦一声，偏头盯着她，不解了：“我好心想把紫貂风氅给你，你不要，自己滑入浮泥之中，要不是我冲冠一怒为红颜，你还能坐在这里说风凉话？哼，恩将仇报之人，怎配做皇室公主？”

玉嘉公主脸色一变：“你……”

两个人你瞪我，我瞪你，不肯相让。

众人都觉得这墨氏胆大，居然顶撞公主，可也都想知晓事情原委。

墨氏把紫貂风氅给玉嘉公主？嚼着这句话，至化帝目光有些凉：“玉嘉，你来说。”

墨九说话没有条理，前言不搭后语，人人都不想听她交代，可玉嘉浑身湿透，虽然清理过，但从小养尊处优的她，实在受不得这凉意。再看墨九一副傻呆呆的样子，想到浮泥里的事，她不由有点恍惚——墨九救了她，没错。虽然救她的由头，也是因墨氏而起。

日食发生时，她停在原地等待，可天一亮开，她正准备走向碧水亭，这墨氏就在不远处的荆棘道上喊“救命”。玉嘉不欲管她，可墨氏那个小侍女，居然徒手把荆棘条拨开，冲了过来。墨氏疯疯癫癫地抱着紫貂披风，非要塞给她。玉嘉好洁净，见她身上沾了污泥，半分都不想挨上她，不住地往后退，可这墨氏却步步紧逼，非要给她紫貂风氅。

这么一来二去，也不晓得怎的，她脚下一滑，就掉入了浮泥。两个侍女跳下来救她，不过三两下浮泥就淹没了头顶，那时候她吓坏了，脑子里一片空白，只觉身子缠裹在污泥里，一直下沉。她害怕再也不上去，看着墨氏，尖叫着“救命”，不想又吃了一嘴泥。她原以为会就此没命，不承想这墨氏却跳下来，抱着她又是刨又是爬的，在她那个小侍女的帮忙下，扯着荆棘条没有沉下去，终于等来了禁军。

若说墨氏是她的救命恩人，她觉得有点过了，也不肯接受这个结果。

但当时若没有墨氏救她，她确实有可能会命丧黄泉。

这样的感受与矛盾的心情，让玉嘉有些挫败，也有些沮丧。她分明觉得事情有些不对，可当着这样多的人，又有萧乾在场，当时萧乾手底下的禁军过来，也曾亲眼看见墨九拼命地扯着她，不让她沉下去，如果她睁眼说瞎话，实在为难。

于是，她讪讪地讲清了原委，又恨恨地瞪向墨九：“若非她硬要把风氅给我，我也不会掉下去。”

谢贵妃柳眉一竖：“玉嘉你就是心善，分明是墨氏借着献风氅，故意推你下去的。”

玉嘉晓得她母妃什么意思，可好多人都看见，她无法信口雌黄，只低下头去，不再吭声。

见状，墨九哼一声：“贵妃娘娘，举头三尺有神灵，你可莫要乱说话。我好心好意献风氅给公主，又英勇舍身不怕牺牲跳下去救她，她才得以活命，这人恩大德，娘娘得掂量一下，恩将仇报会不会遭天打五雷劈？”

在游园之前，谢贵妃就听人说起，墨氏脑子有问题，说话不走心。可当众被抢白，哪怕墨九是个疯子，她也下不来台。气呼呼地盯着墨九，她漂亮的脸蛋青一阵，白一阵，突然一个激灵，发现自己竟然被墨氏牵着鼻子走。

原本要追究的是墨九杀宋妍，怎么就扯到了她救玉嘉？

谢贵妃脸色难看地瞥一眼吴嬷嬷，又问：“那本宫问你，紫貂风氅，你从哪里得来？”

墨九翻个白眼：“在碧水亭哪，不是你放上去的？”

这回答很妙。似答了，其实什么都没答。

谢贵妃拿绢子拭了拭嘴巴，压下满腹的郁气，温柔一笑：“吴嬷嬷说，紫妍郡主先拿到风氅，而后你抢风氅杀害她，可有这事？”

墨九道：“我说吴嬷嬷杀害小郡主，你也不信吧？既然如此，问我做什么？让小郡主出来对质便是。”

若能找到宋妍，还需要这样麻烦吗？

谢贵妃只当墨九在装疯卖傻，可墨九真的这时才反应过来并没有宋妍。她脸色猛地一变，瞪着吴嬷嬷，瘸着脚，突然发狠地冲上去，拿脚就开踹：“好哇，你个老虔婆，若小郡主有个三长两短，你死定了你！”

没想到她这么激动，当场就要打人，谢贵妃气不打一处来，正要斥骂，至化帝却咳嗽一声，制止了她。看墨九的愤怒不似作假，皇帝沉默一瞬，问及了他最关心的事情：“墨氏，你是如何通过九宫格，进入碧水亭的？”

一件事情就可以看出男人和女人对待事情的不同。谢贵妃拎着那点鸡毛蒜皮就不放，而至化帝对宋妍的生死分明没有那么看重。他看重的是墨九到底是不是墨家巨子，有没有办法得到武器图谱。

墨九迎上皇帝锐利的视线，愣了一下：“我忘了。”

至化帝吸一口气，压着恼意，微笑道：“你是墨家人，懂得九宫格对不对？”

墨家人？墨九恍悟——原来这是萧家与谢家的党争。

谢忱为了给独子谢丙生报仇，借由她是墨家巨子一事，直指萧乾意图不轨，有觊觎兵器图谱和图谋江山的野心，从而达到打击萧家的目的——项庄舞剑，意在沛公。她若轻易走出九宫格，破碧水亭的机关，那就有可能是巨子。那么小则影响萧家在朝堂上的地位，在皇帝心里的地位，大则皇帝会借此整治萧家，治一个谋逆之罪也不定。

紫貂风氅是饵，帝王一诺是诱，让她全力以赴身陷局中才是重头戏。

她想到了碧水亭里桌案上的机关。那个通道是生，不是死。可她如果是从通道逃出……那么她通晓机关之术，就板上钉钉了。

墨九像是努力地回忆了好久，掐着手指头严肃地道：“小郡主拖着我入了荆棘园，我就一路跟着她乱走。小郡主有些生气，她找不到，我也找不到，我们两个都找不到……可运气来了，挡都挡不住。我们走着走着，就看见了放风氅的亭子。”

众人似信非信，墨九想了一下，又突然神神秘秘地道：“小郡主看着愚蠢得很，其实脑瓜子灵活着呢，我猜是她想到法子领我过去的……只可怜，这么好的小郡主就这样被吴嬷嬷捅了一刀，还推入了浮泥，生死不知。”

吴嬷嬷脸一变：“墨氏血口喷人！分明是你杀了小郡主。”

墨九瞪她：“奇怪，我为什么要杀她？”

吴嬷嬷恨声道：“为了紫貂风氅，为了帝王一诺。”

这个理由合情合理，可墨九指着地上的紫貂风氅：“我都送给玉嘉公主了，还会为了一件破衣服去杀人？”

吴嬷嬷咄咄逼人：“你与小郡主有旧怨。”

墨九翻个白眼：“我与你才有旧怨呢，要杀我也先杀你。”

女人家斗嘴确实没有什么新意，你一句我一句，公说公有理，婆说婆有理。可吴嬷嬷没有杀人动机，墨九的杀人动机也不足……紫貂风氅虽是个好由头，但她分明就不看重，至少她没有用风氅邀功，傻乎乎地把它送给玉嘉也已经得到证实。

至化帝被她们吵得脑仁吃痛，终于受不住了，只让她们先换衣裳，等找到宋妍再说。

姑娘们成了泥人，确实不雅观。可三个姑娘一走，紫貂风氅的归属又怎样论？

帝王一诺，人人眼热，墨九却只当未见，拽着墨灵儿走得风快。

玉嘉公主见她这般，又见自家嬷嬷捡了过来要塞给自己，脸色难看至极："紫貂风氅在墨氏之手，就算她的，玉嘉不要。"

当着萧乾的面，她直恨嬷嬷多事，想不要这骨气都不行。于是，在谢贵妃恨铁不成钢的怒视下，她也昂首阔步地走了。

墨九回头看一眼萧家人，无奈地瘸着脚又走回来，捡起被玉嘉公主丢在地上的风氅，扯过一名禁军的腰刀，就把它割成了两截："这样不就好了？谁都不用了。"

这个做法，骇得园中众人都傻了眼。

紫貂风氅本身名贵且不说，关键在于"帝王一诺"，她居然放弃了？！

入了园子的更衣室，墨灵儿简单冲洗一下自己，又跑过来替墨九沐浴更衣。

她先把宫女支出去，方才小声地斥道："姐姐，你疯了？"

墨九淡然地搓着身上的泥："对啊，疯了。"

墨灵儿牙根有点痒："好好一件紫貂风氅，帝王一诺，你把她硬塞给玉嘉公主也就罢了，还把它毁了，我就不明白了，姐姐到底为什么？"

墨九泡入浴桶，舒服地吐一口气："爽！"

灵儿快崩溃了，加大手劲搓她后背："你快说啊，憋死灵儿了。"

墨九回头，懒洋洋地瞥着灵儿湿润光滑的小脸，漫不经心地笑道："说你单纯你不信！什么是皇帝？什么又是帝王一诺？皇帝想做的事，没人挡得住。皇帝不想做的事，也没人可以逼他。一个承诺，其实没有任何意义。皇帝若要我死，有帝王一诺就可以不死了吗？我要了那风氅，得一个不知真假的诺言，有何意义？不如现在这般，真真假假，虚虚实实来得好。"

墨灵儿似懂非懂，嘟着小嘴："那你为什么又要救玉嘉公主？"

墨九眼都笑弯了："你哪只眼睛看到我救她了？"

灵儿一惊："难道不是？"

墨九抬起湿漉漉的手指，戳她脑门："若没有我，她好端端的，为什么差点淹死，还吃那样多的泥？"

灵儿恍然大悟，可想了想，她又有疑惑："姐姐说九九九宫格难走，可我们见着玉嘉公主的时候，她也到达了碧水亭附近，难道她也会走九宫格？"

墨九撇了一下嘴巴："谢贵妃有私心你看不出来？布置九宫格的时候，她肯定给了玉嘉特殊指引。不过里头千变万化，所以，她花了那样长的时间，才找到碧水亭。"

灵儿又问："吴嬷嬷是谢贵妃的人吗？"

墨九摇了摇头："不敢确定。"

灵儿拿巾子擦着墨九的肩膀，迟疑一瞬："是灵儿愚钝，好些事情都想不明白。"

墨九抬起眼皮："比如？"

灵儿抿一下嘴唇："姐姐是如何发现吴嬷嬷有异样的？"

墨九看她问题多，大咧咧地将双臂搁在木桶上，头枕着桶沿，慢悠悠地道："我不是说了嘛，吴嬷嬷突然对我太好，让我生疑……就特地注意了一下。她好心为我和宋妍遮挡荆棘的时候，其实是在荆棘条上做记号，指引方向。"

灵儿啊的一声，直叹墨九观察仔细。

墨九却摇了摇头："若吴嬷嬷是谢贵妃的人，定是不放心，害怕玉嘉公主找不到，故意把我们走过的路再指引一遍。不过如今我也有些糊涂，那玉嘉不要紫貂风氅，看上去还挺有骨气的。那么吴嬷嬷杀宋妍，说不准只是谢贵妃的示意，与玉嘉无关了。"

吴嬷嬷是谁的人，为什么她养大了宋妍，却要亲手杀她？

一个人要背叛主子，要么为利，要么为仇，要么是被胁迫。墨九暂时无法肯定吴嬷嬷是哪一种。

这时，灵儿又道："吴嬷嬷晓得碧水亭的机关，她扑倒小郡主，就是要触发机关。"

墨九目光怪异地瞪她："你才知道？"

灵儿哼一声："灵儿不明白嘛。为什么吴嬷嬷可以料到在日食的时候，我们就会到达碧水亭，从而杀掉小郡主，引关机关，让我们在日食的黑暗中，沉入浮泥，无法自救？"

墨九眉头轻轻一皱："第一个可能，不管我们有没有到碧水亭，她都会在日食发生之时杀掉小郡主，从而嫁祸给我，或者把我们都杀掉——毕竟她不知道你武艺高强。凭她的本事，只要干掉了会武的宋妍，杀我们两个弱女子就简单了。

"第二个可能，那只是凑巧。她也许只是单纯地不想让宋妍拿到紫貂风氅，然后求皇帝指婚萧乾。而碧水亭的机关是在拿掉紫貂风氅之后，计时触发的。不过，能拿到风氅的人，只能是懂得九宫格之人，也就是谢忱眼中的我——那个陷阱是为我准备的。至于给玉嘉的指引，也只是谢贵妃出于私心，而非谢忱授意。谢贵妃看着精明，其实小肚鸡肠，看那样子就晓得成不了大事，谢忱不可能完全相信她，机关布局的本意，她未必知情。”

这样一解释，墨灵儿大抵就明白了。

墨九道：“可怜了宋妍，什么都不知情，就这样炮灰掉了，但愿她无事。”

每个人都有每个人的理由，有人想宋妍生，有人想宋妍死。就墨九而言，只有宋妍生还，她才有没杀人的有力证据。然而打捞了整整一天，直到天边晚霞收住，莫说活着的宋妍，连她的尸体都没有捞上来。

好端端一个人，就这样凭空消失了。

御园里唏嘘阵阵，但最关心宋妍的人，非诚王与诚王妃两个莫属。一夕之间，他们似乎老了十岁。

宋骜也一直守在荆棘园里，指挥禁军打捞。可那个墨九与墨灵儿瞧见过的“桌案”早已不见，陷入了浮泥，他们扩大了打捞范围，也什么都没有找到。

找不到人，这“杀害郡主”的事，就成了悬案。

墨九与吴嬷嬷互相指责，各执一词，也没有定论。

至化帝不可能仅凭一个嬷嬷的证言，就给墨氏定罪，得罪萧家。可诚王与诚王妃夫妇，是完全相信吴嬷嬷为人的，他们跪地请求皇帝治墨九的罪。在阵阵的讨伐声里，萧家人也跪地恳求，让陛下查清事实，还墨九一个公道。

至化帝见众人争执不下，脑仁又痛了。他也想找到宋妍，知晓走九宫格的详情。他最想证明的事，也只是墨九的巨子身份，与如何得到千字引。

考虑之后，他无奈地各打五十大板：“墨氏与吴嬷嬷各指对方杀人，都有嫌疑。在事情尚未弄清之前，把这二人都带入皇城司狱看押。”

皇城司主要掌管宫廷出入，但凡宫人出入，皆由皇城司负责，属于宫廷内部的防卫机构。皇城司附设的监狱，称为皇城司狱。它与其他监狱的不同之处在于，只拘押宫城之内的人以及后宫妃嫔。

莫名成了阶下囚，墨九倒也不紧张。看狱中干净整洁，还有可供睡眠的床，她把这经历当成了皇城司狱一日游，惬意地东摸一下，西摸一下，好像是来参观古代监狱的。

可她得趣的表情，却让“陪狱”的墨灵儿头痛不已。

"姐姐，你不想法子出去，还这样高兴做什么？"

墨九抢占了牢室唯一的床，摸了摸受伤的脚："想法子这种事太累了，我懒。不如交给萧六郎，他会想。"

墨灵儿悻悻地在床沿坐下来，双手环着膝盖，有些不满："今日陛下处罚时，老夫人都替姐姐求情了，萧使君却一句都没说。"

"不说才是为我好。"墨九道，"再说，皇帝才舍不得杀我哩。"

"你倒会想。"灵儿不悦地道，"可灵儿觉得，萧使君是要做驸马的人了，肯定不会为了你得罪皇帝，这分明就是权衡轻重，不敢妄言。哼！"一个人自说自话，见墨九没有反应，灵儿又撇了撇嘴巴，瞪着四处透风的牢室，"不晓得左执事晓不晓得我们被关入皇城司狱来了。"

"晓得又如何？他未必敢劫狱。"墨九懒洋洋地叹息。

"那可未必，左执事最关心姐姐了，比萧使君好。"灵儿对墨妄，总有信心。

墨九又冷又饿还很困，不想与她唠这些没营养的了。她默默祈祷着牢里赶紧来改善"犯人"的伙食，就闭上眼睛养精蓄锐了。

她知道，事情不可能太糟糕，因为今日皇帝的反应虽然很古怪，却分明对她有兴趣。那么，她暂时没有姿色，皇帝年岁也大了，能对她感兴趣的地方，肯定只有她的身份与千字引。所以她并不担心生死——唯一难过的就是她的脚，太痛。原本脚背就瘀青红肿，又泡了那么久的污水，还未上药，这样在狱里待上两三天，会不会废掉?

这般想着，她辗转反侧了许久，方才睡了一小会儿。迷迷糊糊间，她觉得有人影在晃动，打个呵欠，翻转身，闭着眼睛把脚伸出去，咕哝道："灵儿，帮我揉揉，痛死我了。"

一只温热的手撩起了她的裤腿，然后落在她肿痛的脚背上，带着清凉的温度，搓揉几下，就有一股子中药味道飘入鼻子。她半睡半醒的知觉神经顿时苏醒，冷不丁睁开眼睛——面前是一双清凉中带点温暖的眼睛，在牢室这样枯燥幽暗的背景之下，他也如画中仙，俊气得满是荡漾的风情。

不知他什么时候来的，牢室里只有他，没有灵儿。

淡淡的中药味中，夹杂着食物香味。墨九精神了，顾不得受伤的脚，冷不丁坐起，就看向食盒："六郎啊，你总算想起你祖宗来了。"

萧乾凉眸森森，没有理会她，可她跛着脚就去抓食盒，他不得不无奈地拽着她，按坐下去："不要动。"

墨九吸一口香气："我饿了。"

萧乾淡淡地道："擦好药，再吃。"

墨九哪里等得？她从他手中挣脱，拎了食盒打开，就揭了碗盖。

汤色雪白的雪梨银杏炖乳鸽，熬得黏稠的什锦粥，光鲜夺目的海翡翠煲排骨……她忍不住吞一口唾沫，拎起一块排骨塞入嘴里，就含糊道："先吃一口。脚不治，一时半会死不了。再不吃东西，我就真死了。"

萧六郎瞥着她馋猫的样子，终于妥协，由着她祸害那一堆食物，只抓了她的脚来，为她上药搓捏，以便活血化瘀。

已经入冬了，狱里的牢室很冷，可萧乾坐在身边，又有美食在手，墨九无端就觉得温暖。便是那冷风吹在稻草上的呼呼声，也有点像花开的声音，带了盈盈的香气。这是一种奇怪的生理反应。

她惬意地享受一阵，考虑到身上的雨蛊，不由又叹气。

两只虫子作孽而已。要不然，像萧六郎这样薄情寡义之人，又怎么可能给她这样的温暖？

填了填肚子，她精神好些了，不由又向萧乾邀功："我这回聪明吧？"

萧六郎打量她一眼，不言不语，只专注于她的脚。

墨九习惯了他的性子，也不以为意，一边吃着东西，一边添油加醋地把她如何走过九宫格，如何在碧水亭出现机关的时候，选择了离开，又如何把玉嘉公主拖下污泥的事说与他听。末了，见他无动于衷，她没了耐性，认真扳着他的肩膀，让他不得不看着她的脸。

"宋妍说，荆棘园的'棘'字通'吉'字，我当时就想到你不喜在人前吃东西，却拿葡萄来吃，有些反常……于是，看到那条亭中的生路，就想到了你的提示——'葡萄'通'不逃'，葡萄的深紫色像极墨色，定是墨家巨子之试……我若逃了，入了那机关，铁定中谢老贼的诡计，让萧家万劫不复，对不对？"越想这茬儿，她越是得意，就着油油的小手按定萧乾的肩膀，"小子有办法，暗示太鬼了，有意思！"

萧乾看一眼她放在肩膀上的油手，好半晌才道："我只是刚好想吃葡萄。"

墨九哑然，盯着他沉稳的面孔，有一种被耍了的既视感，突然就气不打一处来，恶狠狠地扑上去捶打他。却不想他原就只坐了一点床沿，她一扑，他受不住力道，于是双双倒了下去。

"啊哟！"墨九以手撑地，睁圆了眼。

两个人同时摔倒在地面，萧乾仰倒在下，她压在他的身上。大抵是怕她落地时碰着，他臂弯是圈过来的。一只手半揽住她的腰，另一只手垫在她的颈窝下方，那一截不知什么料子做成的衣袖，柔软地贴着她脖子上的肌肤，带来一抹微妙的触感。

“可有摔着？”他问。

牢室里光线很暗，他的声音却很温柔。

墨九的脑子有刹那的空白，无法做出回答，只瞪着圆圆的双眼，像一只大红脸的小怪兽逆着光伏在上方看萧乾。

他俊美的面孔泛了一层玉质的光华，很亮，很暖，很柔和，一双长睫毛将淡淡的剪影落在脸部，让他每一个线条都似精雕细刻。尤其棱角分明的两片唇，坚毅的、阳刚的，却又柔软得像好吃的果冻，引人犯罪。

可不太美妙的是他的眼，似乎在生气？

“没摔着还不起来？”

这个角度他的脸太完美，墨九有点挪不开眼。而且，她受伤的脚原就被他揉得发麻，想起来也使不上力。于是，她硬着头皮强词夺理，调侃他：“六郎否认‘葡萄’是‘不逃’的意思，那我便身体力行地给你做一个另外的解释。老实说吧，你反常地吃‘葡萄’，是不是暗示我，让我‘扑倒’你？”

把这个事当成玩笑来说，她是为免尴尬。毕竟他们两个……常常处于尴尬境地。

可这样一说，分明更尴尬了。

萧乾没有回应，一双自带美瞳效果的黑眸中像有一汪碧水漩涡，透射着一股子让她看不懂却还想看下去的深邃风情——他在嫌弃她，可偏生长成一副让她犯罪的样子。

墨九不由生恨。她捏他的下巴：“六郎摆出一副招猫逗狗的受虐样，还敢拿大眼珠子瞪我？信不信，我剜了你的眼？”

这货其实并不轻浮，她不管做什么事，都做得很老实，很严肃，就连调戏萧六郎也是一样。可这样板着脸，微蹙着眉头，腆着一张大红的脸，无端就惹怒了萧乾。

“起来！”

他大手在她腰上加力，原本想将她拎起，可那处正好是墨九敏感的软肉，麻酥酥一挠，她像被蚂蚁爬过心尖，缩着身子叽叽地笑，想从他身上爬起，可脚受了伤，膝盖刚刚抬起，还没踩实，又重重落下去。

“唔……”萧乾被她砸得狠狠蹙眉。

这一声轻唔尾音长，余韵浅，极销魂。墨九听在耳朵里，虽然压他非本意，心跳却加快了。尤其就隔一层薄薄的衣裳，她贴着他刚硬的身躯，感觉他呼吸加粗，也不由口干舌燥："我不是故意的，我爬不上来了。"

她急着解释，不由俯低了头，距离他更近，几乎可以清晰地感觉到他呼吸的节奏，还有缠绵在彼此间的淡淡馨香……莫名地，她心潮起伏，突然有一种怪异的冲动，很想贴上他柔软的唇。

这样色情的事，她以前是想都不会想的。也不晓得是夜色太撩人，还是姿势太销魂，萧六郎像是突然化身成一只夺魄勾魂的暗夜妖魅，无处不在引诱她。让她简单的渴望慢慢燃成了熊熊的火焰，让本来就"拘谨胆小还害羞"的她，受到了莫大的鼓舞，热血沸腾而起，低头就啃下去。

"萧使君——"

这牢室里面的动静有些大，将被萧乾远远支开的狱卒与墨灵儿都惊动了。他们反应迅速地跑过来，在外面的走廊上踩出一串紧张的脚步声，嘭嘭作响，也把墨九从情动的状态中拉回。

"姐姐！"墨灵儿的声音有些惊慌。

"萧使君！"狱卒也在唤，"出什么事了？"

外面的脚步声越来越近，墨九面红耳赤，一颗心怦怦直跳。

萧乾与她对视着，眼看狱卒和墨灵儿就要走近牢室，他突地紧紧抱住墨九，就势在地上一滚，扯着那食盒的盖子就将油灯扑灭："滚！"

可怜的狱卒什么都没有看见，就悻悻地退了下去。

墨灵儿站在牢室外，看着黑漆漆的一团，不由奇怪。她不像狱卒那般离开，慢慢地走过来："姐姐，你还好吧？"

墨九知道萧乾为什么要灭灯，也知道若他再慢上一拍，只怕他两个缠缠绵绵地在地上相滚甚欢的狼狈姿态，就要落入狱卒和灵儿的围观之中了。清了清嗓子，她一动也不敢动，只道："我无事，你先下去吧。"

灵儿是个小丫头，还不晓事，又好心地问："要灵儿掌灯吗？"

平常墨九从来没发现墨灵儿这么麻烦，可在这样尴尬的时候，她突然头痛了。

她正寻思用个什么法子把灵儿支走，萧乾却突地出了声："下去！"

两个字而已，不轻，也不重，墨九没有想到，灵儿那丫头紧张地呃一声，似是突然领悟了什么，就嗷嗷地应着，咚咚地跑开了，那脚步慌乱得像背后有鬼在追她。

牢室一片黑暗，墨九呼吸微乱："你那么凶做什么？"

"墨九！"他唤她，声音沙哑，"我还想问你，要做什么？"

墨九想起来了。刚才若非狱卒和灵儿过来打断，她是不是已经在美色的诱惑下，对萧六郎行了禽兽之事？

这般一想，她原本就滚烫的脸，更是发烧一般，火辣辣的，有点无地自容："不是我，是蛊，是蛊在诱惑我。"她再三强调了两遍"蛊虫"作怪，慌忙地撑着地就想起来。

可这一挣扎，她却发现腰上那只手扼得紧紧的。

墨九愣了愣，就理直气壮了："原来是你逮住我不放哪？我就说嘛，我为人这么正直，怎会做出这种事？分明你故意勾引我！萧六郎，还不放手，我要破戒了！"

她去推他，可他掌心又是一紧。

仔细分辨，还伴了一道闷闷的痛呼。

墨九看不见他的表情，问了一句，他喑哑地道："墨九，你压着我了。"

墨九一怔，被他的声音一撩，心里的冰碴子化了，很怜香惜玉地问："压到哪里了？"

萧乾身子古怪地僵硬着："膝盖拿开……"

牢室外的过道上，是有灯火的。墨九的眼睛适应了黑暗，大抵可以看见他的表情——眉皱着，脸黑着，分明是在嫌弃她。

如此，她又有点不耐烦了："压死活该！"

说罢，她挪开膝盖，第三次起身。

可也不知撞了什么邪，她这霉倒大发了，腰身刚直起，脚却踩到了洒出的灯油，一滑，再次生生地往下摔。

一只手接住了她，就势一个翻转，她就重重地摔在了稻草上。

头重脚轻地一个旋转，她痛得呻吟一声，脑子有点发昏。

"这次我真不是故意的。"

"哪次是故意的？"萧乾反问。

墨九闷哼："你不把灯油弄洒，我怎会摔倒？"

萧乾撑着床沿，慢慢地起来："你这个人，嘴里没半句实话。"

墨九明白了，这厮真以为她是故意要扑倒他的。虽然看上去是故意的，可她确实没想过扑倒他；虽然扑倒他是事实，可她确实没有心存不良。看着他嫌弃的眼，墨九突然邪恶了："萧六郎，如果我就是故意的呢？"

萧乾微微眯眼，似乎不明白她的意思。

墨九恶劣地伸手扯住他的领口，往自己身上一拉，微抬下巴，风情万种的眼神从他微凸的喉结滑过，又意有所指地看向那张铺满稻草的硬板床，轻轻地嗯啊一声，凑近他的耳朵："反正你身上有条虫，我身上也有条虫，这两条虫又是一对，它们分开这样久，也怪可怜的，要不我们商量商量，成全它们好不好？这也叫置之死地而后生。说不准，这两条虫吃饱喝足，就不管我们，自个儿玩去了。那云雨蛊，不就解了吗？"

萧乾面无表情地看她，不答，不语。

这让原本想欣赏他吃惊窘态的墨九有些悻悻。她觉得，萧六郎这货太不解风情，美女都扑到他身上了，他一副清心寡欲的柳下惠样子，非把她弄得像一个专门勾搭男子的无知少妇——尤其她还有一张滑稽的大红脸。

无趣了，她就势一躺，将那只疼痛的脚"狂野"地递过去："来吧，继续。"

萧乾并没有继续，而是点燃了油灯。

灯火下，墨九的脸红成那般，确实不太美观。可这货生得好，腰肢细又软，身子玲珑又俏媚，尤其那一截小腿，像剥了皮的鸡蛋似的，青葱白嫩，滑腻如脂。就连被砸肿的脚背上那一片瘀青红肿，也像娇媚的花朵遭受了风吹雨打，不仅不难看，还格外让人怜惜。

萧乾的手放上去，十根指头修长、干净。可他搓揉着她的脚，手背上的青筋却突然隐隐冒出，似乎他用了很大的力，又似乎在拼命克制些什么。

墨九有些奇怪，瞥他一眼，又把食盒扯过来。吃了一口美味的排骨，她舒服地叹口气："嫌我脚臭？"

"闭嘴！"萧乾眼皮也不抬。

可他平和的声音里，分明添了一丝平常没有的异样。

墨九似懂非懂地思考一下，良心发现了——萧六郎在为她揉捏，她却一个人吃香的喝辣的，太不厚道。

于是，她直起上身，就着自己的手，捞一块排骨，递到萧乾的嘴边："张嘴，我喂你。"

萧乾无语地偏头。

"来一口呗。"墨九很固执地向他示好，"若不然你说我虐待大夫，只让牛耕地，不让牛吃草，岂不毁我一世英名？"

萧乾嫌弃地偏向另一侧。

"你真不吃？不吃我吃了？"墨九看着他，张大嘴巴，把排骨像钓鱼似的夹在嘴巴上方。可就在萧乾以为危险解除时，她却猛地将排骨塞入他的嘴里，然后拿手心死死捂住他的嘴，"小样儿，看你吃不吃！"

萧乾手上有药膏，不便去扳她的手。不得已，他只有慢慢地嚼动排骨。

墨九满意地放手，一张红透的脸庞像喝了十缸花雕："这就对了嘛！"

她懒洋洋地欣赏着萧六郎无奈之下依旧吃得斯文的绝代容色，忍不住叹气。这货无论什么表情，都很诱人，只可惜生了个凉薄的性子，若不然游曳花丛，杀伤力得多强啊？

"墨、九！"吃完排骨，萧乾终于出声。

墨九从美妙的幻想中回神，这才发现萧六郎……并没有她臆想中的风情万种，而是铁青着一张脸，坐于背光处，像一头被激怒的野兽，随时有可能把她撕碎，再嚼巴嚼巴咽下肚子。

"开个玩笑而已，不要这么认真嘛！"墨九笑着往后退坐，顺便缩了缩脚，想从他手中收回。

可萧乾逮着她的脚，没有松开。

安静的牢室里，他淡淡的眼波，淡淡的情绪，就连声音也只是淡淡的。

他似乎没有怒意，却让她一颗心备受煎熬，不得不小声辩解："我也是好心嘛。赶紧把脚还给我，我不用你了。"

他一声不吭，突地将她的脚一拉。墨九猝不及防，身不由己地从稻草上滑过去，然后不明所以地看看他的表情，又看看自己可怜的脚，咽一口唾沫道："你不会蛊虫上脑，其实是想……想啃我的脚吧？"

他的目光确实放在她的脚上。那一截裤腿挽到了她的膝盖，所以她完美的小腿几乎一丝不落地落在他的视线里，嫩滑生香，夺人眼球。可惜与墨九的猜测不同，他双眸慢慢转凉，不过转瞬间，就冷静得像突然换了一个人，轻轻地放开她的脚，侧过身子坐着，也不知有意还是无意，拉了拉他身前的黑袍，似乎在刻意掩饰什么。

摆脱了禁锢，墨九从容了："你今儿怎么古里古怪的？"

"下次不要惹我。"萧乾表情平淡下来，呼吸也不再紊乱，那正襟危坐的样子，一看就是保守禁欲之人的标准坐姿。先前那一瞬的情动，让他恨不得化入她的身体里，但他心底到底保留了一丝清明——这蛊竟可以掌控他的情绪，让他差一点无法掌控。

可残留手心的触感，她衣裳下柔软的身段，真实、清晰。他又过了一遍脑子，也不觉得厌恶，于是镇定地将药膏拿出来，摆放在床头上，用熟悉的语调交代了用法，淡声道："一会若是还痛，你再擦一擦。估计得有两日才能消肿。"

墨九一怔，扯住他的胳膊："你要走了？"

萧乾微微挣了挣手，见她逮得紧，皱眉放弃："你不必害怕，不会有事的。"

墨九察觉到他挣扭之时胳膊无端地僵硬，又捉弄地捏他一把，漂亮的眸子直盯着他，认真地问："我不是怕。我是想问，经了这般……我不用对你负责吧？"

时下的男女关系还处于"非礼勿视"阶段，萧乾虽然是大夫，可对墨九这样又搂又抱又捏脚的，其实早过男女之防……不过，这种男子都问不出口的话，萧乾没想到墨九会问。他当即愣住，呼吸微紧。

"哈哈！"墨九脚踝一挪，又倒下去，笑眯眯地道："先说好啊，我是不会对你负责的。都是蛊虫作怪，我做了什么，概不承担，你回去也不要想不通，闹自杀。"

墨九娇软的声音，总结陈词似的，像一盆带了冰碴的凉水，浇在两个人的头顶。尽管心底的悸动还未平息，但有了充分合理的推诿，一段暧昧便被生生封杀。

灯火昏黄，牢室冷意浸体。她软软地躺在稻草上，头发和衣裳都凌乱不堪，一只小巧的粉足还露在冷风中，一看就不耐寒冷。

萧乾似乎看不下去，慢吞吞地解开外袍，搭在她的身上："早些歇着。"

墨九望他一眼，动了动嘴巴，似在犹豫。眼睁睁地看着他大步走出牢室，背影就要转入过道，她终于不想憋着，冷不丁地问："你早知我的身份，是不是？"

一个墨家巨子的身份，干系着让人眼红的墨家武器图谱，让当今皇帝都有想头，那身为枢密使，拥有调兵之权的萧乾，又会有怎样的心思？墨九没有小人之心，却不得不考虑——萧乾会不会正如谢忱想的那般，因为早知她的命格和巨子身份，故意借由给萧大郎冲喜，把她娶入萧家，也才有了她穿越之后经历的种种？

门外，萧乾静默而立，身姿挺拔，却不动如山："你什么身份？"

这反问让墨九一惊："难道你不知道？"

他仍然站在那里，淡淡地道："心思太多，耗神损气，不利康愈。"

墨九心中掠过疑惑，眨也不眨地盯住他挺直的脊背："什么意思？"

萧乾掉过头看她："你累了，歇了吧。"

"我这分明是女主命哪！"萧乾一走，墨九就躺在稻草上叹息不止。她不记得在哪本言情小说里看过，一般女主命就是她这种，身世苦、经历奇，一路上凄风苦雨遇到各路渣男渣女小人王八围攻，过五关斩六将，一辈子都没法消停，好不容易逮了个良人，以为从此可以像灰姑娘和王子一样幸福快乐地生活在一起了，却大结局了。

"姐姐在嘀咕什么？"墨灵儿是低着头进来的。

墨九睨她一眼，发现这丫头脸有些红，讶然道："你怎么了？"

灵儿头垂得更低："无事。"

墨九拍拍床侧，将另一半让给灵儿："没事脸这么红？被我传染醉红颜了？"

灵儿轻坐床沿，为难地摇头，似有心事，又不好意思说。

可不管她怎么忍，也备不住墨九的爪子厉害。两个姑娘笑闹着在床上翻腾一阵，墨灵儿便一五一十地交代了："姐姐，你与萧使君……是不是那什么了？"

"哪什么了？"

"就是那个……"

灵儿两只食指斗在一起，绞了绞，表情虽然隐晦，可神色却太动人，墨九也不是什么事都不懂的人姑娘，大抵就晓得了——这丫头在外面听见些"风吹草动"，以为她和萧乾在牢里干了什么苟且之事。

她一脸坦然，无辜地眨眼："我跟他没事。"

灵儿道："可……可他们说……"

见她支支吾吾，脸红如熟透的番茄，墨九晓得一定是那些狱卒在背地里八了八她与萧乾两个的关系。原本她对这事不在意，可灵儿的样子太紧张，让她不由好奇，狱卒天天守在这个暗无天日的地方，思想到底会腐朽到什么程度？

于是，她问："他们说什么了？"

灵儿不惯说谎，与墨九也很熟悉，于是红着脸想了想，就道："他们说姐姐脸不好看，可那眼神那身段却是个会勾人的小妖精……还说萧使君那样美艳的男子，但凡是个闺女都往身上贴了，也不晓得看中了姐姐哪一点……还有，先前牢室突然熄了灯，黑灯瞎火的，你们在里头嗯嗯哼哼，肯定是，肯定是……"

她又说不下去了。

墨九不高兴人家说她丑，凶巴巴地问："肯定怎么了？"

灵儿垂头："肯定亲了嘴，还肯定摸了身子的。"

墨九："……"

没想到狱卒小哥还很纯洁，比墨九以为的猥琐单纯了太多。以至于她想了片刻，竟然无力反驳……嘴虽然没亲上，身子好像是触到了，只不过那也不能叫"摸"吧？她摸了萧六郎的下巴，萧六郎摸了她的脚，他还摸了她的腰……

回想着与他呼吸交错的一幕，墨九的脸突然又发烧了："唉，哪里是他摸了我？分明是我摸了他。"

灵儿半垂的头猛地高昂，吃惊不小："姐姐？"

墨九回视她，肯定地点头："我轻薄他了，不过我不打算负责。"

灵儿脸一红，似在自言自语："怪不得他们说使君出门时，撑着小伞……"

墨九一愣："撑什么伞？牢里下雨了？"

灵儿耳尖泛起一层诡异的红："不，说他尿尿的地方。"

噗的一声，墨九当即喷了，说这古人纯洁吧，有时候又不纯洁，观察居然这么仔细。

倒在稻草上闷笑片刻，她又坐了起来——萧六郎真的撑小伞了？不可能吧，说好的清心寡欲呢？不期然地，她想起他侧过身子拉袍子的优雅举动，还有他那一瞬的别扭。

"不对。"墨九猛地瞪眼，"那也不应当是小伞啊！"

灵儿："……"

"哈哈！"两个姑娘笑闹着，一块倒在床上。

然后墨九为灵儿科普了好多生理卫生常识，却突然想起一件很奇怪的事。她的"好事"似乎还没有来。从她穿越至今……一次都没有来过。但她的身子已经在发育，按理不应这样。

她皱眉问："灵儿，你来事了吗？"

灵儿害羞地点点头。

墨九一想，觉得自己的事，有点大发了："回头我得让萧六郎给我请请大姨妈。"

灵儿皱眉："大姨妈？"

于是，墨九又继续为她讲解关于大姨妈的问题，把灵儿闹了个大红脸。当然，主要原因是她居然说要萧使君为她看大姨妈为什么没有来。墨九的性子，灵儿无法理解，可墨九知晓的事多，人又豁达，没什么架子，不论说什么，她都不会真的生气。灵儿觉得她很好。

墨九对灵儿那个然姐姐其实很好奇，两个人闲着无聊，她不由又旁敲侧击："灵儿家以前是做什么的？"

灵儿回答得很痛快："要饭的。"

墨九原本以为她在开玩笑，后来听灵儿说得认真，这才相信这个时代也有职业乞丐。他们抢地盘，讲行规。灵儿家穷，她爹在她小时候就过世了，她娘带着她要饭，却怎么也吃不了一顿饱饭，一个月三十天能挨二十七天欺负，二十九天都吃不饱。

灵儿的苦难中止于方姬然救了她。从此她入了方家，与要饭这个职业分了手。通过方姬然，她也结识了方姬然的师兄墨妄。在方姬然出事之后，她便自然而然地跟随了墨妄。

"灵儿觉得苦吗？"墨九突然问。

"要得着饭的时候，就不苦。没吃的，才苦。"

灵儿的声音很小，似不想回忆小时候的日子。可尽管心绪不宁，她还是尽职尽责地整理牢室，搓了一簇稻草，把散乱的油灯擦干净，杂物也都归置好了，然后坐在床底下，将脊背靠着床沿，用一个守卫的姿态背对着墨九，目光眨也不眨地盯着牢门。

"姐姐安心睡觉，有灵儿守着，就不怕那些人起歪心了。"

牢室的木板床很硬，上面只铺有一层干稻草，墨九没什么睡意，再三"请"不动灵儿，她盯着小丫头的后脑勺想了许久，决定不去改变她的价值观与人生观了。一个人活着需要一些认定的规则，若真的打破了她固执己见的观念，她也许才会迷茫。

墨九闭上眼，扯了扯萧乾留下的袍子。

乍一看，她无辜地咕哝："这厮怎么突然喜欢上黑的了？"

皇城司狱里风起云涌，这一夜的皇城也不平静。

找寻宋妍的大批禁军还没有从荆棘园中撤离，诚王妃几乎哭肿了眼，跪坐在荆棘园里，诚王心疼王妃，几次三番保证，若宋妍有事，他定会将墨九千刀万剐。这样紧张的气氛里，禁军小心翼翼，生怕惹上杀头之祸，寻人的时候，自然也尽心尽力。

然而，他们始终没有找到宋妍。

大晚上浮泥中找人，便是有心，也难。

游园的局子是谢贵妃撺掇着搞起来的，如今出了人命，还是诚王府唯一的小郡主宋妍，谢贵妃回宫早早洗漱就闭上宫门，说自个儿在屋子里求神祷告，为小郡主祈平安。可不到三更，她却领了两个宫女出现在了玉嘉公主的嘉和宫。

黑漆漆的夜空，半丝星光都没有。谢贵妃挟了一阵寒气入内，却正对上坐在殿内发呆的玉嘉。

风灯的光线下，玉嘉的脸白得像鬼。

谢贵妃愣了愣："玉嘉怎的还没入睡？"

玉嘉看她一眼，表情生硬："母妃不也没睡？"

玉嘉没有起身行礼，也没有像往常那般亲热地过来搀扶她，说些体己的话，这让谢贵妃沉了沉脸色，有些不悦。

可她与至化帝只生有一子一女，宋熹自从离宫分府，平常与她请安都例行公事，母子间没有什么话说，她就剩玉嘉这么一件贴身小棉袄，平常宠惯得紧，连重话都舍不得说，又哪里舍得她这般难过？

她摆手让宫女出去，在玉嘉身边坐下："园子里还在找，你不必担心，妍儿不会有事。"

这句话她说得心安理得，玉嘉却突然笑了："母妃拿我当三岁孩童？"

这个时候虽然还在找宋妍，可大家都晓得，就算寻出来也只是一具尸体罢了。玉嘉哼一声，语气冰冷："母妃每次都自作聪明，却总做一些藏不住尾巴的事。你能在后宫活到今日，真是辛苦舅舅了。"

"你这孩子，怎么说话的？"谢贵妃脸上挂不住，语气也沉了，"母妃这是为了谁，还不都为了你？若非你说除了萧六郎谁也不嫁，我又何苦？你不领情，还来怪我？"

玉嘉冷笑一声，盯着谢贵妃，一个字都没有。

可谢贵妃的身子却无端僵硬了，有些不敢直视她："妍儿以前与你……也算姐妹情深，很玩得来，母妃怕你想不开，这才过来安抚你。既然你没事，那母妃回宫歇了，你也早些歇着。今日出了事，父皇没来得及为你指婚，可父皇答应的事，不会反悔，你好好将息，准备与萧六郎大婚吧。"

"母妃说得好轻松。"

玉嘉看着风灯里红彤彤的颜色，不晓得为什么就想到了墨九那张脸。她的脸分明那么难看，可萧六郎看她却可以那样温柔。下意识地掐住桌案，玉嘉看着茶壶盖上的喜鹊报春图，突地心烦，抬手把它翻过来，摔在桌上。那茶壶盖转了两下，一个不稳，就落在了地上。

砰的一声，茶壶碎了，一只喜鹊断成两截，把谢贵妃吓了一跳："你生的哪门子气？"

玉嘉回头看她，眸中是让人捉摸不透的凉意："母妃还不晓得做错了什么？"

谢贵妃被女儿瞪得有些紧张，嗫嚅着唇，没有发出声音。

玉嘉道："母妃总说，玉嘉是南荣最美丽最尊贵的公主，是父皇最爱的女儿，不论玉嘉有什么要求，父皇都会满足，玉嘉打小就相信这话。可玉嘉十五岁及笄，想嫁给萧六郎为妻，父皇那时嫌他外室之子，出身不够好，怕人笑话，不肯满足玉嘉的心愿。后来萧六郎越来越强，权力越来越大，终于可以只手遮天了，玉嘉又让父皇指婚于他，可父皇却忌惮他，怕他娶了公主，羽翼更丰，不好掌控，还是在犹豫……如今哥哥做了太子，南荣储位已定，父皇怕萧家有怨，想用玉嘉拉拢他了，终于允了玉嘉一片痴心……不承想，却被母妃生生破坏。母妃，四年哪，我喜欢萧六郎四年，好不容易等到今天，你却为一己之私，毁了女儿的幸福。"

谢贵妃被她说得低下了头："玉嘉怎说这话？你父皇不是都允了吗？"

玉嘉冷笑："母妃还看不出来？妍儿是诚王的独女，她喜欢萧六郎比我更久。妍儿出事了，父皇对诚王有愧，又怎么可能再指婚？"

谢贵妃似乎没有想到这茬儿，脸色微微一变："你父皇不能吧？"

冷冷地看着她，玉嘉表情极是难看："你从来都不了解父皇。这些年，他用萧家牵制谢家，用谢家牵制萧家……一直力求平衡，不就是为了安稳？当年这个皇位，父皇是怎么得来的……父皇知情，诚王也知情。若妍儿死了，还是因为父皇和舅舅的筹谋而死，我是断断嫁不得萧六郎了。"

"母妃只是疼爱你。"谢贵妃的脸色全白了，想了想，又嗔怨："这事也怪你舅舅，没有思虑周全，无事捣鼓这九宫格做什么？"

玉嘉再一次冷笑："母妃自欺欺人，还不够吗？"

被女儿再三抢白，谢贵妃差点缓不过气来，强装的笑容敛下去，气得一只手抖个不停，指着她厉声道："反了你了！平常没大没小也就罢了，枉我生你养你，竟得你这般指责。早晓得你这样，不如你一出生，就掐死好了。"

"掐死才好。"玉嘉眼神凉丝丝的，像毒蛇似的盯着谢贵妃，"也省得我这么活着，十九岁了，还只能待在宫中，做父皇的一颗棋子。"

听她说着这些年的委屈，想到她已十九岁的年纪，如鲜花过了最美的季节，谢贵妃高高扬起的手，慢慢地落下来。褪去凌厉，她也只是一个母亲。

不敢看玉嘉凄恻的面色，她目光慢慢转开，似有泪意浮动："是，母妃不甘心，不甘心那个小贱人得意。"

一句幽幽的话，让夜来风更凉。

南荣皇室诸王之中，诚王一生只娶一妻，只生一女，且对妻女疼得如珠如宝。这原本就已经是一件足够让天下女子艳羡的事了，更何况谢贵妃谢婉与诚王妃萧明珠曾有过那样一段过往。

诚王妃萧明珠是萧运长的妹妹，萧乾的姑母。这谢贵妃未出嫁前，与萧明珠一样待嫁闺中。虽然谢、萧两家不和，但那个时候彼此还过得去，两个小女儿不知家族恩怨，关系一向不错，平常绣个帕子，描个花样，去庙里进香，求神许个愿，都约到一起，简直形影不离。那时，两个小姐妹喜欢的人都是诚王。可家族联姻，萧明珠的姐姐萧明香却与谢贵妃一同入了宫，伺候在君王之侧。萧明珠好命地嫁入诚王府，成了诚王唯一的王妃。

都说诚王妃是个有福的女子，可得亲王一生专房专宠。可老天给了她最好的夫君与婚姻，却又夺去了她身为女子为夫家传宗接代的机会。萧明珠生育宋妍的时候大出血，损及身子，从此再也无法生育。诚王膝下无子继承，世人都以为萧明珠这朵黄花势必将枯萎在诚王府了，可令人哗然的是，诚王再未纳妾，只把宋妍当个小子养，养得刁钻蛮横，却疼若掌中宝——

如此，他虽无子，却省了至化帝的心病，兄弟两个关系也亲厚。

不过私下也有人传，萧明珠大出血，导致再不能生，好似有些猫腻。

对上一辈的恩怨，玉嘉原本不在意，但今日……想想，她苦笑："为了妍儿，父皇不会再把我指婚给萧六郎了……至少目前不能。可再等下去，我还有机会吗？"

谢贵妃静静不语……

因为她不明白，为什么宋妍死了，看到那个贱人痛苦，她却高兴不起来？

凌晨时分，南荣皇都临安城笼罩在一片黑幕之中。丞相府外的小巷子里，狗吠声不止。没多一会，谢忱书房的门被敲响了，咯吱一声，一个青布袍子的小厮挤了进去，拱手施礼。

"丞相，辜将军造访。"

谢忱在书房里已经坐了一个时辰了。对谢贵妃那个"成事不足败事有余"的妹妹，他又好气，又无奈，恨她妇人的小心计坏了自家大事，却碍于她的身份无法责怪，只咽下一口心头老血，从荆棘园回来，独自一人坐在书房里，唉声叹气。

听完小厮的话，他轻手端起茶盏，喝一口："请。"

辜二很快就进来了，手上拿了个东西，像是一封信。

他低头垂目，什么话也没有说，只恭敬地呈给了谢忱，然后告退。

"富贵，送辜将军出去。"谢忱把信拿在手上，只瞟一眼辜二的脸色，便吩咐小厮送他走了。

等书房里再安静下来，他慢慢地拆开信，一张原本铁黑的脸，顿时有了光彩，眼眸闪过刹那的冷意："好东西！"

早上，谢忱去了金瑞殿，上了一本厚厚的折子，列举数条罪责，参枢密使萧乾与萧家有谋逆大罪。除了说萧乾为人"肆无忌惮，狂妄自大，见皇帝还全副戎装，目无君上"一类套词之外，主要有两点。

第一是萧乾为得墨家武器图谱，以给萧大郎冲喜为由，将墨家巨子墨九藏入萧府，便在墨九的帮助下，先后起了关系千字引的坎墓和巽墓，得到两尊仕女玉雕，却未告知皇帝。在折子上，谢忱称有证人证物。

第二是楚州发大水时，萧乾在赵集渡发现了南荣转运兵尸体，并找到当年失踪的大宗军备物资。这一批可供二十万大军使用的口粮与武器，萧乾不仅没有造册上报，反倒私自藏匿，其谋逆之行，昭然若揭。

一石激起千层浪。

谢忱是当朝权臣，他参奏萧乾谋逆的事涉及国本，这风声一吹，整个皇城都紧张起来。在京做官的人，都有很强的政治感悟力，几乎人人都知，一场没有硝烟的大战，开始了。

今日有小朝，文武百官一入朝班，气氛就诡异地紧张起来。平常这些人入朝参政，皇帝还没有来的时候，总会三三两两地凑到一起，拱手作揖说一些客套话。今日每个人都小心翼翼，知情的缄默不言，不知情的也是老油条，不敢当众打听，一个个摆着僵硬的表情，静待暴风雨的来临。

谢忱看了几次空空的龙椅，不停地捋胡子。

天不亮他就秘密递上了折子，至化帝只叫他早朝时当廷参奏，邀众臣群议，并没有明确对萧乾的态度。谢忱虽然官至丞相，可对于至化帝这个人，他还没有完全看透。但今天这场风，刮也得刮，不刮也得刮。

证据确凿，他不信萧乾赖得了。

他一派胸有成竹，而萧乾这会儿……这时他终于发现，他居然未上朝。

在众臣暗自的揣测中，至化帝姗姗来迟。

他坐在龙椅上，看向众臣，想来也有思量："众卿可有事启奏？"

原本有事要奏的人，都不敢去点那火，只拿眼睛看着谢忱。

谢忱也不犹豫，把先前密报的奏折，又当面重读了一遍，然后道："陛下，今日小朝，萧使君竟然不来，根本就是目无法纪，漠视天子……"

"谢丞相！"谢忱联合了几个大臣弹劾萧乾，可萧乾也并非没有心腹。谢忱话刚落下，就有一个留着美须的壮年男子出了列班，怒而相问："萧使君偶感风寒，已奏报司殿，请了病假，丞相何故为难？"

谢忱冷笑一声："王枢密副使，好会相帮。"

这个谢老头是个会作秀的，骂完了枢密副使王枢，突地跪伏在地，向着龙椅的方向重重叩了个响头，又一路爬行过去，哽咽道："陛下，老臣半截身子都要入土的人了，只想有生之年为陛下分忧，哪怕殚精竭虑，也无怨无悔。这些年，谢家与萧家虽有芥蒂，可论年纪，老臣是萧使君长辈，若非证据确凿，又何苦冤枉他？老臣奏请之初衷，不过为让陛下查明真相，原是正义忠言，却遭到萧乾党羽诬蔑攻讦，若长此下去，朝堂上谁还敢说真话，陛下又如何知晓真相？”

“真相是什么？”王枢是萧乾提拔上来的枢密副使，与他也是一荣俱荣的关系，当即也跪倒在地，拱手叩拜至化帝，言辞恳切：“陛下圣明，萧使君为南荣鞍前马后，对陛下更是忠诚一片。这些年，他于朝堂内外奔走，立下无数汗马功劳，怎会有谋逆之心？陛下明察。”

谢忱冷哼一声，回嘴道：“确实是鞍前马后，汗马功劳。就老臣所知，王枢密副使上月收了萧使君一匹漠北骏马，乐得合不拢嘴……如今这马儿还没驯服，王枢密副使就被驯服了，开始为叛逆摇旗助威了？”

说到那匹马，王枢整张脸都红了：“丞相休得出言侮辱，那匹马是萧使君看臣下喜欢，这才诚心相送，不为其他，更不图回报。一匹马，是我与萧使君的私人情分……”

“好一个私人情分！”谢忱重重地打断他，又拱手看至化帝，“陛下，朝堂上可论私人情分乎？”

这王枢是一个武将，上战场真刀真枪还行，可在朝堂上唇枪舌剑，他又怎会是谢忱这种人的对手？几句话下来，他就被谢忱轻而易举地将了一军，杀得没有回嘴之力。任谁都听得出来，他是受了萧乾的好处，也是萧乾的党羽。

其实这个朝堂上，谁都有党羽。萧乾有，谢忱自然也有。于是，原本两个家族的事，很快就演变成了两群人的事。

萧党与谢党，两方人马你来我往，唇枪舌剑，把至化帝听得脸色沉沉，却没有吭声，等双方都辩论完，他才轻轻地抚着龙椅的扶手：“传枢密使萧乾上朝，当庭自辩。”

今儿之事，很明显是谢忱等人计划好了要攻讦萧乾谋反之罪，不仅道理清晰有明证，谢忱那样子简直就是声泪俱下，就差当场撞死，以效南荣了。如此一来，好些从来对萧、谢之争不发表意见的大臣，也都偏向谢忱，甚至一些与萧乾私交好的，或者得过他好处的人，也选择了沉默。

势力的天平在向谢忱这方倾斜。大多人顾及的还是自己，只静观其变。

去枢密使府传话的人下去了，却没有带回来萧乾。

他紧张地对司殿太监小声说了一句什么，司殿太监吓得慌乱入殿，又把话转叙给了至化帝。

这皇帝一听，当即黑了脸：“去找！不论他在哪里，都给朕找来。”

圣旨下达枢密使府的时候，“偶感风寒”无法上朝的萧使君居然不在府上。传旨的太监问了门房，这才打听到，这位医术无双的国之圣手萧使君，火都烧到眉毛上了，他竟然大清早去了莲花山采药。

临安乃南荣皇都，什么药材没有？他堂堂枢密使，居然亲自去采药。

可门房说了，萧使君说那药当以新鲜采摘的为好。

无人理解萧乾的行为，甚至有人猜测他在故意逃避，说不定已经潜逃。谢忱甚至建议，当即派人捉拿逆犯萧乾，以正朝纲……可至化帝除了说“找”，别的什么也没说，又开始议及旁的朝事。

金銮殿上风雨飘摇时，萧乾确实在莲花山。

以前学医的时候，萧乾其实常常一个人上山采药。他的授业恩师曾说“百草皆药，还得亲尝”，所以对这些药材，他几乎到了闻味知药性的地步。可自打入朝做官，他已许久不曾亲自动手采药了。平常用的药材也都出自药堂，就算他自己吃的，也不曾这样麻烦。故而他今日亲自采药，让他身边的几个侍卫，个个都像撞了邪——挤眉弄眼，小心翼翼。

在山下时，萧乾交代他们不必全都上去。于是，五个侍卫用剪刀石头布做了决定。声东、走南与薛昉三个守在山下策应，击西与闯北两个人跟随主子上山。

等击西他们前脚一走，声东与薛昉两个就愉快地在石头上画了一局棋，拿了石子和枯树枝，过了一回争战沙场的瘾。走南则在旁边摇旗呐喊，哈哈大笑，顺便嘲笑吃亏上山的击西与闯北两个人——回回都输，也不晓得找原因。

今儿萧乾未穿黑袍。

不得不说，墨九的观察很仔细，他天生就是属“仙”的。穿黑袍有穿黑袍的沉稳高贵，穿一身雪白的衣袍，束一个玉冠，背上一个精致的药篓子，便有了一种道骨仙风之感。那俊俏的模样，让山下溪水边浣衣的几个小姑娘瞪大双眼，以为遇见神仙，手上的衣服顺着水飘走都不知……

当然，她们不知他是南荣的枢密使，只觉俊俏优雅，走在白雾袅袅间的仙姿太过夺魄勾魂。而知道他身份的击西与闯北，一路都有跟着鬼走路的错觉。

二人的眼风在空气中搏杀了无数个来回，击西终于憋不住了。

他紧扯闯北的衣袖，小心努嘴看萧乾的脊背：“主上莫不是疯了？”

闯北一如既往地双手合十，高深莫测地道：“常在河边走，哪有不湿鞋？”

击西最讨厌闯北文绉绉，闻言翻个白眼："说人话。"

闯北斜眼瞥他："你慧根如此差，让老衲如何渡你？"

击西抓狂："说人话！"

闯北无奈地一叹，抬头看天，说了一句："罪过罪过，老衲为拯救世人，不得不破一次口戒了。"忏悔完了，他扭头看着击西道："主上常与墨九那个疯子来往，难免受疯子的影响。老衲以为，主上中毒非浅……"

击西眨眼看他，似懂非懂。就在闯北准备敲他头的时候，他翘着兰花指，神秘又小心地问："击西其实想晓得……口戒是什么？"

闯北瞪他："便是说人坏话。"

哦一声，击西害羞了："击西还以为你是说……主上被九爷破了口上那个'戒'，这才疯掉。闯北啊，下次说话，越简单越好，越明白越好，若不然误会大了。击西就说嘛，主上高高在上的人，神姿风仪，怎会为九爷破口戒……"

这货天马行空的想象力，让"一心向佛"的闯北几乎把控不住，一个没站稳，差点儿就被山风撩到山下去。萧乾却很冷静，听完眉头一皱，回头看击西一眼："五十！"

击西一愣，苦着脸摸屁屁："为什么又要挨打？"

对于屡教屡不改，慧根太差的击西，闯北很是同情。他笑眯眯地站稳，拍拍击西的肩膀："备臀吧。"

时节已快入冬，山上犹寒，而且枝枝藤藤很多。萧乾走得从容，闯北走得镇定，只有击西，生怕枝条划着他如花似玉的脸，愣是把闯北的僧衣扒了缠在头上，一只兰花指不时扶住枝条，一口一句小心地讨好："主上小心脸哪，九爷最爱脸了。"

诸如此类他说了很多，萧乾却始终沉默。他的注意力全在山上的药材上，情绪淡如白水。

快要入冬，山上植被大都枯萎，枝条大都干了。好一会儿，他才在一个山坳子上找到一株野生田七。将药锄递过去，他回头道："击西！"

击西指着自己的鼻子："又是我？"苦苦地撇了撇嘴，击西幽怨的小眼神忽闪忽闪，委屈得厉害，一边拿药锄顺着田七的蔓藤往下挖，他一边叽叽咕咕，"谁让击西生得花容月貌，惹人生妒哩。谁让主上一直专宠于我，让人生妒哩……"

又寻了几味药，等他们下山时，一行几骑却急匆匆地冲入了莲花山脚下的小镇。见到萧乾，领头的迟重喝住奔驰的骏马，下马过来，就地一拜："使君，陛下有找。"末了，他又凑近萧乾的马侧，详细说了一下今日早朝的情况，担心道："谢忱这次有备而来，使君千万小心！”

萧乾点点头：“回吧！”

迟重左右看了看，小声道：“若不然，使君先不去了？”

萧乾声线淡淡地道：“不去了，又能去哪儿？”

迟重终是无言。

萧乾将药篓仔细地系在身上，翻身上马，大步流星地离开了莲花山，却没有入宫觐见，而是径直回了枢密使府的药庐。一个人关在里面捣鼓了约莫半个时辰，他方才拿了一个装着新鲜药材做成的敷料的药盅，再一次上了马。

侍卫们紧紧跟随，生怕宫中有变，可萧乾却很淡定……

没想到他淡淡地去了皇城司狱，差点没把几个侍卫当场吓死。

墨九正在发呆，外面的事，她半分也不知情。在狱里，一直不曾有人来审讯，也没人理睬，就是送饭的狱卒小哥也像个哑巴，不管她问为什么，一概不回答。她在稻草上滚了又滚，稻草都被她压扁了，终于听见了脚步声。

“终于来了，看姑奶奶怎么收拾……”

她盘腿坐起，瞪着大眼珠子准备寻狱卒的晦气，却看见了萧六郎。

“咦，六郎怎么来了？”

萧六郎没有回答她，只朝狱卒示意。

跟他过来的是一个狱卒头目，对萧乾的态度很恭敬。他点头哈腰地打开牢门，可在退下去之前，又用一种诡异的同情眼神望了萧乾一眼，那眼神里似乎写着——这么丑的娘们儿，怎么就入了萧使君的眼？

墨九看懂了狱卒的表情，摸着脸没好气地瞪他一眼，又斜眼看萧六郎：“宋妍可有找到？不对，这都一天一夜了，就算找到，恐怕也没命了。我这罪名，难道都定下来了？看你一副如丧考妣的表情，莫非真的定罪了？喂，你们这里有没有律法，不用过堂审理吗？”

看到萧乾，她的话很多。一句接一句，连珠炮似的，根本就不给他回答的机会。

当然，萧乾也没有回答，他把放敷料的瓷盅放在床头：“躺好。”

“哦……”墨九闻着中药味，乖乖地坐下去，懒洋洋地把痛脚伸到他面前，然后看他严肃着脸，一点一点卷起她的裤腿，挽到膝盖上，又把她肿得比馒头还高的脚背露出来，放在床沿。

这样认真的萧六郎，很好看。墨九盯着他，几乎忘了脚上的伤。

可她正在神游，萧乾突地往下一按，肿胀的地方就凹了下去。

墨九惊叫：“轻点，痛！”

昨儿脚痛得麻木了，没有那样强烈的感受。这会儿又痛又肿，比昨日更重，也比昨日肿得更厉害，更丑陋，那样子触目惊心，实在见不得人。她叫唤一声，就别开眼，不忍直视。

可萧乾确是一个合格的医者，不管她的脚丑不丑，也不管她痛不痛，他重重地在瘀肿处揉着，重、快、狠、稳，根本没有把她当成一个细皮嫩肉的大姑娘。几番揉捏下来，墨九的脚快废了，泪水都差一点飙出来。

“轻点！萧六郎，你轻点。”

“不揉开，好不了！”他惜字如金。

“啊……喂！太痛了！”墨九急眼了，伸手去抓他。

可他手腕很硬，力气也很大，不管她怎么扳，他掌控着她疼痛的脚，照常做他的按捏，一双冷眼默然地看着她蜷缩在稻草堆里的可怜样，半分同情都没有。

墨九紧咬下唇，痛得几乎抽搐：“你这人就不能有点爱心吗？”

萧乾不为所动：“怎么娇气成这样？”

这是娇气吗？但凡一个痛觉神经正常的人都受不得吧？见他越发下狠手，墨九改了主意，她将推他改成了轻抚他。带着一种恶作剧的心理，她慢慢摩挲着他的手，扭动着不盈一握的细腰，将一截白生生的小腿在他眼前晃来晃去，嘴里的啊声放柔，慢慢地，就变成了一种似媚似浪的嘤咛。

“六郎，好痛，受不了！”

看他眉头皱起，她怕火候不够，又在后头加上一句：“人家受不了……六郎！”

这个嗲声，害她鸡皮疙瘩掉一地，可到底有没有用，她却看不出来。

曾经她听人说，男人大多都爱娇柔女子，可触起他们的保护欲。可她平常像个女汉子似的，估计他对她的性别比较模糊，这才对她下这般重的狠手，所以，她竭尽所能地散发着女性魅力。却不知这样的声音落到一个正常男子的耳朵里，是一种怎样的折磨。

“啊……六郎……痛。”

“闭嘴！”萧乾音色有些沙哑，“老实点！”

“哦？”墨九立马正经了，“你轻点，我就老实点。”

“好。”他简洁地说完，手却重重地按下，痛得墨九双眼一瞪，几乎窒息。

“萧六郎——”她拖曳着长声，见鬼似的看着他。根本就没有想到这货会不受她

"要挟"，还变本加厉。这样疼痛，她想娇声软语都不行了。咬着牙，看他魔鬼似的搓揉，她拼命扯住他的手，"轻点，轻点……啊，萧六郎你轻点，再这样捏，信不信我宰了你？"

萧乾不理会，她每说一个"轻点"，他就重一分。

墨九额头上的汗水，滴落下来："你成心的是不是？"

萧乾眉头紧皱，头也不抬："你越耽搁，就越痛。"

墨九咬牙："我从来没见哪个大夫这样揉捏，你这根本就是谋杀。"

萧乾凝神听她说完，淡淡地道："为你好。"

这般说着，他又狠狠地一按，力道用得比前面更大。墨九敢用脑袋担保这厮故意整他，可又不得不受他的折腾。

这疼痛，让她顾不得女性"魅力"了，只能仰天骂人："啊！我谢谢你了，萧六郎，记得替我问候你家十八代祖宗……啊……啊……"

"啊！啊……"

牢室里充斥着杀猪一般的叫唤，可狱卒们远远地站着，都没有过来。

从尖叫到暧昧，从暧昧又转成尖叫，他们不知道发生了什么事。

不过这样的叫声，很难再让人产生之前的旖旎幻想了。狱卒们面面相觑，心底都有疑惑。临安府谁人不知，萧使君很少替人治病，莫说小小的跌打损伤，便是要死要活了，他也能静而观之，如今为了牢里的"红面关公"，他却舍得下这样大的力气。

一盏油灯，给昏暗的牢室添了氤氲的光晕。

外面的人猜测纷纷，牢室里的两个男女，却各怀心思，像仇人似的，谁也不看谁，以至于这个过程漫长得墨九觉得心力都熬尽了。等萧六郎按捏完，她连哼哼的力气都没有，像一头待宰的猪仔，仰倒在稻草上，任由他把敷料裹在她的脚背上，又细心地为她缠上干净的纱布。

"好了。"他声音很低，等放下手，似乎还松了一口气。

墨九无力分辨他的情绪，只拿大眼珠子瞪他。

他低着头，抿了抿好看的凉唇，慢慢放下她的裤管。

那药物浸入伤处，清清凉凉的味道。等那一阵痛劲过去，慢慢地，墨九就明显感觉脚上轻快不少，甚至感觉不到疼痛，就剩下一种很舒服的感觉。

都说良药苦口，原来良药也苦脚啊。

墨九也并非不知感恩之人，萧六郎能"纡尊降贵"来为她治病，她其实也很感动。

可体会到了他的“善意”，她却又不好确定他的目的了。

他不是善心滥发的人，又不好女色，不会无缘无故对哪个姑娘好。所以，联想到谢忱设局、皇帝试探，还有墨家巨子的种种，她自然而然地把他的好，推断出他有企图。

缓过气，她微眯眼打量他：“你为何对我这么好？”

萧乾一怔，似乎没有明白她的话，淡淡地睨她一眼，一声也未吭，只嫌弃地看一眼手上的敷料，掏出雪白的绢子，将手指一根根擦拭，动作细致、协调，修长的指节每一个弧度都那般优雅高贵。

他是一个有极端洁癖的人……可他却愿意为她做到如此。

墨九观察他片刻，疑惑更甚：“萧六郎，咱们都这样熟了，其实不必再隐瞒什么的。就算你告诉我，你真的为了千字引，为了墨家武器图谱，我也能够理解……而且，说不定还会帮你哩。”

萧乾面孔一冷，将手绢裹了裹，丢在角落：“你就这般想的？”

墨九微微绽出一个笑容，眼睛眯得像慵懒的猫儿：“要不然你犯不着对我好啊。虽然有云雨蛊，可我这脚伤也死不了人，依你的性子，是断断不肯亲自操劳的……除了千字引，我想不出其他理由。”

“墨九，你不做刑狱官可惜了。”他唤着她的名字低头靠近，放低的声线里平白添了一丝暧昧，“可本座……最厌烦被人猜度。”

他离她太近，彼此呼吸可闻，加上他情绪的变冷，墨九心里突突着，身子不由往后一退。可她刚往床上一躲，就被萧乾抓住了肩膀。他盯着她，表情凉似秋风：“又想趁机倒在榻上？”

想到昨日的暧昧，墨九耳朵一热，看看床榻，怒视他抓住她肩膀的手：“分明是你想推倒我……”

“啊——”她话未说完，就倒在了榻上。

当然不是她主动倒的，而是他掌心加力，将她重重地推在榻上的。

墨九怔了怔，哇哇地叫着，以为他马上就要“床咚”报复的时候，他却将散乱在床上的那件黑袍盖在她身上，连带将她受伤的脚也盖住，然后直起身子，居高临下地冷睨着她。

“云雨蛊有感应。你痛，我也痛。我只为自己。”

说罢他像被人踩了尾巴似的——当然，这是墨九自己以为的。实则，他是迈着优雅高贵的脚步离开牢室的，一眼都没有回头，那拒人于千里之外的模样，好像与先前为她温柔治疗的人，根本就不是同一个。

这时节昼短夜长，萧乾从皇城司狱出来，天已昏暗。他没有逗留，直接去了金瑞殿配殿的暖阁。

一路上碰见他的人，都用古怪的目光看着他。因为就这一会儿工夫，很多人都晓得了他的去向。不仅奇怪他对谢忱的事情这么淡定，更奇怪在这种时候，他居然有闲心为他那个“红脸嫂子”治脚。

金瑞殿的配殿布置不若大殿上那样庄重肃穆。此时外头气温颇低，暖阁里通亮的灯火，就有了一层格外的暖意。

除了至化帝与谢忱之外，还有几个权臣在场。看萧乾进来，众人停止说话，殿内顿时鸦雀无声。

萧乾并不看旁人，神色清凉而冷漠，眸底那一抹碎金色的淡光被灯火一衬，比平常更显凛冽。他上前向至化帝施礼，态度恭敬，却不卑微：“微臣来迟，望陛下恕罪。”

他什么也没解释，更不说这几个时辰，他都做什么去了。那淡然的样子，让至化帝眉头动了动，不仅没有指责，反倒唤了宦官李福过来，平和地吩咐：“给萧使君赐座。”

至化帝素来仁爱，非金銮殿上的正式朝见，一般都是坐着叙话。萧乾来之前，谢忱等人也都是坐着的。萧乾拱手谢过皇帝，径直坐到谢忱身边的椅子上，神色安静、清冷。于是，皇帝对萧乾的态度，让几个权臣心里又开始琢磨，更加不好轻易开口。

暖阁里，诡异地安静，落针可闻。

静寂一瞬，谢忱冷笑着指责：“萧使君好大的架子，陛下三请五请，竟然也能等到这个时辰才来？这是等陛下给你派晚膳吗？”

萧乾淡淡地睨他：“我来得早了，丞相又怎有机会搬弄是非？”

谢忱老脸一黑，可与他锐利的目光对视一瞬，心里却有些发毛。于是，他放弃与萧乾斗嘴，转头禀明至化帝，将那参奏他的折子递了上去，冷声道：“萧使君怎么解释？”

萧乾随手一翻，就把折子合上：“那得看大家想听什么解释了。”

兴许是受了他气定神闲的影响，谢忱突然觉得屁股下头那张椅子有点硬。碍于皇帝与几个大臣都在，他小幅度地挪了挪，方才冷笑：“今日早朝，陛下让萧使君自辩其罪，你且说出个道道来。”

萧乾双手搁在膝上，坐得挺直淡然，那一副无欲无求的俊朗样子，很难让人将他与“谋逆”联系上。众臣原以为今儿他要倒大霉，可如今皇帝未怪罪，萧乾也半分不慌，那些在心里押了谢忱会赢的人，都不踏实了，目光钉子似的钉在他身上。

他镇定地对至化帝道："第一，家嫂并非墨家巨子。第二，失窃的军备物资，一直在谢丞相手上，萧某翻遍了赵集渡，也没找到，何来私自扣押一说？"

谢忱微怔："萧乾，你休得血口喷人，物资分明被你劫去了。"

萧乾唇角若有似无地往上一勾："我从何处劫去的？又如何劫去的？丞相莫要忘了，那批物资是从何人手上失踪的，又为何会在赵集渡？丞相想为罪臣谢丙生洗清罪名，拿我当垫脚石？"

"一派胡言！"谢忱窝火不已。

当日在赵集渡，他原本是想把那批军备物资带走，上交给朝廷为谢丙生擦屁股，免得至化帝对他有嫌隙。可半道上，却杀出一批"程咬金"，他们身着山匪的服饰，杀了转运的人，劫走了物资，从此不知所踪。当时他就怀疑是萧乾所为，可苦无明证。这次有了证人证据，他又岂容萧乾脱罪？

"萧乾让禁军假扮匪人，劫物杀人，如今还敢反咬一口。"说罢谢忱从椅子上起身，拱手禀告道："陛下，从赵集渡侥幸活过来的转运兵卒，已交由御史台审理。是否为萧乾劫货杀人，自有定论。"

说到这里，他慢吞吞地伸手入怀，把辜二带给他的东西掏出来，让宦官李福递上去交给皇帝，然后道："陛下，这是萧乾与北勐勾结的证物。兹事体大，早朝时老臣不便出示。萧乾狼子野心，与漠北勐人多有来往，这封信，便是证据。"

至化帝接过信看了看。

信上内容是用北勐文字书写，他不认得。

于是，把信纸抖了抖，他脸色不太好看："上面写了什么？"

皇帝是什么？那是天授皇权的"神"，权威岂容旁人质疑？这谢忱也是乐极生悲，失误了，偏偏递上一封皇帝看不懂的文字，不是故意让皇帝难堪吗？

微微一怔，他反应过来，跪了下去："陛下，老臣来为陛下解惑。"

说着，他弓着身子上前，拿过了信件。

整个暖阁的人都紧张了，可萧乾却神色淡淡。

经了谢忱的解惑，大家都听明白了，信上的内容，确实是萧乾与北勐可汗的来往书信，内容涉及双方防务，可愣说"谋逆"，却有些牵强。至化帝听完，眉头皱了皱，又让李福把信件交给萧乾过目："萧爱卿，这是怎么回事？"

萧乾只扫一眼信的封口，便道："陛下，这些年北勐与南荣友好，且都受珒人之祸。联合抗肆，乃大势所趋。微臣曾向陛下禀报此事，何来谋逆一说？”说到这里，他微笑着望向谢忱，“微臣倒想问问谢丞相，从何处得了我的私人信件？”

当今天下，北方肆国兵强马壮，时常滋扰邻近诸国，北勐不得已向肆国伏低做小，但私下并不甘心。鉴于敌人的敌人就是朋友，而且南荣与北勐也没有旧怨，若联合抗肆，确实也是良策——最关键的是，这件事萧乾确实向至化帝禀报过。

谢忱看至化帝神色微凝，不由心生恼恨，直骂萧乾奸猾，居然早有防范。但他依旧觉得这件事有猫腻，原本还想说几句，可至化帝却不耐烦了。

这些年来，为南荣的和平，萧乾是立下了汗马功劳的。谢忱不信萧乾，却不敢质疑皇帝，见状赶紧换话题，只抓住墨九的身份不放。

“那墨家巨子一事，萧使君又如何自辩？”

萧乾轻飘飘地看他：“萧某说过，家嫂并非巨子。”

谢忱冷哼一声，回头低吼道：“把人带上来！”

很快，暖阁的门被人推开了，迎着冷风而入的是几个穿着民间服饰的男女。其中一个老太婆是当年在盱眙为墨九接生的王婆子，另一个是为萧大郎和墨九合八字的孔阴阳。

谢忱教他们向皇帝行了礼，又为至化帝表仁义：“陛下向来体恤百姓，你们好生说话，不必害怕。”

几个人点头称是，可身子止不住地发抖。百姓对皇帝的敬畏，可比猛虎，谢忱目光沉了沉，也不耐烦再多说什么，只问：“今日让你等面圣，是为了解事情的来龙去脉，你们从实回答，不得隐瞒，否则定不轻饶，可都知晓了？”

问话之前，先来一个杀威棒，这个“主审官”很有见地。

众臣看至化帝默许，也都不吭声，萧乾也情绪不明地微微一笑。

谢忱清了清嗓子：“王婆子，盱眙墨氏九儿，可是你接的生？”

王婆子这辈子第一次走出盱眙，第一次入京，第一次见到天子，早已吓得六神无主，被谢忱轻声一问，便吓得扑通跪下去，连连磕头：“是，是民妇。”

谢忱道：“你把墨九的生辰八字道来。”

王婆子低垂着头，一五一十地说了，正是半分不差的四柱纯阴。

看众臣面有疑惑，谢忱又故作公正地问：“墨氏今年已十五，你接生的婴孩也不少，事过多年，为何将她的出生时日记得这样清楚？”

王婆子瑟缩着肩膀道：“不、不瞒大人，民妇接生的婴孩确实多得数不过来，但这墨氏九儿不一样。她出生那日，正好民妇的大孙子也爬出娘胎，前后就差一个时辰，民妇在九儿家与自家两头来回，还摔破了膝盖，这些事，民妇自然记得清楚。”

有了王婆子的证词，墨九的命格已无可争辩。

谢忱看一眼冷着脸的萧乾，又低声道：“墨氏的事，你可都知情？”

王婆子很紧张，每一个字都说得很紧张：“九儿小时候脑子不好，常干些小坏事，在盱眙很遭人嫌，几乎没人不认识她。可她母亲织娘是个心性好的，为人热心，与民妇相处得来，家里有什么长短之事，也会说上一二，只不晓得大人要问什么？”

谢忱捋一下胡子：“你都知道什么？”

王婆子垂着头，讷讷地道：“墨家女子的命都不好……织娘克死了夫婿，九儿也早早就没了父亲，她自己也是个寡命。在嫁入萧家之前，她嫁过两次，结果夫婿都无疾而终，人人都说，这九儿怕是没哪户人家敢娶了，可后来萧家却来提亲……”

听她说了一堆废话，谢忱不耐烦地打断了：“这么说来，萧家肯娶墨氏寡妇，她家应当感恩戴德才对，为什么墨氏却逃婚了？”

王婆子目光有些闪躲：“听说是与一个野男人跑了。”

谢忱冷笑：“那野男人可是姓墨，叫墨妄？”

王婆子摇了摇头，表示不知情。

谢忱当即禀明至化帝道：“那时墨氏便与墨家左执事跑了，后来被萧乾逮回，这中间的事，也间接导致老臣的儿子折于招信。试想一下，墨妄是墨家左执事，不会无端带一个寡女逃婚，萧使君八面玲珑之人，也不可能不追查缘由……”

说到这里，他意有所指地望了萧乾一眼：“望陛下明鉴。”

至化帝点点头，目光阴沉：“接着说。”

谢忱并没有接这个话题，反倒问了王婆子另一件事：“听说墨氏逃婚当日，萧使君曾把人送返娘家要退亲，你可知情？”

“回大人，确有此事。”王婆子趴在地上，想了想，似是想到什么不妥的地方，又叹息道：“九儿与萧家的婚事，民妇那时还骂过如花婆见钱眼开，也私底下劝过织娘，不要误了闺女。萧家家世虽好，可大郎床都起不得，又能得什么好？可这织娘没病前，性子还好，生了一场怪病，却越发执拗了。在九儿逃婚被萧使君送回娘家之后，这织娘还想方设法硬把闺女塞给萧家，作孽哦！为什么非要把好好的姑娘往火坑里推？”

这个问题让在场的人都提起了兴趣。

谢忱故意问：“那织娘可是贪财之人？”

王婆子摇头：“织娘家原有些积蓄的，可后来织娘生病，把家底都败光了。不过，虽说他们家日子难过，她也不贪财，平常邻里有什么帮衬，也都分文不取。唉！那织娘，若非得病，是个多好的妇人……”

看她说着说着又不在正点上，谢忱轻咳提醒：“那你可知萧使君后来为何又没有退婚？”

王婆子摇头，疑惑地道：“那日民妇去瞧了一阵热闹，晓得是九儿逃亲惹恼了萧家，萧使君不乐意了，可织娘说嫁出去的闺女，就是萧家的人，不认这个账……还有，民妇听如花婆说，萧使君要织娘再为九儿添一份嫁妆，方才愿意娶。后来也不见织娘添什么嫁妆，九儿就被抬入萧家了。”

谢忱冷笑一声：“萧家何时缺那点嫁妆？”

他善于引导人的思路，这般直接点出矛盾所在，很容易让人想到萧乾“要嫁妆”是别有目的。第一织娘没有钱，第二萧家不缺钱，若萧家本来就不肯娶墨九，根本就不必与织娘讨价还价，那问题的根本所在就引人怀疑了——到底萧乾与墨九她娘是如何达成一致的？

众人的视线都落到萧乾身上。

至化帝语气中也有薄责：“萧爱卿，可有此事？”

萧乾淡淡点头：“回陛下，确有此事。”

至化帝目光微暗，又问：“那个中缘故，萧爱卿可否明言？”

萧乾唇角一扬，似乎没有被谢忱的恶意引导影响情绪：“这中间是有些故事。”

说到这里，他环视众人，不紧不慢地道：“为了顾及萧家颜面，我当初确实不愿再将逃婚之女替家兄娶回家中。让墨家再添嫁妆，只是寻一个借口拒绝。至于后来为什么又同意了，是因为家嫂有些特殊本事。”

特殊本事四个字，再次引发了众人的好奇。

可大家都竖起了耳朵，他却不说了。

谢忱看着他的微笑，冷哼一声：“是特殊身份吧？”

萧乾头也不转，漠视了他，只对至化帝道：“墨家伯母告诉微臣，家嫂虽然顽劣，也偶有疯癫，但对堪舆命理机关之术，却极有天赋。”停顿一下，他目光斜斜睨向王婆子，凉凉地问她：“你说你与墨家伯母多有接触，我且问你，你可知晓她的本事？”

王婆子一愣：“……她、她有什么本事？”

萧乾拱手对至化帝道：“家嫂出自墨家，其祖上皆懂得堪舆机关之术，后因一种古怪的家族病症，家嫂祖辈隐于盱眙，与墨家脱去干系，从此不为世人所知。微臣退婚之后，墨家伯母得知微臣懂得岐黄之道，这才诚意恳求，让微臣纳她回府，并为她家怪病看诊……”

至化帝目光烁烁，静默不语，谢忱却怒道：“依你所言，你之所以退婚逼人添一分嫁妆，而后又什么都不要就同意了娶墨氏过门，是因为知晓她家有家族怪病？”

萧乾眸色清淡，神色也严肃：“正是。”

“可笑至极！”谢忱又气又急又无奈地指着他，哈哈一声冷笑道：“临安城里谁人不知，判官六有六不医？便是那次裕王妃的腿疾犯了，请你就诊，你也以不医女眷为由拒绝了，又怎会对一个寡妇这样好心？”

不得不说，谢忱是个厉害的主。他每一个问题，几乎都在点子上。一句问责，轻而易举就把人引导到了矛盾点。

可萧乾并不惊慌：“丞相怎懂医者猎奇之心？我只为悟，不为医。”

他说“只为悟，不为医”的意思，是他只对墨氏本身的家族怪病感兴趣，并不是为了要把她们治好。虽然他这个“猎奇之心”有些特别，可有才之人大多都有怪癖，他若真的为了一种特殊的病症，将原就有冲喜之意的墨九代长兄娶回家中，却也说得通。

至化帝深深地看他一眼：“那是怎样的怪病？”

萧乾面露难色：“当日微臣曾立誓，不往外传。”

暖阁内静了一瞬。时人重诺，至化帝虽是天子，也不好非要逼人破誓，更何况如今暖阁里头争论的问题也不是病症本身。

谢忱看至化帝凝眉思考，生怕他受了萧乾左右，又厉色问王婆子：“你可知晓墨氏她娘用什么法子换得萧使君同意娶墨氏入府的？”

王婆子至今仍一头雾水：“民妇不知情。”

谢忱脸一黑：“当真不知情？”

王婆子晓得的事本就不多，被人特地“请”入临安，见到天子，也不晓得墨九到底犯了什么事，这会子整颗心都在突突地跳，被谢忱一吓，脚都软了。看看萧乾，又看看皇帝，再看看谢忱，她把头磕得咚咚作响：“陛下饶命！大人饶命！民妇与九儿只是近邻，当初为九儿接生，也是为了收她家接生的礼金……民妇与她家并没有多深的交情。墨家犯事，与民妇没有相干，饶命啊。”

至化帝见不得老妇哭闹，看她快要吓哭了，摆摆手阻止了她，又看向谢忱，冷着脸问：“这便是你要给朕看的证据？就算墨氏是阴年阴月阴日阴时出生，萧爱卿也不一定事先知情。”

谢忱一怔。他听出了皇帝的弦外之音——至化帝私心并不相信萧乾会欺骗他。

这些信任，是几年来萧乾为他治病“治”出来的。

在一个皇权至上的时代，皇帝的信任往往可以凌驾在证据之上。而这也是谢忱为什么想方设法要证明墨九的巨子身份萧乾事先知情的原因。他想借着至化帝对墨家武器的垂涎，来改变皇帝对萧乾为人的判断与信任。

说到底，萧乾有没有谋逆并不重要，至化帝如何看待他才最重要。

不管他先前奏报的军备物资失窃，还是萧乾与北勐可汗的书信，只要皇帝认真追究就一定会查出破绽。至化帝不愿深究，一来他还用得着萧乾，二来他对萧乾很信任。可信任的基石，却经不起一再的敲打。只要这份信任被打破，就如堤坝毁塌。

任何一个皇帝，无不想抓紧权柄，让江山稳固。谢忱只要证明萧乾想私吞千字引，有狼子野心，那么皇帝对兵备物资与书信两件事的看法都会被推翻。也就是说，萧乾若同时掌握武器、物资、人脉这乱世中至关重要的三件法宝，本身又手握南荣调兵之权，皇帝必然容不得他了。

于是，墨九的身份，便成了整个事件的关键。

想通这个，谢忱不再纠结于萧乾与织娘之间的事，他看向跪在那里一动不动的孔阴阳。

比起王婆子这个只能证明出生时日的人，孔阴阳才是他打击萧乾最重要的利器。

他道：“孔老先生，你可以说了。”

孔阴阳从楚州坎室逃去之后，样子似乎更为落魄了。一双原就暗淡无光的瞎眼，凹陷得更深，青白着的老脸上皱纹遍布，身子也瘦削得似乎一阵风就能刮跑。听到谢忱轻唤，他拉拉头上的羊皮毡帽，抬起空洞的眼，四处张望着，找准声源，佝偻着身子往前匍匐着拜了三拜。

“小老儿姓孔，是楚州府的一个阴阳……”

谢忱打断他：“只说你与萧家的事。”

孔阴阳比起王婆子，镇定许多：“小老儿以前为楚州萧家的老宅子看过风水，萧家人都识得小老儿，小老儿偶尔也常去萧家讨杯水酒喝……”

谢忱眉一沉，又提醒：“陛下面前，只谈正事。”

孔阴阳哦一声，方才道：“当初是萧使君找到小老儿，让小老儿上萧府，以给萧大郎冲喜为由，撺掇萧老夫人与盱眙墨氏九儿联姻的。”

一石激起千层浪，孔阴阳这一句话比王婆子的无数句话都有力。他的话很明显地说清了，萧乾事先就晓得墨九。

可一个在楚州，一个在盱眙，若非有私利，萧乾为什么会知晓墨九？

“孔先生好利索的嘴！”萧乾的目光像钉子般看向孔阴阳，“相识那样久，我还真不知孔先生有颠倒黑白的本事！”

他的声音不轻不重，却句句刺骨，孔阴阳看不见他，可表情明显害怕起来。

谢忱见状，赶紧道：“陛下，当庭对质，萧使君应当避嫌。这般言语恐吓孔老先生，如何问得出由来？”

皇帝的脸色微沉，他抬手阻止了萧乾，对孔阴阳道：“你接着说！”

孔阴阳伏在地上，额头上隐隐有汗意：“小老儿那时不知墨家命定巨子的八字，虽奇怪堂堂枢密使会做此番事情，也自以为是萧家兄弟情深，并未深想，后来得知巨子命格，方才恍然大悟——还有，在楚州坎墓，小老儿曾被萧使君逼问墨氏九儿可是墨家巨子一事，从而掉入墓道。得以逃命后，小老儿本不欲将此事外传，可这两个月，萧使君一直暗中派人追杀小老儿，想要杀小老儿灭口……小老儿实在走投无路，这才偷偷逃往临安，找到谢丞相……”

不若王婆子东一嘴西一嘴没有重点，这孔阴阳口舌非常利索，每一个细微处都讲述缜密，包括当日墨九误入坎墓，萧乾如何紧张，如何寻找，都一点不落地陈述出来。末了，他又重重叩首：“陛下，小老儿敢用脑袋起誓，在楚州坎墓时萧使君已知墨氏身份。若小老儿有半句虚言，必遭天打五雷轰，不得好死。”

有了孔阴阳的推波助澜与火上浇油，至化帝的神色有了明显变化。那一种帝王权威被挑战之后的冷意，像一盆腊月的冷水，浇灭了暖阁里的热气，整个屋内都变得阴冷静寂。

“萧爱卿还有何话可说？”

迎上他肃杀的目光，萧乾纹丝不动：“微臣坦坦荡荡，但凭陛下圣裁。”

有了证人证言，他还说坦坦荡荡，但凭圣裁?

至化帝微微眯眸：“你就不为自己辩解？”

看一眼孔阴阳和王婆子那几个手足无措的“老弱病残”，萧乾面色淡淡地道：“谢丞相都串好供了，微臣原本辩无可辩。但陛下给微臣机会，那么微臣以为，既然证人都齐活了，还应当再请一位证人。”

至化帝抬目看他：“谁人？”

萧乾目光微垂：“墨九本人。”

暖阁的中众人皆是一愣，不知道他葫芦里卖的什么药。

谢忱道："萧乾想瞒天过海，自然会先骗取墨九的信任。你俩之间本有暧昧苟且，墨九的证词，又如何取信于人？更何况，墨九涉嫌杀害紫妍郡主，如今郡主还未寻到，墨九也是戴罪之身，又怎可入殿面君？"

萧乾唇带浅笑，并不驳他。

至化帝若有所思地看着萧乾，将手上扳指一圈一圈地转动。

然而萧乾深幽的瞳孔中，只有一片坦然的凉意。

至化帝默了默，轻轻地抬手："传！"

皇城司狱，宫里来人时墨九正黑着脸在教训狱卒"人是铁、饭是钢，顿顿重复吃不香"。连续两三顿都是一样的饭菜，她吃得胃都抽筋了，加上在牢里被囚得生了厌烦，再被萧乾狠狠气了一下，指责起人来毫不嘴软。狱卒得了萧乾的话，惹不起这活祖宗，看到殿前有人来提她，激动得就差在地上磕头感谢送佛上天了。

可墨九看一眼来带她的宦官李福，却赖在床上不走。

"没吃饱，肚子饿，谁找也不去。"

宦官李福是至化帝身边的人，平常见过拿乔的主子多了，却从来没有见过拿乔的犯人。他拂尘一甩，尖着嗓子道："放肆！大牢重地，岂容你张狂？"说罢他回头看狱卒，恶狠狠地道："来人，把她给咱家绑了！"

狱卒面面相觑，看牢头。

在墨九被送入皇城司狱的时候，他们就得到过吩咐，要好生照顾这位姑奶奶，她与萧使君可有"不清不白"的关系。从这两日的情况看也确实如此，萧乾两度驾临牢狱，亲自伺候诊治，也让他们看清了这个姑奶奶在萧乾心目中的地位。如今李公公来拿人，二话不说就要上绑，他们为难了。

看牢头犹豫，李福老脸上已有不悦："手脚都麻利些，陛下还在宫里等着提审犯人哩！去得慢了，你们几颗脑袋够砍的？"

动不动就砍脑袋，说得这天下是他家的似的。墨九嗤一声，从床头滑下来，扶着墨灵儿伸过来的胳膊，望向隔了一道木头牢门的李福："你这个太监有点意思，叫什么名字？"

她一贯正经，尤其这时，昏暗的灯火下，她面如染血，眼神锐利，但凡是个有脑袋的人，也能瞧出这姑娘不是好相与的角色。可李福虽是皇帝身边的大太监，毕竟穷苦人家出身，对皇帝溜须拍马还成，对朝堂大事的理解就不那么深刻了。今日金瑞殿暖阁里“审讯”萧乾的结果，在他看来，都是萧乾倒台的预兆。

没了萧乾撑腰，他怎会忌惮墨九？

拿着拂尘指着墨九，他尖着嗓子斥喝：“大胆！咱家的名字，是你能问的？”

墨九拔下沾在肩膀上的一根稻草，拿在手上漫不经心地舞着圈：“你还真是胡子不长，全长了脾气。你多大脸啊？你的名字怎么就问不得？”

这句话一入耳，李福脸色涨红，顿时恼了。一个人越是缺什么，就越在意什么。太监最在意的就是没有那传宗接代的命根子。像李福这样的大太监，在宫外是爷，在宫内人人都尊称他一声“公公”，哪有直接喊他“太监”的？又哪有敢拿他不长胡子说事的？

被墨九一激，李福几欲暴怒：“来啊，还不给咱家绑喽！不不不，上脚镣，上脚镣！脚镣上好，咱家今儿倒要看看，除了嘴上利索，你有什么本事翻得了天？”

墨九脚上有伤，走路都不太利索，若上了脚镣那不等于受刑吗？墨灵儿心里一窒，当即挡在墨九前面，伸出双臂，小脸上满是寒霜：“你们要做什么？没看出来姑娘有伤吗？”

李福面颊肌肉怪异地跳动，哼道：“她若无伤，咱家还不绑哩！”

几个狱卒两日来与墨九混得比较熟稔了，看着生铁铸成的重重脚链，再看墨九娇软的个头，都有些不忍心。可李福恼羞成怒，听不进任何人的意见。他们无奈，只得拿出脚镣，朝墨九使眼色，让她配合一下，少吃苦头。

墨九却不看狱卒的眼色。

她与李福对峙着，神色镇定如常，心底却很清楚，只有萧六郎出了事，人家才敢这样收拾她。至于萧六郎会出什么事，联系“九宫格”的布局，她便明白了个七七八八。千字引与墨家武器图谱的存在，她的处境就是一块鲜美的肥肉，鹰隼环绕，呱呱乱叫，谁都想寻得机会啄她一口。可肉也是有尊严的，她不想做饵，要掌握主动权。

思量着，她低头看一眼被萧乾缠着厚厚纱布的脚背，一瘸一拐地走向李福，脑子里全是萧乾在牢里为她治伤的画面……他为她揉捏痛处，他给她带来好吃的，她把他扑倒，两个人滚在地上，他拿手护住她的头……还有一些更为久远的回忆，盱眙的、楚州的、坎墓的、巽墓的，不停在脑子里回放。

他护了她这么久，她也该护他一次。

毕竟只要有云雨蛊，他们两个就是生命共同体。

她站在洞开的牢门口，迎上李福的视线：“你都考虑好了？”

李福不明所以，愣了一愣，眼往上一翻：“咱家做事，需要考虑什么？”

“真要绑我，还要上脚镣？”墨九严肃地问。

“绑了你又咋的？”

“……不咋的。”

“上脚镣又咋的？”

“不咋的。”

“不仅要上脚镣，还得上二十斤的脚镣。”

李福说着，退开壮硕的身子，让狱卒钻入牢室里绑墨九。

听着铁链子拖在地上冰冷的铛铛声，墨九啧的一声笑着摇头，拍了拍身上的稻草碎屑，拦住冲上来想揍人的墨灵儿，一本正经地看着李福：“不长胡子的男人，果然连女人的见识都不如。有句话说，请神容易送神难。你信不信，你今儿怎么给我绑上的，就得怎么给我松开？不仅要松开，我还要你给我跪着松开。”

一句话字字清晰，极有力度。不仅狱卒愣了，李福也愣住了。

可一愣之时，李福想到萧乾在金瑞殿暖阁的处境，表情又不屑一顾了：“只怕大少夫人是没那福分享受咱家的服侍了！”说罢他拂尘一甩，又瞪眼催促狱卒：“都傻了？走起！”

皇城里，华灯初上。

静寂的暗夜中，那染上丝丝灯光的雕梁画栋，在劲风夹裹下仿佛吐着血腥气的猛兽。咆哮着，呜咽着，喘息着，声音时高时低地回荡在风里，危险而肃穆。

一双手被绑着，脚上还有二十斤重的脚镣，这样走路的滋味，只有亲身经历过的人才晓得多么痛苦。更何况，墨九的脚上有伤，每一步迈出来都需要勇气。

她痛得抽气，李福却不停催促：“快些！”

“你抬一顶轿子来，我就快了。”墨九瞪他。

李福自言自语，摇头：“真是疯子！”

墨九苍白的唇往上勾了勾，没有喊痛，脚步放得很慢。从皇城司狱出来，她只着一袭白色囚衣，单薄的身子拖着长长的脚链，在青砖石上擦出尖锐刺耳的铛铛声，让这条路格外漫长，阴森。可她似乎并不慌乱，一言不发地看着前方，一头漆黑的长发，在风里胡乱飞舞……

她禀性如此，越是大事越从容。曾经，她将这性子美誉为“破罐破摔精神”。可旁人却不这么看她。说到底，她这身子也不过十五岁，上了重镣，路上见着的宫女和太监都忍不住激灵灵地打冷战，心里寻思，萧家果然要倒霉了。

灵儿也忧心忡忡，小脸苍白着："姐姐……你的脚可痛？"

墨九摇头："还好。"

灵儿苦着脸，压低了嗓子："姐姐，要不灵儿逃出去找左执事？"

墨九翻个白眼，看了前方的李福一眼："不要打扰我，在考虑事情。"

灵儿一愣："考虑什么？"

墨九目光微微一亮："皇帝那里肯定有好吃的吧？"

灵儿无言地看她良久，一口气终是吐了出来："你还有心思想这个？"

墨九挑了挑眉："不然哩？还能想什么？"反问灵儿一句，她脚上吃痛，又忍不住嘶的一声，把眉头皱得紧紧的，"……对啊，我还在想，我这只脚，会不会废掉，一会儿我该怎么整治那个老太监？"

她走得很艰难，表情却很轻松。

等到了金瑞殿暖阁，她一瘸一拐地进去，呵口气，一眼都不看屋里有些什么人，挣脱墨灵儿的搀扶，便识时务地朝至化帝软跌下去，似跪非跪，只斜歪着身子，随便让自己受伤的脚得以休息："草民叩见青天大皇帝，青天大皇帝万岁万岁万万岁——"

一口气喊完口号，不待任何人说话，又环视一周，指向座中沉默不语的萧乾，对至化帝道："青天大皇帝，这个萧六郎，他欺我太甚，您要给草民做主哪。"

还没有审她，她反倒喊起冤来，而且目标直指萧乾。这个不按常理出牌的主儿，着实让人惊奇，也与传闻不符。

众人近距离地看着她，目光里都有诧异。

传闻墨氏美若天仙……可她却面红若关公。

传闻墨家巨子睿智聪慧……可她却笨拙痴妄。

传闻她与萧六郎感情甚笃……可她一上来就给萧六郎找事。

至化帝与众人一样，也愣了片刻，方才回神。不过，他对墨家巨子兴趣颇浓，神色也极为和缓："你就是墨九？"

墨九看着皇帝看似温和却不见深浅的眸子，揉着脚踝子，懵懂地点头，想想又指了指自己的痛脚，有气无力地道："青天大皇帝，可以先赐个座吗？"

她说得随意，对别人来说却是惊天动地。一个戴罪之人，上来就要皇帝赐座？

皇帝大概也从来没见过这样大胆的女子，一张老脸持续着生硬的表情，许久都没有变化。

墨九皱了皱眉，又解释道："草民的脚在荆棘园受了伤，痛肿得厉害，若站得久了，废了，往后吃饭喝水都会成问题……不仅做不得事，还得让人养着，浪费人力物力，那可是国之损失哪！"

虽然不明白脚废了与吃饭喝水有什么关系，但至化帝显然听懂了她后面一句——她做不了事情，将会是国之损失。她是不是在暗示他，她是墨家巨子？如果她是墨家巨子，那皇帝需要她为他做事的地方就太多了，毕竟武器图谱不是凭空冒出来的。

这样一想，至化帝轻松不少："来人，给大少夫人看座。"

帝王一言既出，霎时让暖阁众人愣住了。

一些脑子活络的人，慢慢回过神来。在这一场谢家与萧家的角逐中，始终是围绕着千字引的，皇帝要的是墨家的东西，这个东西只有墨家巨子给得出来。也就是说，今儿的座上贵宾，应该是墨家巨子……也就是这个墨九。

静寂一阵，无人说话，只有暖阁的木窗被冷风吹得嘎嘎作响，提醒众人这不是幻觉。谢忱恼恨得暗自咬牙，可不论他脸色多难看，两个小太监已经为墨九抬了椅子放在末位，一个有眼力见儿的，正殷勤地要为她松绑。

墨九却把绑着的手伸向李福，笑吟吟地道："这位公公，麻烦解一下。"

她不要旁人伺候，点名要皇帝身边的大太监为她松绑，这举动，再次让人脊背生凉——众人都觉得这墨氏太胆大，一而再、再而三地挑战帝王权威，简直就是不要命。

李福是伺候谁的？伺候皇帝的。她一个戴罪的妇人，怎么可以让伺候皇帝的人伺候她？

旁人不解，李福却晓得她在伺机报复，而且报复得他连反抗的机会都没有。这个大太监，心里已经有些后怕了——他了解至化帝的为人，皇帝为她赐座，就不会轻易动她。那他一个太监，又如何得罪得起她？

李福脸上火辣辣地发着烧，看向至化帝。他不想被墨九打脸，只能把希望寄托于皇帝。

可至化帝眉头皱了皱，仍是点了头。

识时务者为俊杰，李福懂得这个道理，他硬着头皮挤出一脸笑容，佝着身子，巴巴地要为墨九松绑。可墨九身子不方便，软坐在地上，配合起来有难度。李福几次三番试过之后，怕皇帝怪罪，终于咬牙跪在她面前，低头松绑。

这一跪，旁人不解，墨九却露出几分笑意。

可暖阁里的气氛，再一次僵滞了。

当众让皇帝的大太监跪着做事，多大脸面啊？

众人皆惊，可至化帝不仅没有怪罪，情绪还颇为愉悦。如此一来，众臣心底都与李福一样后怕起来。几乎人人都看见，有一把明晃晃的软刀子，架在了谢忱的脖子上——当然前提是墨九是萧乾的人。

毕竟她进来的第一句话就是告萧乾的状。

被李福扶坐在椅子上，墨九活动一下脚，松了一口长气，似乎这才反应过来有无数人在等着她。她似懂非懂地道："青天大皇帝，是这个太监说您让他绑了草民来的，草民还寻思今儿吃不了得兜着走，哪晓得您这么仁爱宽厚，爱民如子。"

一通马屁说罢，她眼睛眨也不眨地看着皇帝桌案上的果盘，毫无征兆地换了话题："可民以食为天，牢里伙食不太好，草民的肚子都快饿没了……"

她都说皇帝"爱民如子"了，这世上有不给儿子吃饭的老子吗？于是，那一个果盘被放到了她的面前。

墨九心情大好："青天大皇帝，您叫草民来，有何要事？"

至化帝观察了她良久，眉头上的"川"字由深入浅，眸光也变幻了好几次。

这个三分疯癫五分痴傻还有两分蠢钝的墨氏，真是巨子？不过这性子也好，容易拿捏。

他思量一瞬，和颜悦色地道："你先说，为何要控诉萧爱卿吧？"

墨九咬果子的动作微微一顿，哦一声，又拿眼去瞪萧乾："这个萧六郎是我的小叔子，可他害得我好惨。硬生生把我从一个黄花大闺女变成了已婚妇人……"

"咳！"这一声，是萧乾发出的。

什么叫从黄花大闺女，变成了已婚妇人？

感受到众人暧昧的视线，墨九不以为意，继续道："他逼着草民嫁给一个不能人事的夫婿，还不准草民逃跑，草民逃几次，他就抓几次，逃几次，抓几次，逃几次，抓几次……后来草民不逃了，他又把草民锁在楚州宅子里不让出去；他去赵集渡治水，也非要把草民带过去；如今到了临安……后来的事陛下就晓得了。萧六郎极是可恶，草民好不容易躲入牢里，以为可以得个消停，哪里晓得，他硬是追到皇城司狱来，对草民动手动脚，让狱卒小哥笑话……"

她特地加重了"动手动脚"的语气，配上她那一张因为"醉红颜"变得诡异发红的脸……这样的控诉，没有丝毫合理性，只剩下喜剧的效果。

众人再一次互视着，想笑又不敢笑，然后各怀鬼胎地看戏。

至化帝眸中带笑，这时已完全把墨九当傻子了："你想告诉朕的，就是这些？"

墨九扫一眼萧乾清凉的俊脸，猜测着他的心理阴影面积，认真地点了点头，然后又摇了摇头："不不不，还有好多，比如他对草民搂搂抱抱啊，卿卿我我啊……可草民大人不计小人过，都已经忘掉了。陛下且说，要不要为小民做主吧？"

至化帝脸上笑意未减："你想让朕怎样为你做主？"

这个问题似乎让墨九有些为难。她两条纤眉蹙了又蹙，委屈一阵，突地道："都说男女授受不亲，我与萧六郎，授也授了，亲也亲了。虽然我有点不情愿，可架不住人言可畏……反正萧六郎还未成婚，不如青天大皇帝就把他赐给草民做妾室吧？"

第十一章　你来，我就在

满屋子的人都看着墨九，都凝成了冰雕。

在时人眼中，男尊女卑是天道人伦，男子生来便凌驾于女子之上。女子居内室相夫教子，依附男子生存，男子有本事就可以三妻四妾，女子却必须守妇道。这让男子给妇人做妾的事，他们莫说见过，便是听也没听过，想也没想过。可这墨氏不过十五六岁，为何会有这样离经叛道的荒唐思想？

从审视、惊讶到好笑，暖阁里的众人，情绪变化很快，一道道暧昧的目光望向萧乾。他性子疏冷，惯常拒人于千里，更不近女色，如今被墨氏当堂求“纳”，人人都有了看他好戏的心态，便是至化帝，眸中也隐隐有几分好笑。可萧乾波澜不惊，一双清明的眸子，也淡得没有半丝情绪波动，仿佛这并不是一件奇怪的事。

他指了指自己的头，对至化帝道：“陛下，家嫂小时候脑子被驴踢过，神志偶有不清，语出惊人，陛下不必理会她的疯言疯语。”说罢他气定神闲地瞥向墨九，用一种包容大度（秋后算账）的目光，温和地道：“天子面前，嫂子不得诳言。”

墨九牙根有些痒。什么叫着她小时候脑子被驴踢过？似乎每次他都拿她脑子说事，这“脑子痴傻”，不仅是她的撒手锏，似乎也成了他的撒手锏？

装着听不懂，她愣愣地迎上萧乾的眼：“莫非六郎不愿做妾，想做我的正室？”自顾自摆了摆手，她摇头道：“糟糠之夫不下堂，大郎没做错什么事，我不能休弃他，将你抬正……”

萧乾眼波微荡："嫂嫂，这是宫中。"

墨九四处看了看，对手指："对啊，是宫中啊！"

这样由着她插科打诨，到明日也说不明白。萧乾轻轻扬眉，似笑非笑地给了她一个意味深长的眼神，然后掉转过头，望向至化帝："陛下，家嫂胡言乱语，当不得真，继续说正事吧。"

虽然墨九看着很认真，但至化帝与众人一样，真没有把她的请求当真。暖阁中众臣皆在，谈的是国家大事，这般扯东扯西太过儿戏，于是，他看着萧六郎点点头，想把话题转到正题上。

然而，墨九为了"纳妾"，急眼了："萧六郎，哪个在胡言乱语？你搂我抱我揉我捏我时是胡言乱语，还是你追我追我追我追我时是胡言乱语？"

咳咳咳！暖阁里一阵咳嗽！

萧乾目光一沉，脸上的不自在已有些掩饰不住。他素来对妇人敬而远之，与墨九因为云雨蛊的关系，肢体接触很多，他打心眼里也没有排斥过她……可这些事，有哪个妇道人家会当众说出来？

他一副"生无可恋"的面色对着墨九。墨九挑着眉梢，却呵笑一声，语气不善道："萧六郎，若非看你美貌大方、温柔贤惠还懂点儿医术，我才不愿意委曲求全纳你做妾哩。可你却不识好歹，是不是觉着我配不上你？"

看着她大红的鸡冠脸，众人皆叹：这不是明摆着的吗，她哪配得上萧六郎？

见众人目光惊疑，墨九冷不丁一笑："我堂堂墨家巨子，纳你做妾，难道亏了你？"

掷地有声的一句话，让暖阁里轻松的气氛顿时僵滞了。

这墨九竟然直接承认了？！

谢忱为证明她是墨家巨子，从她还没有嫁入萧府，就开始布局了。几个月时间，他与萧家明争暗斗，把儿子的小命都搭进去了，也没有达成所愿，哪晓得"踏破铁鞋无觅处，得来全不费工夫"？

"哈哈！"谢忱的声音中难掩激动，"墨氏都认了，萧乾，你还有何话可说？"

说罢他默了默，又向至化帝重重拜倒："陛下，萧乾欺君罔上，有贪图社稷之心，不可再姑息养奸！陛下想想，若非墨氏天生愚笨，没与他沆瀣一气，恐怕乱臣萧乾这会儿已经拿着墨家的利器，串通北勐，拿着我南荣遗失的军备物资，策反南荣兵卒，行那篡位夺权之事了。"

篡位夺权乃是大事，敏感之词，轻易不能说。可谢忱胜利在望，已经不忌下猛药了。

他话音绕梁，又重又快，可暖阁里只有静寂。

至化帝没有开口，其他人只能静观。兹事体大，人人都在打肚皮官司，脑子里九转千回。只有墨九一个人似乎在游离状态，奇怪地瞪着谢忱："你这老头真奇怪，我是不是墨家巨子，与萧六郎有什么关系？"

与一个疯子没什么可说的。谢忱回避着她的眸子，眨也不眨地看着至化帝，想第一时间揣测出"圣意"，以便做出对策："陛下，小不动，则大乱矣！"

他生怕有变，不停相劝。但至化帝久久无语。

身为皇帝，他心里的挣扎比任何人都激烈。

对臣子来说，江山社稷的稳定，好处在于分这一杯羹的时候可以更轻松，滋味可以更美妙；但对于皇帝来说，江山是他的江山，是他们家子孙后代世世代代的江山，不能马虎做任何决定。

要动萧乾，他至少有三个方面的顾虑。

第一，萧家和谢家数十年来的敌对状态，实际上，对南荣皇权有一定程度维稳的作用，聪明如至化帝，本身不愿打破这种平衡。这也就是为什么宋熹做了太子储君，他又想将最爱的女儿嫁给萧乾的根本原因。

臣子之间打架了，皇帝就安稳了。若臣子们拧成一股绳，皇帝不就被架空皇权了？

第二，南荣有钱，兵力却不行，有军事能力的将领更是凤毛麟角，少之又少，这件事也一直是至化帝的心病。这几年若非萧乾阻止了珒国的扩张，南荣还能不能在这个乱世之中偏安于一隅，将珒人阻于淮水以北都未可知。

第三，萧乾医术了得，他的病一直由萧乾在调理，若真没了萧乾，万一他病发，到时候就只能一命呜呼了。

至化帝轻易不敢动萧乾。但不动他，另一个问题又来了。萧乾手上若真藏匿了物资，又有北勐的关系，真是不可小视的大患。那北勐除了比珒国穷之外，悍勇之力却不比珒国少，他们人强马壮，若真与萧乾有勾结……也是南荣的心头大患。

前有豺狼，后有虎豹，至化帝左右为难，最后眉头皱了皱，把问题丢给了墨九："墨氏，萧六郎可知你巨子的身份？"

这一句询问，简单又直接，人人都知道，墨九的回答将会影响至化帝的决断，不由竖起了耳朵，跟着紧张。

可墨九却很轻松地点头："知道啊！"

至化帝一愣，心里咯噔一下。难道真的是必须做出一个决断的时候了？

他正为难，却又听墨九轻松地笑道："是我告诉六郎的，可这厮就是不肯相信……要不然，他也不会不肯给我做妾了。"

至化帝眉头紧拧，目光咄咄逼人："那你又是如何知道的？"

只要生了眼睛的人，都可以看出墨九并不是一个智力完全正常的人。说话东一句，西一句，没有重点。所以，至化帝心里的疑惑也是众人的疑惑。她这样的情况，又如何得知自己是巨子？她说的话，又该相信吗？

众人都看着她，墨九却毫不犹豫地指向谢忱："是他告诉我的呀！"

静谧的空间里，隐隐地响过低低的抽气声。墨九却一本正经地道："那日在荆棘园，吴嬷嬷要杀小郡主前，就说谢丞相说了，我是墨家巨子，这才让谢贵妃搞一个游园活动，以紫貂披风作饵，向皇帝证明我的身份……"

说到这里，她拿过一个苹果，啃了一口，声音就有点含糊："不过这事说来也有些蹊跷，前两日我没想明白，这两日在牢里饿了，却想起来了，谢丞相说我是巨子，可碧水亭却是吴嬷嬷带着我们过去的。"

"你信口开河！"谢忱听她胡诌，不由气紧。

"你才牲口开河，你全家都是牲口！"墨九瞪了回去，"吴嬷嬷借着为小郡主和我挡荆棘上的刺，一路都在找一种折过枝丫的荆棘条。那荆棘条上的青皮，好像被人划过痕迹，用以指明方向……不相信，你们现在去翻荆棘条，只要仔细，肯定能找到蛛丝马迹的。"

她半真半假说得头头是道，把谢忱气得老脸铁青："墨氏休得扰乱圣听，信口雌黄！就算你说的是真的，吴嬷嬷为什么会告诉你？"

"你才性Q迟缓！你不仅性Q迟缓，IQ、EQ都迟缓！"墨九黑着脸看他，"吴嬷嬷找得那样仔细，我跟在她的背后，会看不见吗？"

谢忱遇到墨九，完全就是秀才遇到兵的感觉，他气极了，却无法与她在同一个频道上对话，甚至常被她乱七八糟的词语闹得崩溃。

几次三番下来，他半眼都不看墨九了，跪地就求至化帝："陛下，这妇人神神叨叨，是为混淆视听。想那吴嬷嬷是萧府的家生奴才，诚王妃未出嫁前的贴身丫头，还是小郡主的奶娘，老臣与萧家向来不和，她怎么可能是老臣的人？"

这个反驳合乎情理，可墨九又问了："那你告诉我，她是谁的人？"

谢忱快被她气疯了："老夫哪知她是谁的人？"

"对哦。"墨九像是刚反应过来，目光烁烁地看向至化帝，"那多简单的事，青天大皇帝把吴嬷嬷带来一问，不就晓得是谁的人了？大家都是嫌疑犯，陛下只提审草民，不提审她，让我来受审吃苦受累，她却在牢里吃香的喝辣的，享清福，不公平！”

众人看着她面前零乱的果皮，想着阴气森森的冰冷大牢，全都无言以对。

从理上说，她的话很有道理，只要提审吴嬷嬷就清楚了。不过，众人都只能默默无言。

好半晌，一个文官模样的家伙略带尖酸地道："这不是明知对不了质，才故意说的？昨儿晚上，吴嬷嬷就死在皇城司狱，大少夫人真不知情？"

这个转折来得太突然，墨九心里惊跳一下。吴嬷嬷死了？！

她突地呵呵冷笑一声，指向谢忱："一定是你杀人灭口！"

谢忱气血翻腾，胸口起伏不定。他没有被萧家斗垮，没有被萧乾整垮，却快被这个疯子活活气死了。他怒目瞪着墨九，冷哼道："老夫还想说是萧使君杀人灭口哩！吴嬷嬷的证词，干系着你的罪，也干系着萧使君的罪。谁杀的可能性大？"

墨九眨眨眼："从理论上来说，你杀的可能性大！"

谢忱恨恨地咬牙，不想与她说话。

可墨九才不管他要不要听。毕竟，她又不是说给他听的。

"吴嬷嬷死了，六郎的嫌疑最大……这瓜田李下的事，六郎又怎会去做？反倒是你，嘿嘿嘿，一定是你为了给你那个不要脸的死鬼儿子报仇，拿捏了吴嬷嬷的把柄，让她背叛诚王妃，杀害小郡主，再嫁祸于我，然后欺负我的六郎，欺瞒青天大皇帝，想整垮南荣江山……"

说到这里，她神色一凛："谢忱，我想起来了，你是珒人的奸细吧？"

古有诸葛亮气死周瑜，谢忱也觉得自己快被这傻子气死了。一张老脸涨红，他脑门发热，血液加速，心脏怦怦直跳，铁青的脸上像压了一层寒霜，几乎是暴怒地大吼："无凭无据之事，你怎可乱说？"

"我不是乱说。"墨九很认真，"青天大皇帝，草民帝被谢丞相的死鬼儿子绑去招信。与草民一起被绑的，还有好多姑娘，被他们叫做'瘦马'。这些瘦马都关在一个屋子里，等着转往各地……抓姑娘的人，领姑娘的人中，都有说珒国话，长得像珒国人的家伙。草民以为这丞相的死鬼儿子肯定不干净，至于丞相，也许以前干净，现在为了给儿子报仇，说不定也湿了鞋……"

至化帝一直沉默，沉思时的眸光，时严时松。

在他看来，墨氏虽说疯癫，可有些话却简单直白。而且，越是简单直白的东西，越容易让人忽略。

谢忱不就是想要整治萧家吗？吴嬷嬷如果不死，与墨九也是各执一词，谁也说不服谁。可她一死，萧乾最有嫌疑……真正有利的人，确实是谢忱。

"陛下！"谢忱跪着磕了个头，学着孔阴阳那一招表忠心，"老臣对南荣对陛下的忠心可昭日月，老臣对天起誓，断断没有杀害吴嬷嬷……若有半句虚言，天打五雷轰。"

"你又欺君！"墨九道，"发毒誓有用的话，要御史台做什么，要皇城司狱做什么？"

"你、你个无知蠢妇……"谢忱气得身子直抖。

他原就年纪大了，几个月来受了丧子之痛，又为给谢丙生擦屁股累得心力交瘁，加之一而再、再而三被墨九抢白、讽刺、打击，而且皇帝还护着她，这让自认为鞠躬尽瘁的谢忱有些承受不住，一声怒骂还未落下，他老眼发花，当场倒了下去。

"……不是吧？"墨九一惊。活活把人给气死了？她捂住嘴巴："青天大皇帝，气死人，不用偿命的吧？"

"快传太医！"

萧六郎可以见死不救，皇帝却不能。再怎么说，谢家也是皇亲国戚，谢忱是太子宋熹的舅舅。

太医很快就来了，把谢忱抬去了太医院。

这老头子一走，暖阁里的气氛就不一样了。事情发展到如今，完全超出了皇帝与众臣，甚至萧乾的预判，受墨九"疯症"的影响，大家的思维都有点乱。静寂了一会，你看看我，我看看你，竟然不知应该从哪一根线头开始理起。

墨九摸着肚子，觉得可以总结陈词了："青天大皇帝把草民从牢里提来，若是为了问巨子之事，草民已经说明白了。若还有其他事，也请尽快问吧。牢头说今天晚上煮饺子，草民都饿了，想尽快回归到牢狱热情的怀抱中去，继续混天度日，等着纳六郎为妾。"

她的话怪异又无道理，但皇帝就是皇帝，听多了，也就面色如常了。他并没有因为墨九气晕了谢忱而责备，也没有因为她偶尔的无理和似是而非的话发怒，声音一如既往的温和："不是朕叫你来的，是萧使君叫你来的。"

这次墨九有点意外："你叫我？为什么？"

萧乾从头至尾优雅地静坐，不管暖阁里发生什么事，都淡然处之。这会儿与墨九四目相视，他也只是淡淡一笑："有一件事，你必须在场。"

墨九抿了抿嘴唇："什么事？"

萧乾慢慢地起身，目光漫不经心地环视众人，清澈的眸子里，似是蕴了无数的秘密而显得更为深邃。见众人不解地看来，他嘴角往上一扬，弧度很浅，却给人一种胸有成竹的感觉。

“陛下，在楚州时微臣与孔阴阳确实有过节，起因是孔阴阳为萧家看宅基地的风水，故意让萧家把宅地建在墓地上，这也是孔阴阳说微臣‘寻找’他的原因。”顿了顿，他目光坦荡地浅笑道：“由于孔阴阳举止可疑，墨家左执事又对家嫂太过看重，微臣确实查过墨家巨子的命格，也确实曾经怀疑过家嫂就是墨家巨子。”

这是承认了，还是没有承认？众人的心脏都跟着他的话悬了起来。

墨九慢慢咬一口果子，却只咬出了牙印，没有咬掉果肉……萧六郎葫芦里到底卖的什么药？为什么他明明在她面前说话，她却觉得他整个人似乎站在白云之端，看向谁，都有杀伤力？

萧乾与她的目光在空中交汇一瞬，继续道：“可兹事体大，微臣不敢擅自报与陛下……而且，适逢家兄大婚，微臣代兄成亲，也来不及亲自赶往临安，禀报此事。不巧，大婚礼上，有一方姓少年在府中闹事，这个人与墨家左执事有些渊源，诸多事情夹杂一处，微臣便联络了左执事，想彻查清楚。”

至化帝眉梢挑了挑，语气不温不火：“可有结果了？”

萧乾微微垂目，不看墨九的方向：“幸不辱命，已有眉目。”

至化帝把玩玉扳指的手微微一顿：“结果如何？”

萧乾声音淡淡：“墨家巨子并非家嫂，而是另有其人。”

生辰八字都吻合了，一切前因后果也都吻合了，他却说不是，自然不能让人信服……便是墨九，心里怪异地突突跳着，也不敢相信。

至化帝眸中冷凝：“另有其人？是何人？”

萧乾道：“墨家左执事把人带来了，就等在枢密使府。”

这一连串的事，转折太多，意外太多，众人都糊涂了。

可至化帝的脑子还很清楚，谁是巨子不重要，重要的是，他必须把这个人找出来。

静默一瞬，他沉声道：“传！”

墨九呼吸微微一窒，心里有一种从未有过的糟乱。

隐隐地，直觉告诉她，事情将有大变化了。

更深露重，墨妄几个人带着一股子冷风进来，墨九受了寒，呛了一口，方才漫不经心地看过去。墨妄简洁的素袍，没有描边绣样，却显得气度从容，温暖阳光。站在这个皇帝与权臣云集的地方，他那一身正气与侠气，也如朝阳，可以给人带来暖意。

墨九朝他一笑，墨妄却没有看她。他带着申时茂和另外的墨家子弟，齐齐向至化帝行礼。

“草民参见陛下，陛下万福！”

墨九目光微眯，掠过墨妄，看向与他同来的一个女子。

她站在背光处，样子有些古怪——见皇帝，头上还戴着一顶帷帽。而且，她的帷帽与墨九在荆棘园的不同，也不知是什么纱质，看上去轻软丝薄，遮盖性却很强，在暖阁影影绰绰的灯火中，墨九根本就看不清她的容貌。不过，她素淡的衣裙下，身姿曲线曼妙有致，那精致诱人的弧度，只一眼就可以看出，这肯定是一个年轻漂亮的主儿。

这个美人便是萧乾口中的墨家巨子？

墨九疑惑的视线，就着氤氲的光线打量萧乾。

萧乾与墨妄一样，也没有看她。从墨九的角度看去，他双唇紧抿，一双清凉的眸光，如同月下清辉，潋滟之中带了一抹妖异的凉。让她更加不懂，这些人到底在搞什么鬼？

短暂的见礼之后，萧乾淡笑着让墨妄来为皇帝答疑。

“好的，萧使君。”墨妄再次拱手，对皇帝道：“此事说来话长，今日夜深了，草民就简要地与陛下说说吧。”

看至化帝点头，他顿了片刻，似乎理了理思路，方才不疾不徐地道：“墨家巨子的命格，是老巨子临终之前定下的。这些年来，墨家子弟一直在寻找新巨子，却未有所获。而草民一开始接触墨氏九儿，并不清楚她的命格。可草民为何会对她几次三番相助，是因为她长得像一个人……”

他的目光望向戴帷帽的女子，也顺便把众人的目光引向了她，然后微微一笑：“她是我的师妹，名叫方姬然。他的父亲方弘济未修道法之前，曾是上一任的墨家左执事，也就是我的师父。”

说到这里，他似是犹豫了一下，语气更为缓慢：“三年前，师妹出事，我与方家人一样，一度以为她已不在人世，偶然在盱眙见到墨氏九儿，与师妹长得几乎一模一样，只是比师妹年岁稍小，又听说了九儿的不幸遭遇，当即便有了保护之念。得知九儿要嫁去萧家，而她本人又不肯，这才助她逃婚。”

每个人的关注点不一样，至化帝与众臣关心墨家巨子的事，墨九的注意力却在“长得几乎一模一样”上。

这一瞬间，她有一种揭开方姬然帷帽的冲动。

如果她真的长得像墨九，那样的国色天姿，有必要遮得这样严实？

她脑子胡乱地思考着，墨妄还在继续说："后来在楚州，草民无意得知九儿的八字，当即也是吓了一跳。后来申长老为考验九儿，把她关入了墨家早些年发现的坎墓之中。"看一眼跪在地上默不作声的孔阴阳，墨妄语气重了些，"申长老与孔老先生有师门渊源，同出墨家坎门，这事孔老先生知情。后来，九儿从坎墓顺利出去，加上她的八字与出生方位符合，草民几乎确定，她就是墨家巨子了。"

默默地听着，墨九突然感觉不太舒服。

几乎确定了，又怎么生变了？

像听故事似的，听到高潮处，众人总想要接着听下去。

可墨妄说到这里却停下来，突然话锋一转，请求道："陛下，有几句话，草民想先问一问这位被墨家清理出去的叛徒孔老先生。"

听到"叛徒"两个字，孔阴阳的表情明显一僵。

至化帝的好奇心也被墨妄勾起，他抬了抬手："允。"

墨妄谢过皇帝，慢步走到孔阴阳的面前，居高临下地打量他："孔老先生，你把大家害得好苦。"

孔阴阳抬起头来，眼眸空洞无神："左执事何出此言？"

墨妄道："当年你做墨家坎门长老时，被老巨子挑断一只脚筋，又残了双眼，清理出墨家，原应改过自新，不再做墨家不容之事。可你利用完老巨子的仁厚，还利用与申长老的同门之谊，暗地与谢忱勾结，将巨子命格告诉谢忱，并查到盱眙的墨氏，再与谢忱暗地设局，故意让九儿嫁入萧家，为萧大郎冲喜……就为引萧家入局。"

孔阴阳脸色一白："左执事，你的胡乱猜度，可有证据？"

墨妄道："那你为何要把墨九推荐给萧家，说可以为大郎冲喜？"

"小老儿已经说过，是萧使君指使我的。"

这种各执一词的说法，没有证人，争论无益。孔阴阳听见至化帝似乎从头到尾都没有偏袒任何一方，似乎也不太关心他们私底下的肚腹官司，于是冷笑道："再说，墨九的八字命理，有王婆婆为证，小老儿并不曾胡说。左执事以为反咬一口，就可以骗过陛下，可以为萧使君脱罪吗？小老儿也是好奇，你们二位沆瀣一气，究竟打着什么欺骗陛下的算盘？"

对于孔阴阳的指责，墨妄并不生气。他笑看着身体发抖的王婆子，微微躬身，语气和煦地道："王婆婆是盱眙的老人，也是九儿家的老邻居，您可以把九儿的出生日子记得那样清楚，不知还记不记得九儿母亲织娘……以前的事？”

王婆子被他点了名，吓得有点结巴：“不知大官人指的是什、什么事？”

墨妄微笑道：“织娘在生墨九之前，还曾有一个女儿。”

王婆子愣了愣，脸色微微错愕：“大官人也晓得？”

墨妄点了点头：“王婆婆说说吧。”

王婆子思考一阵，慢慢地说了一件事。

墨九她娘那时也不过十五六岁，生得花容月貌，性格又温驯，盱眙没有哪个未婚男子不想娶她为妻。但织娘眼界高，盱眙的儿郎她都看不上，织娘的娘——也就是墨九的外祖母似乎也没有为她说亲的想法。这样一直拖着，人人都奇怪，但突然有一天，她好久不见织娘出屋，说是害了病，关在了屋里避一避。

几个月后的一天，下着瓢泼大雨，织娘家来人敲王婆子的门，把她请了过去。去了织娘家里，王婆子大吃一惊。

并未婚配的织娘原是大了肚子，而且快生了。

这件事后来有风言风语传出去，但捕风捉影的事，慢慢就平息了。过去二十多年了，不仅盱眙早就无人提及，便是织娘的家里，也一直讳莫如深。若非墨妄提醒，王婆子都不会想起来。

“可那个孩子……”王婆婆叹了口气，“出生没多久就死了。”

“不，她没有死。”墨妄像一个在堂上判案的刑狱官，打断王婆子的话，对众人道：“织娘未婚生女，她娘怕这件事被人知晓了笑话，骗织娘说孩子死了，其实把孩子连夜送到了苏州方家，直到她过世，织娘也一直被蒙在鼓起，不知孩子还活着。说到这个方家，又是另外一个故事了——织娘出自墨家，织娘的外祖母曾是墨家坤门长老，与方家私交甚好。这个孩子一直被方家收养，也就是后来方家的大小姐方姬然。”

故事的背后还有故事，而且是一个久远而复杂的故事。墨九不啃果子了，静静地听着，觉得有些奇妙，内心五味皆有。

墨妄迎上至化帝审视的目光，微笑道：“姬然师妹自己也一直都不知情，若非这一次她‘死而复生’，再回方家，恐怕这个秘密将永远石沉大海。”

至化帝对这些故事本身不感兴趣。他皱了皱眉头：“这与墨家巨子一事，又有何关系？你们凭什么认定方姬然是墨家巨子，而墨九不是？”

这也是墨九与其他人共同的疑问。

墨妄却不急，他淡定地问：“王婆婆再想想，织娘未婚生女那一日，是什么时辰？”

王婆子想了想摇头："老婆子记得有这件事，可二十多年了，具体时辰已想不起。"

墨妄点点头，从怀里掏出一方白布条子，抖了抖，递到王婆子面前。看她懵懂的样子，晓得她不认识字，他又把白布上用鲜血写成的生辰八字复述一遍，然后将白布展示在众人面前："这是当年织娘的母亲将方姬然送到方家的时候，放在她襁褓里的生辰八字。"

说罢，他问王婆子："王婆婆记起来了吗，可是这个时日？"

王婆子愣愣地看着那一方旧得泛黄的白布条子："好像是那个时辰。"喃喃着，她突然加大了声音，有些兴奋地笑道："对对对，老婆子想起来了，那一日是正月十五，我家饺子刚下锅，织娘家的人就来敲门了……"

墨妄收回白布条子，望向至化帝，镇定地道："陛下请看，方姬然的生辰八字，也是阴年阴月阴日阴时。也就是说，织娘生了两个女儿，都是四柱纯阴之命。当然，四柱纯阴之人，虽然罕见，但天下之大，无奇不有，符合命理的人，除了她们两个，其实还有许多。"

若单凭一个四柱纯阴的八字就断定谁是墨家巨子，确实太草率。众人纷纷点头，至化帝饶有兴趣地问："她们是同一个娘生的，都是四柱纯阴，那如何分辨谁是巨子？"

墨妄考虑一瞬，不慌不忙地道："墨家老巨子当然也想到了这个问题。所以，他老人家对新巨子的确认，除了八字与方位，还有一个很重要的要求。"说到这里，他看向孔阴阳，微微一笑，"孔老先生既然知晓巨子的八字命理，想必也一样知道老巨子临终前布局的神农山祭天台以及新任巨子必须完成的任务——开启神农山祭天台第一层。"

"这个祭天台的第一层，是靠什么开启的？"墨九很好奇，问了一句。

上次她听墨妄说过，只有墨家命定的巨子才能开启神农山的祭天台第一层。而祭天台总共有九层，剩下的八层，需要用"乾、坎、艮、震，巽、离、坤、兑"八卦墓中对应的八个仕女玉雕做钥匙方能打开。然后，才能从祭坛拿到千字引。但她那时没有详问，新任巨子到底如何开启第一层。

墨妄迎上她的视线。这也是入暖阁以来，他第一次看她。

墨九觉得这货的眼底，有一种类似于愧疚的光芒。

是因为她不是巨子，而他曾经说过她是巨子，所以他内疚了？

墨九挑了挑眉梢，不太在意地笑了笑。

墨妄与她对视，缓缓地道："是手印。"

"手印？"

后世指纹可以开锁，墨家的机关术这么发达，居然可以用手印做机关了？！墨九想了想，觉得从理论上讲，确实是可以实现的。

莫名地，她抬起自己的掌心，看了一眼。

墨妄以为她不懂，又解释道："开启祭天台第一层的钥匙，就是一个手印。只有新巨子的手放上去，与之重合，方能打开祭天台第一层。我从楚州带着师妹返回方家，知晓了方家与织娘的这一段渊源，于是也看见了这白布条子上的生辰八字。大惊之余，我便带师妹去了一趟神农山。经确定，她可以打开祭天台第一层。如此足以证明，我师妹方姬然，确实是墨家的新任巨子。"

这句话足可以定乾坤了。凭手印打开祭天台第一层，说服力比命格还关键。

暖阁里突然安静下来，每个人情绪不同，想法也不同。

至化帝找到了墨家巨子，且已打开祭天台第一层，打开剩下的八层就更有希望了，那么千字引还会远吗？武器图谱还会远吗？称霸天下的宏图伟业还会远吗？

他一张老脸上闪着一种诡异的红光，当即高声道："来人，给墨家巨子看座。"

方姬然先前一直是站在墨妄身边的。

老皇帝发了话，马上有小太监殷勤服侍。

几乎同时，墨九坐在那里，感受到的目光就不同了。

之前皇帝待见她，任由她装疯卖傻收拾谢忱，归根结底是因为她是墨家巨子。如今她不是巨子了，也就失去了倚仗，还坐在那里好吃好喝，画面就有些违和。

她默然地看向萧乾，想知道他有什么反应，可他什么表情都没有，面上一直淡若流水。

方姬然的椅子，被安置在墨九的身边。

墨九按捺着纷乱的心绪，低头看向桌案。上面的果盘还有很多果子，茶水却早已凉透。她慢吞吞地拿起茶盏喝了一口，莫名地觉得手臂僵硬。

脚背不那么痛了，为何四肢与感官却怪异地麻木了？她的大眼珠子盯着果盘，努力把思维停在那个饱满多汁的果子上，却怎么也忽视不了从她侧面传来的那一束目光——来自方姬然的目光。

方姬然在看她，有审视，或者还有其他的情绪。

墨九捋了捋鬓角的发丝，等镇定下来，才漫不经心地看过去。隔了一层帷帽，她看不清方姬然的脸，却知道方姬然可以看清她……这感觉很不爽。就像她赤裸裸的一丝不挂，而方姬然却全副武装地逼视着她，这根本就是一种不公平的对视。

方姬然慢吞吞地开口：“小九。”

这一声落入耳朵，墨九略略错愕。不若她窈窕婉约的身段那般诱人，方姬然的声音又哑又沉，半点也没有年轻女子应有的轻灵温婉。疑惑地皱了皱眉头，墨九与她对视着，慢慢地，越发觉得尴尬了。

这尴尬不仅来自于从天而降的姐姐，还来自于原本认定的巨子身份成了一个美丽的误会。

这里的每一个人看她的眼神，都有些异样。笑话的，奚落的，尤其把她当傻子的……

虽然她反正傻习惯了，可以装着看不懂。但方姬然直接唤她，她又当如何？

墨妄说方姬然与她长得“几乎一模一样”，可于她而言，她只是一个陌生人。

于是，按傻子的逻辑，她装傻到底：“我不识得你。”

方姬然怔了怔，对她笑：“小九，我是你姐姐。”

墨九摇摇头：“我没有姐姐。”

也许是墨妄与方姬然谈过墨九的情况，她晓得墨九脑子有过问题，出神地看了墨九片刻，方姬然叹息一声，便不再言语了。

少了不自在，墨九唇微弯，闲闲地把玩着茶盏，继续旁观。

至化帝给墨家新巨子看了座，便是认定了方姬然的身份，可这暖阁里不仅有萧乾的人，还有谢忱的党羽。虽然谢忱被墨九气得提前去太医院报到了，可他的党羽又怎能容忍萧乾轻易过关？这一天是他们等了许久的，他们与谢忱是一条绳上的蚂蚱。萧乾得势，跑不了谢忱，也跑不了他们。

几个家伙互望一眼，大理寺卿王承弼便开口了：“左执事，容我多问一句，既然你的师父，也就是这位方姑娘的养父是前任执事，就应当知晓巨子命格。既然新巨子都被人送入家里了，他又怎会不闻不问二十多年？”

墨妄微微欠身，朝他一笑：“实不相瞒，家师卸任已久，且卸任之后，潜心道术，再不问墨家之事，更不知巨子命格。而我虽知晓，但事涉机密，自然没有告诉他的道理。”

这个回答很巧妙，毕竟墨家内部的事，谁也不知真假。

王承弼抓不到墨妄的小辫子，又换了一个问题：“那我再冒昧问一句，你说家人都以为这位方姑娘已故去，可关键时候，她又如何死而复生的？左执事不要以为随便找一个人出来，编一个故事，就可以让人相信……错认巨子事小，把真正的巨子埋没了，事就大了。”

人的情绪与思维容易被人带动，有一个人提出质疑，皇帝也会质疑。

墨妄看至化帝眉头略微一皱，心里就明白了……自古帝王总多疑，若不说清楚此事，估计皇帝那关不好过。他与萧乾交换了一个眼神，缓了一口气，笑道："此事原是师妹的私事，我不便多嘴，但王大人心里有疑，我也不能徒留话柄了……"

顿一下，他看向方姬然："师妹你看？"

方姬然声音哑哑的，似乎有气无力，但每一个字都很淡定："事无不可对人言，师兄但讲无妨。"

"好。"

墨妄斟酌了一下，把事情说得很简单："师妹当年曾与一男子相恋，后生变故，她心灰意冷，几欲轻生，幸得萧使君相救，才得以活命。这三年来，她一直隐居世外，不曾与家人联系，若非师妹的弟弟姬辰在萧府闹事，我与方家人都不知师妹尚在人世。"

说到这里，似乎接下来的话是为了向墨九解惑，墨妄把目光望向墨九，语气也沉重了几分："那一日，我在萧府接到姬辰，为解开这小子对萧府的误会，萧使君问清缘由，让人领我们去见到了尚在人世的师妹。姐弟二人相见，抱头痛哭一场，说起三年来的事。师妹得知家中二老为她之事，身体染恙，三年未愈，这才随了我们再回方家。我师父和师娘见到'死而复生'的女儿，恐自己不久于人世，这才把陈年旧事说了出来，又将藏在家中这一方写着生辰八字的白布条交付师妹，道出个中隐密……"

他隐去了方姬然与萧长嗣的那一段故事，可墨九大抵还是听明白了。这方姬然与萧大郎之间发生了一些事，导致她痛不欲生，轻生时被萧六郎所救，然后一直隐世而居……她这一隐世，导致萧大郎也因病隐居。可他们两个人之间的事，萧六郎又充当着什么样的角色？

她有疑惑，那王大人疑惑更深："方姑娘既然与墨氏是亲姐妹，左执事又说你两个长得极像，为何不肯取下帷帽？只一看，不就都明白了吗？"

这做官的人，说话就是会抓重点。墨妄与萧乾的话是不是真的，只让方姬然取下帷帽看一眼，就一清二楚了。她始终不肯揭开帷帽，给人的错觉就是在欲盖弥彰。

墨九微眯双眼。其实她与他们一样，也好奇方姬然的长相。

虽然墨九红着一张脸，可五官还是很清楚的，但凡真的一模一样，绝对不会认不出来。然而，墨妄望方姬然一眼，却拒绝了："王大人，女子闺颜，不便示人……"

"师兄！"方姬然突地幽幽地一叹，"既然王大人想看，便给他看吧。"

很显然，不取帷帽恐怕过不了关。可墨妄仍旧不愿："师妹不可！"

“这帷帽碍事，我也不喜。”说着，方姬然慢吞吞地抬手，掌住帷帽的帽檐。

墨妄还想阻止，却已经来不及了，她声音未落，那一顶遮住脸的帷帽就被她揭了下来。

只一瞬，暖阁众人都惊住了。

他们看见了一张与方姬然的年龄完全不符的脸孔。

那张脸上，缺水的肌肤布满了细纹，干燥、发黄，还有暗斑，五官依稀可辨当年艳色的棱角。可这样的肌肤，哪像二十多岁的年轻女子会有的？便是四十岁的妇人，也比她容色姣好。

“我与我妹妹，像吗？”方姬然淡淡地微笑。

这张脸从初起变化时她不敢面对，到如今可以在大殿之上，任无数人用一种见鬼似的目光打量，她居然也可以很平静地应对了。若当初不执着于容颜，结果会不会不一样？

暖阁里安静得出奇，无人回答。没有人会想到方姬然竟有一张这样鬼魅般令人惊悚的脸。

但墨九只微微一诧，心已凉了半截。

她想起了盱眙的便宜娘，那个满头白发的老妪，比方姬然还要不成人样。还有她娘曾经说过的话——她们家族的怪病，女子不足二十五岁便会早衰，容貌尽毁，无药可治。

她突然觉得浑身冰冷，脊背泛寒。

殿内有人抽气：“这脸怎成了这般？”

“我们家族女子皆如此，无人可逃。”说这话的时候，方姬然看了墨九一眼，像是在讲别人的故事，“当年我正是因为容颜毁去，方才生无可恋……幸遇萧使君，这三年来，因为存了一丝治愈的希望，我苟且偷生，却不敢再现人前，也请求萧使君为我守着这个秘密。不过经此一遭，我也算想通了。一副臭皮囊而已，红颜到头，都只是枯骨一堆。”

有她这么一说，众人都明白了。先前萧乾告诉至化帝，织娘要把墨九嫁入萧家时也曾请求他治疗她们的家族怪病。如此说来，倒是应验了这事。一个花容月貌的女子，变成这般确实让人叹息。虽然方姬然这张脸已不大看得出来与墨九有何相似之处，但由此足以证明，她确实是织娘的女儿，是墨九的亲姐姐无疑。

众人唏嘘一番，剩下的事就成了定局。

至化帝好言安慰几句，便谈及千字引乃国之利器，家天下，天下家，墨家既然以兼济天下为己任，就应与朝廷配合，共同找到武器图谱，扬南荣国威云云。

皇帝这般说，墨妄嘴里只能应是。

天色已晚，事情点到为止，聪明人无须多言。至化帝心满意足了，就准备散场。

可这时，墨妄却突地笑道："第一次入皇城见君，草民还给陛下带来了一个礼物。"

至化帝哦一声，满脸微笑："什么礼物？"

墨妄环视众人，一字一顿地道："小郡主。"

他一句话出口，事情就又没完没了。

连续两天两夜，无数禁军寻而不得的小郡主，怎会成了墨妄献给皇帝的礼物？

至化帝惊得眉梢一跳："小郡主人呢？"

墨妄拱手道："草民救到小郡主时，并不知她的身份，这才耽搁到现在。就在草民入宫之前，刚接到弟子通报，说小郡主醒过来了。知晓了事情的前因后果，草民已派人将小郡主送往诚王府，想必诚王这时已接到了人，很快会入宫向陛下禀报的。"

至化帝大喜："左执事果然是朕的福星，不仅给朕带来了巨子，还救了小郡主……"他顿了顿，兴奋的神色转为疑惑，"可小郡主失踪在荆棘园，左执事怎会在宫外救得她？"

墨妄微笑道："有一个墨家子弟有钓夜鱼的习惯，那一日他在靠近皇城的雅池中夜钓，碰巧见着昏迷的小郡主……之前草民也奇怪，但在枢密使府上听了荆棘园的事，就豁然开朗了。雅池靠近荆棘园，想是谢丞相用以试探墨九的机关，没有让墨九掉进去，却让小郡主掉了进去。也幸亏如此，小郡主才侥幸活命。"

这事说来不可思议。可荆棘园里谢忱的试探和碧水亭中有机关已是认定的实事，墨妄的说辞虽然荒唐，却没有破绽。或者说，到了这时，对至化帝而言，真不真，假不假都不重要，大事化小最好。

他神色愉悦地道："找到墨家巨子，乃大功一；救得小郡主，乃大功二。左执事为朕解决了两个难题，立了两个大功，要什么赏赐？"

皇帝高高在上习惯了，找巨子分明是墨家的事，也成了为他找的，且动不动就是赏赐，这让墨九很不舒服。可让她更不舒服的是，她自己成了那份"赏赐"。

墨妄道："小郡主醒来，大骂吴嬷嬷害她性命，要宰了那个叛徒……足以证明小郡主受难与墨九无关，希望陛下放她离开。"

宋妍的事与墨九无关，墨家巨子也已找到，至化帝自然没有留下墨九的必要。这样的顺水人情，他自是欣然应允。于是，这一夜的风波与危机，也告一段落。

风雨稍歇，可乌云并没有散去。

金瑞殿外，夜已深，风儿入袖。朦胧的灯火下，大臣们各自作揖道别。墨九一个人瘸着脚站在灯火下方，看墨灵儿欢天喜地地围着方姬然问东问西，小脸上洋溢着久别重逢的兴奋与喜悦，却怎么也愉快不起来。

灵儿似乎忘了她的脚还痛着，从暖阁出来，就跟着方姬然走了。这个几个时辰前还在对她“姐姐”长“姐姐”短的小姑娘，突然之间，就不再把她当成最亲近的姐姐了。

这样的场合，墨九心里有一点小小的失意……或者说失落。

曾几何时，她不想做墨家巨子，人人都非得说她是巨子，几次三番地试探她，猜测她。可当她准备好了要做墨家巨子并且大干一场的时候，老天却和她开了个玩笑，说她并不是巨子。

这个叫方姬然的女人，是她的姐姐，亲的。

这个叫方姬然的女人，是墨家巨子……真的。

抿了抿唇，墨九望向黑布似的天空。

她原以为今晚上所有的故事都会在预料之中，却不知故事之中还有这样多的秘密。

可在这些人的故事与秘密之中，她墨九又是一个什么存在?

灵儿的然姐姐回来了，最喜欢的人不再是她，甚至把她的脚痛都忘了，出暖阁也没来扶她。墨妄也不再是她的师兄了，从暖阁出来，就一直与灵儿和方姬然在叙话，似乎也没有注意到她。

可她知道，这不怪墨妄。从一开始，墨妄的师妹就是方姬然，墨妄保护她，也是因为方姬然。她那一声声的“师兄”，现在想来，其实都是“山寨货”，墨妄对她那内疚的眼神儿……可能是因为这个吧？山寨货得下架了。

还有她名义上的夫婿萧大郎，他最爱的女人也是方姬然。如今方姬然没有死，他又当如何？是不是也该来一封休书，让她下堂?

还有……

还有好多好多……

好像一夜之间，原本她以为属于她的东西，其实全都是方姬然的。

就连萧乾，也已认识方姬然三年。

那么萧乾认识方姬然的时候，她是怎样的容色？是不是真的与自己长得一模一样？那样一张脸，有着比她发育更好的身段，能引得萧长嗣欲生欲死，又有没有打动过清心寡欲的萧六郎？若是没有，难道他这三年来，留下方姬然为她医治，真的只是“只为悟，不为医”？

黑压压的天空不会回答她任何问题，薄薄的一层夜雾中，不时有笑声传入耳朵，但所有人都把她遗忘了，他们都围着方姬然……她的姐姐在转。

“上辇！”

一道轻声打断了她的思维，她回过头，看见了萧乾的脸。

明明灭灭的灯火中，这张脸依旧风华绝代，却一样清凉疏离。墨九站在灯笼的光晕中看着他，说不出应当感激他还记得她伤了脚，还是应该怨怼他把原本属于她的一切都剥夺了，而且，夺得无声无息，不给她半点心理准备和喘息的机会。

她没有上肩辇，望着他问："都是真的吗？"

到了这会儿，她其实还有疑惑。方姬然试过神农山的祭天台手印，可她并没有试过……她们都是四柱纯阴之命，若她的手印也可以打开祭天台，又怎么说？为什么没有人觉得她也可以试一试？

这种小小的委屈在萧六郎面前，几乎没有掩饰就流露了出来。潜意识里，萧六郎身上有云雨蛊，与她是生命共同体，是值得她信任的人，也是她可以信任的人。

但萧乾却说："是真的。"

墨九有些失望。

她以为萧六郎应该与旁人不一样的。可他终究还是忽略了她的感受，他并没有看出来她的失落，即便有云雨蛊，他也看不出来。

于是，墨九抬着下巴，冲他伸手："扶我一把。"

一行人出了皇城，墨妄与灵儿依旧在方姬然的身边，三个人似乎有说不完的话，墨九看过去好几次，也没有人过来。

她心里正闷闷的，萧乾却把马骑到了肩辇的边上，不温不火地道："他们会带你去一个叫怡然居的地方，你娘在那里等你。"

稍顿一下，看墨九不语，他又补充道："嫂嫂多住几天吧，与娘家人好好叙旧。"

墨九侧过眸子，在微弱的火光中看着他。

原来他把她娘从盱眙接来了。这意思是已经安置好了。虽然这省了她的事，可莫名地，她有一种被人玩弄于股掌之中的恼怒。还有，他说多住几天是什么鬼？是让她从此不要回萧家了吗？

墨九斜斜地躺在肩辇上："萧六郎。"

萧乾目光淡然地望着她："嗯？"

墨九唇角一弯："昨儿在皇城司狱里，我说请你帮我问候你祖宗十八代。如今见你对我这么好，我收回这句话。"

萧乾："……"

墨九扬了扬眉，发出一声短促的笑："你对我做的事，问候九代足矣！"

马蹄声远去了，在安静的夜里，尤其刺耳。

墨九看着萧乾策马的背影，坐在肩辇上一动不动。直到他与几个侍卫都消失在了街道的拐角，她才淡淡地望向两个抬肩辇的侍卫："停！放我下来。"

两名侍卫吓了一跳："大少夫人！萧使君吩咐，必须把您送到怡然居……"

墨九不耐烦了："再啰唆一句试试？"

这货的脾气出了名地古怪，两名侍卫没有法子，只得先把肩辇放下。可他们却没有想到墨九会利索地走到牵马的墨妄身边，二话不说，夺了他的马缰绳就翻身上马，然后驾的一声拍向马背，扬长而去。

"墨九！"墨妄在后面喊。

墨九头也不回地挥了挥手，向着萧乾的反方向飞奔："借马一用。"

其实墨九没有目的地。以前听说"天下之大，竟无容身之地"时，她只觉矫情，可切身感受，这番滋味真的销魂。

墨妄那匹马应是一行人里面最好的一匹，她这么狂奔，一开始还有人边追边喊，很快那些人就消失了……

没有了追兵，她自然而然地放慢了马步。

她并不是一个莽撞之人。入宫不过两三天，就经历了翻天覆地的变化，她需要好好想一想。理顺思绪，看清未来的路。

这般心绪浮动地想着，她漫无目的地策马慢行，也不知走了多久，等她从混乱的思维中回神，发现马儿停在城郊一个熟悉的三岔路口。三岔路的两侧，是两排枫叶凋零的树。

菊花台她只去过一次，是辜二带她去的，原本印象不深。可当初曾走过这里，她记得从枫树中间穿过去，便是菊花台了。鬼使神差般，她几乎没经大脑，就踱了过去。

菊花台外，很安静。门口两盏风灯光晕很浅，照得不太远，宅子里头似乎也有零星的几丝灯火，悠悠的光线让这一片土地有额外的暖意。她看着那风灯，摸了摸肚皮，似乎闻到了食物的香味，不由吸了吸鼻子。

她并不曾特意来找东寂，可这样的凑巧，也许因了一种下意识的行为……她想吃。

她不舒服的时候，就想吃。

落魄时找朋友讨一口酒喝，本是常事，但经了金瑞殿的事后，她突然拿不定主意了。东寂对她的好，是不是也因为千字引？毕竟东寂的身份，至今还是一个不太确实的"谜"。而且，一副丧家之犬的样子找上门来要吃的，也太没有面子。

人都讨厌被人利用，可一个人连被人利用的价值都没有了，而且突然被众人抛弃，成了一个十足的闲人，一个真正的活寡妇，她发现比被人利用更惨。

默默立了一会儿，她掉转了马头。

嗖！风灯的光影中，一个黑乎乎的东西从她的身后飞了过来，冲到她的马儿前面，又往前飞出一段距离，然后栽落在地上。

暗器？她一惊，下意识地回头。

院侧的竹林、芭蕉的暗影里有一个人，正慢慢地朝她走过来。

看他的样子，是个身形修长的男子，可面部表情却有些诡异，丑陋得不像一个正常人，这大晚上的看了，惊悚效果太强烈，视觉冲击力也很大，墨九不由瞪大眼睛。

“何人装神弄鬼？”

那人似轻笑一声：“花明月暗笼轻雾，今宵好向郎边去。”

轻轻吟完两句诗，见墨九不言不语，他又上前两步，微笑地问：“都走到家门口了，为何不入？这样岂非浪费我一番苦心备下的美食？”

墨九看清他脸上原来戴了一副类似钟馗的面具，不答，反问：“一个人为什么要有两张脸？”

东寂一怔，缓缓地取下那张做工精致的面具，轻笑道：“今日为何这般经不起玩笑？这是面具，原只为逗你一乐，你既不喜，不要也罢。”说罢他随手将面具丢弃在道边。

墨九坐在马上，唇角弯出一个笑容：“你明知我问的不是这个。”

东寂的声音不变：“那你问的是什么？”

墨九定定地看着他：“你早知我会来？”

东寂唇角高扬，笑得更是愉悦了几分：“我不知，但我们约好要以食会友。你来，我就在，你来与不来，我都备着。我想，你总有一日会来。”

你来，我就在。

你来与不来，我都备着。

在这样一个感觉自己被全世界遗弃的夜晚，东寂恰到好处的话，给墨九的不仅仅是朋友的安慰、包容，还有一种难得的温暖，以至于她那空掉的心，突地被填满了。

至少还有人在等她，诚心地等她。

她认真地考虑片刻，拍了拍瘸着的腿道：“你就不怕引狼入室？我若进去，可不仅仅要讨吃的，还得收了这房子哦？”

东寂也很认真地说：“说了送你，就是你的。”

“好吧。”墨九笑得眼睛弯弯，“东寂是个心善的大好人哪，既然你肯收留落魄的我，我又怎能不承你之情？走！”

菊花台的大门一开，一个叫鸳鸯的小丫头就赶紧过来扶着墨九，伺候她走前走后，样子恭敬又温驯。也许做丫头的都是如此，可墨九突然间又受到星级待遇，心里却有些唏嘘。

她回头冲东寂一笑：“谢了。”

东寂回笑：“不必。”

墨九呵呵一声：“我想谢的是下一句。”

东寂疑惑：“下一句？”

墨九严肃地停下脚：“你不是请我来吃喝的？”

东寂也严肃地看她：“时辰太晚，你熬了一夜太累，不宜饮食，得睡醒再吃。”

在这一刻，他的目光不若平常的温和，有些锐利，以至于墨九觉得心里那点“小事”都被他看穿了，想要挖一个地缝钻进去……她不是墨家巨子了，她被所有人抛弃了。

东寂这个人很善于观察和照顾别人的情绪，看她脸色不太好看，随即又笑道：“四更天了，你一夜未眠的样子，又憔悴，又狼狈，实在不宜吃那样精致的饮食。要知道，天下美食皆有灵气，当珍之重之，品尝食物亦是天赐之乐，得有一个好的心境，不然，岂非亵渎？”

对他这一番理论，墨九头一次听见，却不觉得违和。对一个吃货来说，她也尊重食物，甚至也隐隐有过类似感觉，只不过没有像东寂这样精确地总结出来理念。

如此一想，她释然了：“确实又困又累。好，依你，醒来再吃。”

东寂让鸳鸯扶她下去，临行又若有似无地看一眼她的脚：“需要大夫吗？”

墨九摇头：“最好的大夫看过了。”

东寂目光微微一沉：“大夫怎么说？”

墨九抿嘴：“死不了。”

这样调皮的回答，让东寂忍住不禁：“你呀！”

话未落，却听墨九转过身又喃喃地笑了一句：“所以我问候了大夫家的九代祖宗。”

这一夜在菊花台，墨九睡得很香。

当然，任何一个在牢狱里睡了两天硬板床出来的人，沐浴更衣洗得香喷喷之后，又睡在一张香软的绣床之上，也会舒服得不想起来。

迷迷糊糊间，听见窗外的鸟儿叽叽喳喳，墨九有一瞬间的怔忡，不知今夕何夕。

她下意识便唤：“蓝姑姑，玫儿！”

“小姐，你醒了？”一个粉嫩嫩的小丫头打帘子进来，笑吟吟地看着她。

在她后面，还有两个与她着装一样的小丫头，一个拿面盆，一个拿胰子、巾子，走路如风摆柳，款款娇美，让墨九有一种再次穿越了时空的错觉。

她伸了伸吃痛的脚，感觉又肿痛了一些，呻吟：“来吧，多谢几位姐姐。”

“奴婢不敢当。”

小丫头伺候着她洗漱，小心又温柔，每一个动作都恰如其分。当然，蓝姑姑与玫儿也细心伺候过她，也很贴心小意。可和面前这几位比起来，她们伺候人的本事直接被甩出十条街，根本就是专业与业余的区别。

她懒洋洋地看着一双小手为她系丝绦，不经意地扫到了那双小手的袖口。那里塞了一个小包，小包上的刺绣很熟悉。

她心跳慢了一拍：“东寂呢？”

对墨九的称呼，小丫头微微一愣。但她很快又镇定下来，恭顺地道：“今晨姑娘睡下后，就来了客人。公子陪客人坐到天亮时分，待客人走后，这会儿刚沐浴完，歇息去了。”

看墨九静静不语，那小丫头不晓得她的心思，紧张地掏出袖子里用绢子包好的瓷瓶，笑道：“公子叮嘱过奴婢，早膳已备好，小姐想吃什么都可以。还有这药，公子吩咐奴婢，一定要替小姐敷上。”

哦一声，墨九对他的客人有点兴趣。会有哪个客人造访东寂，留下了萧六郎才有的药？

她问了，小丫头却支支吾吾，也不知是说不清，还是不敢说，只道是几个年轻公子，天刚亮就走了。

墨九再次见到东寂，是在两个时辰后。

她正坐在院子里一边吃点心，一边看她的伤脚，那个叫鸳鸯的小丫头便笑着跑了进来：“小姐，公子有请。”

雅致的书房里，陈设简单，却精致整洁。东寂坐在书案后面的紫檀木雕花大椅上，有一个管家模样的壮年男子正在向他禀报什么。

听见鸳鸯敲门，那人合拢手上的东西，看向东寂：“公子……”

他欲言又止，东寂只对他点点头：“下去办吧。”

那男子低低应声是，退着出来。他与墨九擦肩而过时，墨九不经意扫向他的手，发现那只手粗壮有力，应是练武之人，而他手上的东西，也是正式公文一类的纸。她嘴角抿了抿，什么也不问，只看向安静带笑的东寂：“笑得这么开心，捡钱了？”

东寂一怔，微微笑着，朝她招手，语气温柔地道：“这可不是捡钱，而是亏钱了。”

等墨九坐在他书案的对面，他微笑着把手上的东西移到她面前，在上面点了点，“你在这里画个押。”

“什么东西？”墨九边问边看，“地契？”

其实她要菊花台的时候，喝了些酒，说得太随意了。虽然有接她娘和沈来福过来居住的小算盘，但多少也存了开玩笑的成分。她也没有想过东寂真会把宅子一分钱不收地送给她。南荣的房价如何她不知，可按现代的房价来看，东寂送她这样一幢“大别墅”，那可是她还不起的人情……尤其男人送女人房子，酒醒了，那感觉好像就暧昧了。

沉吟一瞬，她笑道：“我突然良心发现了。所谓无功不受禄，我吃你的喝你的，再要这样大的宅子，我怕晚上做噩梦。”

东寂并不看地契，目含笑意道：“钱财乃身外之物，又岂能与友情相比？我知你顾虑，可君子相交，贵在坦坦荡荡。你我相识有缘，何苦避这些嫌？”

墨九一默。这个男人真懂得女人的心思。

老实说，从异世来到这样一个陌生的地方，她能有一幢属于自己的房子，那就是安全感。可虽然东寂不缺钱，她却不能太随便。皱了皱眉，墨九严肃地看着他：“我没有等价交换的东西。”

东寂笑而不语，递上来蘸了浓墨的狼毫，伸到她面前。

墨九看着地契，很动心……她是个俗人，对俗物真的没有完全的免疫力。可拿人手短，她不想与东寂之间的关系，因一个菊花台从此变了意义。

一边唾弃自己的圣母心，她一边笑吟吟地把地契推了回去：“说不签，就不签，我哪晓得有没有陷阱？万一我不小心把自己卖了，那可怎么办？”

东寂脸上的笑容更盛。然后，他不再勉强，突地低喊一声“明远”，那个从墨九身边出去的壮年男子，应声进来，垂手而立的样子极为恭敬：“公子。”

东寂把地契交给他，瞄着墨九道：“你看好了，以后这位姑娘就是府上的新主子。她什么时候来，你们都得候着。她有什么需要，你们就一一照做。”

周明远头也没抬：“是。”

东寂摆手：“下去吧。”

关门声把墨九拉回神，她蹙眉盯着东寂：“你这样……让我很难做人哪，朋友！”

东寂端起面前的青花茶盏，吹拂着茶水，慢悠悠地喝了一口，笑意便从他唇间溢了出来。

看得出来，他喜欢与墨九在一处。至少他与周明远说话的时候，与他吃完茶再抬头看墨九时的温和，完全一个天，一个地。

任何姑娘被这样好看这样高贵这样风雅这样温柔的男人，用这样的眼神看上一眼，都很容易心动。

墨九也有片刻的恍神。可下一瞬，她就想到了击西的话……不对，萧六郎让击西转告她的话："中了醉红颜，不得与男子亲近，否则此毒经久难愈。"

经久难愈……那声音魔咒一样，让墨九下意识地搓了搓脸，感觉双颊发烫，不由暗暗诅咒萧六郎不得好死……不，诅咒他云雨蛊解去之后，再不得好死。

东寂眼看她眼神游离，人魂两分，不由低问："你在想什么？"

墨九出神，挑了挑眉梢："我在想，既然我是菊花台的主人，那你可以走了吧？"

她冷不丁变脸的一句话，出乎东寂的意外。他握着茶盏的指节从上往下滑了一滑，看着墨九严肃的脸，又笑起来："主人就不肯留客人吃个便饭再走？"

墨九说："主人不会做饭，留不得客。"

东寂考虑一下，微笑道："客人可以自己煮，味道还不错。"

墨九的眼睛顿时亮了，追问："煮什么？"

东寂回她微笑："卖个关子！保证好吃。"

好吃，好吃……墨九再一次拍拍脸，就豁出去了。反正萧乾只说不能与男子亲近，她只要不与东寂有身体上的接触，不就可以了吗？

说服了自己，她又高兴了："那你还等什么？赶紧去啊！这都几时了，肚子都饿了。"

刚刚吃了过来，又在找吃的？东寂失声笑着："可以，不过我有一个条件。"

墨九瞥回去："什么条件？"

东寂笑道："你来帮我。"

为了吃，墨九很少有节操。而且她不仅喜欢吃，其实也喜欢看人家做吃的。看那些普通的食材变成可以果腹的、精美的食物，是一个很享受很愉快的经历。

菊花台的灶房非常大，一应食材应有尽有，让墨九叹为观止，不由啧啧有声。

原本候在那里的几个厨娘和小厮见东寂领墨九过来，头也不敢抬，纷纷行礼："公子好，小姐好。"

东寂摆手，他们二话不说就离开了。

墨九看着食材，高兴地回头看东寂："我先说啊，我可不会做太复杂的东西，脚也不方便，能帮你的地方有限。"

东寂指了指灶膛："你帮我烧火。"

"啊？！"墨九睁大眼，看了他一眼。见他已经系上围罩，又高高地挽起袖口，一副要大干一场的样子，觉得烧火确实够简单，她也没再争辩，便走到了灶膛面前：“东寂，你怎么会做吃的？”

“因为我好吃。”东寂始终保持着得体的微笑。

“这个回答妙，妙哉！”

火是厨娘都生好的，墨九只需要用火钳夹夹柴火就成。她低下头，拨了拨烧得红彤彤的柴薪，下意识又拿火钳往中间掏了掏，留出一片燃烧的空间。

这是跟萧乾学的。

所以，几乎不需要太刻意，她动作只做了一半，就想到了萧乾，想到了“下流村”，想到萧六郎教她烧火的样子，也想到萧六郎从巽墓把她拖出来，想到他湿透的衣裳，还有他们二人共同中的云雨蛊……恨恨地，她有些咬牙。

东寂回头：“怎么了？”

墨九将一根柴火往中间捅了捅：“突然没了食欲。”

东寂微微一笑：“都说女子性小，东一阵风，西一阵雨，我还不信。如今在你身上，也算是应验了。”

听到这里，墨九其实很想多嘴地问一句“东寂，你有女人了吗”，可两个人食友的关系，问这话，很容易让他觉得暧昧，她就又咽了回去。

这时，东寂的话锋已转开：“今天我们吃羊肉锅子。”

“哦。”墨九回答着，继续烧火，话较之先前少了很多。

东寂回头朝她笑了笑，也不再说话，只专注手上的活计。墨九边烧火边看他，很快就发现，他说的羊肉锅子与后世的“涮羊肉”有相似之处，或者说便是“涮羊肉”的早期雏形。

慢慢地，她忘了旁事，只剩感叹了。没想到，东寂的刀功那么好，将羊肉片切得很细、很薄，墨九自恃厨艺不错，在他面前，就凭这一手，她就得甘拜下风了。

他切好羊肉，又拿了作料将羊肉浸泡去膻。等一切做好，他突然有些小孩心性地从案架上拿出一瓶酱料，得意地道：“这是我自制的蜜酱，蘸羊肉吃最美。”

“做菜还自备蘸料，真是个合格的厨子。”她笑应。

煮羊肉的是一口特制的老铜锅，下面烧着无烟的炭火，把锅子放上去，炭火将锅底一烤，滋滋声起，蘸料与羊肉的香味就扑鼻而来，令人食指大动。

“帮忙带两只碗。”东寂擦擦手，回头喊着，端了盘子出去。

“来了！哈哈，有的吃了！”墨九兴奋地拿了两只白瓷碗奔过去，坐在桌边，搓了搓手，眼珠子盯着锅子不转，“要是有一壶梨觞就好了。”

她只是随口说说，毕竟梨觞难得，上次东寂已经招待过她了，这回肯定不会再有。

不料东寂却笑道："早就为你备好了。"

墨九舔了舔唇："又去偷了？"

"不！"东寂回头，笑道，"萧家送我的。"

"哦，远房亲戚嘛。"墨九随口应和，不想破坏吃东西的良好氛围。

东寂眉头略微一皱，随即又笑："对，远房亲戚。"

选在灶下吃这样的东西很有意境，墨九吃得很开怀。除了羊肉之外，东寂特地准备了几盘蔬菜，都整理得很干净，让人看起来很有食欲。

"有友如此，足矣！"墨九满意地点头，低头一闻，那锅子的香味，让她本能地闭上眼睛，舒服地感受一下，"舒服！"

东寂嘴角微扬，递筷子给她。

这一场"以食会友"，完全是东寂在照料墨九吃喝。他本人吃东西很斯文，应当受过很好的礼仪训练，墨九却很随意，只管吃得舒服，虽然不至粗鲁，可在动作的美感上，确与东寂差了很多。

好半晌，等肚子彻底舒服了，她才抬头迎向东寂微笑的眼，指了指蘸羊肉的小碟子："你做的酱料好吃，回头给我弄点回去。"

东寂眉头微皱："这儿是你家了。"

墨九轻轻一笑："好说好说。这儿虽然是我家了，可我还有事情得离开。不过这里我会常来的，尤其是……"将一块羊肉放入嘴巴，她冲他愉快地眨眨眼，"有厨子在的时候。"

东寂并不勉强，只笑道："你若来，提前知会一声。"

这么说来，他也并非天天在这里了。墨九点点头，用筷子夹一块烫好的羊肉放入他的碗里："又嫩又香，你多吃一点，不必管我。"

东寂望了墨九一眼，也不再多说什么，只拿羊肉沾了酱料慢条斯理地吃。

在这个过程中，两个人很少交谈，墨九是顾不得，他似乎是欲言又止。墨九越吃情绪越高，眉梢也越来越飞扬，可东寂的眉头却越来越往下，情绪偏低。

好一会儿，他突然道："我可能有一段时间不会来。"

墨九怔了怔，兴致勃勃地点头："好啊，你有事尽管去办。你这个厨房我喜欢，回头我得空了，自己来搞点吃的。"

东寂轻笑："你不是刚说了不会？"

墨九并不觉得尴尬，回得很严肃："我不会，是我懒。"

东寂唇角一牵，似犹豫了一瞬，方道："那下次再以食会友，就由你展露厨艺了。"

墨九抿了抿唇："那没问题。等下次来，我给你带点松花蛋，那个好吃。"说到这里她想到她包的松花蛋都在萧家，怕是暂时吃不上，不由一叹，"回头我得再弄一点。"

东寂并不追问她松花蛋是什么，含笑道了谢。他原本想要夹一块羊肉给她，可大抵是发现她的唇角沾了蘸料，又轻轻地放下筷子，将随身携带的白绢子拿出来，伸手要为她擦。

咚的一声响，墨九打翻了碗。

她风一般地退开，躲避着东寂的触摸，甚至都顾不得痛脚。可动作太快，幅度太大，袖子一不小心就把装蘸料的碗打翻了，红红的蘸料散乱在桌上，很狼狈，一如东寂尴尬的表情。

"不好意思，不好意思！"墨九回神，"我穷癌晚期，凡事习惯自己动手，冷不丁被人伺候，不太适应……"她赶紧接过白绢子，往嘴巴上用力一擦，见东寂恢复了往常的笑容，又朝他一笑，"嘿嘿……"

可笑容未落，她又突地僵住。

萧六郎说，中了红颜醉不得与男子亲近，否则此毒经久难愈，那这个"男子"的范围包不包括他萧六郎自己？她记得，在皇城司狱里，他对她又抱又搂又捏脚的……那岂非故意作孽了？

"怎么了？"东寂观察着她变幻莫测的面部表情，"有什么事吗？"

"无事无事，我换一个蘸料碗。"墨九吐口气，赶紧把桌子收拾干净，又去兑了一份蘸料，全程不用东寂动手，以示赎罪。

在她做这些事的时候，东寂没有去帮她。他很照顾她的情绪，为了不让她别扭，他任由她瘸着脚走来走去，自己只是慢慢地喝酒。

这样懂女人的男人，任何女人与他在一起都会很舒服，不会不自在……因为他永远会给你充分的自在。墨九瞄他一眼，感受到了他的体贴，越发觉得自己先前的举动太过急切，容易让人生出误会与嫌隙。

于是坐下来，她又笑着拍了一个马屁："东寂这样的居家好男人，真是世间罕见，哪个女人娶到你……哦不，嫁给你都是天大的福分。不说旁的，单凭这羊肉锅子与蘸料，就很难想是你这样的美男子做得出来的嘛……当然，也有可能因为是美男子做的，所以味道特别好。"

"居家好家人"这个说法很现代，但东寂似乎听懂了，加上她话里话外的恭维和刻意的缓和气氛，确实让人愉快。他眉梢舒展，一双微笑的眼睛里，像含了晶亮的珍珠，轻轻一叹："陇馔有熊腊，秦烹唯羊羹。"

墨九翻个白眼："民妇来自乡野，粗鄙之人，麻烦公子说人话。"

听她也唤他公子，东寂微微一笑："好吃就多吃点。"

墨九哦一声，表示明白了，接着边将羊肉往嘴里，边探着脑袋瞅一眼锅子，眉头紧皱："多吃好像也没有太多了……"

她贪吃遗憾的动作，取悦了东寂。大抵全天下的厨子都希望得到食客的夸赞，他不由哈哈一笑："美食取之，得有度！意犹未尽，才是真好。你不要贪吃，伤了肠胃。"

他是第二个叫她不要贪吃的男人。第一个是萧乾。

可萧乾明显比东寂小气。他直接把两颗大核桃丢入湖水，一个都不给她吃，还冷声冷气地警告她。比较起来，东寂确实太好，至少他等她快饱了才警告嘛。

念及此，瞥着东寂似笑非笑的目光，墨九干笑一声："若无你这样盛情款待的友人，其实我也吃不得这么香哪。所以，这一趟临安，我没有白跑。"说罢她放下筷子，"我得走了，各自珍重。"

放下筷子就要走人，除了这货估计也没人干得出来。可东寂并未生气，温和地看着她，眸底笑意未变，慢慢地起身道："我送你出去。"

"谢谢！"

鸳鸯就在灶外候着，见墨九出门，她赶紧上来轻扶，一口一个"小姐"，叫得极是亲热。墨九感激地朝她点点头，又向东寂笑道："东寂会养人，看把小丫头教得多好，又体贴，又乖巧，指东不往西，指西不往东。"

"你喜欢鸳鸯？"东寂问。

"喜欢啊！"墨九当着人面，能说不喜欢？

"那送给你了。"东寂随口就把她送了人，鸳鸯头也没抬，更没有反对，当即便应了是。

可墨九却怔住了，她指着自己："送我？她是个人哩。"

东寂失笑道："她当然是个人。不仅是个人，她还有个妹妹，叫翡翠，也一并给你带去使唤吧。你身边没个可意的人，也不太方便。"

"鸳鸯、翡翠？"

墨九莫名地被塞了两个丫头，还没回过神来，东寂已经招手让翡翠过来了，还细心地向她解释："她们的名字取自'弱体鸳鸯荐，啼妆翡翠衾'。"

不待他说完，鸳鸯便笑道："我们的名字是公子取的，喜欢笑的是鸳鸯，喜欢哭的是翡翠……”

墨九有点懵，狐疑地打量东寂：“你可晓得我的处境？我连自己都养不活，哪里来钱养奴婢？”

东寂凝视着她：“都算我的。”

心里啧了一声，墨九莫名其妙地有一种被大款“包养”了的感觉。这又送房子又送使唤丫头，摆明了要养她嘛。

咽了咽口水，她问：“我可以拒绝吗？”

“可以。”

东寂浅笑的目光，一眨不眨地盯在她脸上，莫名地让墨九觉得那像一张撒开的渔网，网中有一种无奈又失落的情绪，从她的头顶落下来，将她罩得严严实实，以至于若今儿她拒绝了他，好像做了一件罪大恶极的事。

她在迟疑，东寂又道：“你尽管放心。她们不会碍你的事，我只想为你尽一份心，让她们护着你。”

一句“护着你”，让墨九的脸热了，心跳得也有点快。女人很难拒绝优秀男人的示好，尤其来自东寂这样的男人。

但她不想再欠东寂人情。而且对于来历不明的丫头，也不敢乱收。她朝东寂深深地揖了个礼：“我谢谢你了。我这个人自小苦惯了，你这么细致的丫头若服侍我，我怕会折寿。不过，我若有需要，定会向你讨要的。”

东寂略有失望，却没有再勉强。他让鸳鸯扶了墨九上马车，亲自送她到菊花台的门口。

可就在墨九一只脚踏上车杌子的时候，他突地扼住她的肩膀，像有什么话要说。

墨九猝不及防，脚往下一滑，那只受伤的脚背刚好撞在杌子头上，冷不丁这一下，痛得她身子一晃，便往下倒去。

她无语。

东寂盯住她，没有说话，却极快地扶住了她的腰，以一个保护的姿势，将她的身子揽在臂弯里。

宅子门口风灯的光丝丝缕缕地照过来，射在墨九的眼睛里，她不适应地眨了眨，见鬼似的盯着东寂的眼睛，然后将他猛地一推；“完了完了，我死定了！”

东寂臂弯一空，看她对他避如蛇蝎的样子，眉头微微轻蹙，很快又恢复了平静，告了一声路上小心，又道：“九儿，你若有事，尽管拿着扳指来找我。只要你找，我就在。”

上一次，他说“只要你来，我就在”。

这一次，他说“只要你找，我就在”。

也就是说，他不会随时在这里等着她，但只要她有事并且出示玉扳指，这里的人就可以马上找到他……

“哦。”墨九听见自己应了，然后落荒而逃了。

怎么被鸳鸯扶上马车的，她没什么记忆，满脑子只想着“醉红颜”，想着此毒不解，一直红着脸过一辈子……不，不等一辈子结束，她就早衰了。

织娘的脸……

还有方姬然的脸……

她们两个的样子，不时在她脑海里晃动。

女人惜颜，她不敢想真有那一天，她如何面对早衰的容貌。

等她从纷乱的思维回神，人已经出了菊花台。想到东寂，和那瞬间的尴尬，她打开帘子往回望。

东寂仍站在菊花台外，风氅飘飘，长身玉立，整个人像一座石雕。

墨九朝他挥了挥手，慢慢地放下帘子，慢条斯理地问车夫：“你带我去哪儿？”

车夫大声回答：“公子吩咐，姑娘要去哪里，就去哪里。”

“好。”墨九轻声一叹，“怡然居。”

既然命运为她做出了选择，她只能迎难而上了。逃离不仅显得懦弱，其实什么问题都解决不了。不管为醉红颜，云雨蛊，还是早衰之症……她似乎都逃不出萧六郎的掌心。而且，短时间内，她也没有想过与萧六郎划清界限。天台山祭天台、八卦墓、仕女玉雕、千字引、武器图谱……这一个个也像有生命的事物，在召唤着她的灵魂，每念一次，她身体的血液就像在悸动。不管她是不是墨家巨子，这份诱惑力都非她能抵抗。

冥冥中，她有一种感觉。她是为了它们而来的。或许只有解开这些谜团，她才能变回真正的她。

而她要做这些事，就得倚仗他。毕竟有云雨蛊的存在，不仅只有他能制衡她，只要她愿意，也可以牵制他。

天际像挂着一块巨大的黑绸，有几颗星浮在夜空。枢密使府的院落里，寥寥秋风，飒飒而过，将落叶卷落在屋檐上，在几片亮瓦间窥探着屋子里的情形。

室内很静，一丝风也没有。萧乾身着玄黑的锦袍，肩膀上搭了件风氅，懒洋洋地斜躺在一张紫檀木的美人椅上，修长的指间，端着一个质如白玉的杯盏，慢悠悠地喝着酒，一双黑眸凉如深潭，无波、无澜，亦无情绪。

酒香味很浓，他却只浅尝，并不豪饮。

在他的面前，跪了几个侍卫。他们都低垂着头，像犯了错在领罚，不敢抬头，也不敢多嘴。

然而萧乾似乎根本没有发现他们，依旧独自饮酒。

他平常并不贪杯，故而，这一日并不平常。

温酒的炉子上，炭火嗞嗞作响。一个大胆的侍卫终于忍不住了，颤声叩头道："属下等没关照好大少夫人，罪不可恕，请主上责罚。"

萧乾抬一下眉梢，扫过他们的头顶，并未急着说话，只把杯盏放在几上，又将温在炉上的酒壶拿过来，往杯中注满酒液，方才一叹，似与他们说，又似在自言自语："是你们错了，还是本座错了？"

他说得不明不白，几个侍卫跪着，却不敢问，只得耷拉着脑袋，等下文。

然而，萧乾没有动，更没有下文。他微微仰头，任由温热的酒液滑过喉咙，清淡的脸上，没有半分暖意："这个世上，还有比娘亲的所在更温暖的地方吗？"

他的话，无人懂得。几个侍卫面面相觑，不知何意。

萧乾似乎也不需要他们回答，只揉了揉额，话锋突转："你们跟我多久了？"

几个侍卫再一次不懂，其中一个大胆的，硬着头皮道："回主上，三年了。"

萧乾点头，面色如常："三年来，你们做事，从无差错，我很信任你们。可如今，却让一个姑娘从眼皮子底下跑掉，到底是你们越活越回去了，还是她太野太刁钻？"

分明是她太野太刁钻好不？几个侍卫心里都清楚，那祖奶奶还不是被面前这位给宠的，他不开口，谁敢动她？可他们嘴上却不敢说，一副恨不得掌嘴的自歉样："大少夫人性子温婉贤淑，惠和可人，哪里会野会刁钻？这次是属下等疏忽，错得离谱，真是罪不可恕了。"

"如何降罪？"萧乾目光微沉。

那个讲话的"大胆哥"，发现把自己装套子里了，悔恨交加地磕了一个响头，那恭敬的态度，不亚于臣子叩见皇帝："怎么降罪都行，只愿主上别喝了，您身子也不好，沾不得酒的。"

萧乾目光微闪，摆了摆手："罢了，下次不得再犯。"

"主上，不可！"

这些人学的便是唯命是从。不管什么事，只要主人交代，就必须完成。三年来他们替萧乾做了无数的事，完成了无数比这次更为艰巨的任务，却没有想到，这样轻松的事，居然搞砸了，还让大少夫人去了菊花台，害得他们主子大晚上送药和送酒上门不说，还喝了一大缸子闷醋。

主上为什么没有带大少夫人回来他们不清楚，但他们却晓得从菊花台出来，他们主上的脸色就不太好了。

以前他虽然疏离冷漠，偶尔也会笑一笑，也有表情柔和的时候，如今这变成了一张僵尸脸，让枢密使府从上到下都恨不得夹紧尾巴做人，实在快要受不了……可他不罚他们，他们更害怕。

"主上，不如我们自行笞臀吧？"

萧乾似乎很诧异这些侍卫热衷于被人笞臀，视线微抬，等扫过门缝处击西等那几双偷窥的眼时，恍悟地从侍卫脸上一一扫过："本座说不罚了。"

侍卫愣了："可属下几个放跑了大少夫人。"

萧乾凌厉的眉梢微挑："她不是回怡然居了？所以，你们也就无错了。"

侍卫再次愣住："咦，好像是。"

萧乾摆手，似乎懒得再多说："击西，笞臀五十。"

门缝里砰的一声，击西疑似倒地："为什么又是我？"

隐隐的，有闯北的声音传来："阿弥陀佛，近墨者黑，把一群侍卫都教坏了。不笞你，笞谁？唉，慧根太少，渡你不得！醉死佛爷了。"

击西哀号："击西不服，击西分明就是替死鬼……"

这番动静传来，几名侍卫再一次交换眼神，确定主上真的不会再处罚他们了，方才松了一口气，朝侍立在侧的薛昉望了一眼，给他一个"自求多福"的眼神，便慢吞吞地退了下去。只可怜薛昉，什么错也没有犯，还得继续陪在萧乾身边，受他刺人的凉眼。

薛昉苦哈哈地看着萧乾："使君，您有什么需要？要不要吃点东西？我记得你早上就没吃。你若再不吃，就饿瘦了！饿瘦了就不俊了，不俊了就、就、就……"

没话找话不是薛昉的长处。他越说声音越小，声音越小表情越不自在，最后终于编不下去了，也索性扑通一声跪下去，苦着脸道："使君，若不然，你也笞我的臀吧，我实在受不得你这样了。"

看这小子脸色都变了，萧乾眸子微眯，有一抹迟疑："本座就这般可怕？"

他突然变得温和的声音，让心灰意冷的薛昉有一种黑暗太久突见天日的兴奋："是哪是哪！"他应得很快，答完了想想，又用诚恳热情的目光盯着萧乾，捻着手指，"只一点点，只一点点那么可怕……而已。”

唔一声，萧乾似有所悟。他盯着薛昉，却又不像在看他。

这让跪在地上的薛昉皮子发痒了，开始认真地劝慰起来：“使君平常并不可怕，但最近嘛……”顿了顿，他加快语气，“属下有一言不知当讲不讲，所以，拼死也要讲。使君每次碰上大少夫人的事，情绪就不对……”

“你说什么？”

萧乾猛地回头，把薛昉吓了一跳，好不容易升起来的“谈心”勇气，又缩了回去，只剩下黯然销魂的一眼，然后灰心地叹：“反正这样下去，属下这个差事当得太绝望了，还是……直接笞臀吧。”

萧乾扫他一眼，这一眼，是真正的冷厉：“薛昉！”

薛昉头也不敢抬，撅了撅屁股：“打吧。”

萧乾眼风一剜：“本座问你，探子可有来报？”

他的话转折太快，薛昉摸不着头脑，讷讷地道：“半个时辰前，才报过！”

墨九离开菊花台回到怡然居，其实没有离开萧乾的视线，她的大事小事，都有人专程报往枢密使府。薛昉并不知个中缘由，总觉得主子越来越难伺候了，却又不得不遵从。

听罢，萧乾默了默，似是累了：“你也下去吧。”

薛昉哦一声，刚要起身，又跪回去：“使君，漠北来的信，你可要过目？”

那封信早上就送来了，萧乾放在案上，一直不曾理会。往常，这些重要的事情，他都会马上处理的，可今儿却出奇地懒怠，以至于薛昉不得不提醒。

不料，萧乾却道：“不看。”

无语地看着他，薛昉觉得主子中毒好深。

可萧乾脸色从容，分明就没有因私忘公的样子：“不看也知说什么了。谢忱拿到的信，出自漠北，他们是来请罪的。”

薛昉似懂非懂：“哦。可谢丞相呈给官家的信上，并没有什么……”

萧乾冷笑：“他若能看明白，本座又岂能这般放心？”说罢他似是有些热，脱掉肩膀上搭着的狐裘披风，随手挂在椅子上，就着一袭黑袍又躺回美人榻，拿起书翻看。

翻书的声音，很细微。可每一声，都让薛昉毛骨悚然。

他家使君太安静了，安静得让他觉得害怕。薛昉跟他有些时日了，旁的事情不敢肯定，有一点却最清楚，他家使君越是情绪不外露，越是情绪不稳。

大抵也正因为他善于压抑自己的情绪……或者感情，这些年方能在岌岌可危的处境中，风一程雨一程地杀上南荣枢密使的位置。

又添了一次灯油，薛昉看着窗户上的那一抹影子："使君，入夜了！您该就寝了！"

"嗯。"萧乾轻应一声，人却没动。

这已经是薛昉第三次提醒了，从侍卫离开到现在，他就坐在那里看书。案上的书换了一批又一批，看上去很是严肃，可薛昉很怀疑他到底看进去多少。

"使君，你可要用点东西？"薛昉没话找话。

"不必。"说着，萧乾将手上的书又翻了一页。

薛昉偷瞄着他，觉得这一页被翻过的速度有些快……他再次怀疑他有认真在看。

枢密使府都阴气沉沉，小厮仆役们走路小心翼翼，声东、击西、走南、闯北几个人脑袋都不敢冒出来，只有他这个苦逼的贴身侍卫不得不近身吃冷气。

咚咚！很轻的敲门声。

薛昉拉开一条缝，外面一颗脑袋冒了出来，与他耳语几句，薛昉便点点头，把他领进来，走到萧乾的面前。那人迟疑着，瞥了薛昉一眼，不知当讲不当讲，会不会打扰到使君看书的"雅兴"。

"讲！"萧乾像长了第三只眼。

那人吓了一跳，低目道："主上，大少夫人在怡然居与她娘和姐姐一道用了晚膳，很高兴，一直在笑，娘几个相处融洽。在用饭之前，她见了墨妄，把那个洛什么铲的图又修改过，她的样子……看不出什么异常，就是脚没好利索，走路有些跛。"

唔一声，萧乾应了，又看了探子一眼。探子看他似乎不太在意，踌躇地望着薛昉，不晓得还能说些什么。薛昉朝他挤眼睛："事无巨细。"

探子很惆怅："事无巨细？"

薛昉点头："对，事无巨细。"

探子挤着脑子里为数不多的存货，几乎快要掰着指头数了："大少夫人添了一回衣，吃了三碗饭，中间一碗盛得很满，最后一碗没有吃完，剩下了……哦，对了。"他像是想起什么来，"大少夫人还说，若有两只兔子就好了，不至于剩饭。"

听着这样"事无巨细"的汇报，薛昉有种想要一头撞死的渴望。可萧乾却安静地听着，像是在翻书，手指的动作却放得极为缓慢，也没有阻止探子的意思。等探子口干舌燥地下去了，薛昉小声地问："使君，要属下做点什么？"

萧乾头也不抬："由她吧。"

薛昉瞄他一眼，不再吭声。

他家使君的别扭，他看得明白，昨晚除了亲自去菊花台送药，还特地送上一壶梨觞，不就为了满足墨九的口腹之欲？可他偏生什么都不说，就愣生生地看着人家做吃的讨好大少夫人，然后一个人在这里生闲气……关键是生了闲气，他还当成漠不关心。这不自找罪受吗？

“薛昉！”

冷不丁听见他唤自己的名字，薛昉心头一跳，回过神来，上前躬身道：“使君，属下在。”

萧乾的目光落在书页上，吩咐道：“挑两只毛皮漂亮的兔子，明日送去怡然居，给大少夫人养着解闷。”

薛昉微微一愣：“使君？”

萧乾抬头：“有问题？”

薛昉脸颊跳动：“没、没有问题。”

送两只兔子去怡然居这样的任务，对于薛昉来说，比守着他家使君吃凉气的日子舒服了许多。所以，次日天还不亮，薛小郎就揣着银钱袋上了街，在集市上挑了两只又肥又胖的大白兔子，用精致的笼子装好了，屁颠屁颠地去了怡然居。

他来的时候，墨九正在怡然居的院子里，与织娘说话，蓝姑姑和玫儿在旁边伺候着她吃东西。回怡然居来，墨九有她的打算，对方姬然，她客气有礼不生疏；对灵儿，她笑吟吟似无芥蒂；对她娘……她着实发现比起方姬然来，织娘更疼爱的女儿还是她。

毕竟亲手养大的闺女，织娘对墨九的情感，虽然不若对方姬然那么多的愧疚之心，可母女感情明显深于方姬然。人与人之间，哪怕有血缘的母女，感情也要从生活中点滴建立培养。这一点，令墨九很欣慰，对织娘，她也就更添了几分爱重与亲情。

当然，亲情不能免俗。方姬然对方家的情感也多过对织娘的感情，故而相处一日，母女间似乎也没有太多的言语。这日晚上吃罢晚膳，方姬然就随墨妄离开了，说有事去做。

织娘点头，没有反对。

墨九猜测着他们要做什么，却没有询问。倒是灵儿，离开之前，有些回避墨九的视线，又小心翼翼地征求了墨妄的意见，也随着方姬然离开了。

这样的结果，墨九很满意。若强留一个人在身边，却身在曹营心在汉，那不仅苦了灵儿，也苦了她自己。有过姐妹情分，江湖再见，其实很好。只是，她有些不明白，灵儿既然选择了随方姬然离开，为什么会对她露出依依不舍的表情？

织娘正在给她讲早衰病发作的开始，门房便说萧使君派人送东西来了。

停下话头，织娘望向墨九。

萧使君对她女儿的关心，早已超过了小叔子对家中长嫂的关心程度。这一点，织娘身为过来人，又怎会看不明白？

想那萧乾堂堂枢密使，手握重兵，日理万机，却派人千里迢迢将她与沈来福从盱眙接来与墨九母女团聚，还给了这样好的宅子，又把蓝姑姑和玫儿提前送过来，不就为了墨九？

织娘眉头微微地蹙着，不懂墨九的心思，也不明白女儿与萧乾的关系深浅，神情便存了少许疑问。墨九却似不察，懒洋洋地道："让他进来。"

这个宅子是薛昉安排的，织娘也是他送进来的，里里外外，他都熟得很，不用人带路就入了院子。一看见墨九，他比看见祖宗还亲热，把两只兔子殷勤地递上去，笑道："大少夫人，我家使君让我送来的。"

墨九看着两只兔子，眉头微皱："给我的？"

薛昉点头："萧使君说，大少夫人闲着，可以养养兔子解闷，怡情养性。"

墨九瞄他一眼："你等着。"

说罢，她拎着两只兔子就离开了。

薛昉看着她的背影，摸不着头脑："这……"

织娘坐在藤椅上，头上戴着一顶薄纱的帷帽。隔了一层纱，她看着薛昉尴尬的样子，虽然不晓得自家女儿为什么变得这样霸道，但也赶紧让蓝姑姑请薛昉坐下，泡茶上水，亲热地招待。

"小郎君请坐。我这丫头打小没规矩，你不要与她一般见识。"

"晚辈不敢。"薛昉瞄着墨九离去的方向，虽不晓得墨九让他等什么，却只能老实地坐着，陪织娘寒暄，"老夫人住在这里，可还习惯？"

"叫我婶子就好，叫夫人就真不习惯了。"织娘看出这年轻后生性子腼腆、良善，一张藏在帷帽里的脸，露出了微笑，"还请小郎君回去替婶子给萧使君带个话。亏得他有心，把我从盱眙接来，又为我找到失散的女儿，让我们娘仨得以团聚。这份恩情，我们娘仨恐是无以为报了。"

织娘嗓子有些坏了，但一言一行都极是温和，是个知书达理的人，薛昉听了很受用，呵呵傻笑："应当的，应当的。我们家使君说了，都是一家人嘛。"

一家人？织娘心里微怔，又是一笑，把桌上墨九装果脯干的盘子往薛昉面前递了递，透过帷帽的纱，看薛昉年轻俊俏的脸。

“敢问小郎君今年贵庚？”

薛昉老实地拱手：“回婶子话，晚辈今年十七了。”

织娘眸中含笑，又问：“家中可有婚配？”

薛昉俊俏的脸腾地一红，腼腆中带了一羞涩：“还、还不曾。”

织娘轻笑一声，觉得这后生跟在枢密使身边，涉足南荣官场权斗，却不曾染上半分世俗的秽气，性子忠厚老实，甚是难得，不由笑道：“往后婶子看着有合适的姑娘，给小郎君说上一房可好？”

薛昉啊的一声愣了。待他反应过来织娘是要为他说媒，不好意思地挠了挠头，红了一张俊脸。

这时，一个姑娘从院门风风火火地进来了，她端了一个托盘，将茶水砰的一声重重地放在薛昉面前，眼珠子忽闪忽闪的，好奇地看着他：“这就是给你泡的茶。喏，来了，喝吧！”

织娘瞪她一眼：“心悦，不得无礼。”

“哦。”沈心悦吐了吐舌头，“娘子，我很有礼貌了啊，我请他喝茶来着。”

话音刚落，她嘻嘻一笑：“而且，我看他长得好生俊俏，想试试他功夫嘛。”

这姑娘性子野得很，说话向来直接，没有半分遮掩，当着儿郎的面，也这般直言不讳，弄得织娘哭笑不得：“薛小郎莫要与这丫头片子一般计较。她年纪小，没见过世面，见天儿咋咋呼呼，不晓得人情世故。”

被姑娘家盯着瞧，薛昉脸都红了：“不敢不敢，姑娘很爽利。”

沈心悦下巴一抬，得意地瞄向娘子：“你看吧，娘子，他还说我好哩。”顿一下，她纤眉又蹙，“可他是谁啊？这京城里的儿郎，我还很少见到这般俊的。”说到这里，她瞄到蓝姑姑搬果盘进来，又不太甘愿地噘嘴，“当然，除了我哥哥。”

织娘失笑，向薛昉介绍了沈心悦，又笑着对她道：“这位是薛小郎，萧使君跟前的侍卫统领。人家不过十七岁的年龄，便领得要职，你与你哥哥，多向他讨教才是。”

“讨教？”沈心悦大眼珠子一瞪，盯着薛昉的脸，“你很会打架吗？”

薛昉不晓得怎么回答，只窘迫地笑了笑，便听沈心悦又说：“看你长得这般单薄，怕是小鸡崽子的肉，嫩得溜滑，却不经揍啊。”

京城的小姐姑娘大多温婉淑静，薛昉平常跟着萧乾，虽常出入市井，也很难见到这般粗犷率真的姑娘。他原就不太会说客套话，这样一听，头皮都麻了：“姑娘见笑了，我只略习得几招防身而已。”

“那来几招？”沈心悦问。

“下次下次。”

“择日不如撞日。”

“来日来日。”

墨九从灶房里出来，就听见这样不伦不类的话，不由打个喷嚏，差点儿把手上的食盒掉在地上。这都什么跟什么？

她好不容易才忍住笑，慢条斯理地走过来，把食盒往薛昉手上一塞：“好了，麻烦薛小郎帮我跑一趟。”

薛昉看着手上的檀木食盒：“大少夫人，这个是……”

墨九认真地道：“你家使君送来的兔子啊。我做成了一道新菜，叫氽兔肉丸。”她揭开食盒，闻上一闻，作势咽唾沫，“你看看这汤汁，乳白滑嫩，兔肉丸子也鲜美可口。你帮我送去菊花台，交给一个叫东寂的公子。”

薛昉眼皮一阵跳：“东……寂？”

墨九瞄他，笑吟吟地道：“如此美味，不与我的食友分享，天理不容。薛小郎，我脚不方便，这点小忙，你肯定要帮的吧？”

薛昉木讷讷地盯着手上的食盒，等脑子终于转过来，抬起头，几近崩溃地看着她：“大少夫人，您不考虑考虑？”

墨九正色道：“考虑什么？”

薛昉愁眉苦脸：“这个不给使君吃？”

墨九奇怪地问：“你家使君缺兔子吃吗？”

薛昉很想回答“我家使君缺你”，可看着织娘和沈心悦还有旁人都在，他到底不敢放肆，只得叹口气，用可怜的语气道：“不瞒大少夫人，我家使君从宫中回去，受了些风寒，病了，今日滴水未进，茶饭不思，无半分胃口，吃这兔肉丸子再好不过……”

“这样啊？”墨九打断他，又转身，“你等等啊。”

她再回来时，手上又拎来一个食盒：“这个拿回去给你家使君。”

薛昉拎着沉甸甸的食盒，嘴里喜滋滋地哎一声，就愉快地离开了怡然居。为了不让食盒里的东西冷却，他差人把第一个食盒送去了菊花台，自己则快马加鞭地赶回枢密使府，把第二个食盒高高兴兴地送到了萧乾的面前。

把兔肉丸子的由来一说，他原以为怎么也能在萧乾面前讨个彩头，却不想，当他兴冲冲地打开食盒时，里头只有一盅煮了兔肉丸子的汤。顿时，他感觉自己离死不远了。

"这、这……兔肉丸子哩？"

萧乾目光嗖地扫向他。薛昉无辜地瞪圆双眼，指着桌子下面没精打采的旺财，大叫："旺财！是你偷吃的对不对？"

旺财耳朵动了动，懒得理他。薛昉觉得自己命不好，看来逃不过一劫了，只得苦哈哈地解释："是属下送错了。这盅汤应是送去菊花台的，送去菊花台的兔肉丸子，才是使君的……"

什么叫越描越黑？薛昉发现自己越说得多，他家使君的脸色就越难看，索性闭上嘴，耷拉着脑袋等罚。

不承想，萧乾揉了揉太阳穴，就将头靠在椅头上，阖上眼睛。

"……使君。"薛昉紧张地咽了口唾沫，尝试着安慰他受伤的心，"大少夫人说这汤乳白滑嫩，想来也好吃得很，您要不要……尝尝？"

萧乾眉梢一动，淡淡地看他一眼："赏你了。"

"啊？"薛昉直愣愣地盯着他。

半晌，看他不似玩笑，薛昉又哦的一声，赶紧端着食盒就逃。

然而，他脚步刚迈出去，却听背后又传来一道命令："放着！"

于是，萧乾没有吃到墨九亲手做成的汆兔肉丸，却喝了一肚子的兔肉汤。不过，这汤确是他从来没有吃过的味道。尤其他今儿并未怎么进食，肚腹原就饿着，更觉得美味无比。

薛昉伺候在他身边，看他一个人郁郁寡欢地喝兔子汤，再想想菊花台那个人在吃兔肉，心疼了。

"使君，我让灶上给你做点菜来配着这汤喝，怎么样？"

萧乾摆手不答，慢慢地放下碗，走到窗边，推开窗户，看白云悠悠的幽远天空……

小时候，他曾问过母亲，天上是什么，天上的天上又是什么，天外又有什么？母亲每次都笑着告诉他，天上住着美丽的嫦娥。在母亲讲那个嫦娥奔月的故事时，他问母亲，为什么陪着嫦娥的一定要是只兔子？母亲说，一般姑娘家都有爱心，都喜欢养温驯的兔子。

"这个疯子！"他突然叹了一声，不知骂谁，又唤道："薛昉！"

薛昉激灵灵地打了一个冷战，应道："属下在。"

萧乾的视线，慢慢地挪到椅子下面趴着的旺财身上："明日你把旺财送过去。"

薛昉啊的一声，哭丧着脸："使君是想吃狗肉了吗？"

怡然居坐落在临安城钱塘门外的湖水之畔。在织娘没有住进来之前，原本是一所闲置的宅子。不临街，也不华丽，甚至有些偏僻，可宅子幽静，三进的房舍后院，除了竹篱花草，还有一大块可供人耕种的田地，栽种有果木。

今儿天气好，太阳格外暖和，墨九让玫儿在园子里支了一张桌子，把织娘扶来坐好，又亲自将萧乾送来的铁观音加上桂花，泡出一壶桂花乌龙茶，让织娘品着，看她腌菜。

为了口腹之欲，墨九很拼。眼看要入冬了，蔬菜吃着就没有那么便利，她今儿大早就让人去集市上买了好些陶瓷的坛子，趁着时节腌上青菜、萝卜、大头菜、姜、蒜等等，又将一些青菜洗净晾晒，准备做咸菜干……

坐在藤椅上，她穿了一条素淡的裙子，黑色的长发松松挽了个妇人髻，白笋似的手指一根根梳理着菜帮子，时不时扬起一串白白的水花，带出一股子淡淡的菜香。那一副认真的样子，织娘并未见过，她也从来不知女儿会做这些事情。

慢慢地，她目光就蕴上了泪："九儿在萧家吃了不少苦头吧？"

墨九哪晓得她的心情？回头一看，她笑道："还好啊。"

织娘审视着她，有些不忍，却长叹一声："你准备什么时候回去？老待在娘身边……难免落人闲话。出了嫁的姑娘，终归是婆家的人了。"

墨九一怔，没有回头："再说吧。"

其实对于做吃的，墨九向来当成一件愉快的事，并没有织娘想的那样复杂。尤其如今，有了这么一个宅子，有了一个便宜娘，她突然就有了一种家的归属感。在她看来，人的精神领域里，归属感太过重要。一个人不管流浪到何方，不管经历了什么，只要心里有一个踏实的角落，有一个避风的港口，什么风浪也都不惧了。

以前她从盱眙到楚州，又从楚州到临安，因为没有娘，没有一个可以称为自己人的人，没有一个属于自己的地方，她始终觉得是飘着的，像没根的浮萍。但在这里，她有一个"亲娘"，虽然她丑陋衰老，可目光里的慈爱却真真切切……

她突然满足了！

笑着把洗好的菜放入坛子，又在坛沿浇上水，她低头嗅了嗅，满意地拍拍手："这一坛子好了，玫儿搬到边上去，换下一个。"

"姑娘，这样就好了吗？什么时候可以吃？"

"这一坛泡的，过两天就可以吃。那一坛腌的，得多等些时候……"

"姑娘，还要做松花蛋吗？"

"必须啊，我要为我的冬眠准备食物！"

"好哇好哇，我来帮你做。"

“我来调草木灰。”

一家人在一起做吃的，感觉很愉快，墨九笑吟吟地看着和她一起忙碌的蓝姑姑和玫儿，又看一眼坐在阳光里的织娘……觉得也许她的病并没有那么糟糕。昨儿织娘说，当年她开始有失颜征兆的时候，月事就不来了。紧接着，她脸上就长痘长疮，容颜尽毁。

这让墨九想起，她的月事也没来。她向蓝姑姑打听过，她上次来月事的时候，是在她第一次逃婚的前几日。算算日子，也就是说，她已经三个月没来月事了。虽然身体感受不到异常，但就算没有早衰，这事对姑娘家来说，也得重视。

若往常在萧家，她会先问问萧六郎。如今两个人关系闹僵了，她不方便找他，而且，她也不知道萧六郎在妇科方面，算不算得上千金圣手？

“噗！”想到萧六郎治妇科病，她恶寒了一下。

玫儿看她发笑，不由一愣：“姑娘怎么了？”

墨九摇了摇头，含着笑低头教蓝姑姑包松花蛋，脸上笑容未退，沈心悦就大着嗓门在门外喊：“小九，那个薛家小郎又来了！”

墨九起身看去，可不就是薛昉来了？不过他手上还拖着一条大黄狗，探头探脑地摇着尾巴，似乎不太敢进来。

“旺财！”墨九见到这家伙，有些兴奋，顾不得手上沾了草木灰，直朝旺财招手。

往常旺财见到她都会扑过来亲热，今儿也不晓得怎么回事，一直摇尾巴，那四条腿就不肯挪入院子。

“怎么了？”墨九走过去，狐疑地看着这条傲娇的狗，“不认识我了？财哥！”

旺财委屈地嗷一声，用无辜的眼神看她。

墨九不明原因，抬头问薛昉：“财哥怎么了？”

薛昉讷讷地道：“使君说，把它交给你了。”

“给我了？”墨九一喜，“真的？他舍得把旺财给我？”

看着她眼底炽热的光芒，想到那两只可怜的兔子，薛昉打了个冷战，用同情的目光看了旺财一眼，结结巴巴地道：“那我就把人……哦不，把狗放这儿了。大少夫人，我先走了啊。”

墨九觉得薛昉有些奇怪，猜不出来为什么，只是点了点头，没再多说。

可薛昉却一步三回头，不时看旺财一眼，那依依惜别的样子，让墨九越发好奇：“可是萧六郎还有话交代？”

薛昉抿紧嘴巴，把头摆得像个腰鼓，可摆完了，又突地咬牙，良心发现似的冲上来，喘着气站在墨九的面前："大少夫人，你喜欢吃狗肉吗？"

墨九一想，明白了，直翻白眼。

薛昉道："狗肉不太好吃。"

墨九瞪着他不说话。

薛昉又红着眼补充："当然，狗肉汤也不好喝，尤其旺财这样的老狗，身上的肉又紧又老，说不定还会伤牙。"

墨九盯着他，突地伸出爪子："其实把人肉剁碎包成饺子，味道才不错。"

啊的一声！她手还没落下，薛昉一溜烟就跑出了院子，很快外面就传来他的马蹄声，还有他风中的呜咽："旺财，别了。"

嗷嗷地叫唤着，旺财垂死挣扎一般，死死地趴在地上，拿脑袋拱着墨九，一副乖巧可怜的样子。

墨九有些哭笑不得："你这只狗，比个孩儿都聪慧。"说完看它还不动，她索性拉住它脖子上的毛就往里揪，"好吧，算你猜对了，我今儿晚上就吃你了。"

旺财两条前腿蹬着门槛子，呜呜地叫唤着，不肯进去，把墨九气得拿过门口的扫帚作势就要收拾它："进不进来？你主子把你给我了，还敢反抗。信不信我真剁了你？"

"嗷！"旺财耷拉下脑袋，拿长长的嘴巴戳一下她的腿，终于乖乖地进去了。

墨九晓得这狗智商高，为免给它留下心理障碍，没再吓唬它，赶紧让玫儿去灶上把昨晚熬汤的大骨棒取一根来丢给它："便宜你了，吃！"

旺财对人的指令与情绪很有感悟力，看墨九笑眯眯的样子，又有骨头啃，大抵晓得小命保住了，于是一个纵身扑过去，两条前腿抱着墨九的腿，一副"亲人相拥"的样子，让院子里的几个人忍不住哈哈大笑。

"这狗比人还精。"织娘笑道。

"那是。"墨九回头望一眼她娘，又使劲地揉揉旺财的脑袋，一双眼睛里全是开心的光芒，"我家财哥是最棒的，我怎么舍得吃了它呢？"

趁着中午太阳好，墨九给旺财洗了个澡，回到房里，又为它擦干净身子，伺候得极是精细。旺财放松地由着她折腾，两只眼睛半眯着，样子很是飘飘然。

"好了，如今你成我的活祖宗了。"墨九拍拍旺财的头，"走吧，跟我出门。"

然后她领了玫儿与沈心悦去城里，准备先找个郎中瞧瞧身子。沈心悦在临安城待了小两年，对大街小巷都很熟悉，有她带路，墨九一路东游西逛，很是舒心。

三个姑娘一条狗，也引得无数路人围观。

“我家财哥就是逗人喜欢。”

墨九平白得了旺财，很得意，玫儿也笑得合不拢嘴：“萧使君对姑娘是真的好，把最爱心的狗狗都给姑娘了咧。”

看了玫儿一眼，墨九抿了抿嘴，不置可否。实话说，她也没想明白为什么萧乾要把旺财送过来。若是寻常东西也就罢了，再珍贵也只是个物什，可旺财不同，说它是萧乾的宝贝半点都不为过。

琢磨一阵，她突然想明白了：“或许他怕我一时想不开，闹自杀，安慰我情绪的吧？”

她喃喃自语，把玫儿吓一跳：“姑娘，你为什么要自杀？萧使君又为什么怕你自杀？”

墨九瞪她：“这事，你们年轻人不懂！”

玫儿哦一声，问沈心悦：“你懂了吗？”

沈心悦点头：“懂啊！小九嘛，一年不闹几次自杀，就不是小九了。玫儿你不晓得，以前在盱眙，我们俩没事就玩自杀……有一回，还差点把人家的房子点着了。”

玫儿猛地瞪大眼睛：“可是江边上那家茅草屋？”

沈心悦猛点头：“你咋晓得？”

玫儿道：“我也是盱眙人。”

沈心悦问：“莫不是你家吧？”

玫儿很无力地说：“……是。”

沈心悦闭上嘴巴，一副“当我没说过”的样子，扭开头看旁处。

墨九趁机岔开话：“心悦，你说的那个胡郎中，在哪里坐馆？”

“就前面。”沈心悦指着前方扬着“医”字布幡的医馆，扯了扯墨九的衣袖，“济生堂的胡郎中，在临安城很有名的。可小九，你是哪里不舒服？”

墨九嘿嘿一笑：“大姨妈。”

沈心悦轻啊一声，问：“什么？”

看她不懂，玫儿叽叽直笑，墨九也不与她解释，往大开的医馆大门走过去。

可这时，一直摇头摆尾的旺财，却突地扑上来，前爪抱住她的腿，嘴巴咬住她的裙摆就往外拉。

第十二章　生命的抉择

在墨九心里，旺财是一只神犬。它不仅粗通人言，还格外敏锐机灵，曾经帮着萧六郎干过许多见不得人的事，比如她第一次逃婚被找回去，旺财就功不可没。所以，旺财这么拼命地扯她裤腿，她当即停了下来："怎么了，财哥？"

旺财虎视眈眈地看一眼济生堂的大门，仰着脑袋朝她吼："汪！"

墨九也回头望一眼，却不明白："那里有什么问题？"

旺财舔舔嘴巴，坐在她面前："汪！"

再聪明的狗也是狗，与人不能用语言交流。墨九考虑一瞬，摸摸旺财的狗脸："这样好了，如果你是不想让我进去，你就打个滚。"

旺财到底能听懂多少，她不清楚，这么说也只是好玩而已。哪晓得旺财身子一侧，真的就原地打了个滚，然后坐起来朝她吐舌头，摇尾巴，样子极是得意。

看它大尾巴抖起无数灰尘，墨九顿时无语："刚给你洗过澡，你还真的滚？"

一个"滚"字出口，旺财似有所悟，嗷的一声，又滚一圈。滚完了，它坐起看墨九微张着嘴巴，脸色不太好看，吐着舌头，继续滚。

滚过来，滚过去，那一副讨好卖巧的样子，让墨九哭笑不得，终是一把抓住它的狗脑袋，戳了又戳："还滚，还滚？！不许滚了，刚洗过澡啊，祖宗。"

"噫，那畜生有点意思！"

墨九正为旺财拍身上的灰，冷不丁听到背后传来一道粗嘎的男声。

畜生两个字让她有些不悦，眉头皱了皱。

挪开身子，她稍稍换了个位置，往济生堂门口一瞅。

就在旺财撒欢的当儿，有两个虬髯壮汉跨过门槛，指着旺财大声在说笑。

这样冷的天，两个壮汉只着一件露膀子的斜襟夹衫，黑色的棉裤很肥大，腰上用一条扎实的布巾子紧紧裹住，身量高大健壮，说话时脸上的横肉直抖动，其中一个人光着的臂子上，像是刚刚在济生堂里包扎过，臂上的鲜血还没有干透。

墨九突然明白旺财为什么不让她进去了。

狗鼻子灵啊！想来是闻到了血腥气。

遇上这样凶狠的男人，退避三舍自然最好。她拍了拍旺财的头，朝沈心悦和玫儿使个眼色，就退到旁边，把路让开了。旺财站在她的脚下，瞪圆双眼，防备地盯着那两个汉子，目光不太友好，龇牙汪的一声。

“旺财！”墨九怕它惹事，赶紧喝止，然后“友好”地冲两个壮汉一笑。

她脸上“醉红颜”未退，穿得也很朴素，并未引起两个壮汉的注意。目送瘟神离开，墨九松了一口气，正准备去济生堂瞧病。不承想那两个家伙突然停住。

其中一个家伙回头，阴恻恻地瞄墨九一眼，小声与同伴叽咕。

墨九听不清他们的话，警觉地想走，那两个壮汉却高声道：“小娘子，不要走！”

他们一步一步地逼近，目光带了几分煞气。

近前，一个家伙指了指旺财：“叫什么名字？”

这两个人个头又高又壮实，像两座铁塔似的，样子极是瘆人。墨九皱了皱眉，正要说几句客气话，沈心悦已经上前一步，拦在她的面前，大着嗓门道：“你们什么人哪，好不讲道理！哪里有在大街上拦着问人家姑娘芳名的？”

墨九无语地侧目：“……他问的旺财。”

“我管他们问谁！”沈心悦仰着下巴就瞪过去，“问狗也不行！我们又不认识，凭什么要告诉你们？”

两个壮汉顿时沉下脸。

墨九瞪沈心悦一眼，示意她不要多嘴，然后笑着问那两个人：“不知二位大哥，问我家的狗做什么？”

一个壮汉盯了盯她颜色诡异的脸，低头看旺财：“这狗，大爷要了。”

“真是癞蛤蟆打呵欠——好大的口气！”沈心悦瞪大眼珠子，“你们当自己是谁啊？”

“心悦……”

墨九心里默了一哀，可未等她劝阻完沈心悦，旺财就大尾巴一摇，嗷的一声，居然发脾气了，朝那汉子扑了出去。这狗体型也不小，平常被萧乾养得膘肥体壮，身姿灵活矫健，这冷不丁扑向一个大高个子，力道竟凶猛如狼。

“啊，这畜生咬人！”那壮汉侧过身子，拿脚去踹旺财。

可旺财这狗是训练过的，一个利索的翻身，在地上打个滚又扑出去，嘴巴正好咬住那厮的屁股，嗷呜有声，咆哮如雷。那厮没想到这狗这般厉害，痛得嘴里啊声惊叫不止。

他的同伴见势不妙，赶紧从济生堂的屋檐下扯一根竹竿冲过来，一边挥舞一边怒骂：“这畜生，看老子不宰了你！”

“汪！嗷嗷！”

旺财咆哮着，哪里听得懂人家的威胁？在萧乾那儿，它仗势习惯了，胆子大得很，如今跟了墨九，只下意识地保护主子，咬起人来也丝毫不嘴软。

“旺财！”墨九挡在狗的面前，朝那两个人喊：“两位大哥，先放下竹竿，好好说话。”

“畜生咬了人，还如何好说话？”两个壮汉哪里肯依，其中一个挥着竹竿子就打旺财。

“这样，你先去济生堂找郎中，我赔药费……”

墨九拦住旺财左右闪躲，偏生旺财这货又是个不晓事的狗，它咬得愉快，根本没有打算善了，趁着那个家伙摸受伤的屁股，又嗖地从竹竿下面钻过去，两条前腿往前一扑。

那人猝不及防，一个踉跄仰倒在地下。

旺财狗身子压下去，爪子抓住他的肩膀，嘴巴就咬他的脸。

墨九一见，汗都下来了：“财哥，这个咬不得！”

屁股上咬一口也就罢了，若是把人的鼻子耳朵眼睛咬坏了，事情就大了。

“啊！”那壮汉看着面前的狗脸，尖叫一声，也彻底被激怒了，伸手掐住旺财的狗脖子，在地上顺势打了个滚。

一人一狗僵持着，他手上的劲越来越大……旺财嗷嗷地叫着，身子猛烈地挣扎起来。

“老子掐死你这畜生！”壮汉掐住旺财，突地胳膊一麻。

慢慢地转头，他看见光裸的胳膊上有一根细小的针：“这是……什么？”

“放开我的狗。”墨九把旺财从他的手上解救出来，“你好好一个人，何必跟狗计较？”

这会儿周围有人过来瞧热闹，闻言嗤嗤地笑个不停。墨九却没有笑，她看着那壮汉恼恨的脸，目光微眯："你们走吧，这事就算了，我不计较你们欺负我的狗。"

分明是她的狗咬了人，她还说不计较？旁观的人指指点点，觉得这小娘子不讲道理。

那汉子恼羞成怒，摸着屁股从地上弹起来，看看手臂上没有什么异常，又指着她的脸，怒骂："成啊！你当街跪下给大爷磕三个响头，再赔偿一百两银子，这事就算了。若不然，老子要你好看！"

墨九认真地考虑了一瞬，突然叹口气："在天子脚下也敢张狂的人，一般只有两种。"唇角弯了弯，她目光分明有一抹轻视，"一种是贱人，一种是死人。你们是哪一种？"

两个壮汉当即沉脸，像是要动手。

墨九却也不惧，深深地看他们一眼，低声道："外地人入京，做事藏着点，这样大张旗鼓抢人家的狗，是生怕旁人不晓得你们做了什么事吗？还有，我的暴雨梨花针可不是闹着玩的，第一次是警告，第二次嘛，恐怕会比我家狗的牙齿厉害多了。"

两个汉子盯着她，目光露出凶意。

墨九笑道："别这样瞪我，我害怕。"

一个壮汉问："你怎么知道我们？"

"我什么也不知道。"墨九摇头，"我只担心你们搞砸了差事，交不了差！"

她这些话说得有些莫名其妙，沈心悦和玫儿两个离她近，听得真切，却不知其意。可两个汉子交换一下眼神，却瞪着她不甘不愿地快步离去了。

啪啪啪！这时，济生堂门口传来了三道巴掌声。

"士别三日，当真令人刮目相看了。"

一道娇柔的冷笑声里，济生堂的门口又款款地出来几个女子。最前方的女子，烟雾似的裙裾迤逦在地，水蛇似的细腰扭得如杨柳扶风，胸前一片白嫩的肌肤上，缀有一道火焰似的红痕。一颦一笑，妖艳入骨，一步一摆，带出香风无数，身后还跟了两个年轻儿郎，粉面含春……

好家伙……尚雅？

尚贤山庄一别，她再没有见过这位风骚的墨家右执事，也不知道在情郎乔占平死后，尚雅媚蛊未解，究竟是会为情坚守，还是继续流连在欲望里苦苦挣扎。但今儿一见，她就晓得了。这个女人，不管是为了媚蛊，还是为了她自己，都是离不开男人的。

审视着尚雅妖媚的眸光，墨九笑了："我变成这样右执事都能认出来，到底多爱我？"

尚雅妩媚的眉梢一扬，讽刺地笑着，婀娜地站在台阶上，俯视着她，娇柔的声音绵软轻淡，可每一个字吐出来，那恨意就像毒蛇的信子钻入人的骨头缝："你化成灰，我也认得。"

墨九笑吟吟地看着她，抬手扇了扇风："我就说嘛，这好好的医馆，怎么搞得风尘味这样重。原来是右执事在这里……"顿了顿，她突地凝神，话锋一转，"右执事，我有两个疑问，可否相询？"

尚雅冷冷地看着她，紧紧抿住嘴巴。

尚雅心里是痛恨墨九的。云雨蛊的误种、乔占平的死……一切的阴差阳错，都因为有墨九的存在。若是可以，她恨不得生啖墨九的肉，再把她挫骨扬灰。可她不能……也不敢。

她压着恨意，冷哼一声："问吧。"

墨九浅浅一笑："第一个问题：是先前那两个异族猛男功力扎实，还是这两个白面书生更解风情？"

意外于她的调侃，尚雅面色一变，冷冷地看着她，墨九却问出了第二个问题："右执事不在尚贤山庄享受左拥右抱的美好生活，大老远跑到临安来做什么？"

听她问起这个，尚雅身段轻轻一扭，脸色怪异地扬了扬眉。然后，她用一种怜悯的目光看着她："原不该告诉你的，可……"若有似无地轻笑一声，尚雅又道："可你若不开心，我就会很开心。所以，我决定告诉你。本执事来临安是为墨家大会而来。"

墨家大会？墨九心里微怔。

怪不得昨日墨妄和方姬然说有事去做，看来便是召开墨家大会，宣布方姬然任墨家巨子的事情了。

不过，为什么不回神农山总院，却把这样的事改在临安举行？难道如今的形势下，是朝廷参与了墨家的内部事务？或者说，至化帝并不允许方姬然离开临安？

看着她变幻莫测的脸色，尚雅一步一步地从台阶下来，站定在她面前，微微欠身盯着她，奚落道："找到了新巨子，这是墨家的盛会，整个墨家都在为之忙碌。只可惜，与你无关了。可怜的，先前本执事还以为要叫你一声巨子呢，原来是个冒牌的！"轻飘飘地瞄她一眼，尚雅哈哈一笑，从墨九身边擦肩而去，"看来，我们没这缘分喽。"

"我也可怜你！除了尖酸刻薄几句，什么也做不了。"墨九嘴角勾出个笑，侧开身体，盯住尚雅纤细的肩膀，"不过嘛，有云雨蛊，我们就有缘分。"

尚雅目中的冷光一点点地凝固，又慢慢地化开，荡成一种风骚的笑意，用不屑的目光上上下下地打量墨九："身子还没长开，脸还变得更丑了。唉！云雨蛊认你做宿主，真是暴殄天物。"

"尚雅！"墨九突然喊她，正色道，"我可以把云雨蛊还给你。"

尚雅冷笑："还？你拿什么还？有了云雨蛊你就可以控制萧六郎，你舍得还？"

墨九并不在意她的恨意，一本正经地点点头："不要以为人人都喜欢云雨蛊，都喜欢睡萧六郎！"她说到这里，又瞥一眼跟在尚雅背后的那两个油头粉面的年轻公子，挤了挤眼睛道："其实这两只长得就比萧六郎好看嘛。而且，我认识萧六郎那么久，没见他动过情，我一直怀疑他……"

她停住，似笑非笑。

尚雅狐疑地看着她："怀疑他什么？"

墨九收敛住笑容，认真地道："怀疑他那个方面……其实不行。"

尚雅意外地扬了扬眉梢："所以你要把云雨蛊还给我？"

墨九点头："对啊。反正也无用，你喜欢就拿去好了。"

尚雅走近她，冷着一张媚气十足的芙蓉脸："都说你诡计多端，我还不信。如今看来以前真是小瞧了你，让你得了便宜还来卖乖。墨九，我是玩蛊的人，从未听过蛊上了宿主之身，还可以归还的。"

"不信？"墨九哈哈一笑，突地敛容吐出几个字："苗疆圣女……彭欣。"

尚雅神色一凛："你怎么知道她？"

墨九学着她的样子，抛了一个媚眼，转身就走："我不告诉你……"

"你"字还挂在嘴上，她微笑的脸色突地一变。就在她的背后不远处，不知何时来了几个侍卫打扮的人，他们簇拥着一辆黑色锦缎的软轿马车。掀开的轿帘里，有一张俊美矜贵的面孔，很美，很熟，正眨也不眨地看着她。那清凉与明艳，冷漠与尊贵，仙境与地狱，每一种矛盾的美都可以驾驭到极致、从头到脚无死角的美男子，除了萧六郎还有谁？

萧乾很安静，目光淡淡的。

想到先前说他"不行"，墨九的脊背上，突冒冷汗。

可想想，他也未必听见，就算听见了，也不可能拿这种事来找她对质……于是，墨九就松缓下来，故作惊讶地道："啊呀这不是萧六郎吗？好巧！好巧！在哪儿都能遇见你。"

她望一眼济生堂，笑问："莫非你也来看病的？"

萧乾略微迟疑："路过，顺便补一些药材。"

“哦。”墨九打个哈哈，“那你继续路过。我还有事，不便相陪了，再会。”径直走了几步，她又停住，回过头来，用暧昧的眼风扫了尚雅一眼，挤着眼睛道：“六郎，右执事在唤你哩！热、情、似、火哦！”

说罢，她也不管尚雅会不会难堪，便迈开步子进入济生堂的大门。

旁观两人对话，尚雅脸上露出一抹若有若无的嘲弄。她慢慢地靠近软轿，步履曼妙多情，目光也媚生生的柔软，可语气里，却带了一丝似酸又苦又似调侃的情绪：“看来萧使君的云蛊，已有发作？”

若无云雨蛊，萧乾这样的男子，又怎会对墨九生出眷恋？尚雅以为自己的话足够点醒他，让他警觉。

可萧乾却不以为然，只淡淡地看她一眼：“墨家大会在即，右执事多操心自己便好。”

尚雅抚了抚鬓角的发：“妾身有何事？”

萧乾唇角微微上勾，但笑不语。

“使君看见了？”尚雅目光微微一闪，压低声音，“不过使君误会了。那两个并非妾身的人。墨家大会召开，不仅墨家内部风起云涌，整个天下都不得安生……使君晓得的，临安城龙蛇混杂，三教九流都有，谁是谁的人也辨不清。妾身又怎敢胡乱结交异族？是他们找上妾身的，妾身拒绝了。”

萧乾静静地看着她：“本座并非巨子，右执事无须交代。”

他眼中的淡然，比直接嘲讽还要打人脸。尚雅看他并没有要马上离开的意思，又转头看了一眼济生堂的门，柔柔地浅笑：“云雨蛊的事，是妾身无意为之，一直没有机会向使君告歉。只如今……”顿了一下，她审视萧乾冷漠的表情，“墨九既知彭欣，是你们有解蛊之法了？”

她这样说当然不是想知道是不是有解蛊之法，是想试探一下墨九先前说的话究竟是不是真的。他们到底有没有请动苗疆圣女彭欣，有没有可能把雨蛊从墨九的身上抽离出来。

她问完，满是期待。萧乾却只看了她一眼，便落了帘子：“走。”

尚雅硬生生地僵在原地。她自小生得漂亮又妖媚，在男子面前无往不利，从来只有男人们看见她转不开眼讨好的，还没有对她这般不理不睬的。如今被萧乾一冷，她顿觉没有脸面。

一咬牙，她索性不要脸了，隔着帘子就喊：“萧使君，妾身有一事相求，请使君成全。”

萧乾没有回答，不过，软轿也没有动。

尚雅丹凤眼中露出一抹希望，一字一句也有了正经之色："萧使君人中龙凤，是女儿家的深闺梦里人……可妾身什么斤两，心里有数，哪敢再觊觎使君？"说到此，她幽幽地一叹，"但，尚雅不想一生受媚蛊啃肤啮骨之痛，想请求使君替我在彭欣面前美言几句，让她替我想想法子，可有另外的解蛊之法？"

"何不自己去求？"萧乾淡淡地问。

"她不会同意的。"尚雅苦笑一声，"当年师父偷了云雨蛊离开苗疆，已背叛师门……彭欣那个性子，本就不近人情，又怎肯为我解蛊？"

"那本座为何要助你？"萧乾又问。

尚雅微微一怔，生生地紧揪衣袖，无奈地道："少一个无耻的妇人整天觊觎你，对使君来说，不是更轻松一些？大人就当少个麻烦，可好？"

"右执事还真自以为是。"萧乾语气淡淡地道，"对于不把你当回事的人来说，你的存在，只是虚无。"

尚雅的表情僵硬住，看着轿中端坐的男子。他近在咫尺，却似远在天边，她又怎会指望他会帮她哩？愿意帮她的男人……已经死了。

想到乔占平，尚雅一颗心被扯得生生作痛，几乎窒息。

可萧乾话锋却突地一转："不过，我帮你。"

看他认真的样子，尚雅再一次愣住："萧使君，这是为何？"

萧乾并不看她，只道："乔占平是一个值得尊重的对手。"

紧紧地咬着唇，尚雅没有说话。

一时间，气氛缓滞，仿佛有无数往事钻入她的脑子。

她看向萧乾，目光幽暗："你都知道？他是为我死的。"

"是。"萧乾回答。

尚雅别过脸，眼中泪珠滚滚而落："在尚贤山庄，他没有背叛我，他从来都没有背叛过我……可我误会了他，从头到尾他都只是为了我啊……但他死了，死在你们的手上。"她似是太过伤心，捂住嘴，慢慢地蹲在地上，"我知道他不是自杀的，他肯定不是自杀的。若非你杀他，就是谢忱杀他，一定是你们……"

女子的哭声如有水样柔情，可萧乾的目光却越发冷厉："右执事，我有条件的。"

尚雅带泪抬头："什么？"

萧乾看着她梨花带雨的样子，皱了皱眉头："墨九不论找你做什么，你都不可答应。"

“呃？！”尚雅愣愣地看他。

这个向来不屑与女子多言语的男人，居然为了墨九，与她讲条件？看来云雨蛊对人的影响果然可怕，清心寡欲如萧乾者，也不得不陷入情障。

墨九的身体素质一向很好，吃得香，睡得着，完全没有生病的样子。她在济生堂诊了一回脉，胡郎中也没有瞧出她有什么病，可她非说自己有病，然后把月事不来的事说了。胡郎中再诊一回脉象，不得不无奈地给她开了一剂不温不火的调经方子。

有了药，墨九心里无端地踏实了。

拎着两包中药出了济生堂，她的脸上满是阳光：“心悦啊，这附近有没有布行？”

“小九，你比在盱眙时更傻了。”沈心悦和玫儿两个全程围观了她“千金散尽，但求一病”的犯傻样子，见她出了药堂，又找布行，不由感慨，“好端端的，你又找布行做什么？”

墨九瞪她一眼：“去布行，自然是买布。”

这几个月，她过得云里雾里，也没怎么关心身子，可生在一个没有姨妈巾的时代，不早点准备怎么行？在这之前，她曾在一个出土的棺中见过古人的月事带，它叫一个简陋。以前她还饶有兴趣地研究，如今轮到自己用，她自然得慎重，准备先搞一点软棉布，方便拆洗。

她的行为，在沈心悦和玫儿看来，完全是发神经。

那样好的棉布，她要扛两匹回去……做月事带？

布行掌柜的不知原委，听她说用完还要来，几乎笑烂了脸，眉开眼笑地把她们送出布行。

只苦了沈心悦，肩膀上扛着两匹布，哭丧着脸一顿数落：“我说小九啊，萧家给你多少月例银子？你这般挥霍，回头被萧家一脚踢出门，可怎么活啊？”

墨九低头看一眼摇着尾巴的旺财，唇角扬起：“放心，我孙子晓得养我。”

嗷的一声，旺财突地叫唤。

然后，墨九就看见了她的孙子，哦不……萧六郎坐在布行外的一辆黑色马车里。周围依旧跟着那几个神态严肃的侍卫，他也依旧漫不经心地端坐着，意态闲闲的样子，高远如云，也风华绝代。

“又路过？”墨九朝他笑。

萧乾薄唇轻抿：“嗯。”

墨九抬了抬下巴："我到药堂看病，你路过买药材，我到布行买月事带……你又路过，莫非也来买布做月事带？"

"噗！"沈心悦和玫儿两个忍不住笑出来。

几个侍卫大眼瞪小眼，想笑，却不敢笑。

萧乾看着她红彤彤的脸，表情莫测地垂垂眸子，疑似尴尬地轻咳一声，然后一本正经地拧眉："我买布给旺财做身衣裳。"

旺财无辜地趴在地上，嘴筒子杵着地。

从济生堂跟到了布行，墨九当然不会以为萧六郎真的路过。看他装傻拿旺财做挡箭牌，她也不客气，将手上的药袋递给玫儿，直接走过去，用一个很帅气的"壁咚"动作，啪的一下扶着马车，朝他邪魅地一笑："不，你在跟踪我。"

萧乾皱眉看着她的脸，考虑一瞬："近来临安城不太平，我送你回去。"

"嘿！你管我？你是我的谁啊？"墨九眼眸里的波光一荡，又一荡，用一个极为悠扬婉转的声音嗯一声，她又探头，朝他低低地呵气，"你说是吗？小叔子？"

她的挑衅，萧乾没有接招。

他把帘子从她手上解救出来，让人把车门打开："上来！"

大街上让她上他的车？墨九四处张望一下，诧异地看着洞开的车门，又回头看看目瞪口呆的沈心悦与默不作声的玫儿，静静地想了片刻，突然掏了掏耳朵，严肃地问她们："我没有听错吧？我家小叔子让我上他……"加重语气，然后她补充三个字："……的马车？"

"哈哈！"沈心悦笑得粗鲁，"小九，你真逗！"

被她简单粗暴直接挑逗了的萧六郎，却比谁都镇定，他淡淡地瞥她："我有事与你说。你确定在这大街上比较方便？"

"好吧。"墨九笑着欠了欠身，飞快地钻入轿子，"有便宜不占，那是王八蛋！"

这辆马车是萧乾枢密使府的，比寻常马车的内部空间稍大一些，可一男一女坐在一起，要想显得不尴尬，基本没有可能。尤其墨九又不肯老老实实地坐在边上，而是直接占了一大半，还把萧乾往边上一挤："启程哪！"

萧乾怔怔地看着她，似想开口，又闭上了嘴。

马车慢慢悠悠地驶离布行，所有人都静默着，只有旺财那只不晓得情况的狗兴奋得紧。它忽而前，忽而后，忽而又往马车上扒一下爪子，吐着舌头，摇头尾巴，像过年似的。

马车里很安静，萧乾与墨九两个人，谁也没有先开口。

时间还长，墨九也不急。她一副漠不关心的样子，观察着萧乾……可他坐得太直，太正经，让她突然觉得无趣。不得不说，萧六郎太别扭了，与墨九认识的其他任何一个男人都不像。自负、冷漠也骄傲，像他这样的人，为什么不喜欢接近女人？应当是他骨子里就瞧不上女人。

墨九并不喜欢瞧不上女人的男人，可萧乾并不会将他的瞧不上表现出来。而且，从他的表现来看，他比任何男人都要有风度，至少比时下的男子对妇人多了许多的尊重……这样的他，冷漠的外表下，其实有一颗柔和的心，偶尔会让她忍不住想要更接近，想看得更清。即便生他的气，可看见那所宅子，看见她的娘，想想他为她做的一切，其实她的气就消了。

没有人天生应该得到别人给予的一切，更没有人天生应该为另外一个人付出一切。从身份上说，萧乾只是她的小叔子，他为她做的已经足够，她根本就没有道理去强求他像自家男人那样对她掏心掏肺。

毕竟他们的关系还不到那样的程度。

为什么她那天心理会失衡？因为她定位错了。

她生气的根本原因，是心里给了萧六郎过高的定位与期待。她认为他应该怎样对待她，可也只是她的以为而已。萧六郎本身却没有那样的义务，更没有道德上的责任。

他不是她的男人，他只是她的小叔子。

就算他们之间有云雨蛊，他也只是她的小叔子。

想通了这些，她豁然开朗了。

至于这马车，萧六郎不让她上，她也会上。因为她有好些事情要找他确认。关于墨家，关于墨家大会，关于千字引……当然，还有关于与千字引有紧密联系的云雨蛊。

“盯着我做什么？”他问。

墨九回神，也不觉得不好意思：“几日不见，你又俊俏了！”

萧乾眼睫微阖：“下一句是不是……你想以身相许？”

“想得美你！”墨九没想到萧六郎也会开玩笑，唇角一弯，又凑过去，像对自家的好哥们儿似的，热情地建议道：“你看天气这么好，要不要找个地方庆贺一下？”

萧乾不解：“庆贺什么？”

哈哈一笑，墨九道：“当然是庆贺我的六郎更俊俏了！”

她突然不计前嫌地与他玩笑，那笑意盈盈的样子，就好像前几日的不愉快从来就没有过一样，这反倒让萧乾有些毛骨悚然。他眉梢微低：“你是想吃，还是想庆贺？”

“都不是。”墨九笑眯眯地望着他，“其实我只想问你要点钱，有了钱，这样我就可以天天庆贺了。”说罢她又往他的方向挤过去一些，像一个找父母要钱的孩子似的，样子极为乖巧，“萧六郎，你不要忘了，你说过要养我的。上次我们有协议，你想不认账？嗯？”

“你是想我养你？”萧乾淡声问。

“是啊！”墨九点头，大言不惭，“养祖宗嘛。”

“不。”萧乾认真地道，“你只是要钱。”

“这有什么区别？”墨九歪头，上上下下打量他，又忍不住地摇头，“你这个年轻人哪，古里古怪的……好吧，你说是要钱就是要钱好了。六郎，给祖宗一点钱嘛！”

说着，她冲他摊开了手。

车内的光线很淡，微暖，皎皎如月色，浅浅地投影在她的脸上，衬得她小手更白嫩、柔软。她调皮时，一双长长的睫毛像蝶儿舞动的翅膀，她乌黑的眸子里，也像有两汪清溪在流淌，无端添一丝朦胧的美好。

这美，让她脸上的嫣红，也像娇羞。

他目光分毫未移，神思微恍。

墨九并没有考虑过为什么她可以很坦然地问萧六郎拿钱，却不愿欠东寂半分人情。她计算着日常花销需要多少钱，计算着银子的数额，好半晌才发现萧六郎没有动静。

“喂？想什么哩？就当是我借的成不成？”

“嗯？”萧乾收敛心神，眼皮静静地垂下，突兀地问了一句：“你是不是不想回萧家了？”

奇怪地愣了愣，墨九道：“你怎么知道？”

萧乾顿了顿：“我知你嫁入萧家，心里怨怼。但如今我还不能放你离开……”说到这里，他看她眉头紧皱，似乎不喜欢这句话，又接着道：“我无法承诺更多，只能告诉你，等事情一了，你若想离开，我会为你置办一份殷实的嫁妆，让你风光地再嫁与心爱之人。”

看着他严肃认真的样子，墨九突然哭笑不得。

他以为她一直逃婚，只是不想嫁给萧大郎。

他以为她去菊花台，便是与东寂有情？

他以为他……是她妈啊？还要把她嫁了。

墨九严肃着脸："你想说的就是这个？"

她的语气并不尖锐，但态度很认真，萧乾一时不知怎么回答，只点了点头，云淡风轻地拂了拂袖子，表示他并不怎么在意。

墨九瞄着他，又问："那你说完了吗？"

"嗯。"萧乾表情生硬，语气却很清和，"我知这话唐突，但我怕你在外面又胡闹，做出一些不可挽回的事……"

"说得我好像智障似的。"墨九哼一声，调转过头去，不再看他，"行吧，那我先谢谢你了。你可真是个大好人，先代替大哥娶嫂嫂，然后又把嫂嫂风光大嫁，啧啧！"拖着声音说到这里，她转过头来盯住他，"话又说回来，你把你大嫂嫁了，你大哥怎么办？你又如何向萧家交代？"

她刺猬似的咄咄逼人，萧乾不得不坐开一点，淡淡地道："大哥他……"踌躇一下，他似乎想说什么，可在她灼灼的目光逼视下，他到底没有多说，只道："你与我大哥，没有结果。我不想误你终身。"

"不想误我啊？"墨九笑眯眯地重复一遍，突地凑近他的脸，"那你嫁给我呗？嗯？"

萧乾眉梢一跳："胡闹！"

她似笑非笑，一双大眼睛忽闪忽闪。

萧乾突然加快的心跳又平静下来，继续道："墨家巨子那件事，我事先没有与你细说，一来是不便，二来也是不愿你涉及更多，你莫要怪我。"

"呵呵，我怎么会怪你？"墨九轻飘飘地笑。

"嗯？"他奇怪她态度这样友好，"你并未置气？"

墨九认真地点了点头，突地在马车上站起身，猛地在他脚背上狠狠地一踩，用力压住，踞了一踞，又踞一踞，然后看着他微蹙的眉头，笑道："比如这样，你肯定也不会怪我的吧？"

萧乾："……"

墨九脚下不放，又掐在他的胳膊上，用力捻，使劲地捻，捻得手都酸了，看他仍然没有表情，又泄气地放开手："比如这样，你也不会怪我的吧？"

萧乾云淡风轻地说："不会。"

墨九看他如此，突地就无趣了，推他一把，硬生生地坐回来。

"回家，不庆贺了。"

萧乾安静地看着她，低声嗯了一下。

两个人又莫名地闹了别扭，谁也不说话，整个空间就安静下来。

马车从古色古香的街道上缓缓地驶过，车内幽幽的香味，熏得墨九昏昏欲睡，以至于到了怡然居才发现这段路有点短。

怡然居外的路面，很平整干净。路旁两侧的树木和花草，也修剪得很整齐。

其实墨九不知道，在她们娘仨没有住进来之前，怡然居上上下下已经忙活一个多月了。毕竟一所这样大的宅子，方方面面要打点，要安置一家人，事情之多之杂，不是那么轻松的。所以萧六郎永远只是做，却不说，旁人实难晓得他的心意。

马车还未停下，一个青衣小厮就风一般地跑过来："萧使君，出大事了……"

"慌什么？"侍卫大声地呵斥。

萧乾却阻止了他，问："何事？"

那小厮是从国公府过来的，临安本地人，初入国公府做事，在枢密使府找不到他，急得团团转，得了老管家的提点，他这才到怡然居来碰碰运气。第一次见到萧使君，小厮很紧张，支吾好几下，这才把事情说明白。

"二少夫人今儿去集市买胭脂，人不见了。有人、有人送这个到府上，让交给萧使君。"

小厮说罢忙把手上的一个小布包递上。

侍卫将东西从车窗递入时，墨九瞥了一眼，然后她就看见了布里包着的一个木头钗子——蝶尾的钗形，很朴素，也很精致。

这个木头的蝶尾钗墨九印象很深。当初她看见温静姝戴在头上，还曾好奇地问她要过，可温静姝拒绝了，宁愿给她一个更为贵重的玉镯。如今钗在人不在，难道温静姝被人绑票了？

她审视着萧乾的面色，未见太大反应，正想询问，他已将钗子收拢入掌，撩开了马车的帘子，低目对她道："嫂嫂，到了。"

瞥一眼外头的"怡然居"三个大字，墨九眯了眯眼，钻出马车，走了几步又回头，似笑非笑地看着他："萧家二郎什么时候死的？"

她问得莫名，众人都不解，萧乾也抿着嘴唇看她。

墨九捋了捋头发："若不然，为何温静姝出事，不找她男人，却来找小叔子？啧啧！"转过身，她大步地往里走，"六郎这小叔子做得真是古今第一哪。"

看着她的背影，萧乾也不解释，淡淡地道："这几日，嫂嫂最好不要出宅子。晚些时候，我多拨几个侍卫过来！"

这样细致的关心，原本墨九应当感激，可想着他匆匆撇下她是急着去救另一个“嫂子”，心里却膈应得很。回过头，她扬起唇角轻唤：“旺财，回家！”

墨九是带着微笑进入怡然居的，回了屋让沈心悦把买的布匹放下，又去织娘屋里报了平安，守着她喝了药，从头到尾并没有表现出任何异样的情绪。沈心悦神经大条，一直喜滋滋地向织娘说起街上的巧遇，玫儿比沈心悦对墨九了解多一些，晓得她家姑娘不高兴了。

为讨墨九喜欢，她去园子里摘了些野菜，邀墨九做野菜馍馍吃，可墨九却没有同意。

墨九一个人在屋子里来回转了两圈，就做了一个疯狂的决定。

于是，利索地脱下裙子，她换上便捷的裤装，领着旺财便入了后房的马厩。

“财哥，这回要辛苦你了！”

事实再次证明，旺财果然是一只神犬。有它带路，墨九骑马抄了近路，约半个时辰就跟上了萧六郎。

当然，她没有跟得太近，只不远不近地吊着那辆黑漆马车，保持着安全的距离。土夯的官道上，只要有车轮轧过，痕迹就会很明显。萧乾坐车，她骑马，跟踪起来很方便。

不过，她一路担心被旺财出卖，不得不时常给它一些好吃的，还说了许多好听的。

墨九其实并不明白为什么一定要跟上来，只是在看见萧六郎将温静姝天天戴在头上的木钗子纳入掌中的那一瞬，突然就有点受刺激。温静姝贵为萧府的二少夫人，为什么要如此珍视一个木头钗子？绑匪为什么又要把木头钗子交给萧六郎？她总觉得有什么真相在等她，只要她跟上去，就会发现。

可仔细一想，木头钗子是不是与萧六郎有关，与她墨九又有什么关系？

“而且，我为什么又要在意？”她问旺财，也问自己。

“云雨蛊果然控制了人的感情？”她又问旺财，也为自己找到了答案。

她没有料到，这一跟踪，竟是整整半日。

四周的景色与临安府的繁华已完全不同，眼前是一片连绵不绝的山峦，主峰高耸入云，数座大小不等的小山围着主峰，互相对望，显得气势磅礴，中间沟壑纵横，古木繁茂，入冬草已枯萎，草地上荒凉一片，芦苇花被风吹得四处飘荡，黄昏氤氲的光线下，四野呈现着半死不活的萎靡之态。在山前，有一片平地，荒草间全是孤坟，孤坟上长满焦黄的野草，一座连一座，一些坟前插着木头牌子，更多的坟前连块木头都没有，遑论石碑。

跑到乱葬岗来了?

墨九思忖着，紧紧地捂着头巾——山里风大，把她脸颊刮得生痛。

她捺着性子，悄悄地躲在土丘后，看萧六郎下了马车。

前方已无官道可行车，他换了马，继续往大山里头骑。

在山里头跟踪，比在大道上跟踪要轻松，掩体较多，也不容易被发现。不过墨九还是等前方没了人影，方才拍了拍旺财的头，往它嘴里塞了一块肉干，骑上马慢悠悠地往萧六郎的方向跟去。

路上茅草遍地，绊着马腿，她骑得很心焦，不由愤然！这绑匪也真有意思，绕这么远，到底要拿温静姝换个什么东西?

这般又跋涉了一个时辰，天色黑了下来，道路也越发难走，马匹已不能通行。

墨九咒骂一声，看着深山丛林的小道，在前行和后退之间，选择了前进。

她把马拴在路旁，领着旺财慢慢地步行，走得都快放弃了，终于看见了灯火。

在大山深处有一块盆地，那一块平坦的土地上，居然有所大院子。

院子前方有守卫，墨九带着旺财在树林中绕了一圈，终于蹿到院子的后围墙。果然后面的防守比前面松懈，围墙建得也不太高，她搬了几块石头垫着，就顺利地翻了进去。在黑暗里猫着，她一步步地摸索，最后停在一个挂着兽皮的后窗。

大抵为了保证屋里人谈话的保密性，这个屋子的四周，一个守卫都没有。

这便宜了墨九，她拨了拨那块兽皮，将头略略抬高，蘸了点唾沫，捅开了窗户纸。

屋里陈设很简陋，木桌、木椅、木几、木床……全是木头做成的。

除了萧六郎，还有另外三个高高壮壮的男人，就连温静姝也安静地坐在萧六郎身侧，并没有被绑架的样子。所以，这看上去分明就是“圆桌会议”，哪像与绑匪交涉?

墨九凝神看向那三个陌生男人。十月的天气本就很凉，山上就更冷，可他们中有两个都光着膀子，上身用一种皮质的软甲穿成斜襟状，高高鼓起的胸肌、黑茸茸的胸毛，壮硕的身材都给人的视觉造成一种野蛮的冲击力，似她在济生堂门口见着的那两个壮汉。可他们与那两个汉却又有着本质的不同，他们系的腰带上，镶满了金银珠宝，华贵得像大土豪。

墨九有点闹不清情况，这时，坐在萧乾右侧的一个老者起了身。他穿着南荣富贵人家常见的襦袍，语气和音调也与南荣人没有什么差别，只是神色格外严肃：“……南荣与我北勐共同抗珒一事，大汗极为重视。我等受大汗指派，特地来南荣协助世子。但信函外泄，恐谢忱钻了空子，往常的联络渠道不敢再用，新渠道还未建立，又适逢墨家大会，我等急寻世子，商议之后才请了静姝过来，也是为免走漏风声，给世子引来祸端。还望世子见谅！”

世子？墨九耳朵嗡的一响，吓得差点忘了呼吸。

“纳木罕客气了。”萧乾淡淡地道，“你请本座的方式很特别！”

纳木罕尴尬地一笑，按胸低头赔了个礼：“墨家巨子突然换人，敢问世子，此事我们如何向大汗回禀？”

听见与自己有关的事，墨九心微微悬起，可萧乾却很淡然：“传闻墨家武器精妙绝伦，攻城守城皆无往不利，若能得之，自是极大的助力。可此事还不知真假，已引得南荣、西越、北珒……天下四海皆兴师动众。我等在这种时候，实不该往前凑。静静观之，坐收渔利岂不更好？”

“世子言之有理。”纳木罕赞许地点点头，“不过，武器图谱既然引得天下人垂涎，不也正好证实了它的厉害？不瞒世子，纳木罕从漠北到中原之前，大汗曾嘱咐，世子切勿感情用事，需步步谨慎。若万不得已，先助南荣得到图谱也可……我朝与南荣修好，共同抗珒是必然态势，南荣得到武器，自然也能为我所用。有了武器，将来要掉转枪头，也就不惧了。”

萧乾静静地听着，但笑不语。

纳木罕说得兴起，面前似已有宏伟蓝图：“南荣所凭借的无非江河天堑，论武力与兵备，断不能与珒国和我北勐抗衡。一旦灭掉北方珒人，我北勐夺西越，取南荣，有世子这些年在南荣的建树，有我北勐百万铁骑，何愁天下不归？”

萧乾指头轻触上茶盏：“我当尽力。”

纳木罕观察着他的脸色，又道：“大汗对世子很器重，世子当好自为之啊。”说到这里，他眼睛眯了眯，扶住椅子把手，感慨道：“依老臣观之，大汗对世子的期许可不仅仅如此。如今几位王子都不讨大汗喜欢，世子您……”

萧乾看他一眼：“我尽力务实，旁事休提。”

“呵呵。”纳木罕干笑一声，点头称是。可他心里知道，这位世子爷城府极深，怎会不晓得北勐局势？

虽然他只是大汗老年找回来的外孙，可草原人对儿女并无中原人这般有严重的男女尊卑之见。他母亲幼时流落在外，吃尽苦头，后来寻回漠北，大汗又喜又愧，这位世子爷又聪慧能干，在几个儿子都不成器的情况下，难保那位标新立异的老可汗不会把汗位传给外孙……尤其从目前的形势看，老可汗根本是把萧乾当接班人来培养的。

纳木罕也不点破，换了个话题：“墨家大会在即，临安府已成天下焦点。我们做起事来，也难免束手束脚。”

萧乾轻嗯一声：“你等行事切记要稳，少树强敌，与南荣同一个阵线便是。”顿一下，他又补充道：“今日临安之事，不可再犯。”

“是！”纳木罕微微低着头，“世子教训得是。”

墨九不晓得萧乾指的“今日之事”是什么，心里的震撼也没有完全平息。

萧乾居然是北勐的世子……他身为北勐世子，又怎会是南荣的枢密使？他如何做到的？

这么多秘密听入耳朵，她很不平静，以至裤腿被旺财一拉，差点儿失声叫出来。

“旺财！”墨九用口型喊它，示意它不要出声。

这狗也是机灵，不晓得从哪个角落偷偷钻进来找到了她。幸好它没有去找萧六郎，若不然她就暴露了。

她赞许地摸了摸旺财的头，再一次从捅开的窗户纸往里望。

这时，那个纳木罕又道：“依老臣看，珒人一直没有南下淮水，也是为了武器图谱。这次入得南荣京师，老臣就发现不少珒人的踪迹。如此一来，墨家大会更是举足轻重。只要巨子事了，武器图谱现世，必定天下大乱……”

萧乾颔首，并不插话。

大多数时候，他的话都不多。纳木罕与这个世子接触不太多，却了解他的个性。盯他一眼，又继续道．“谢忱也狡猾得很，我等来临安与他接触过，提议助他对付萧家，让他为我所用，可这老狐狸却客气地拒绝了。他对南荣到底是忠心，还是与谢丙生一样，成了珒人的走狗，如今看不出来。不过，这次墨家大会，想来他也不会袖手旁观。”

萧乾轻轻一笑：“无人愿意依附旁人而生，谢忱自然也会为自己打算。”

“宋熹？！”纳木罕突然问了一句，又冷笑道：“谢忱以为他能掌控宋熹，挟天子以令诸侯？”

“若谢丙生没死，他或许会有想法。”萧乾摇头，“如今，他是一意辅佐宋熹了。当然，他不辅佐，连汤都喝不成。宋熹此人，深不可测。”

纳木罕点点头：“若宋骜能有宋熹的心思，世子也不必这么艰难……”

听他损及宋骜，萧乾却是一笑：“你又怎知他是池中之物？”

纳木罕一怔，连忙点头称是。

几个人聊了几句天下态势，温静姝便起身拿过木几上的茶壶，安静地为大家续水。

看着她款款而动的身姿和温婉的笑容，那纳木罕目光一眯："这次过来，世子的师父也有一言交代。"

"我师父他身子可还好？"谈及恩师，萧乾身子正了正。问完看纳木罕点头，他松了一口气，又问："师父有何交代？"

纳木罕笑道："世子的师父说，静姝虽只是他的侍女，但他也曾把她当弟子悉心教导过。于医道上，静姝没有世子的天赋，身为女儿之身，又因当年之误，含恨嫁与萧二郎，你师一直惦念着她，怕她受人欺负，让世子务必多多看顾。"

"老爷有心了。"温静姝放下茶壶，轻轻笑了一声，小心翼翼地瞄萧乾，"六郎待我极好的，若非有六郎在，静姝的日子也不知会过成什么样子。"

"那就好，那就好哇。"

"静姝做了几双鞋子，回头给老爷捎过去。"

这温静姝瘦弱了一些，可面相柔和，是个我见犹怜的病弱美人，黛玉似的楚楚可怜，很容易激起大男人的保护欲……墨九看屋子里三个异族男人的目光都在她身上流连，不由默默看向了她的头——那蝶尾钗，已戴了回去。

入夜的天很冷，山风呼啦啦地吹来，她立在窗台下方，身子慢慢地冻得有些僵。听了好一会儿，屋里的人再没有说什么有用的东西。为免麻烦，她觉得自己应当离开了。

蹲身下来，她摸着旺财毛茸茸的背，指了指围墙，可这时，里面突然传来敲门声：咚咚！

她静止不动，然后听见一个熟悉的声音："纳木罕，阿合在山下发现一匹来路不明的马，牵回来了。"这个口音与墨九在济生堂见过的那粗壮汉子有些相似。

墨九忍不住抬头去看。果然立在门口的那人，正是受伤的那个。

这时，旺财似乎也听见了那厮的声音，嘴里凶狠地呜了一声，居然不合时宜地汪汪出声就咬人。

这狗也太记仇了！墨九石化在风中。

"有人？！"

"在屋后！"

"快，快抓住他！"

开门声，脚步声，很快便密密麻麻地传了过来。接着，屋角便杀出一队举着火把的壮汉，他们拿着尖利的弯刀和长弓，愤怒地吼着："出来！"

金铁相交的铿锵声，让旺财狂吠不已，汪汪着直往前扑。墨九怕它吃亏被人活生生砍死，赶紧拽住它的身子。可旺财想保护她，大力蹿出去挡在她的面前，两只爪子在地上刨动着，嘴里呜呜有声。

以为有外敌来袭，这会儿追过来的侍卫已是不少。

他们全都光着膀子，把墨九围在中间。但看见她只是一个小姑娘，也有些发愣。

“你是谁？为什么来这里？”一个头目拿弯刀指着她。

墨九捂住胸口，咳一声，虚弱地道：“我过路的，来讨口水喝。”

几个壮汉异口同声，哈哈大笑起来。

“这小娘们莫不是疯了？”

“管她做什么？抓起来！”

“把她抓起来，交给纳木罕！”

墨九没法子反抗，乖乖地从地上爬起。

先前灯火太暗，人家看不清她的脸，如今灯火通明，她脸上的颜色就引人注目了。黑白分明的大眼睛水灵灵的，高挺的鼻子极为有型，饱满的唇角微微嘟起，玲珑有致的身形很是完美，这分明应当一个眉目清秀的漂亮姑娘，却偏长了一张大红脸？

这里的人，无不可惜地望向她。

可不待旁人反应，温静姝就低呼一声：“嫂嫂！你怎么来了？”

纳木罕一怔，目光微厉，似是明白了墨九的身份。他瞄一眼萧乾，慢慢地挥手：“你们退下！”

“喏。”几个壮汉应着，关上门退下，离开了院子。

等人都走了，纳木罕慢吞吞地走过来，站在墨九面前：“你听见什么了？”

墨九眼珠子转动着，越过他的身躯，看一眼面色肃穆的萧乾，严肃地皱眉：“我什么也没有听见。你！快点放了静姝和萧六郎，我已经报警了……不，我已经报官了！你们不想死的，就赶紧放我们离开。”

她装傻装得很逼真，可纳木罕似乎不信：“什么都没听见？”

墨九微微眯眸：“你想我听见什么？直接告诉我吧。”

纳木罕的目光里露出丝丝凉意：“那你可就活不成了。”

“纳木罕！”萧乾接过话来，叹了口气，情绪颇为复杂，“把她交给我。”

“世子打算怎么处理？”纳木罕回头望他。

“我自有主张。”萧乾目光冷漠。

“世子。”纳木罕突然坚决地摇头，“此女知晓了你的身份，还听了北勐机密，万万不可再留。世子尊贵之身，不便出手，自有老臣代劳。”

“我说把人交给我。”萧乾加重了语气。

他为人素来清冷，但对下属并不显得严厉。这一声极重，冰冷得像刀刃似的扫向纳木罕，让屋子里顿生寒意。

纳木罕与另外两个北勐男人互视一眼，眸中已有恼意：“世子定要与老臣为难吗？”

墨九的感觉非常敏锐，在纳木罕盯她的第一眼，她就感觉出来了，这个人不会放过她。她甚至觉得，纳木罕不想放过她，并不仅仅因为她听了北勐“机密”，而在他知晓她的身份时，就单纯因为这个而生出的杀意。

“世子，大汗说，切莫感情用事，也包括她。世子为她，已多次不顾大汗的吩咐，恣意妄为。以前她有巨子身份，老臣尚可理解，如今她什么也不是，世子为何还要留下她？”

如今她什么也不是……这句话敲在了墨九的心坎上。

她微微眯眸，望向萧乾。他却没有看来，淡然的目光依然一眨不眨地盯着纳木罕。从容的，却也是固执的，明明带笑，却又有着一股说不出来的阴冷与杀气。

“因为她的命，就是我的命。”

他如是说。纳木罕与两个北勐人愣住了，温静姝也怔住了。

他们每个人都不敢相信，萧乾会说：一个女人的命，就是他的命。

只有墨九不以为意。因为云雨蛊，她的命，确实等同于他的命。

每一次想到云雨蛊，这个属于二人之间的秘密，她与他似乎就格外亲近。那是一种与任何其他人的关系都不一样的，只属于他二人才有的亲近。于是，她含笑看着萧乾挺拔的身姿，目光里微有暖意。

他似是感受到她的凝视，给了她一个“少安毋躁”的眼神。

墨九抿唇，朝他报以一笑。

二人的对视，似乎激怒了纳木罕。

他紧紧地盯着萧乾：“世子此言何意？”

萧乾依旧安静地坐着，慢慢地喝一口茶，方才淡淡地道：“正是你们理解之意。”

墨九不解他为什么不直接说出云雨蛊，只要说出来，虽然玄了一点，但相信这些人不会真要她的命，也就不会再有误会。但萧乾不说，她也不能说，只能把嘴巴抿紧，静待事态发展。

她不知道的是，纳木罕不仅是北勐重臣，还是北勐大汗极为礼遇的臣子。纳木罕原本对北勐大汗太过看重外孙而疏远儿孙就不太赞同，如今见萧乾不听他的建议，居然为一个女子与他作对，不由气血上涌，目光也添了厉色。

“若老臣非要杀她，世子当如何？”

萧乾的眉头紧紧一皱，慢慢地走到墨九面前，与她并肩站而立：“先杀了我。”

纳木罕深吸一口气：“世子为她，当真什么都不惜失去？”

“不惜！”萧乾回答得很简洁。

“世子莫要忘了，你的一切都是大汗给的。”纳木罕上前一步，目光逼视着他，“世子不能忘本，不能翅膀硬了，就不听大汗的话了。你当知晓，大汗可以给你一切，也可以收回来这一切。老臣实话告诉你，来之前，大汗曾说，他不喜欢不听话的年轻人。几个王子便是明证，世子当慎重选择。”

“我很慎重。”

没想到他这么顽固，纳木罕目光更添愠怒。

不过到底萧乾才是世子，他也不能太过分。

想了想，他委婉地道：“不怕一万，就怕万一，世子不要心存侥幸。这样好了，老臣答应你，你把她交给我，我不伤她分毫，只是把她带回漠北，待世子归去，再亲手交还你。如何？”

“不行。”萧乾回答得很快，几乎没有考虑。

纳木罕恼恨地怔住。然后，室内又一次陷入寂静。

静，令人毛骨悚然的静。

在这一片安静里，墨九知道自己的生命随时可能终止。

所有人都静静的，声息均无，只有一丝细微的风在敲打窗户。

墨九慢慢地抬头，萧乾还系着那一件银红色的披风，里头穿着黑色的袍子，这样的搭配让他看上去很精神。袍子受风摆动，他的面色却沉静得宛若雕塑。她并不太懂纳木罕说的选择是什么，却清楚那一定对萧六郎很重要。而且，虽然她明知道他不想她死的原因是她死了他也会死，但她还是有点感动……她不愿意他为了她失去重要的东西。

看大家都不吭声，她道：“让我跟他去吧，我死不了。”

萧乾看她一眼：“闭嘴！”

墨九闭了嘴，纳木罕却闭不上嘴了。他气得差点抽搐，又上前一步，给萧乾行了个大礼。

“请世子把她交给老臣。”

"世子，请把此女交给纳木罕！"一个臣子跟着喊。

"世子，此女必诛！此女必诛！"另一个也附议。

三个北勐人都紧紧地盯着萧乾，声音满是焦躁，那一副义愤填膺的样子让墨九觉得好像在进行某种宣誓，要杀死她这个祸国的妖女。

墨九看向萧乾，没有动。心里却知道，他一定很为难。

一阵僵持后，萧乾盯着纳木罕，突然缓缓地伸出手，坚守地握住她的："走！"

他的披风扬起，荡在墨九脸上，她低头看着被他握住的手，愣了愣，小步跟上他。

"世子，不可！"一个北勐人冲上来，拦在他们面前。

嘭的一声闷响，墨九还没看清楚那人的脸，萧乾一个窝心脚就将他踢翻在地。

"滚！"

冷飕飕的风，呼啦啦地吹，无边无际的夜色，像一块黑绸笼罩在上空，红光闪闪的火把连成一串。萧乾牵着墨九的手从中走过，速度很快，他高大的身躯挺拔昂扬，墨一样的袍子仿佛与黑夜融为了一体。那一张风华绝代的脸庞此时绷得极紧，也极冷，任何人都看得出来，若在这个时候惹恼他，很有可能性命不保。

他牵着墨九，旺财跟着她，二人一狗顺利地从北勐人守着的门口走了出来。

所有的生物，都在他生冷的气场中选择了静止。

这个时候墨九还不知道萧乾为了她到底放弃的是什么，更不知道因为这一日的选择，萧乾日后需要多花费多大的精力与时间才能完成他毕生的抱负与野心，成为一只统治整个北方大地的鹰隼，翱翔九天，领着他的百万铁骑纵横天下，成为彪炳史册的千古一帝。她只知道在这一刻，他的手很温暖，手心很烫，像有一团火在炽烈地燃烧，熨烫了她的心。

她的内心有一个小小的黑暗角落——她很怕被人放弃，很怕看人离开的背影。曾经她父母过世时，她觉得被全世界放弃了。上次墨妄与灵儿都选择了方姬然，她也觉得被朋友放弃了。刚才她虽然主动要求萧乾放弃她，可她私心里，还是很害怕被他单独留在这里。

可他没有，他牵了她的手，从北勐人的包围中走了出来。他甚至像没有看见背后默默跟随的温静姝，也没有看见闯了祸还活蹦乱跳的旺财，只牵着她大步往山下走。

"萧六郎，你不怕我说出去吗？"走在暗夜的猛烈山风中，她轻声问他。

"怕。"他回答。

"那你还要救我？"她睨他一眼。

"我不是救你。"他声音淡淡的，"你是我祖宗，死不得。"

"哈哈！"墨九的欢笑声在山谷里回荡，然后她听见自己问萧六郎，也问自己，"你说我们……真的，只为云雨蛊吗？"

萧乾没有回答，握住她的手紧了紧。

她低头，想了想，也没有再问。

其实她知道，这是一个很难回答的假设性问题。

因为云雨蛊本来就存在，也就没有人知道它不存在会怎样。

但不管他是为了云雨蛊选择了她，还是因为是她而选择她，墨九都很开心。尤其看着温静姝闷闷地跟在后面，她觉得那个木头钗子都没那么刺眼了。

淡淡地牵起嘴角，她紧紧地握住萧乾的手，感受那种温暖，突然觉得，也许这就是所谓的归属感……云雨蛊给她的归属感。

跟在他的身边，她的心是安定的，这样不就够了？谁知道这蛊，能不能解得了？若解不了，那他们就这样相缠一生也好。

目光坚定地看着前方一片朦胧的黑暗，她道："萧六郎，不管你为我失去了什么，我一定不会让你后悔你的选择。我一定要比你的选择，更重！"

她的声音不大，却似穿透黑暗，飞入了茫茫的天际。

萧乾转过头，定定地看着她："你多重？"

墨九不太看得清他的面孔，愣了一下，老实地回答："大概八十……嗯，斤？"

他道："想要重，还得再长。"

墨九反应过来，叽叽地发笑．"那你可得把我养精细一点。"

他道："我从未养过猪。养得不好！"

墨九又是一声哈哈，扯着他袖子压低声音："你这是决定养我了？"

他低头睨她："你这是承认你是猪了？"

这一路上萧乾与墨九两人都走在一起，侍卫们不敢上去打扰，便是被"解救"出来的温静姝，也默默由侍卫扶着走山道。在明明灭灭的灯火中，她想要淡然一点，可脸上的表情却沮丧无比。虽然她不想，却无法不沮丧。萧六郎居然一路牵着墨九的手下山，他甚至都没有感觉半分别扭。

若这是寻常男子，温静姝也不奇怪，可这是萧六郎啊，一个被女子不小心碰上衣角都会嫌弃的男人。他矜贵自持，骄傲冷漠，可他却为墨九做到如此极致……为了墨九得罪纳木罕，得罪大汗，得罪他所有的背后势力。更紧要的是，他说：墨九的命，就是他的命。

下山上了官道，温静姝一个人乘了车。

这么冷的天，墨九闹着要与萧乾一起骑马。萧乾原本是不愿的，可最终还是依了她。

看着他二人吵吵闹闹的亲昵，温静姝只剩一声叹息。

萧六郎的马车往常温静姝根本坐不了，如今坐上本是一件幸事，可一个人坐在车里，原本松软的垫子，却让她觉得浑身不自在。外面的墨九一直在与萧六郎说着什么，她的声音很好听，悦耳得像只鸟儿，总能钻入温静姝的耳朵，每一个字都如同钟鼓，擂得她的耳膜生生作痛。

慢慢闭上眼睛，温静姝握紧拳头，任由无情的噪音让她沉沦在自己的地狱。

青山连绵不绝，官道静静延伸，马车缓缓行在天际下。

突然，砰的一声，马车轮子重重地撞在一块石头上，停下了。

马车前方火把闪动，马蹄声、马嘶声不绝于耳。

萧乾打马上前，下意识地站在墨九的前方，勒住马缰绳问："前方何人？"

"吁吁！"前方那一群人也停了下来。当中一骑身着戎装铁甲，勒住马看了半晌，等发现萧乾的脸，惊讶地啊呀一声，翻身下马，"末将骠骑营昭武校尉邓鹏飞，参见枢密使！"

萧乾淡淡地问："发生什么事了？"

邓鹏飞拱手道："回萧使君，今日有贼人在朱雀街杀人潜逃，晌午的时候，有一名女子前来报官，说在天隐山发现逃犯踪迹，我等受命前来缉拿！"

缉拿逃犯，女子报官？两句话入耳，墨九顿时心生警觉。

先前她在山上才对纳木罕说自己报了官，这个邓鹏飞就说有女子报官，若非她真没有，她也会怀疑是自己干的。而且，纳木罕带了无数北勐人在天隐山上，那个院子应当是他们在南荣的一个据点，官兵们趁着萧乾上山的时候过来抓逃犯，这事就没有那么简单了。

若邓鹏飞速度再快点，正好在山上堵住萧乾，事情会怎样？

北勐人既然选在这里，自然隐秘，从他们要杀她灭口就可见一斑。除了萧乾与温静姝，能知道地方的人，只有她了……好吧，仔细想想，连她都怀疑是自己带人过来的。

那么，那个讨厌她入骨的纳木罕会不会把账算到她头上？只要他不死，当然会算在她的头上。可他会不会死？有萧乾在，他自然不会死。

想到这里，墨九脊背隐隐有点发凉。她走到萧乾身边，与他并肩而立，小声道："不是我。"

萧乾瞥她一眼，眼神复杂，却没有言语，只望向邓鹏飞，问道："朱雀街何时有人犯事？”

邓鹏飞怔了怔，愣愣地看他。平常这位萧使君孤傲疏离，莫说下属，便是权臣他也不爱结交。一般人想与他寒暄几句，难上加难。这会子大道当中，他倒有兴趣问及与他无关的案子了？

这邓鹏飞左思右想不得其解。但骠骑营隶属京畿直管，是临安的军机大营，也受枢密院调遣。本来抓逃犯的差事轮不到他们，但这事不寻常，上头点名让他带兵过来，还说天隐山那伙贼人不简单，恐与北方珒人勾结。所以，他带来的兵卒人数不少。想来是“杀鸡用牛刀，抓两个逃犯动用大军”让萧乾误会了？

脑门一凉，邓鹏飞赶紧把今儿朱雀街上两个北地蛮子当街与人争执，把人错手杀死的事告诉了萧乾。尤其他格外提醒了一下，被杀死的那个人与谢丞相有些关系，家里老舅是谢丞相的门生，他本人也一直在跑谢家的生意。

萧乾与谢忱有怨，举朝皆知。

听罢萧乾并不多言，只是点点头；“原来如此。”

邓鹏飞也是省事的，打个哈哈恭敬地道：“不知萧使君为何漏夜在此？”

“我二嫂也被匪人绑架了。”萧乾声色淡然，说得很轻松。

“匪人居然如此大胆？！”邓鹏飞倒抽一口凉气，眉梢竖起，“烦请萧使君指明方向，末将这便前往缉拿！”

萧乾不急不躁地道：“不必了，那些匪人都是受战事影响，从北地逃难而来的穷苦人家，吃不饱饭，拖家带口无以为生，迫于无奈才上山为寇。他们不过要些银子，给他们便是了。”

邓鹏飞又是一怔。

这位萧使君看着清冷不搭理人，可向来是个心狠手辣的主儿。什么时候变得这么仁慈了？他看一眼堵在路中的马车，还有静静停留，很有兴趣与他“寒暄”的萧乾，小心翼翼地道：“那萧使君，末将得奉命行事，上山去了。”顿一下，他笑着转身，扬起手臂，对身后的队伍一挥，“兄弟们，为萧使君让道！”

嘴上说的是让道，其实是想萧乾离开，他们好过去办差。

默默观看这么久，墨九大概猜出来了，萧乾在故意拖延时间。山上住那么多北勐人，他们设了据点，不可能没有探子。而这个地方离山脚不远，若发生事情，纳木罕肯定会提前知晓。不过，不管他们撤离还是入山躲避，都需要时间应急。

邓鹏飞的人都让路了，萧乾若不过去，自然说不过去。墨九扫一眼萧乾阴飕飕的眸子，突地捂住胸口哎哟一声，抓紧马鞍便趴在马背上叫唤起来。

萧乾侧头："怎么了？"

墨九委屈地看着他，探手捂住肚子："好痛。肚子好痛。"

她刚才分明还捂住胸口的，转头就变成了肚子？萧乾绷住脸打马走近。

"你先下来，我给你看看。"

"下、下、下不来了。"墨九一副身受重伤的痛苦样子，用慢镜头动作，颤歪歪地向萧乾伸出一只手，"帮、帮、帮我。"

萧乾嘴唇微抽，看了看她，翻身下马，接住她的手。

墨九握紧他的手顺势一滑，便栽倒在路中间："痛，好痛。"

众人目瞪口呆。他们从未见过哪家娘子这般大胆，当众倒地不起的。

可在墨九看来，人生如戏，全靠演技。她双手紧捂着肚子，甩了甩凌乱的头发，蜷着身子不停地嚷痛："萧六郎，我这肚子坏了，里头好像有五千只蚂蚁和五千只螳螂在找黄雀进行大决战，打得那叫一个乌烟瘴气。痛哇，痛死我了！"

这个比喻……众人皆惊。

稍稍有门道的人都知道她是谁了。

除了萧家那名满临安的疯子长孙媳妇，谁能这样对萧使君？

那些官兵想笑，却不敢笑，只拿请示的眼神看邓鹏飞。

可邓鹏飞也犯难哪！萧乾一群人横在路中间，他的家人又生病，若他断然骑马离去，那就太冷血了！毕竟萧乾是当朝权臣，骠骑营受他直管，若得罪了他，自己往后想升迁，恐怕比登天还难。

一咬牙，邓鹏飞顾不得抓贼，先拍马屁。

"萧使君，可有用得着末将的地方？"

萧乾皱着眉头看他："不必，邓校尉自去办差便是。"说罢他扳了墨九的脑袋靠在自己的肩膀，又将她的手放平搁在自己的膝盖上，轻轻搭上她的脉。

他诊脉很慢，闭着眸子一动不动。墨九也半阖着眼睛，做痛苦状，"奄奄一息"地靠着萧六郎。那楚楚可怜的样子，让马车帘后面的温静姝目光里快要伸出铁叉子来——

邓鹏飞不好打扰他，更不好趁着这当儿快马从枢密使的身边飞奔而去。寂静的官道上，这一幕很是诡异。

墨九无精打采地看着萧六郎："怎样了？"

萧乾低头看她一眼，似是想说什么，又不好出口，慢慢地放开手。

他欲言又止的样子，把墨九吓了一跳，忙问：“有什么问题？”

将她扶坐好，萧乾小声道：“此处不便，回去再告诉你。”

墨九翻个白眼：“哪有这样的大夫？”

看他二人关系亲昵，众人纷纷猜测他们的关系。有耳聪目明的大抵也听过萧使君与他长嫂之间的流言蜚语，不敢多话，只瞅得一颗是非之心满是粉红色。

墨九看萧乾不像开玩笑，心底不免发慌。

她慢吞吞地站起，再摸摸，真觉得肚子不舒服了。

“萧六郎，不说是什么病，先给点药吃吧？肚子好难受。”

“此病无药可治。”

他样子有些古怪，不过经了这一遭，他似乎没有与邓鹏飞周旋的想法了，稳住墨九的肩膀，他不准她再骑马，硬生生地把她塞入马车。

那严肃的样子，让墨九心都揪紧了：“莫非是绝症？”

萧乾看她一眼，凉声吩咐：“坐好！”

轻哦一声，墨九乖乖地转头，刚好撞上温静姝的目光。

那幽怨的小眼神，让墨九心里一紧。

对视片刻，见温静姝慢慢地露出笑容，她也报以一笑。

萧乾再次上马：“邓校尉有要事在身，本座便不相陪了。”

哪里用得着他老人家相陪？只要他不给小鞋穿就成了。

邓鹏飞忙不迭地点头，打马让到路旁。

等萧乾一行人马离开，他方才看了看底下兵卒：“出发！脚程快点！”

无边的黑夜笼罩着延绵起伏的群山，邓鹏飞此去自然人去楼空，纳木罕等人早已转移，那个院子怎么看都只是一所普通的宅子。

萧乾一行人离天隐山已是很远，越往前走，道路越是平坦。夜幕下的官道，像一条蜿蜒的长蛇。夜风瑟瑟，卷起马车的帘子，发出噗噗的声音，衬得马车里的两个女子安静得有些不合时宜。

两个妯娌之间，关系稍稍有些敏感。

温静姝的脸，在车帘缝隙晃荡的微光下，带了丝异样的凉意。

她率先开口：“嫂嫂今日跟来，实在不该。”

她的声音很淡、很浅，温柔、清和，叹息多一点，并无太多谴责。

可墨九听了，本来就不太舒服的肚子，就更不舒服了，反驳道："静姝若小心一点，不被绑架，我不就不来了！"

她的反驳比温静姝的话尖锐，她也从来不给人留情面。

温静姝微微一愣，苦笑地绞着手帕，定定地望着晃荡不停的马车帘子："这并非我能选择。但你来与不来，却可以选择。嫂嫂有时任性太过，不仅害己，也害人。"

"静姝在向我说教？"墨九微微一笑。

"静姝不敢，你是嫂嫂。"

"那不就是了。"墨九故作老成，"你还年轻，有些事不懂。"

这样神神叨叨的她，温静姝很熟悉。以前在楚州萧府，她大多时候都这样，三分傻七分痴，整天做些不合常理的事，说些毫无逻辑的话，让人看不出真假。可到了这个时候，若温静姝还相信墨九真的是傻子，那绝无可能。

两个人互视着，各怀心思。

久久，墨九盯着温静姝头上造型精致的蝶尾钗，轻声问："这钗子静姝为何这般珍爱？"

温静姝的眸底似有流光掠过，她抚上蝶尾钗，表情视若珍宝。

"这是一个人送我的礼物。"

墨九眉梢微挑："这个人对你来说定然很重要吧？"

温静姝似是想到什么美好的事，展颜一笑，苍白瘦削的脸上有着罕见的红润："是，他是静姝心底最重要的人。"

马车吱吱在响，车帘也一直在晃动，墨九盯着温静姝满是春情的脸，不知道温静姝说的这个人是不是萧六郎。可若她直接问温静姝，显得她太过在意，就太在她面前掉价了。但如果不问，她瞧着钗子实在膈应。

心有点揪揪，揪着揪着，她按住小腹的手更紧了。

温静姝看定她："嫂嫂又不舒服了？"

轻嗯一声，墨九道："肚子是有些绞痛。"

温静姝认真地问："可要唤六郎？"

"不用。"墨九摇头，"你没听他说吗？无药可治。"

温静姝抿了抿嘴巴，轻轻顺着墨九的后背，想到她与六郎头碰着头亲昵说话的样子，垂下双眼："嫂嫂喜欢六郎吧？"

墨九怔了怔，慢条斯理地反问："难道静姝不喜欢？"

“喜欢。”温静姝竟是直接承认了。

“那静姝为何不嫁他，何苦嫁给二郎？”墨九笑吟吟地调侃。

温静姝面有郁色，苦笑道：“婚姻大事又岂能由静姝做主？”说到这里，她目光切切地看着墨九，“静姝知道嫂嫂与我一样，心悦六郎。可六郎人品贵重，向来洁身自好，嫂嫂不要图一时之快，为他留下污名。喜欢一个人，不是应当为他好吗？”

“谁说的？”墨九眉梢一挑。

“嗯？”温静姝怔了怔，“为他好，不对吗？”

“我是问，谁说是我图一时之快，谁说是我找他的？”墨九透过帘子的缝隙，看着火光中骑马而行的俊美男人，似笑非笑，“难道静姝看不出来，是六郎喜欢我？”

温静姝狠狠地咬了咬下唇，生硬且小声地道：“嫂嫂何苦自欺？”

墨九挑了挑眉头，并不直接回答她，就像没有听见她的话，只自顾自地靠在马车上揉肚子。

“这肚子怎么回事？”她小声喃喃着，像在自言自语般念叨，“莫不是，有了吧？”

温静姝的身子猛地一滞，盯着她，一脸惊愕：“嫂嫂在说什么？”

墨九像刚回神，朝她莞尔：“没说什么。”

温静姝疑惑地盯着她的肚子：“静姝分明听见嫂嫂说有了？”

墨九害羞地轻抚小腹，似想到什么，又偷偷撩帘子瞄萧六郎一眼，确信他不会听见，方才羞涩地道：“恐是我多虑了，静姝与二郎成婚三年都没怀上。我们……肯定不会怀上。”顿了顿，她又低声地补充：“静姝要为我们保密哦！若为外人知晓，我可会怪你的。”

温静姝看看她涨红的脸，默默抿紧了唇。

这一路上，不论墨九正坐，躺坐，还是斜坐，温静姝都视而不见，始终腆着个便秘脸默默垂目，如丧考妣。

墨九这货是半分不肯吃亏的。她丝毫不觉得故意在温静姝面前暗示她与萧六郎发生了“关系”有什么不妥。看温静姝郁郁寡欢的样子，心理平衡了。她看着蝶尾钗膈应，自然不能便宜了温静姝，怎么也得膈应膈应她。

就这么优哉游哉地摇到临安府，因为要去为墨九“诊治”，萧乾先送了温静姝回萧府。

大抵受了太大的刺激，大脑反应不过来，素来温和有礼的温静姝愣愣地下了马车，一句话也没有，甚至都忘记了向萧乾道别，便苍白着脸匆匆入了国公府。因为慌乱匆忙，迈过门槛时，她还差一点踩到裙角摔倒。

萧乾奇怪地皱了皱眉头，问墨九："二嫂怎么了？"

墨九严肃着脸："毕竟是年轻人，遇到绑架这种事，难免紧张害怕心有余悸。回去静一静，就好了。"

萧乾狐疑地睨她，但他终是什么都没有再问，便送墨九回怡然居。

墨九很愉快。她发现萧乾在问她"二嫂"的时候，是用一种很坦然的态度问的，就像只是对家人的关心。若他与温静姝之间有男女间的暧昧，除非他是高能影帝，若不然想来做不到那样自在。

不过，也有让她稍感别扭的事。从天隐山下来，萧六郎对她的称呼好像就变成了"你"，他没有再唤过她一声嫂嫂，便与她有肢体接触，也不再像先前那样别别扭扭。

两个人之间的关系，似乎有进步？

这种进步墨九说不明白，也描述不出来心情。

对视时，相触时，心跳很快，脸颊也很烫。感觉暧昧、朦胧，似有若无，谁也不必说破，可彼此都知道在对方心底，有那么一点点不正经的情分存在，似乎都刻意回避着，小心地试探着什么，想要靠拢，又忍不住去猜测对方是不是也想要靠拢。

难道这便是初恋的感觉？受云雨蛊控制下的初恋？

舒展一下胳膊，墨九想着云雨蛊，看萧六郎越来越顺眼，可嘴上也不好提这茬儿，只冲他笑："现在可以说了。我身子到底有何不妥？你先前那样子，差点没吓死我。"

萧乾静静地看着她，凉薄的双唇紧抿着，不仅不答，又露出那一副说不出口的样子来。

这让墨九吃东西的劲都没了："真有问题？"

他点头。

墨九一怔："大问题？"

他再次点头。

墨九与他对视着，一颗心飕飕地漏凉风。想了想，她猛地把眼一闭，再睁开："好了，我做好准备了。你说吧，不管是什么病，我都承受得住。"

萧乾静了片刻，终于开口："你脉象洪大滑利，弦数，血热。"

墨九大眼珠子一瞪："说人话！"

萧乾唇间似有叹息，声音轻浅："快来癸水了，故而腹痛。"

愣了片刻，墨九噗的一声，直接笑喷了。

"萧六郎，你不是吧？就一月事，你考虑这么久？"

嘲笑完了萧六郎，然后她想到自己三个月没来大姨妈的担忧没有了，早衰症前期的症状也没有了，又忍不住兴奋地哈哈大笑，越发觉得身边有个大夫是幸福保障。

短短两三日，临安城突然就沸腾起来。

一个叫方姬然的名字不仅出现在南荣的朝堂上，也出现在老百姓的嘴里。临安的长街短巷，茶馆酒肆，但凡喜欢议论时政或混迹江湖的人莫不在兴奋地讨论墨家大会，讨论那位永远白纱帷帽的墨家新巨子。

墨家子弟遍天下，又以游侠为主，故而墨家大会在民间的影响力是举足重轻。

当然，因了一份武器图谱，墨家大会在整个天下人眼中都举足轻重。

离墨家大会召开的冬至之日，还有整整十天，可临安街上人头攒动，戏台场场爆满，茶馆酒肆更是座无虚席，不管走到哪个地方，都可以看见交头接耳的人，安防也比往常更严格，各个城门的哨岗都加派了人手。

墨九挤入湖畔的漱玉茶馆，好不容易在二楼找到张靠窗的空桌子。

“小二，来一壶碧螺春！”

沈心悦坐在她的右侧：“小九，她会来吗？”

“当然会来。”墨九严肃地道，“毕竟不是谁都可以像她一样长出一副巧夺天工又媚绝人寰的心肠。”

玫儿坐在她左侧，拿绢子抿着嘴发笑，沈心悦却一头雾水：“你在赞扬她？”

墨九认真地看她：“对。”

哦一声，沈心悦环视下四周：“小九为什么一定要去墨家大会？”

墨九似笑非笑地道：“玩呗，有热闹不凑，我祖师爷会鞭挞我的。”

“好一个玩呗。”她的背后，突然传来一道轻柔的声音。

墨九也不回头，只笑吟吟地接过小二送上来的茶盏，双手捧着轻轻一叹：“右执事什么时候喜欢藏头露尾了？”

尚雅轻轻一哼，扭着腰肢，坐在她的对面：“大少夫人眼神不怎么好，本执事坐这儿半天了，你都没认出来？也幸得如此，若不然本执事又怎会知道，你喜欢在背地里说人坏话？”

盯着面前的女人，墨九恍然大悟。怪不得入茶馆的时候没有认出她。这货向来打扮得妖气横生，今儿却穿了男装，嘴巴上还粘了八字小胡子，完全与她认识的尚雅是两个画风。

她笑了笑：“右执事身边向来美男环绕，这突然把自己变成了一个美男，我都不习惯了。哈哈。见谅见谅！”

尚雅讽刺地翘着唇角盯着她：“说吧，你要我来做什么？”

墨九懒洋洋地道：“上次提过的，把云雨蛊给你啊？当然，右执事得帮我一个小忙。这个……是什么忙，想必你听壁角都听见了吧？”

“我怎么相信你的话？”她问。

“看你是个聪明伶俐的性子，怎么问得这么傻？”墨九瞪她，“这哪需要证明，直接一试不就完了？”

看她不像说谎，尚雅有些犹豫。

若得云雨蛊，她可以控制萧乾，也可以解去媚蛊。可如果墨九说谎，她不仅得不到云雨蛊，还会得罪萧乾，萧乾自然也不会再帮她找彭欣想法子解媚蛊，那便断了希望。

这两个选择，哪一个比较诱人？自然是前一个。

然而，尚雅都这个年纪了，试遍不同的男人，也早就看透了男女之情。萧乾那样的男人，她上赶着犯贱，未必有好下场，而乔占平的死，对她也是一种震撼。她只盼解去媚蛊，做回真正的自己。

可万一彭欣也想不出来办法解媚蛊呢？

她想想，又舍不得放弃与墨九交易的机会了。

不论真假，她都想先稳住墨九：“大少夫人说说，怎么试？”

墨九嘴里含了一口茶，硬生生地咽下去，撇嘴轻笑道：“右执事好天真，我就这么一个筹码，怎会轻易祭出？这个嘛，自然得墨家大会之后，我再给你。”

尚雅似信非信：“为何不去找墨妄？你们不是相好？”

相好？墨九眼睛半眯着，一张红透的小脸，沉静得看不出半丝情绪。半晌，她突然慢吞吞地抓住尚雅的手，意味深长地摸了摸，笑道：“因为右执事长得比较漂亮，我喜欢哪。”

尚雅看着她色迷迷的样子，鸡皮疙瘩掉了一地。

她一生调戏惯了男人，怎么也没有想到，有朝一日会被女人反调戏。

眼风冷飕飕地抽回手，尚雅道：“墨家大会防备森严，不容外人进去。而我身为墨家右执事，又怎能为一己之私枉顾家法？”

条件谈不拢，一般只有一个原因：筹码的分量不够。

晓得尚雅这个女人并没有那么好糊弄，墨九面色更为严肃：“右执事要怎样才肯答应？”

“除非彭欣亲口说，云雨蛊可以换宿主。”尚雅说得很认真。

墨九微微一愣。

从那天尚雅在济生堂门口的反应来看，她不会这么坚决。媚蛊已成她的心病，一个令她几乎绝望的心病，但凡有一根救命稻草，她也不会轻易放弃才对。为什么她突然就变了？

想了想，她道：“圣女忙得很，我总不能专程寻她来一趟吧？”

“那就免谈了。不见彭欣，恕我不能从命。”

尚雅说罢起身欲走，墨九一声唤住她：“你就这样走了？”

尚雅回头，嫣然娇笑：“还有事？”

墨九轻轻一笑：“不一起吃个饭？”

“下次吧。”

尚雅又怎敢和她吃饭？今儿她特地乔装过来见墨九，就是怕她们见面的事被萧乾晓得，误会她与墨九有什么勾当，那她岂非功亏一篑了？

敷衍完墨九，她微微低头，正欲离去，突听墨九在背后咦了一声：“圣女怎么来了？”

她冷哼一声，觉得墨九这个人有时候是真傻，居然想用这样的法子哄她。可下一瞬，她便看见了地上的一双鞋。

苗绣的龙凤图案，彩色的丝线，缀有亮片，一看便知来自苗疆。

尚雅微微一惊，慢慢抬头，就看见了抱着一只黑猫的彭欣。

她安静地站在那处，冷漠苍白的面孔上，连半点血色都没有，看人的时候，似乎瞳孔都是冷的。

“你想我告诉你什么？”她轻声问，样子很冷。

尚雅见过彭欣一次，虽时隔几年了，但留给她的印象很深。当年，她曾随师父回过一次苗疆，那时候彭欣正被封为苗疆圣女，尚雅见到她时，她高居圣坛之上，如在云端，冷漠高贵。尔后尚雅回到尚贤山庄，又陆续知晓一些彭欣的事情，但都很零碎，与她的接触不多，一直是只闻其声，未见其人。

如今乍一见到本尊，大抵因为她出自苗寨也是苗人的缘故，对圣女有本能的敬畏，身子一矮，便朝彭欣福了个身。

“尚雅见过圣女。”

彭欣冷着脸，低头看她一眼：“嗯。”

不冷不热地应了一声，她坐在尚雅先前的位置，看墨九：“大少夫人可好？”

墨九在楚州与她有过交道，但对这个高深莫测的苗疆圣女打心眼里觉得发怵——

毕竟人家会玩蛊，动不动就来只虫子控制你，想想就悚得慌。

这么一悚，她就觉得跟这样的人做朋友比做敌人好，于是她的笑容更真诚了：“我很好。圣女别来无恙？”

“无恙。”彭欣回答得冷漠，“听你们谈起我，是找我有事？”

“啊呀，圣女这是会算命哪。”墨九笑吟吟地道，“是有些事。”

撒了一个谎，人还没有骗住呢，就面临被当场揭穿的风险，墨九脑仁有些胀痛。

可尚雅却不管她头痛不头痛，上前便笑道：“正好圣女在这里，大少夫人便直接问了呗。”

箭在弦上不能不发，墨九咳嗽一声，冲彭欣挤了挤眼睛：“上次我不是问过你云雨蛊的事情吗？我问你这个蛊可不可以从一个宿主的体内，换到另一个宿主的体内，是不是有这回事？”

墨九对彭欣寄予了希望，哪里晓得她倒是痛快，冷着一张脸就否认了：“不可以。蛊虫入体，不可剥离。”

“呃——”墨九沉着脸，看尚雅的脸色不太友好，她捏着下巴回忆道：“难道是我记错了？右执事不要绷着脸嘛。皱眉，苦瓜脸会形成习惯，影响你美丽的容颜。来，笑一个。”

尚雅哪里笑得出来？

她庆幸先前没有听信墨九的花言巧语，又庆幸这么巧碰见了彭欣，正想趁着这个机会拉下脸来问问她解媚蛊的事，没有想到彭欣率先挑出了这件事：“不过，媚蛊之毒，除与四柱纯阳之童男阴阳相合，还有他法可解。”

尚雅双眼圆瞪，带着一股子绝境逢生般的喜悦：“敢问圣女，何法可解？”

彭欣冷冷地看着她，并不回答，唇角有一抹凉笑。

尚雅尴尬地捋了捋头发：“圣女要我为你做什么？”

天上不会有馅饼，地下也没有无缘无故跑来帮忙的人，尚雅很清楚这一点。

彭欣也是一个干脆利索的人，她不绕弯子，只淡淡地道：“我此行只为一个目的，墨家大会的邀请帖。”

墨家大会是天下瞩目的一场盛事，前往临安的墨家弟子不在少数，如今墨家执事和长老在西湖之畔的临云山庄暂居，墨家大会也在那里举行。临云山庄原是墨家产业，临安府墨家的行馆，占地很广。但能够进入临云山庄参加墨家大会的人只有两种——第一种是受到墨家邀请的人，比如一些有名望的长者或者朝廷官员。第二种便是墨家弟子，可墨家弟子遍布天下，为数众多，普通弟子也无法参与，至少得有堂口上的人举荐或安排。

这一次墨家大会，为新巨子正式接任举行仪式。但墨家人数太多，左右两派又一直争端不休，按以往的接任仪式来看，每一次新巨子上任，都会有事情发生，所以临云山庄守卫极是森严，便是朝廷有人想要入内，也得有公文。再有，墨家之事干系重大，他们这般谨慎的举动也得到了至化帝的首肯。故而，前往临安的人很多，能参加墨家大会的却很少。

尚雅不明白彭欣为什么要去墨家大会，可墨九却隐隐知晓一点。

彭欣曾经说过她家祖师爷与墨家祖上有些渊源，有感情上的纠葛，可单单为此，理由太薄弱。莫非除此之外，她还有旁的事情？

不过不管是为了什么，只要筹码给够，什么条件都不成问题。彭欣身为苗疆圣女，给她一张邀请帖对于尚雅来说，根本就不是问题。她甚至都没有问彭欣为什么要去，就直接应了。

墨九见两个女人就这样无视她的存在达成了协议，恨得牙根痒痒。可不论她说什么，尚雅都不肯应承她。

实在无奈，墨九郁气难消，只能看着尚雅傲娇的背影，大力诅咒：“你这女人太可恶，诅咒你一辈子不缺男人。”

“这是诅咒吗？”抚着猫背上的毛，彭欣问她。

“对我来说不是，对尚雅来说是。”墨九干笑一声，“圣女，要不要陪失意人喝一会茶？”

彭欣不置可否，却也没有离开的意思。看她这么好说话，墨九觉得也许真的可以和这个玩虫子的人做朋友，赶紧让沈心悦喊小二过来泡茶续水，又要了一些零嘴，摆了满满一桌，极是热情。

这会子茶馆里的茶客来来去去，已经坐了满满一堂，耳朵边不时传来的“墨家大会”几个字，让墨九觉得彭欣手上那只猫的爪子，似乎一直挠在她的心窝里。

“圣女去墨家大会，可是为你祖上的那点事？”

彭欣看她一眼，冷郁的脸色缓了缓：“我想找他。”

墨九一怔：“找你那个失去的孩儿？”

彭欣摇了摇头：“不，找他。”

“孩儿他爹？”见她默认，墨九狐疑不已，“难道他是墨家人？莫非是与他失去联系了？可你怎么能确定，他就一定会去墨家大会？”

她一口气问了太多，彭欣却给了一个出乎意料的回答：“我找不到他。墨家大会是天下盛事，受天下人关注。既然我找不到他，那我只能盼着他能看见我。”

“呃？”墨九拣一颗果脯塞入嘴巴，“为什么找不到？”

“我不知他的名字，也不知他住在哪里，只知他是临安口音。”

大抵是前尘往事太揪心，彭欣低下头，明显压抑着情绪，可一直抚着猫背的手动作却越来越慢。瞧得一向乐观的墨九呼吸都不顺畅了，只觉得整个天空乌云压顶。

入了冬月，时间过得更快了。

转眼五天就稀里糊涂地过去了，墨九依旧没有拿到墨家的邀请帖。

她急得上火，加上大姨妈骚扰，嘴巴都起泡了，却苦于没有法子。

尚雅指望不上，墨妄与方姬然是她最不想找的人，而萧六郎那里，她很清楚，从出金瑞殿暖阁的那天起，他就一心想把她撇开，他不可能同意她去。

眼看离冬月十二越来越近，墨九把在临安认识的人都一个个写在纸上，再逐一排除。划来划去，也只剩下一个东寂了。

其实在尚雅之前，她就有想到他了。可每天照镜子，看着镜子里那一张红脸，她就没有勇气。萧六郎的话是不是真的，她不敢确定。可不怕一万，就怕万一，那货心肠歹毒，毒药又变态，若真有这个功效，那她不是亏大了？

只剩下五天了，她不能在家里干等。

左思右想之后，她还是硬着头皮去了枢密使府。

适逢休沐，萧六郎正好在府上，门房让墨九坐在客堂里等了好一会儿，他才慢条斯理地出来，那齐整的样子美得不像人间儿郎。墨九不由怀疑，她坐在这里吃冷风的时间，这厮是不是在屋子里沐浴熏香，收拾打扮？

墨九吸了吸鼻子，在那一股子熟悉的幽香里，如在云端一般的脑子有些飘飘然，好不容易才找回智商，正经着脸道：“萧六郎，我想去墨家大会。”

“不行。”果然，他想都不想就拒绝了。

虽然明知道是这样的结果，可墨九还是不愉快。先前还觉得他帅气逼人，瞬间又觉得这货讨厌得不行。果然对一个人的看法决定了一个人的长相。

她很想用闹自杀一类比较极端的伎俩逼他就范，可想想太拙劣了，又敛住那口气，端庄文雅地坐着，想到一个更有品位的办法：“我给你好处还不行吗？”

萧乾挑了挑眉头，似乎对她的人品不放心：“有何好处？”

墨九挤眉弄眼："当然是你缺少的东西。"

萧乾面色微微一沉："本座什么都不缺。"

"那可未必。"墨九笑着站起身，走到他的面前，看一眼他纤尘不染的衣袍，皱了皱眉头，抬头轻掸一下他的肩膀，放柔嗓子道："为了开发六郎的持续性男性魅力，结束你孤独寂寞的处男生涯，锻炼你强健的体魄与耐力，我考虑牺牲一下，只要答应带我去墨家大会，我便纡尊降贵睡你一次？如何？"

于是，第四天晌午，墨九被打出了枢密使府，茶都只喝了半壶。

如果她记得没有错，萧六郎当即掐住她的腰，用一种恨不得掐死她的力度，狠狠地拍了她的屁股。

两辈子活了几十岁的人了，被男人揍了屁股，她回了怡然居都没好意思说。不过想想萧六郎气得七窍生烟的样子，她又忍不住趴在床上哈哈大笑，笑得整个怡然居的人都以为她又疯了。

然而笑完了，她一个人坐在梳妆台前，看着镜子里那个面有赤色的姑娘，又沮丧得紧："萧六郎！我恨你！"

她很想画个圈圈诅咒他，可诅咒他也没有用。所以，她依然喝完了萧六郎给她开的调经苦药，然后对着镜子搓捏了脸数十下，牙齿一咬，终于从脖子里掏出了那一只玉扳指。

去见东寂的时候，她全副武装，连半点肌肤都不露在外面。再离他三尺之外，总该没事了吧？莫不成醉红颜还能隔空影响？她在大街上也有撞上男人，不也没事？

这般想着，她踏上了前往菊花台的路。

天有些飘雨，天气阴郁郁的，而东寂，也果然不在那里。

管家周明远看了看那扳指，热情地招呼她入内，准备了一桌子美食来喂她。可明日就召开墨家大会了，墨九心不在焉，美食也不是东寂做的，始终缺了那味道，她没有食欲。

"周叔，东寂什么时候会来？"

"这个……"周明远似有些为难，"奴才已差人给公子递信了。不过公子近来忙碌，外面又下着雨，今儿不定会来。依我看，得明日。"

"哦。"墨九挤出个笑容，有一搭没一搭地翻着菜，寻思要不要等下去。

如果不等，明日的墨家大会，她就去不了。身为墨家后人，这样的盛会不去，她会遗憾终身。而且潜意识里，她就觉得与自己有关，毕竟在相当长的一段时间里，她曾被墨妄他们认为是新巨子，突然就被排挤在外，她有些不痛快。

"姑娘，你住的房间，奴才们平常都有打扫，等下你先休息，若公子回来，鸳鸯会来唤姑娘。”

似乎也只有这么办了……墨九随便扒了两口饭，就放下了筷子。

在廊前的亭子里坐了一会儿，她张望许久不见东寂回来，眼看夜幕越拉越黑，雨也越下越大，她终是被鸳鸯和翡翠两个小丫头劝回了房间。

经不住这么娇俏的丫头伺候，墨九洗了脸，沐了浴，整得浑身香喷喷的，鸳鸯和翡翠还为她按摩捏身子。公主般的待遇，让墨九不由感慨，这菊花台的生活真是纸迷金醉，容易让人迷失堕落哪。

相比起来，怡然居就与它的名字一样，像一个舒适的家。有娘，有地，有花，有草，每一个地方的布置都简单、实用，也温馨。没有菊花台的华丽尊贵，可就是舒服自在。

果然是贱命！她骂着自己，裹在绵软的被子里，慢慢地见了周公。

半夜里，外面风声和雨声呼啸而来，击打在瓦上，像猛兽来袭似的，啪啪作响。

墨九心里装了事，睡得不怎么踏实，被风雨声惊醒，再也睡不着。

帐子外面是鸳鸯在守夜，有一点朦胧的灯光，但隔了屏风和帐帘，里面的光线仍旧显得有些昏暗。墨九听着雨声，盯着帐顶，脑子胡乱思考着，突然听见风雨声里有人在敲门。

门板吱呀一声，她听见鸳鸯惊呼：“公子，您怎么来了？”

墨九下意识地坐起，可看看身上只着小衣，她并没有掀开帐帘，只扭头看着外面影影绰绰的灯火。

然后，她听见东寂用刻意压抑的声音问：“姑娘睡了？”

鸳鸯点头，入屋找了个干爽的帕子要为东寂擦头发：“外面这般大的风雨，以为公子不来了哩。”

嗯一声，东寂不置可否，声息很浅。

帐子里面，墨九趴在床上四处翻找没有看见衣裳，她咳嗽一声，又扯起被子遮住身子：“鸳鸯，公子来了？”

鸳鸯看了东寂一眼，连忙应声：“是的。姑娘醒了？”

墨九说一声是，又笑道：“鸳鸯帮我把衣裳拿来一下吧。”

听见她的话，东寂接过鸳鸯手上的帕子，对屏风的方向道：“九儿不必急，慢慢起身，外面冷，穿厚一些。我在偏厅等你。”

暴雨如注，狂风卷着庭内的花木，发出呜呜的咆哮声，比打雷还要凶悍几分。墨九穿好衣服，又特地多裹了一件貂领的斗篷，把脑袋都盖得严严实实方才出屋。可外面很冷，被冷空气一呛，她冷不丁就打了个喷嚏……然后，她望着黑压压的天际，心里微微发紧。

这么冷的天，这么大的雨，这么狂的风，东寂这是从哪里赶过来的?

墨九望着雨幕，思绪无端复杂起来。

“姑娘，这边走。”鸳鸯笑着提醒。

“嗯。”墨九拎着裙摆进入偏厅，发现东寂面前的桌子上有一个雕了富贵牡丹的紫檀木食盒，只那一层外饰便精致完美得让考古出身的她有一种想扑上去的冲动。

东寂微微一笑，看着她指了指食盒：“来得匆忙，我没有准备别的，只有一盘玲珑珍珠奶卷，带给你尝尝。”

玲珑珍珠奶卷，光听名字就很有食欲了。墨九睡了大半夜，晚膳吃的那点东西早已消化殆尽，暗暗咽口唾沫，与他隔着一个桌面坐下，歉意地道：“本不该来打扰的，可事情太急，我一时找不到人帮忙，不得已便来找食友了。”

东寂轻瞄一眼，并不介意她刻意的疏远，带笑的目光里像蕴了春风，极是暖人：“你若不找我，我才该生气了。朋友，就是用来打扰的。”

这哥们儿就是会说话！墨九打心眼里觉得舒坦。

“东寂今后有用得着我的地方，我义不容辞。”

东寂的目光定定地落在她的脸上，唇角微牵：“好。一言为定。”

“一言为定。”墨九笑得很真诚。

“那九儿今日找我，有何要事？”

“东寂先去换身衣服吧！”墨九寻思一下，又看了看牡丹食盒，笑道，“你看你衣服都湿透了，我若缠着你说事，也太不仁道了。这样，我吃东西，你换衣服，我们回头再说。”

馋猫似的她，乖巧、真实，还顺便关心了他一回。东寂似乎很受用，点点头，将那个让墨九很想摸一摸的食盒打开，把玲珑珍珠奶卷端出来，嘱咐她慢些吃，便告辞离去。

与东寂这样的男人相处，墨九没有心理压力。因为他太懂得照顾人的情绪，不管说话还是做事，永远恰到好处，也保持着朋友应有的分寸与尺度，不会让她觉得难堪，更不会让她不自在。

等她吃了个半饱，他算着时间差不多了，方才穿了一件居家的素色直裰，风度翩翩地进来，然后食盒一收，不许她吃：“夜间不宜多食，可以了。”

“呃——好。”墨九是吃货，但也不是一个不顾健康的吃货。她看着食盒上面做工精致的富贵牡丹，突然懒洋洋地瞄了东寂一眼，“这个食盒用料考究，雕工一流，非普通人可用。这装奶卷的盘子，釉色润美如玉，纹饰不多，淡雅却有雅趣幽韵，非官窑不可烧出。便是这奶卷，从口味与精致程度看，怕也得御厨方能做出？”

“没错。九儿好眼光。”东寂轻轻发笑，“这食盒乃宫廷之物，这盘子乃内窑所产，这奶卷也是御厨手笔。”顿一下，他望定她的眼，笑容更盛了，“你信吗？”

若他不这样坦然相告，墨九还真的可以确定这些东西出自宫廷。可他半开玩笑半认真地这么一调侃，墨九反倒怀疑了。就她所知，南荣的达官贵人也可以享用这些东西，萧府里，她也曾见过许多贡品级别的日常用品，想来这个国家太富有，人们的物质享受并没有烙上君权烙印。

她正思考，便听他又道：“九儿在想什么？”

墨九抬头，严肃着脸：“我在想，你究竟是哪个龙子龙孙？”

东寂淡淡一笑，先让鸳鸯给她奉水漱口，等她收拾利索了，方才道：“我是哪个不重要，重要的是九儿找我有何要事？”

这么一说，墨九神思就归位了。看东寂的样子应当很忙，人家大晚上的赶回来，她一直拉着人扯闲嗑确实不好。斟酌一下，她没有拐弯抹角：“我想参加墨家大会，可没有邀请帖，这临安我找不到旁人帮忙，想来东寂可以帮我？”

“没问题。”东寂连询问都没有，就应了，“你消消食歇着，明儿与我一同前往。”

“嗯。”事情这么顺利，可墨九脑子转了几个弯，回答得却有些犹豫，“东寂就不问问我，为何要去？”

东寂低笑一声：“不管为何，只要九儿想去，便可以去。”

这是霸道总裁的范儿啊！墨九默默地思考，终是点头笑道：“好吧，这次算我欠东寂一个人情。回头若有机会，墨九定当报答。”

“报答就不必了。”东寂的视线扫过她红彤彤的脸，转而又笑，“若九儿过意不去，明日一早，你来做饭。”

“哦，对！”墨九想起来了，喜滋滋地道：“上次离开前我便说过，下次见面，由我展露厨艺的。那就这么定了。”

说罢，她让鸳鸯把她拎来的松花蛋拿过来给东寂显摆了一下。墨九除了告诉他做法，亦把常见的吃法告诉了他。

两个人都是吃货，谈起美食来便是滔滔不绝，直到冷风灌入偏厅，差一点把油灯吹灭，墨九才想起来，因醉红颜不能与男子过从太密。

她便笑着打个呵欠："困了。"

东寂眉头轻轻一皱，依旧笑着，让鸳鸯送墨九回屋里休息，然后转身自去。

匆匆回房，宽衣睡觉，墨九却久久不能成眠。

一个人太好了，好得几乎没有缺点，这就成了最大的缺点——东寂便是如此。而且，他对她太好，好得让她心里有点不踏实。无端受人恩惠，却无法回报，那本身就是一种压力。

她把自己捂在被子里，在外面狂风骤雨的催动下，脑子里胡乱地想着，一会儿是东寂、一会儿是萧乾，一会儿是墨家大会，杂而无绪。

明儿在墨家大会上见到他们，会怎样？

黑暗中，她悄悄摸着自己的脸。不，她不能让人认出她来。

萧六郎不能，墨妄不能，方姬然和灵儿也不能。

枢密使府，雨雾中的夜已深了，却灯火通明。

萧乾还未入睡，几个侍卫也在插科打诨地陪着他熬夜。

夜雨凄凄，夜风猛烈，清洗了天地间的尘埃，却卷不走低压在屋檐之上的乌云。一朵朵黑云猛兽似的，伏在天际高处，任由狂风相卷，暴风相袭，依旧俯视着这个凄厉的大地。

几个侍卫都开始打呵欠了，萧乾精神似乎还很好。

也不知想到什么，他突地回头唤击西："去把储冰室打开。"

入冬的天冷得刺骨，主上却要打开储冰室？击西完全理解不了。不过闯北对他的"渡化"，多少让他开了点窍，虽然喉咙痒痒，还是没有问，乖乖地去了。

萧乾从椅上起身，背负双手，静立窗前看雨滴从屋檐的瓦间流下，珠子似的落在青砖上，一张沉静的面孔像上了一层釉，写满了繁杂的心事。

薛昉垂立在他身后，脊背上凉丝丝的。

从今儿墨九离开枢密使府，然后去了菊花台，他家使君的脸色就不太好看，可情绪还算稳定。然而一刻钟前，探子冒雨来报，说菊花台那位，大半夜的居然不顾倾盆大雨，过去私会墨九了。探子不明萧乾的心思，汇报的时候，顺便加上了自己的心得体会。听见"私会"一词，薛昉就晓得完了。

果然，萧乾吹了半天冷风也不吭声。

"薛昉。"萧乾突地回头，"几更了？"

"四更天了！"薛昉算是看出来了，每次遇到墨九的事，他家使君就这样不阴不阳的。紧张地瞄他一眼，薛昉又用商量的口吻道："明日墨家大会，使君早些歇了吧？"

萧乾眉头微蹙，突地问他："我今日是不是不该把她撵走？"

薛昉一愣，却见他撑着额头，头痛地道："应当关在府上，不让她惹是生非。"

对"关在府上"这个说法，薛昉其实有些怀疑。连醉红颜都吓不倒的墨九，又哪里关得住？再说了，他家使君若真拿她有法子，又怎会独自神伤？薛昉想想，只能顾左右而言他："使君放心好了。墨姐儿聪慧机灵，断不会吃亏。"

"机灵、聪慧？"萧乾冷哼，"但凡长点心，也不会那般容易信人。"

薛昉怪异地看他一眼，踌躇道："人家会做吃的，墨姐儿又好吃，难免……就往那里跑了！"

这货太实诚了，根本就不知踩了他家主子的痛处。萧乾剜他一眼，他还不知情地道："依属下对墨姐儿的了解，她就爱好两样。一样是美男，一样是美食，人家两样都齐活了，她喜欢也怪不得……小姑娘嘛，都喜欢温和的，柔情的男子，哪个喜欢整天对着一张冷脸？"

说到这里，他只觉面前的冷气越来越重，突然反应过来自己的话不太中听，嘿嘿干笑一声："这个，属下不是说使君。您大多时候还是很……很温和的、很柔情的。"

萧乾扫他一眼，转身离去。

从卧室到后院的地下储冰室，萧乾冷峻的面孔，没有半丝变化。但每个人都瞧得出来，他情绪不稳定，千万惹不得。

站在那个夏日才用的储冰室门口，他打开门，进去转了一圈，又差人抬来一张可供休息的软榻放在中间，然后解开风氅丢给薛昉，脱下靴子，把束了玉冠的长发解开，便只着一袭白色的中衣，赤着双脚走了进去。

"使君！"薛昉抱着萧乾的风氅，在外面大惊失色地喊，"这么冷的天，你会受不住的！"

萧乾没有回头，墨一样的长发披散在背后，颀长的身躯静静立于冰冷的室内，像一座俊美的冰雕："让探子继续盯着，一有风吹草动，速来禀报。"

"是。可是，不对啊，使君。"薛昉生怕主上冻着自个儿，就要冲进去，可他还未入内，厚重的铜质大门便砰的一声关过来，碰了他一个灰头土脸。

萧乾轻飘飘的声音，从里面传出："不许任何人打扰。"

薛昉只能苦巴巴地杵在门口发愣。

击西和闯北跟了过来，探头看了看。

“怎么回事？主上呢？”闯北问，然后看着薛昉直愣愣的目光，诧异道：“主上进去了？一个人？准备在储冰室就寝？”

薛昉点点头，声音散在雨夜中：“我怎么感觉咱们主子……也疯了？”

萧乾当然没有疯。他记得在楚州坎墓的冰室里，云雨蛊就迅速成长，催化了二人的情绪。那个时候他断定，遇上强烈的刺激，可以催动云雨蛊成长，也可以让云蛊与雨蛊之间产生更为紧密的情绪牵引。储冰室的温度，与坎墓的冰室也差不多了。

他盘腿坐在软榻上，望着储冰室照壁上的图案，一双俊美的眸子浅浅眯起，静静地思考，没有半分表情。好一会儿，他似是想到什么，唇角微微一牵，露出一个高深莫测的笑容，放松身子，慢慢地斜躺下去，阖上了眸子。

风雨交加的冬夜，能冻死路边野狗。这个夜晚墨九睡得很不安稳，身体忽冷忽热，明明屋子里烧着地龙，明明盖着厚被，却冷得像置身于冰室之中。刺骨锥心的冷意，似附在人的骨头缝里。她很难过，可比这更难过的是一种不知从何处汹涌而来的渴望。

“阿九……”无边无际的冷意与黑暗里，有一个声音在轻唤他。

她如坠梦境，瞪大眼睛寻找，一步步循着声源走过去。

“谁？谁在叫我？”

一个男子身着月白色的软缎轻袍，斜躺在一张红云般艳靡的毡毯上，双目半阖半眯，似有夺人魂魄的妖气，让人看一眼便挪不开眼。柔软的大红毡毯上，他领口微开，露出一片紧实的肌理，那惑人的颜色形状，一直延伸到精壮的腹肌之地，再往下便被柔软的布料遮住了。

可半遮半掩最为让人渴望。野性与华贵，妖孽与冷艳，仙气与邪气，在萧六郎的身上，竟融和得这般完美，整个世界在他面前，似乎都失了颜色……她口干舌燥，脚不听使唤地走了过去，有一只从心底深处长出的钩子，很想钩开那一片布料，看看内里风光。

这感觉一旦滋生，便再也压抑不住。她双目赤烫，带着一种近乎狂乱的渴求，走得很慢，可身上却烫，呼吸乱了，语气颤了，似醒非醒，似梦非梦：“六郎，你怎这般了？”

她在梦里唤了一声，哑哑的，缺水的，带着渴望的声音，似乎让那个人很满意。他清俊的脸上掠过一抹浅笑，荡入她的眸中，带着罂粟般致命的蛊惑。

她不由自主地屏住了呼吸。

萧六郎何时这么妖孽风情了？

他在她的心底一直是严肃的、冷峻的、清凉的、不食人间烟火的、不容于尘世的，带着一股子仙气的人。他清心寡欲，刻板的脸上永远写着女子勿近。但这时的他居然会这样朝她笑，妖异的、邪魅的笑……配上他一袭白衣，一地红毯，娇艳无比。

这感觉有些色情，她受不住自己，脸上的红热慢慢地延伸到耳根。以至于她耳朵嗡嗡作响，觉得什么声音都听不见了。

“六郎，我是不是在做梦？”

“不是！”她清楚地听见了他仿佛带了魔力的声音。然后，他朝她伸出手，一双似有流光的眸子让她无法直视，亦无法抗拒。

她慢慢地走近，将手搭入他掌中。

他轻轻一拉，她便站立不稳，顺势倒了下去，柔柔地伏在他的身上。近在咫尺，两两相望，这样的姿势，这样的角度，六郎看上去更为邪魅多情。可男子便是男子，他身上的坚硬与她的柔软不同，只轻轻地贴上，便让她忍不住哆嗦。她很紧张，与他相贴的肌肤，慢慢地溢出一层潮湿的汗意，让她的双颊像在炉火旁烤着，烫得惊人。

“阿九你看，我是不是男人？”

昏昏沉沉中，她听见他如是问她。

她喉咙里咕咚了一声，不知怎么回答。

他又低笑一声，带着魅惑问：“我是个正常男子，我也没有不行。阿九可想试试？”他似乎很介意她那天的话，执了她的手，便轻轻地搭在他腰上，让她顺着他的腹往下探，似乎要证明给她看。

墨九讷讷地看着他。这个人明明听见了她的话，却装着什么都不在意，偏生跑入她的梦里来，似一头嚣张的妖兽，扰乱她的思绪。

哦……是梦。

她摇了摇头，感觉自己活在二次元的空间里，明知是梦，脑子也清醒，可身体却完全不受她支配，有一种不知真假的彷徨。

“我为什么会在这里？”她眉头蹙起，“我明明在东寂的……”

“嘘！”他握紧她的手，给她一个夺命的邪魅眼风。那专注、认真的眸色，似乎要望入她的眼底。

墨九激灵灵地一颤。这种怪异的感觉，刺激着她的心脏，一种期待与他肌肤相亲的急迫感，几乎强势地压制了她的理智，切割了她的思维，让她进退不得，又身不由己：“萧六郎，不对……我觉得这事好像有点不对……我先前好冷，这会儿又好热，我脑子有些不受控制……”她说不受控制，就真不受控制，手突地发力，将他的坚硬紧紧握于掌心。

他闷哼一声，目光烁烁地盯住她。

她也懵懂地望向他。突地，他抬起她的下巴，慢慢抬头，吻上她的唇角。蜻蜓点水一下，他便退开，抚上她的后颈，让她的头低下来，伏在他的脖窝里。汗湿的、柔软的、滚烫的肌肤紧紧相贴。两个人谁也没有说话，也不看对方，只是呼吸相交，深浅不一。

耳边终于安静下来。

空气里有一种甜甜的暖香，似伊甸园里的鲜花在盛开。园子里那一条潜伏了无数年的蛇，慢慢地吐出信子，想钻入那颗粉红的苹果娇嫩的果芯，啃吃它丰沛的汁液。

“阿九，可以吗？”

他的脸侧过来，唇角擦过她的耳朵，暖暖地呵气，香风便闯入她的耳，暧昧得激起她身上那一层又酥又痒的神经，他的暖，层层裹住她的身心，她便无力思考，瘫软般贴在他身上。

她似吃醉了酒，不太清醒，连呼吸都带了喘意：“可我觉得我不是我，六郎，我怎么了？”

这句话还未落音，他眉头就微拧起，似有不悦。突然，他掐紧她的腰，一个翻身便调换了彼此的位置，她在下，而他在上。他的手撑在她的身侧，身子伏在她身上，轻轻顺了顺她鬓角的发，便抽去了她头上的发髻：“阿九好美！”

在他的赞美声里，她的身子如棉絮一般无力地熨帖着他，一头长长的黑发如云似缎，铺在火焰一样红的毡毯上，与毡毯上绣着的花瓣交相辉映，画面绚丽得像一个梦，一个让她恨不得永远沉沦的梦……

哦，是的，是梦。

她叹：“六郎，可惜是梦。”

他笑道：“是梦，所以阿九莫怕。”

她摇头：“我不怕，我愿意的。”

他又笑：“你倒老实。”

她眨眨眼：“我总是老实的，六郎，我喜欢你。虽然我不知我为什么喜欢你，是不是因为受了云雨蛊的控制才会喜欢你，但这一刻，我喜欢你是真的。六郎，你呢？”

他黑眸烁烁地盯住她，没有回答，然后低头吻上她的唇。

那烈焰般燃烧的热情，伴着唇与齿相合的刺激，让墨九身子战栗一下，轻嘤一声，嘴唇便含糊不清地迎上他。

“六郎……”

“嗯？”他吻着她，一直在吻。密密麻麻的吻如火山爆发似的热度，从她的唇慢慢移到她的面颊、耳朵、脖子、锁骨……他的呼吸滚烫，他的声音含情带诱，他每一个音调都带着炽烈的沙哑与魅惑，“阿九……我也是。”

墨九整个儿被点着了，肌肤上像被火焰滚过，汗水浸湿衣裳，晕眩麻痹了神经。他吻得太热情，太投入，夺去了她的理智，让她根本无法思考，天地似乎都在她的眼前旋转，而她陷入他满是男性气息与薄荷香的欲望漩涡里，再不会冷，再不会想，只全身心在他低低喘息着攻城略地时，用火一般的热情回应他。

脑海中，似有灿烂的烟花掠过。飞沙走石般的激烈之火，烧得她浑身虚软疲惫，似经历了一场生死攸关的大战，手指头都没有了力气。

当窗外的雨声渐渐停下，当天空的颜色从墨黑变成鲤鱼肚白时，她轻呼一声，从榻上坐起，愣愣地看着帐子，抚着还在发烫的双颊，还有脑门上的冷汗，恨不得咬舌自尽。

她居然做了一晚的春梦？！

而且，还是和她讨厌的萧六郎？

更可怕的是，梦中情形，她都记得非常清楚、深刻，就像亲身经历过的一般。这种诡异的感觉，让她有些害怕。若非依旧还在榻上睡觉，她真感觉是见过了萧六郎。

最可怕的是，梦里的她不像自己，而像一个真正被云雨蛊控制的人——除了欲念，还是欲念。

她拉过一缕头发理了理，就着昏暗的光线瞅着，脑子里下意识便想起萧六郎凑近她的头发，轻轻细嗅，掌心羽毛般慢慢抚过，再温柔似水地将她的头捧起，一点一点地啃吻她的样子。

“娘啊！”她捂脸，“莫不是疯了？”

念此及，她激灵一下：“或是云雨蛊又长大了？”

闭上眼睛，她思考着，可梦里那混着中药味的薄荷幽香，似还在鼻端；那个人低头吻她时，长长的睫毛都清晰地在她面前眨动；还有他敞开的袍子里，那腹肌之上，似乎还有一条斜着的刀疤，狰狞地蜿蜒在耻骨上方，带着一种原始的力量感与征服欲……

那真是的萧六郎吗？她拉住被子捂住脸。

"姑娘醒了？"鸳鸯在屏风外面轻唤。

"嗯。"墨九定了定神，慢慢地起身将衣服披在身上，趿上鞋子慢慢出去，看着鸳鸯，不太确定地问道："我昨晚上没有说梦话吧？"

鸳鸯是个爱笑的姑娘，笑起来有两个酒窝，她看着墨九古怪的表情，摇了摇头："昨晚姑娘睡下后，鸳鸯没多一会就睡着了。鸳鸯睡着了，打雷都惊不醒。姑娘，可是发生什么事了？"

看着她恬美的面孔，墨九放心了。

"没事。走吧，带我去灶上做饭。"

为了回报东寂，墨九这餐饭做得很用心。可不论她多么想要集中精力，依旧无法避免地时不时走神。梦里萧六郎带着低笑的轻言软语，妖孽得不若平常的魅惑，老是占据她的脑子，以至于东寂什么时候入了灶房，她都没有发现。

"九儿今日气色不错。"

东寂温和的声音，依旧春风似的暖人。与萧乾的外在清凉内里妖孽不同，他是一个沉稳贵重，玉一般温润的男子，与他相处很舒服，却很难有澎湃而起的情绪。

"九儿？"他又唤一声。

墨九啊一声，反应过来自己又想到萧六郎，不由尴尬地一笑："时辰还早，东寂怎不多睡一会儿？"

东寂站在门口，看着她的神情，微微敛眉。但只一瞬，他又笑开了。他的背后是雨过天晴后冉冉升起的太阳，那金色似为他镀了一层温和的光芒，让他的表情看上去更为柔和："怕你用不惯灶房，来帮你。"

墨九挽了挽袖子，甜甜一笑："不会的，我这个人自来熟，普天下的灶房都一样，有锅，有铲，有调料。"眨了眨眼，她努嘴朝外面示意，"院子里空气新鲜，你去转转？我这里很快就好，今儿是决计不能让你动一根指头的。"

东寂轻笑着，点头离开了。

墨九长长地松了一口气，专心做吃的。

菊花台的食材很丰富，可以由着墨九发挥，可昨儿晚上的梦让她太累，她有些打不起精神来，只寻思做一些东寂没有吃过的，有现代化风味的早餐给他尝尝鲜便好。

煎了几张营养丰富的水果饼，她泡了黄豆和花生差人拿去石磨上磨了浆来，熬了一锅浓浓的花生豆浆，做了一个醋椒黑木耳，再煎几个嫩黄的荷包蛋，等食物都好了，又在每个盘子里放一朵刚摘的娇俏小黄菊，看着便赏心悦目了。

东寂坐下来，目光便是一亮。

“这一桌早膳太好看，我舍不得吃了。”

墨九瞪他：“不要为吃货丢脸，吃！”

轻笑出声，东寂不再客气，修长的手执了筷子，夹起一张水果饼，翻来覆去地看着饼中的水果丁，赞了一句，放嘴里一咬，面上是满足的喜悦：“水果入饼，别有风味。九儿是如何想到的？”

这哪里是她想到的？

墨九无法告诉他自己过往的经历和穿越的事情，只老神在在地严肃着脸：“天赋！来自厨艺高手的天赋。”

她严肃的样子，让东寂笑着摇了摇头，也不再追问，只将盘中食物逐一品尝，赞不绝口。

做厨子的墨九自然也得意，尤其这些东西断然不是东寂常吃的，看他又惊又喜的满足样子，那种身为现代人的优越感更加强烈。而且，她有一种回报了东寂之后的舒坦。

喂饱了东寂的胃，她提出要求：“你晓得我的身份，我若这样和你去墨家大会，肯定不太好。所以我准备乔装打扮，还望你为我保密。”

东寂目光微闪：“乔装？”

墨九笑出几颗白白的牙来：“对啊，我乔装成你的侍卫可好？扮成个男的。”

东寂眉头轻皱：“我的侍卫没这么矮的。”

墨九拍额：“好吧，那我乔装成你的侍女怎么样？你总该不会说，你的侍女没我这么丑的吧？”

虽然这是一个事实，她醉红颜没有退，确实不怎么雅观。可她不希望这句话从东寂的嘴里说出来，先封了他的嘴。

东寂忍俊不禁：“你的脸，不管乔装成什么，都很难藏得住。”

沉默了一会儿，他突然问：“记得我上次拿来玩耍的那个钟馗面具吗？”

墨九当然记得，那天晚上她差点没被他吓死。她皱眉道：“墨家大会去一个钟馗，似乎不太合适吧？再说，也没有我这么瘦小的钟馗吧？”

东寂眸中含笑：“我当然不止一个面具。”

墨九轻哦一声，仔细打量他的脸，一点一点地观察：“你没戴面具吧？”

“当然没有。”东寂失笑，抚了抚自己的脸，“哪有这般精致的面具？”

“王婆自夸。”墨九哈哈大笑，“不过也是。”

然后，由鸳鸯和翡翠伺候着，墨九换了一身装扮，穿了与鸳鸯和翡翠同款的丫头装，脸上戴了一层薄薄的人皮面具。

墨九不知这是不是真人的皮做的，心里有些膈应，但这东西往脸上一戴，居然很贴合。

戴好人皮面具之后，再铺一层淡淡的水粉，遮住连接位置，描上眉，画上唇，眉心点一粒朱砂痣，墨九就完全变成了另外一个姑娘，长相平平，不丑，也不美，丢到人群中都不会引起任何人注意。

昨儿暴雨之后，今日大晴。

舒适的凉风从车帘的缝隙吹进来，墨九眯了眯眼，让鸳鸯掏出铜镜给自己瞅了瞅，满意地点了点头，便大着胆子撩开车帘，坐在东寂的身侧，看临安府的街景。

不多一会，临云山庄到了。炫目的霞光落在临云山庄门口那一座墨子的雕像上，墨九半眯着眼，在心里默默拜了拜祖师爷，就转开了目光。临云山庄门口有一块极大的平地，这会儿，大大小小的马车很有秩序地驶入，可她并没有发现萧乾常用的那一辆。

想到昨夜，她心里微微一沉，心绪微乱。

“马车往这边停。”

“这位大哥，你把车驶那边去。”

“来来来，这位弟兄，跟我这边来。”

临云山庄的门口，吆喝声不断。来的人太多，太拥挤，一些没有邀请帖的人也挤在外面瞅热闹。人家不入庄子，墨家弟子也不好撵他们离开，但他们却严重拥堵了道路，疏导起来很头痛。

马车停了下来，东寂从墨九的身侧探头望了一眼。

“明远，把帖子递上去。”

“是，公子。”周明远朝他躬了躬身，匆匆地往临云山庄大门去。

墨九若有似无地瞟向山庄大门，心里一直在发怔。其实她很想知道帖子上面，东寂到底是什么身份。是如他所说，某位皇子皇孙？或是像萧乾一样，是一个有着境外势力的他国龙子凤孙？

“九儿。”东寂突然转头，目光落在她变得陌生的脸上。

墨九嗯一声，与他对视。他的眼神里有一种难以描述的歉意，似乎有什么事让他很难开口。

墨九笑道：“你我有食友之谊，直言便可。”

东寂看着她灿烂的笑容，不由想起她未中醉红颜之前，那一夜在萧府湖畔所见的倾世容颜。他唇角轻轻一牵："我曾说，你我相交，以食会友，不必管对方的身份。可人活于世，又不得不涉及身份。我不想瞒你，你也不必惊讶。"

墨九静静地看着她，点头："不管你是谁，对我而言，只是东寂。"

东寂一怔。慢慢地，他绽开一个笑容，和煦、温暖，满足得仿佛拥有了整个天下。

墨九奇怪他会这样在意。就算他是皇子皇孙也不是什么大不了的事嘛。她好早之前就认识小王爷宋骜，也不觉得他有什么特殊的。

"放心，我不'以名取人'的。"她对他报以友好的一笑。

可不待她笑容收住，临云山庄门口就匆匆过来几个人。打头的人正是方姬然、墨妄、尚雅，还有申时茂等一些墨家长老。他们从中而出，排开墨家弟子，恭敬地对马车致礼。

"太子殿下大驾光临，恕我等未能远迎。"

墨九笑容一收，顿觉不妙。东寂居然是太子宋熹？！谢忱的外孙、谢贵妃的儿子，还与宋骜和萧乾处于敌对阵营？她愕然了。

太子殿下驾到，临云山庄门口的喧闹声突地停止，短暂的静谧中，众人的目光齐刷刷地落在东寂的身上。打量了一瞬，众人又似乎都同时回神，纷纷跟着请安。

"参见太子殿下！"

"太子殿下千岁千岁千千岁。"

皇权天授的时代，皇帝与天比齐，地位凌驾于一切事物之上。太子是储君，是皇权的延续，也是皇权传承的重要人物。除了皇帝，就数他地位最尊崇。

于老百姓来说，那便是一种神圣与威严的存在，堪比神祇，他们叩拜得心甘情愿，甚至在有生之年得见太子，有着感恩戴德的欣喜。

宋熹审视着伏在面前的一群人，唇上含了一丝笑意，可静静而立的姿态，依旧掩不住习惯的凌驾于人的尊贵与权势带来的睥睨："都起吧！"

众人谢恩不止，场上又恢复了热闹的声音，可墨九的耳朵里却很安静。安静得听不见那些人诚惶诚恐的惊喜，只听得到自己杂乱的心跳。

轻风拂过来，撩起她的发，也撩起东寂的袍角。她一直低着头，能见到的也只是他质地精良的袍角。

这个人还是东寂，一模一样的脸，一模一样的姿态。可上一瞬她才说不管他是谁，这一瞬，她却觉得与他似乎隔了千山万水，中间多了一道怎么也跨不过的鸿沟似的。

东寂，似乎不再只是东寂了。

墨九怔怔地抬头，这时百姓们已各自散去，墨妄与方姬然等人则静立在侧，等待他们进入临云山庄。可东寂没有理会旁人，只看着她，用只有她一个人能听见的声音，轻轻道："并无不同，也无改变。"

"是吗？"她听见自己问。

"是。"宋熹说罢，又似是为了确定什么，再一次压着嗓子重申："九儿，我说过的话不会变。希望你，亦然。"

说罢他抬步走在前方，负着手，挺直胸膛。那一袭风华，便是储君的气度了吧？

"哦。"墨九低低地回应一声，除了她自己，谁也没有听见。

所有人的注意力都被东寂吸引了过去。她的身份与鸳鸯和翡翠一样，只是东寂的侍女，只要不表现得太过张扬，就不会引起旁人的注意。

微垂着头，她默默地跟在东寂身后，往里走。

四周都是熟悉的人，她稍稍紧张，大气都不敢喘，就怕被人认出来。好在她戴着面具的脸不起眼，侍女也不止她一个，没一个人关注她。

临云山庄的正门口，墨妄、方姬然、申时茂、墨灵儿，还有几个长老站在左侧，而尚雅和另外几个她不熟悉的长老站在右侧，泾渭分明。尽管每个人的脸上都有笑意，看似亲如一家，可简单的站位，却挑明了不同的阵营。如此看来，墨家左右两派的纷争并未停止，双方谁也不会轻易服从对方。那么，方姬然是墨妄找出来的新巨子，另一系的人未必肯轻易承认。

从入场的权臣人数看，至化帝很关注这场盛会。

他身为皇帝，自然不会纡尊降贵亲自前来。

但太子爷来了，他代表的一样是皇权。

于是，太子殿下亲临，墨家大会还未开始，便引起了一阵轩然大波。里面的人纷纷请安不止，山庄外面也议论得热火朝天。关于墨家会不会从此受朝廷掣肘，方姬然能不能成为新一代的墨家巨子，众人各执一词。南荣人好赌成风，有人甚至私下开设了赌局。

墨九低头看着脚尖，一直默然无语。一来她身为"侍女"不便开口，二来东寂的身份出乎她的意料，她一直没有从震惊中回神，重新定位与他的关系。

人与人相处，需要一种关系定位。只有定位好了，也说服了自己，方能轻松。可东寂的身份，让她轻松不起来。

宋熹这个名字在她的耳边出现过很多次了。可以说，他一直是个活在他人口中的重要人物。

他是谢忱的外侄，与他关系密切，而萧家一直试图扶植小王爷宋骜为储君，所以与他自然是对立阵营的。那么，既然宋熹知晓她的身份，知道她是萧大郎的媳妇，按常理来说，他会避嫌。这也是墨九从来没猜东寂是宋熹的原因。可他不仅没有与她保持距离，反倒热络地拿她当食友对待。

如果墨九还是巨子之身，她会怀疑他居心叵测。

可她不再是巨子了，他还亲手给她做了一桌美食来安慰她。

当朝太子爷为她洗手做羹汤，想想墨九都觉得有些胃寒。

“太子殿下，请上坐。”

熟悉的声音出现在耳侧，墨九眼风掠过墨妄的脸。

好些日子不见了，他还是那般，血玉箫不离身侧，一张阳刚坚毅的脸孔上，带着和煦的笑容，只是肌肤的颜色似乎比以往更深，健康的古铜色，不若东寂白皙，不若萧六郎俊美，却另有一种大丈夫豪气干云的侠义之气，依旧很让人有亲近感。

从头到尾，墨妄并没有发现墨九的存在。

看着他在那里忙碌，墨九的心里稍稍有些灰暗。

这个人曾经保护过她。

这个人曾经是她在这个世道完全信任的人。

在初入异世那些日子里，墨妄在她心里的地位曾经比萧乾更重。因为与他同姓了一个“墨”字，她嘴上唤他师兄，心里却把他当成大哥一般看待。

可短短时日，几乎没有征兆地，两个人便疏远了。

他毫无压力地抛弃了她这个“捡来的师妹”，带着真正的师妹方姬然离开，临走都没有给她留一句话。想起前些日子，两个人为了仕女玉雕、为了八卦墓、为了巨子大位，共同研究洛阳铲、防毒面具到深夜，还有他给她制成的“暴雨梨花针”，墨九有一种沧海桑田的感觉，仿佛那些已是上辈子的事。

“太子殿下先稍坐，在下还有客人要去招呼。”

墨妄向宋熹告辞离去，从高台的另一侧离开。

走在台阶上，他似乎感觉到背后的目光，突地掉头望过来。

并没有人在看他，东寂的身边，也只有三个侍女。墨妄目光稍稍一暗，又往广场上的人群里张望一下，没有看见那一抹熟悉的人影。继续沿着高台走了一段，他在一个幽静的圆台上站定，手扶栏杆，俯瞰墨家大会的广场，目光许久没有移开。

墨九想来参加墨家大会的事情，他也是知晓的。他原以为依她的脾气，就算用强的，也一定会闯进来找他，可她没有找他。哪怕明知他就在庄子里，只要她递一句话，墨家子弟就不会为难她，可她愣是没有。

他若有似无地一叹。

“师兄在想什么？”方姬然不知何时站在了他的身侧。

“嗯？没什么。”墨妄的声音并无起伏，就好像刚才的失神不曾存在一般。顿了一瞬，他又轻声劝道：“大会尚未开始，师妹先回屋去歇一会。不然一会你的身子……该受不住了。”

“师兄……”方姬然紧盯着墨妄的脸，喊了一句，却没了下文。

墨妄感受到她轻纱下方锐利的眸光，低问：“师妹怎的这般看我？”

方姬然笑了笑，并没有马上回答。

良久之后，她扶着栏杆，似乎暗叹一口气：“三年的时日，果然够长吗？”

墨妄不知她为何有此一叹，紧紧抿着嘴唇，望向熙熙攘攘来往的人群，站在那临风的一处，默不出声。

方姬然低头，往他的方向又走近一步，定定地看了他一瞬，侧过身来，与他并肩而立，从栏杆往大会的广场眺望，沙哑的声音，被风吹得有些散。

“不过一千多个日夜，却都变了。”

“变了？”墨妄轻问。

“我连长嗣的面，都见不上，而师兄你……”察觉到墨妄身子微微一僵，方姬然又偏头看他，声音似在笑，又似在叹，“在姬然很小的时候，师兄就曾说过，会护我一世。不论如何，一生皆以我为重。我也以为我会是师兄最珍爱的小师妹，可短短三年，连青梅竹马的师兄都会与我疏远。果然光阴最是不饶人。”

墨妄眉头微蹙：“师妹怎会这样想？”

方姬然轻纱下的面孔，若隐若现，并无半分情绪，可沙哑的声音，却微微涩然：“女子的感觉最是敏锐。这些日子与师兄相处，师兄待姬然如何，姬然又怎会感受不到？”

墨妄似乎有些意外：“是我做错了什么，惹得师妹误会？”

方姬然失笑，摇了摇头，暗哑的声音带了一丝苦涩：“师兄待姬然情谊厚重，已是很好，比亲哥哥还要好。可这一份好，也掩不住生疏，师兄变了。”

一声“变了”，她盯住墨妄不放。

墨妄的脸上，也有那么一瞬的尴尬，却未反驳。

“师兄是在担心九儿？”

问及墨九，方姬然一眨也不眨地看着墨妄的脸，试图从他的表情，得到想要的答案——不是嘴上的答案，而是心告诉她的答案。

“师妹，我……”

墨妄是一个走马江湖的人，并不惯用心思伎俩，也几乎从来不会撒谎，尤其在方姬然的面前。而且，两个人有青梅竹马之谊，他的心思想要逃过方姬然的眼，也是难上加难。

他踌躇地紧握打磨光滑的石栏，摩挲着，像是很难启齿，又像是在思考该怎么说。

久久之后，在暖阳与微风之中，他终于沉声道：“墨九的性子不若姬然稳重，脾气也差，人还有些傻，我怕她惹出什么祸事。”

方姬然微微一笑：“果然男人看女人，与女人看女人不同。男人也永远都不会真正了解女人。”顿了片刻，她迎着风长长一叹，似在感慨，“男女之间，原是南辕北辙，互不能识，偏生又要生出情愫，纠葛不清。这上天造人，也是处处矛盾。”

墨妄疑惑地望着她：“师妹何意？”

方姬然叹息一声，望向栏杆广场，幽幽地道：“女儿家都想要安适的生活，男人也愿意给女子这样的呵护，来达到自己身为大丈夫的责任。于是，你们都觉得九儿弱小、痴傻、简单、很容易被人欺负，每一个男子都抢着给她关怀、为她着想。”

转头看向墨妄，她问：“可你们有没有想过，她未必需要？”

墨妄看着她面上轻轻飘动的轻纱，似乎不太理解。

方姬然深深吸一口气：“九儿并不弱小、痴傻、简单、会受人欺负。那只是她刻意给人营造的外在，她只为保护自己，为了获得自己想要的安适，给自己上一层保护色。真实的她恰恰与你们看见的相反。她心理强大、智慧超群、心思复杂……还会欺负人。”

墨妄别开眼睛。

其实他知道方姬然说得对。可也不知为何，他下意识地便忽略了。

沉吟片刻，他略带心虚地笑，没有回答，却转而问她：“姬然嘴里所称‘你们’，除了我，还有谁？”

方姬然看着墨妄别扭的表情，望了望天空，目光慢悠悠地飘远。她不是不敢看墨妄，而是有些不敢面对自己的内心。

“当然，还有萧六郎，还有……大郎。他不肯见我，想来也是因为她吧。毕竟我这张脸，早已见不得人。而她，又是他明媒正娶的妻。”

听着她幽怨的声音，墨妄看她一眼，不知该怎样劝慰。

萧大郎与方姬然有一段深入骨髓的情，可毕竟是在三年之前。正如她所说，三年的光阴似流水，冲刷的不仅仅是一个个日日夜夜，人心也是会变的。比如，他曾经以为这世上除了师妹不会再关注任何一个女子，可事实却是，另一个从天而降的“冒牌师妹”，在短短的时日内便占据了他的心思，让他习惯了保护她。

而萧大郎，他的病情如何，无人得知，是不是真的到了不能见方姬然的程度也未可知。但他娶了墨九，如果让他抛弃墨九再与方姬然好，墨妄自己都不能接受……可若他接受了墨九，与墨九做成了夫妻，方姬然又要怎么办？萧六郎又怎会允许？他自己又是不是会像当初看到方姬然与萧大郎好上一样，转过身，默默祝福？

千头万绪，他突然有些头痛。

“师妹不要想这些烦心的事了。等大郎病好，会见你的。”他安慰着方姬然，目光在人群中寻找着。看了半天，他终于找到一个话题岔过去：“奇怪了，萧使君今日怎么还没有来？”

方姬然看着他脸上的沉郁，怔了怔，没有回答。

因为她知道，墨妄并不需要她的回答，那本身就是一句废话。

“师兄看着点，我回房歇一会。”她道。

嗯一声，墨妄松一口气：“仔细些，让灵儿陪着你。”

雨后的晴天，空气格外清新。

尤其空旷的地方，四周又种了绿植，园里的腊梅幽香传来，更是怡人。

墨家大会场所设在临云山庄的大广场上。这个山庄原是墨家在京师临安的据点，平常除了接待弟子之用，墨家长老也会定期为弟子授业解惑，宣扬墨家思想，也会为墨家子弟做一些培训、组织子弟交流。所以这个广场的面积非常大，同时容纳几万人也不显拥挤。

人慢慢地来齐了，青砖石的地面上放着蒲团，墨家弟子都盘腿而坐，而受邀前来的江湖前辈、权臣高官，还有墨家执事、长老、堂主等辈分高的人，全都散坐在广场的四侧。

墨九一动不动地站在东寂身后。

这是整个大会最尊贵的一个席位。侍女没有位置可坐，却可以从高台上居高临下地俯视整个广场。从她的角度看去，人群密密麻麻，脑袋一个连着一个，多而不乱，秩序井然，一个萝卜一个坑的感觉，让她头脑发胀。

一个个唱名响在耳侧，她看见了很多熟悉的面孔，谢忱、宋骜、辜二、彭欣、萧运长，就连诚王也带着诚王妃萧氏和大病初愈的小郡主宋妍来凑热闹了，萧六郎却始终没有来。

他该不会不来了吧？

她其实不晓得私心里是希望他来，还是希望他不来，心里怪异地别扭。冷不丁想到他的脸，想到昨夜的旖旎画面，她心跳加快少许，像被毒蛇缠住一样，呼吸不畅，身子却不禁一颤。

“冷吗？”宋熹突地转头。

“不，不冷。殿下。”墨九的样子心不在焉。

宋熹的眉头微微一皱，那一声墨九为配合身份顺口而出的“殿下”，让他许久都没有动弹。他端坐着，织金锦的直裰外面系一件苍紫色银狐领的披风，眉间眸底，温和平静，看似没有情绪波动，可手指却把案几上的青瓷茶盏，抚了数个来回。

“东寂是我的字！”他突然道。

“嗯？”墨九想着旁的事，心不在焉。

宋熹的嘴唇轻轻一抿，突地悟了什么，眸子更暗。

他先前一直担心她晓得了他的身份会有责怪，见她沉默不语，他也以为她是不高兴他的隐瞒。听她喊他“殿下”，他更是以为她在刻意与他疏远，这才耐心与她解释……可他终于发现，其实她的情绪，根本就与他无关。她的心思，也不曾在他的身上。

他理了理银狐风氅的领口，轻笑着：“九儿没听见？”

墨九严肃着脸，狐疑道：“听见了啊，这不奇怪。”

他道：“我是说，你可以一直这么叫。”

墨九润了润嘴巴，压着嗓子道：“不晓得也就罢了，晓得了，便不敢了。”

他眸子垂下，道：“我允的。”

墨九嘿嘿一声：“可是……”

“没有可是。”他打断她，有一些专横的霸道，似乎是与生俱来的习惯。说罢他似是察觉语气生硬，又笑了笑，“你我食友之谊，不会改变。我认识你，在萧府湖畔，那时是食友，一生都是食友。”

这句话是解释他认识她的时候，不知她是谁吗？

墨九心里舒坦了一些，轻嗯一声，静静而立。

宋熹的手指依旧拨弄着领口，依乎是领口太紧让他不舒服，又似乎是风氅的带子没有系好，让他不自在。他仰着脖子拨弄了几下，突地瞥了过来：“九儿来，帮我弄一下。”

私心里墨九不太愿意与东寂有肢体接触，当然不是她排斥他，她对东寂这样俊朗温和的暖男，并没有太多抗拒，只是醉红颜太讨厌而已。但这样的场合，东寂是太子，她是侍女，他的要求她若不答应，就太过分了，让东寂难堪，也容易让她成为异类。

她喏一声，上前低头替东寂将风氅的带子解开，又把他直裰的领口重新整理，动作小心，却不熟练。其实她一直衣来伸手，饭来张口，并没有做过这样的事，尤其他是个男人，对男人的衣服她更不熟悉，自然笨手笨脚。东寂并不责怪，懒洋洋地靠在椅上，尽力配合着她，目光也一眨不眨地盯着她近在咫尺的脸。

她低着头，他仰着头，两人距离太近，近得可以感受到对方的呼吸。

墨九倒没觉得有什么，只是专心做事，可东寂的眸色却越来越复杂。

这时，广场上突地一阵骚动，有人高唱："枢密院萧使君到！"

萧乾地位没有太子殿下的尊崇，可他在南荣却是一个传奇人物，相比于深宫之中不为外人熟知的宋熹，他的生平事迹家喻户晓，童叟皆知——不足二十岁就领兵为国征战，力挫兵力强盛的珒人，还将越人赶到西部，成了西越人，医术冠绝天下、名满天下……

这位萧使君被人称为"判官六"，听上去名头有些骇人，却有南荣第一美男的声誉。有一些只闻其名不见其人的听到"枢密使"三个字，都擦亮了眼睛，翘首以盼，想要一饱眼福。于是，广场上交头接耳的声音没了，安静得鸦雀无声，落针可闻。

数万人的目光都往同一个方向望去。

萧乾带了几个侍卫，信步而来，姿态从容淡定，样子尊贵端华……那卓绝风姿，当真让众人都惊艳了一把！

可当他越来越近，众人看着他的脸色，却暗自生疑。

"参见萧使君！"

"萧使君好！"

"萧使君这边请！"

此起彼伏的声音里，众人除了恭敬，都在疑惑。

高台之上，墨九轻抚着东寂的领口也睁大了眼睛，有些不敢置信。

今儿的天气很晴朗，从这样的位置，她可以把萧乾看得一清二楚。一样的颀长挺拔，一样的风华绝代，可他的脸却苍白得没有血色，像刚从阴曹地府里拉回魂来，眼角还有淡淡的乌青，一袭黑色锦袍，外系一件被风吹得轻荡的黑色风氅，全身上下都是黑色，只一张脸白得惊人，让整个广场的气氛都变得低沉。

这样的他不该叫"判官六"，该叫"黑无常"！

可他怎么弄成这样了？墨九腹诽，突然想到昨夜的旖旎一梦。

难不成他也做了那样的梦，在梦里消耗了精气？

心怦怦乱跳，她耳根烧红，赶紧收回目光，继续为东寂整理风氅的带子。

萧乾的脚步一顿，僵在了高台的最后一阶。

隔了一丈的距离，他看着温和带笑的宋熹，余光却若有似无地扫在了为他系风氅的侍女身上。一双深邃无底的黑眸，仿佛有某种阴郁的光芒在迅速堆积，却又很快被他掩藏，然后他慢吞吞地抬步，踏上最后一阶。

这一步，他似乎用了很大的力气。